西方古典学研究
编辑委员会

主　编：黄　洋　（复旦大学）
　　　　高峰枫　（北京大学）

编　委：陈　恒　（上海师范大学）
　　　　李　猛　（北京大学）
　　　　刘津瑜　（美国德堡大学）
　　　　刘　玮　（中国人民大学）
　　　　穆启乐　（Fritz-Heiner Mutschler，德国德累斯顿大学）
　　　　彭小瑜　（北京大学）
　　　　吴　飞　（北京大学）
　　　　吴天岳　（北京大学）
　　　　徐向东　（浙江大学）
　　　　薛　军　（北京大学）
　　　　晏绍祥　（首都师范大学）
　　　　岳秀坤　（首都师范大学）
　　　　张　强　（东北师范大学）
　　　　张　巍　（复旦大学）

西方古典学研究

History and
Politics in
Virgil's *Aeneid*

维吉尔史诗中的历史与政治

高峰枫 著

图书在版编目（CIP）数据

维吉尔史诗中的历史与政治 / 高峰枫著. —北京：北京大学出版社，2021.10
（西方古典学研究）
ISBN 978-7-301-32514-8

Ⅰ.①维…　Ⅱ.①高…　Ⅲ.①史诗 – 诗歌研究 – 古罗马　Ⅳ.①I546.072

中国版本图书馆CIP数据核字（2021）第 191978 号

书　　名	维吉尔史诗中的历史与政治 WEIJIER SHISHI ZHONG DE LISHI YU ZHENGZHI
著作责任者	高峰枫　著
责任编辑	李学宜
标准书号	ISBN 978-7-301-32514-8
出版发行	北京大学出版社
地　　址	北京市海淀区成府路 205 号　100871
网　　址	http://www.pup.cn　新浪微博：@北京大学出版社
电子信箱	pkuwsz@126.com
电　　话	邮购部 010-62752015　发行部 010-62750672　编辑部 010-62752025
印 刷 者	北京中科印刷有限公司
经 销 者	新华书店
	730 毫米 × 1020 毫米　16 开本　25 印张　286 千字 2021 年 10 月第 1 版　2021 年 10 月第 1 次印刷
定　　价	75.00 元

未经许可，不得以任何方式复制或抄袭本书之部分或全部内容。
版权所有，侵权必究
举报电话：010-62752024　电子信箱：fd@pup.pku.edu.cn
图书如有印装质量问题，请与出版部联系，电话：010-62756370

"西方古典学研究"总序

古典学是西方一门具有悠久传统的学问，初时是以学习和通晓古希腊文和拉丁文为基础，研读和整理古代希腊拉丁文献，阐发其大意。18世纪中后期以来，古典教育成为西方人文教育的核心，古典学逐渐发展成为以多学科的视野和方法全面而深入研究希腊罗马文明的一个现代学科，也是西方知识体系中必不可少的基础人文学科。

在我国，明末即有士人与来华传教士陆续译介希腊拉丁文献，传播西方古典知识。进入20世纪，梁启超、周作人等不遗余力地介绍希腊文明，希冀以希腊之精神改造我们的国民性。鲁迅亦曾撰《斯巴达之魂》，以此呼唤中国的武士精神。20世纪40年代，陈康开创了我国的希腊哲学研究，发出欲使欧美学者以不通汉语为憾的豪言壮语。晚年周作人专事希腊文学译介，罗念生一生献身希腊文学翻译。更晚近，张竹明和王焕生亦致力于希腊和拉丁文学译介。就国内学科分化来看，古典知识基本被分割在文学、历史、哲学这些传统学科之中。20世纪80年代初，我国世界古代史学科的开创者日知（林志纯）先生始倡建立古典学学科。时至今日，古典学作为一门学问已渐为学界所识，其在西学和人文研究中的地位日益凸显。在此背景之下，我们编辑出版这套"西方古典学研究"丛书，希冀它成为古典学学习者和研究者的一个知识与精神的园地。"古典学"一词在西文中固无歧义,但在中文中可包含多重意思。丛书取"西方古典学"之名,是为避免中文语境中的歧义。

收入本丛书的著述大体包括以下几类:一是我国学者的研究成果。近年来国内开始出现一批严肃的西方古典学研究者,尤其是立志于从事西方古典学研究的青年学子。他们具有国际学术视野,其研究往往大胆而独具见解,代表了我国西方古典学研究的前沿水平和发展方向。二是国外学者的研究论著。我们选择翻译出版在一些重要领域或是重要问题上反映国外最新研究取向的论著,希望为国内研究者和学习者提供一定的指引。三是西方古典学研习者亟需的书籍,包括一些工具书和部分不常见的英译西方古典文献汇编。对这类书,我们采取影印原著的方式予以出版。四是关系到西方古典学学科基础建设的著述,尤其是西方古典文献的汉文译注。收入这类的著述要求直接从古希腊文和拉丁文原文译出,且译者要有研究基础,在翻译的同时做研究性评注。这是一项长远的事业,非经几代人的努力不能见成效,但又是亟需的学术积累。我们希望能从细小处着手,为这一项事业添砖加瓦。无论哪一类著述,我们在收入时都将以学术品质为要,倡导严谨、踏实、审慎的学风。

我们希望,这套丛书能够引领读者走进古希腊罗马文明的世界,也盼望西方古典学研习者共同关心、浇灌这片精神的园地,使之呈现常绿的景色。

"西方古典学研究"编委会

2013年7月

目 录

自　序 　　　　　　　　　　　　　　　　　　　　Ⅰ
注释体例和简写 　　　　　　　　　　　　　　　　Ⅶ

引　言　史诗、历史与政治 　　　　　　　　　　　1

第一章　"哈佛派"的悲观解读 　　　　　　　　　13
　一、海克尔与艾略特："西方之父"维吉尔 　　　17
　二、"哈佛派"与现代悲观解读 　　　　　　　　24
　三、金枝的秘密 　　　　　　　　　　　　　　　34
　四、象牙门：冥间出口 　　　　　　　　　　　　46
　五、"哈佛派"五十年纪念 　　　　　　　　　　53

第二章　诗人与君主 　　　　　　　　　　　　　　64
　一、多纳图斯的《维吉尔传略》 　　　　　　　　65
　二、朗读《农事诗》和"催稿信" 　　　　　　　73
　三、朗读《埃涅阿斯纪》3卷 　　　　　　　　　84
　四、维吉尔临终焚稿的记载 　　　　　　　　　　96
　五、史诗中的奥古斯都 　　　　　　　　　　　　108

第三章　埃涅阿斯传说的演变　　122
一、荷马史诗中的埃涅阿斯　　125
二、罗马人的特洛伊先祖　　134
三、"叛徒"埃涅阿斯　　144
四、稗官野史中的叛卖传说　　151

第四章　埃涅阿斯变形记　　160
一、拘谨而黯淡的英雄　　163
二、"忠孝／忠义"和罗马内战　　169
三、狰狞的埃涅阿斯？　　182
四、重估卷二：抵抗与传位　　200

第五章　埃涅阿斯之怒与图尔努斯之死　　214
一、"突然死亡法"　　215
二、图尔努斯：英雄还是恶棍？　　223
三、史诗中的暴力与怜悯　　238
四、正义之怒　　248

第六章　狄多女王与罗马政治　　264
一、狄多之原型　　267
二、来自迦太基的诅咒　　275
三、埃及艳后与迦太基女王　　288
四、狄多与罗马凯旋式　　300

第七章　罗马主神朱庇特 309
　　一、朱庇特的平和与威仪 310
　　二、朱庇特与"命运" 318
　　三、朱庇特的狡黠 329
　　四、终极和解 339

结　语 353
参考文献 362

自　序

　　这本书刚刚酝酿时、写作艰难时、接近完稿时，我都曾在心里筹划这篇自序该怎么写。这既是自我麻醉，也是自我激励。花在构思自序上的时间，已经差不多能让我再多写半章了。但真正完稿了，反倒有些意兴阑珊。而且时间跨度太长的构思，如今已经忘得差不多了。但有些话还是要简单说几句，包括个人的体会以及对师友的感谢。

　　翻看以前的笔记，发现这本书的大纲拟定于2007年。当时还多少有些意气风发的资本，所以制订计划时，更加雄心勃勃。比如，按原计划，我会献给狄多女王两章；罗马诸神中，我会为朱诺单辟一章。这部分设想没有实现。但大纲的主体，我还是勉力完成了，只是时间拖延太久了。之所以要写这样一本书，与我的博士论文有关。我在博士论文中研究的是4世纪和5世纪几部拉丁文圣经史诗，其中一个重要话题就是基督教作家对维吉尔诗句的模仿和改写。当时我对《埃涅阿斯纪》已有初步研究，但博士论文中的维吉尔只是后代诗人的文学范例和模仿对象，所以对这部史诗本身的研究并不是论文的核心。2002年开始在北大教书，我慢慢觉得研究工作的次序非常重要。经典文本在后世的解读、接受、模仿和重写，是越来越受重视的研究领域。但这种广义的"接受研究"，也会有一定的风险。研究者有时

II 维吉尔史诗中的历史与政治

不需要对经典本身下功夫，而只需在经典形成之后漫长的"接受岁月"中挑选中意的作家和题目，也可以完成有意义的工作。但严格说，缺少对原典本身的深入研究，终究会限制自己的学术眼光和思路，不利于对原典接受史的考察。所以，为了让自己安心，我决定对《埃涅阿斯纪》本身下一些功夫，以确保在研究后世对维吉尔的接受和改写时，自己先获得一个稳固的支点。同时，我也发现国内学界偏爱古希腊，忽视古罗马。以维吉尔论，似乎没有太多人关注这位罗马诗人。所以写一本研究维吉尔史诗的专著，也能多少引起国内读者对拉丁文学的兴趣。

我从1995年到2002年在伯克利念书，最先接触的维吉尔研究就是在美国非常盛行的"哈佛派"解读。这一派认为维吉尔在史诗中表达了悲观的态度，也隐藏了对奥古斯都一朝政治理念的批评。我的导师拉尔夫·海克斯特（Ralph Hexter）很早就向我推荐帕特南（Michael C. J. Putnam）的论文合集（*Virgil's* Aeneid: *Interpretation and Influence*, 1995）。大概在1999年，我读完这本书后，曾对老师委婉地抱怨：帕特南在三十多年时间里，观点毫无变化，甚是顽强（顽固）。当时我已对这位"哈佛派"主将的批评方法和结论有很多疑问，可能本书真正的起点可以追溯到这次抱怨。当然，海克斯特老师也推荐了观点相反的著作，比如哈迪（Philip Hardie）的 *Virgil's* Aeneid: *Cosmos and Imperium* (1989) 一书。后面这本书太过专业，需要对卢克莱修非常熟悉才能读出滋味来，所以我当时只是囫囵吞枣，实在是因为学力不够。现在想起来，感觉其间的对比很有意味。帕特南的研究往往集中于局部，加上观点简单而鲜明，即使初学者也能看懂。而哈迪的研究则更加通贯，学术门槛更高，所以初学者会感到手足无措。

  在尚未系统阅读各家研究文献之前，我接触到的"哈佛派"著作最多。毕业之后，可以更加从容、懒散地阅读，便发现有很多针对"哈佛派"的批评，而且"哈佛派"的著述会有意无意忽略与他们观点相左的研究成果。我真正有机会系统阅读相关文献，是 2009 年 8 月到 2010 年 7 月在哈佛燕京学社为期一年的访学。当时，图书的电子化程度不高，很多西文旧书在国内很难读到。在哈佛燕京学社的一年，我集中读了一批旧书，比如皮斯（Arthur Stanley Pease）的《埃涅阿斯纪》卷四集注、老式索隐派（如 D. L. Drew）的代表作，以及一些重要的法文研究著作（以 Mellinghoff-Bourgerie 为代表），开阔了眼界。特别是读到安东·鲍尔（Anton Powell）① 当时新出的 *Virgil the Partisan* 一书（2008），深感历史研究的重要。如果对于罗马内战阶段的历史和政治不熟悉，史诗中很多埋藏的问题就根本无法看到。

  2010 年之后，书稿的写作时断时续。直至 2020 年 1 月，因客观原因，居家时间变长，能花在书稿上的时间才随之增加。但越临近完稿，心中越惴惴不安，因为发现很多重要的书还没有看。还有很多书，因为读得过早，当时没有读懂，现在也失去了重读的动力。但这段时间里，往常只在书本中才能读到的 sense of mortality，如今变得具体而鲜明，所以我也就不再寻找新的借口来继续拖延了。按照朋友王丁的话说，在这种时刻，"做完比做好更重要"。

---

① Powell 这个姓，英文读作"鲍尔"，但中文译名习惯译作鲍威尔，其实字母 w 是不读作辅音的。

在既往的岁月中，有很多师友在维吉尔研究方面给予我指点和帮助，我想借此机会集中表达一下感激之情。首先要感谢我的博士导师海克斯特老师，在他的课堂上我才开始关注基督教诗人模仿、化用维吉尔诗句这一话题，也是他指点我进入维吉尔研究这一领域。在我上学那几年，他担任伯克利重要的行政职务，事务缠身，我还记得在他办公室的讨论经常被各种行政事务的电话打断。我还想感谢伯克利古典系的马克·格里菲斯（Mark Griffith）教授，我在他为本科生开设的维吉尔课上开始阅读《埃涅阿斯纪》原文，时间在1997年。我这门课的成绩非常突出，格里菲斯老师批改过的作业和测验我都还保留着。当时我学术视野不广，不知道他是研究希腊悲剧的著名学者，否则或许会改学索福克勒斯吧。和维吉尔研究没有直接关系、但对我个人影响极深的是英文系教授斯蒂芬·布斯（Stephen Booth）。我选修过他开设的莎士比亚课，他的机智、犀利和不合俗流让我非常钦佩。他课堂上说过一句话，我印象深刻，大意是：莎士比亚的剧作充满意味（meaningful），但没有意义（meaning）。

在哈佛燕京学社访学期间，我旁听了哈佛古典系理查德·托马斯（Richard Thomas）教授的维吉尔课程。托马斯教授是"哈佛派"第二代的中坚力量，虽然我在学术观点上越来越不能认同"哈佛派"的立场，但和他近距离的接触依然对我帮助很大。当时我还旁听了哈佛古典系理查德·泰伦特（Richard Tarrant）教授开设的古文书学（Paleography）课程，他后来出版的《埃涅阿斯纪》卷十二注释（2012年），是少见的好注本，差不多每一页都让我受益。虽然访学之后和他们都没有直接联系，但我还是想一并感谢哈佛的两位Richard。

在2010年之后，我逐渐觉得"哈佛派"的几位主要批评者所持立场更为合情合理，以下三位学者的著作让我受益最多：卡尔·加林斯基（Karl Galinsky，得克萨斯大学奥斯汀分校）、汉斯-彼得·施塔尔（Hans-Peter Stahl，匹兹堡大学）和安东·鲍尔（威尔士大学）。

在过去十多年中，有很多朋友和学生帮我购买、复印、扫描维吉尔研究方面的图书，或者帮我获得相关电子文献。吕大年先生在2007年曾帮我购买卷九注释本。老友周轶群在2007年帮我从芝加哥大学的书店买了牛津出版的卷十注释本（价格不菲），这次借着写书的机会，终于读完了主要部分。在北大教过的学生当中，刘淳在2008年帮我查阅维吉尔诗歌的索引，还帮我购买当时新出版的资料汇编。胡维帮我复印了卡尔·加林斯基（Karl Galinsky）和雅克·佩雷（Jacques Perret）的重要著作，促成本书第三章在2013年完成。倪云在2012年和2013年帮我从国外扫描我需要的文献。近几年来，柳博赟、张博、王班班、涂辰宇都帮我获取了重要的参考文献。王班班还在钱币学方面向我推荐文献，帮我解答问题。对于以上各位，我都深表感谢。由于本书写作时间较长，我可能会忘记其他曾帮助过我的朋友或者学生。若有遗漏，希望以后有机会弥补。

书中部分章节曾发表在《外国文学评论》《启真3》《国外文学》和《外国文学》上。借此机会，我想感谢盛宁老师，以及周运、刘锋和李铁三位先生。还要特别感谢编辑王晨玉女士，她不断的提醒和敦促使得本书最终得以完成。本书的责编李学宜女士为书稿的审校付出了诸多辛劳，在此一并致谢。

中国学者研究西方古典学，起步晚，起点低，困难大。我自己理解，应当先能读通原文，然后对于西方历代研究成果能广泛阅读，以求获得一种通盘理解。不必限于，甚至陷于某一家学说，而应广览多读，然后才能有所甄别、有所取舍。自己一开始接触到的学说，未必就是本领域最为可靠的理论。每个人都会受到自己所就读的学校、接触的老师，以及一时风气这些偶然因素的影响，所以需要不断拓宽视野，不断扩大文献阅读量，甚至应当去主动了解与自己立场相左的学说。这是我个人的一点体会。

书中肯定有很多错误和疏漏，敬请读者批评指正。

高峰枫

2021 年 6 月 20 日

注释体例和简写

书中一些技术性问题，在此稍作说明。

维吉尔的名字，英文中或写作 Virgil，或写作 Vergil。在征引文献时，因每位作者都有自己的偏好，无法统一，读者需留意。总体感觉，Virgil 这种拼法更流行。专业学者有时爱用 Vergil，因维吉尔名字的拉丁文拼法为 Vergilius。

本书注释一律采用脚注，可以让读者一目了然，免除翻检之苦。我在脚注中注明文献出处时，尽量简明，只写出主标题、出版社和出版年代，略去副标题和出版地等信息。更完备的版本信息请见书后的参考文献。如果是大学出版社，我尽量采用简写形式，比如 Yale UP 代表 Yale University Press。以一章为一个单位，一章之内多次引用的书或论文，首次引用之后，一律采用简化形式。下一章若再引同一本书，则首次引用时依然列出简明的书目信息。如果一两段之内，不间断引用同一文献，则会在正文中随文加注，以节省空间。古典学研究的西文期刊，有固定缩写。比如 *American Journal of Philology* 会简写成 AJP。但考虑到读者未必都熟悉这些行规，所以我引用期刊文章时，都将期刊全名写出，以免读者疑惑。

维吉尔诗歌的拉丁原文，我采用 R. A. B. Mynors 编辑的"牛津古典丛书"（Oxford Classical Text）的校勘本：*P. Vergili Maronis Opera* (Oxford University Press, 1969)。在引用维吉尔诗时，中译文都是我自己试译的。我从未写过诗，缺少诗才，翻译时主要追求忠实、准确，再有就是语言避免过于现代。比如，断不会出现"女士们""先生们"这样带有布尔乔亚气息的词汇，而尽量选用相对朴素的用词。所以，译文谈不上有任何文采，能够用来支持书中的分析就足够了。另外，我的译文与原文行数保持一致，主要为了体现形式上的忠实，而且这样的约束也可限制译者在语言上过度追求繁复。

古典作家著作中零星提到维吉尔的段落，我引用原文时，尽量使用近年出版的文献资料汇编，比如耶鲁大学出版社 2008 年出版的 *The Virgilian Tradition: The First Fifteen Hundred Years*，而不去引用这些作家的现代校勘本。

本书引用较多的是维吉尔史诗一些有名的注释本。比如 4 世纪赛维乌斯（Servius）的《维吉尔诗诂训传》，我使用 19 世纪学者 Georg Thilo 和 Hermann Hagen 编辑的三卷本，在注释中简写为"《诂训传》Thilo-Hagen 版"，以避免反复使用拉丁文标题。现代注本中，比如 Pease 的卷四注释，就简称为"皮斯：《卷四集注》"。牛津学者奥斯丁（R. G. Austin）出版过四部单卷注释本，我一律简称为：奥斯丁：《卷一注》/《卷二注》/《卷四注》/《卷六注》。

引言：史诗、历史与政治

1776 年 7 月 4 日下午，大陆会议签署了美国《独立宣言》之后，旋即请富兰克林、亚当斯和杰斐逊组成一个委员会，设计美国的国玺（Great Seal of the United States）。这枚代表美国的官方纹章，也是这个新建国家在视觉形象上的宣言。但国玺的设计并不顺利，团队更换了三次，方案几易其稿，晚至 1782 年 6 月才获国会批准。① 国玺正面的图案，后来被当作美国的国徽，上面有著名的拉丁箴言"E pluribus unum"（"合众为一"）。背面的图案，上方是一只眼睛，下方是金字塔。这只凝视我们的眼睛，乃是古代一种符号，象征神明俯察人世，也就是"皇矣上帝，临下有赫，监观四方"之义。② 国玺背面的上方和下方，各有一句拉丁箴言，均取自维吉尔的诗行。

上方两个词是 annuit coeptiis，取自维吉尔史诗《埃涅阿斯纪》卷九第 625 行。这是主人公埃涅阿斯之子阿斯卡尼乌斯（Ascanius）在战场上的祈祷。他在与敌人交手之前，向主神朱庇特求告：

---

① 国玺设计的大致经过以及相关历史文献，可参考 Gaillard Hunt, *The History of the Seal of the United States* (Washington, D. C.: Department of State, 1909)。此书第一版出版于 1892 年，作者 Hunt 奉当时美国国务卿布莱恩（James G. Blaine）之命，撰写了一本国玺小史。我引用的是此书 1909 年的增扩版。

② 《诗经·大雅·皇矣》。

"万能的朱庇特，请保佑我勇敢的举动"（Iuppiter omnipotens, audacibus adnue coeptis）。① 动词 adnuo 的基本意思是颔首、同意，用之于神灵，则表示神灵的认可、支持、赞同。国玺将维吉尔原文中的动词，从祈使语气（adnue）变成直陈式第三人称单数（annuit）②，意思也就变成"他支持已开启的事业"。而并未明确的"他"，自然指开国者心目中的基督教上帝。国玺最终方案的主要设计者是汤姆森（Charles Thomson, 1729—1824 年），他一直担任大陆会议的秘书，也正是他挑选了维吉尔的诗句。汤姆森在向国会提交的报告中，解释国玺背面的设计："金字塔代表力量和延续，金字塔上方的眼睛以及拉丁箴言指上天曾实施多次明显的干预，以支持美国的建国事业。"③ 汤姆森将维吉尔诗句稍加变化，表达上帝认可、保佑这新建的国家。④

国玺背面下方，另有三个拉丁词：novus ordo seclorum。意思是"全新的时代"。出自维吉尔《牧歌》第 4 首第 5 行，稍加改动。维吉尔这一行诗完整的意思是"一个伟大的纪元重新诞生"。早期基督教作家一直将这首牧歌解释为预言基督降生，所以所谓"新的纪元"就代表基督教时代的来临，而国玺的设计者延续这一解释传统，将"新纪元"与在新大陆所建立的新国家联系在一

---

① "请保佑我勇敢的举动"（audacibus adnue coeptis）一句也出现在《农事诗》卷一第 40 行。但依照设计者 Thomson 的解释，用意与《埃涅阿斯纪》9.625 的语境正相合。

② 国玺所引两词的拼法，与维吉尔史诗通行的版本不同，只是正字法的问题。

③ Hunt, *The History of the Seal of the United States*, p. 42.

④ 有关美国国玺上维吉尔诗句，见 Theodore Ziolkowski, *Virgil and the Moderns* (Princeton UP, 1993), p. ix. 有关国玺的设计者 Charles Thomson 以及这些诗句的内涵，见 Peter Jackson, "A New Order of the Ages: Eschatological Vision in Virgil and Beyond", *Numen* 59 (2012), pp. 533-544.

起。从 1935 年开始，美国国玺的正反两面都印在一美元纸币背面。也就是说，维吉尔的诗句不仅被后人引用、化用，来支持新的政治构想，而且直到今天，依然每时每刻、实实在在地在美元使用者手中流通着。英文中的货币一词（currency）也有流通、流传之义，所以，这位去世已 2040 年的古罗马诗人，如今还以特殊方式在美国文化中"流通""传唱"，这正可说明维吉尔对西方文化打下了多么深的烙印。

汤姆森选用维吉尔诗句，再恰当不过了。因为史诗《埃涅阿斯纪》的主人公国破家亡，在神谕的引领下，带着特洛伊的家神，去海外建国。这和"五月花号"所象征的《出埃及记》精神非常相似。特洛伊人在和意大利本土部族一番激战后，两族混融，形成一新的国族，也就是未来罗马帝国的雏形。看这样的情节设计，便知《埃涅阿斯纪》是一首高度政治化的民族史诗。从 4 世纪赛维乌斯（Servius）的笺注一直到 20 世纪上半叶，传统意见都认为这部史诗以罗马建国传说为主题，赞颂奥古斯都结束内战、挽救罗马的丰功伟绩。本书正是要对史诗所涉及的历史和政治问题做一番研究。

本书题为《维吉尔史诗中的历史与政治》，我先解释一下标题中"历史"和"政治"两个词的具体所指。我所说的"历史"，首先指维吉尔创作史诗所依据的历史传说以及这些素材的来源。史诗的基本情节，并非维吉尔虚构，而是来自当时有关埃涅阿斯的一整套传说。埃涅阿斯在《伊利亚特》中是特洛伊一方的二号英雄，论膂力、武功和人格魅力，要逊于赫克托耳。但他在荷马史诗中也有闪光的时刻，波塞冬甚至预言他的后裔将重振特洛伊王国。但埃涅阿斯毕竟是败军之将,在特洛伊陷落之后被迫逃亡。而罗马人为何挑中这个亡国的将领,将他尊为民族的先祖?这个罗马立国传说的演变过程以及含义是什么?维吉尔将此传说当作史诗的主题,意图何在?不仅埃涅阿斯如此,狄多女王的故事也同样涉及传统材料的来源问题。狄多是罗马文学所贡献的唯一一位"世界级"的文学形象,从4世纪的奥古斯丁到19世纪的柏辽兹,欧洲无数文学青年和艺术家都曾被她的痴情和殉情所感染。但狄多的故事原本是单独的传说,事关迦太基古国的起源,与埃涅阿斯了无干涉。维吉尔为何要让这两位古代著名的流亡者、建国者发生一段情感纠葛?若不考察维吉尔之前的狄多故事,则无从发现这种情节设置的特殊用意。构成《埃涅阿斯纪》基础的这些古代传说,需要逐一考察,明了它们在入诗之前的形态和主旨,才能理解它们被维吉尔采撷、利用、改写之后的特殊意图。对于这部古代史诗所依赖的素材作追溯和梳理,这是本书有关历史部分的一项主要内容。

"历史"一词另一层含义,指维吉尔与他所身处时代的关联。维吉尔生于公元前70年,当尤里乌斯·恺撒遇刺、内战开启之时,他大约26岁。他着手创作这部史诗,约在前29年。当其时,屋大维已击溃安东尼和克里奥帕特拉的联军(前31年),结束了内战,并且即将在前27年接受"奥古斯都"的尊号。所以,维吉尔从青年时代开始,就生活在罗马内战的阴影中,也旁观了奥古斯都由布衣而成为"天子"的全过程。因此,史诗中出现所谓"今典",出现对当时历史人物或明或暗的指涉,就毫不为怪了。古代和现代很多索隐派学者,醉心于在这首半神话、半传说的史诗中找寻影射当时史事和人物的暗码。这样的解释不免会导致杯弓蛇影、穿凿附会的弊病。但是认为史诗与罗马内战完全隔绝，就大大降低了《埃涅阿斯纪》与其时代的复杂关系。仅以狄多女王为例，维吉尔时代的罗马读者读到卷四时，几乎不可能不联想到"迷惑"住安东尼的那位埃及女王。不仅如此，维吉尔本人还与奥古斯都过从甚密。根据古代流传下来的维吉尔传略，奥古斯都曾有恩于维吉尔，曾帮他夺回被侵占的祖产。维吉尔长期受到最高执政者的庇护和资助，和奥古斯都有很深的私谊，曾多次在御前朗诵自己的诗作。我们在解读《埃涅阿斯纪》时，不得不考虑诗人与君主之间的密切关系，因为这与维吉尔所选取的史诗题材有直接联系，而且有助于我们对诗人的政治态度作审慎的推测。

与历史相关的研究，无论是讨论古代传说的源头和流变，还是讨论罗马共和国末期的动荡对于维吉尔史诗产生的影响，都无法与政治脱离干系。《埃涅阿斯纪》选择罗马建国神话作为主题，正因为恺撒和奥古斯都所属的尤里乌斯家族（Iulii）被认为是埃涅阿斯之子尤卢斯（Iulus）的后裔。如此一来，称颂埃涅阿斯，就不可避免地涉及对罗马和奥古斯都的态度，所以这部史诗注定是一部高度政治化的史诗。在史诗的关键时刻，神灵或是能预卜未来的亡魂往往现身，以长篇预言来勾勒罗马的辉煌前景，而这些放置在远古时代的预言，或者指向奥古斯都一朝，或者指向更遥远的未来。只要读者知晓史诗中的"古典"（埃涅阿斯建国的传说）和"今典"（内战与奥古斯都的崛起），自然就容易明白维吉尔诗歌的政治寓意。

但本书所说的"政治"，还特指近代兴起的一种反传统的政治解读，也就是学术界所通称的"哈佛派"或"悲观派"解读。这种解读兴起于20世纪60年代的美国，因其鲜明的反战、反帝国的政治主张，所以很多人认为与越战时期的政治风潮息息相关。"哈佛派"颠覆了对《埃涅阿斯纪》正统的、"奥古斯都式"的解读，转而关注史诗中那些历史进程的牺牲品，也就是在埃涅阿斯建国事业中被清除、被消灭的障碍。这一派学者对于诗中为死难者（不管敌友）悲悼、伤怀的段落，对于诗中慨叹生死无常的诗句，都给予高度重视。在他们眼中，维吉尔并没有为帝国的远景唱赞歌，反而在为建国事业中殒命的人物唱挽歌。"哈佛派"中持论更加激烈的学者甚至认为，维吉尔不但没有歌颂奥古斯都，反而以曲折、隐晦的笔法对于奥古斯都一朝的政治理念多有批判。

卷六对金枝的描写，就是一例。埃涅阿斯下到冥间之前，西比尔（Sybil）告知他，唯有找到传说中的金枝，才能踏入冥间。而金枝若碰到"真命天子"，自会心甘情愿被他折断。但当埃涅阿斯折枝时，维吉尔却形容金枝犹豫、退缩。"哈佛派"学者就此得出结论：金枝本能地拒斥埃涅阿斯所体现的罗马前景和帝国情怀，此处维吉尔乃是以春秋笔法来表达对奥古斯都政治理念的拒斥。另外一例是对史诗结尾的讨论。这番论战持续之久、火药味之浓，使得维吉尔研究界产生严重撕裂。史诗最后几行，埃涅阿斯在对手负伤、跪倒求饶时，心头虽短暂生出一丝怜悯，但最终仍旧将其击杀。与之相反，《伊利亚特》的主题虽然是阿喀琉斯之怒，但最后一卷却结束于希腊英雄对特洛伊年迈国王的怜悯以及双方短暂的和解。维吉尔笔下的埃涅阿斯虽以"忠义"/"忠孝"

（pietas）著称，但最后关头却展现出与其性格极不相称的凶狠和暴怒。《埃涅阿斯纪》以无比突兀的方式结束全诗，再加上埃涅阿斯这种反常之举，让"哈佛派"学者对主人公的道德品质大加抨击。一位原本小心翼翼、敬事神灵、端谨而持重的义士，最终竟然无法克制内心的愤恚，为了"私仇"而怒杀匍匐乞降的敌方主帅。"哈佛派"学者认为，史诗结尾处，这位恺撒和奥古斯都的先祖暴露出狰狞、残忍的面目，这与维吉尔所设置的道德理想相去不可以道里计。如此一来，这样的尾声就代表维吉尔以隐蔽的方式暗中瓦解了奥古斯都一朝的政治理想。埃涅阿斯不再是维吉尔极力称颂的罗马先祖，而是道德有亏、被怒火蒙蔽、残忍好杀的野蛮武士。若联想到埃涅阿斯这一人物很可能部分对应于奥古斯都，则《埃涅阿斯纪》似乎更像一首"谤诗"了。

"哈佛派"的解读在英语世界，特别在美国影响甚巨，俨然成为新正统。但此种悲观解读，无论在论证方法还是在观点方面，都有很多漏洞。维吉尔在他们眼中仿佛变成持政治异见的现代诗人，以隐微的方式批判主流意识形态。这样的基本立场，与我们从古代传略中所能得到的推测完全是扞格不入的。维吉尔长期受奥古斯都庇护，与他私交甚笃，虽然这不足以让维吉尔沦为歌功颂德的宫廷诗人，但将他视为文学创作的"卧底"、潜伏在奥古斯都身边的颠覆分子，这于情于理都完全说不通。因此，我单辟一章，详细总结"哈佛派"的主要意见以及学界对这一派最新的评价。在全书相应章节中，我还会持续指出这一派种种偏颇之处。批评一种我认为错误的政治解读，这也是本书标题中"政治"一词所涵盖的内容。

最后我简述一下本书七章的安排与大致内容，权当为读者做一个导航。第一章主要评述"哈佛派"的特点以及缺陷，相当于从这一特定角度对《埃涅阿斯纪》的政治解读做一个文献综述。我先概述对《埃涅阿斯纪》的传统解读，这种观点在20世纪中期以诗人T. S. 艾略特为代表。随后，我会概括、总结"哈佛派"早期代表学者的研究以及基本结论。为呈现"哈佛派"的基本预设和分析方法，我举出两例，一个是对卷六金枝的分析，一个是有关卷六结尾埃涅阿斯从象牙门离开冥间的讨论。这两处都为颠覆性的解读提供了机会。最后，2017年《古典世界》（*Classical World*）推出一期专刊，纪念"哈佛派"诞生50周年。受邀撰文的学者，既有该派的主将，也有严厉的批评者，颇有助于我们对"哈佛派"做客观的评价。

第二章《诗人与君主》，讨论维吉尔与奥古斯都的关系。4世纪学者多纳图斯（Aelius Donatus）所编纂的《维吉尔传略》，虽然其中所包含的材料不可尽信，但后世有关维吉尔生平的基本信息主要取自这部小传。如果我们能以批评的眼光仔细审视其中的记述，仍然可以合理推测出维吉尔对奥古斯都的态度。执政者与诗人，不是简单的赞助，甚至雇佣关系，而是遵从古罗马贵族和士人之间一种文明而默契的相处之道。执政者当然希望诗人能为自己的政治事业做文学上的鼓吹，而诗人也能保持一定的独立和尊严。但如果说维吉尔意在创作一部暗中颠覆奥古斯都时代主流思想的史诗，这种可能性是微乎其微的。因此，我对有关维吉尔曾为奥古斯都朗诵自己诗作的记载、对维吉尔临终前要求友人焚毁自己诗稿的传说，都做了详细讨论。

第三章讨论埃涅阿斯传说的起源与流变,这是理解《埃涅阿斯纪》的基础。罗马人选择战败、流亡的特洛伊英雄作为自己的祖先,很可能是想分得荷马世界一丝余晖,以希腊敌人的身份进入到古典传统中。这一传说背后的推动力,来自罗马对于自己民族起源的想象和建构,也来自想跻身于主流文明世界的努力。此外,埃涅阿斯的传说在古代流传时也有复杂的形态,既有在意大利建国的"光明"版本,也有叛卖投敌、苟且偷生的版本。这种负面形象在维吉尔之后的历史演义作品中仍经常出现。而维吉尔在诗中也通过一些设计,暗中拒斥此种不利于史诗主人公的传言。

埃涅阿斯的形象是史诗的核心,也是"哈佛派"与传统解读冲突最激烈的主题。与荷马史诗中那些神威凛凛的希腊英雄相比,埃涅阿斯显得拘谨、黯淡而无趣。他身上标志性的性格特征是"忠义"(pietas),主要指他对于神灵的恭敬、顺服,以及对民族和家庭的忠诚。他的谦卑和隐忍、他对于家国的责任心,和基督教所推重的谦卑精神往往有相似之处。或许受到这种影响,很多学者在讨论埃涅阿斯展现暴力和愤怒一面时,会感到错愕和失落。卷十中,他因为少年武士帕拉斯(Pallas)惨死于敌人之手,勃然大怒,在战场上大开杀戒。卷十二结尾,敌方主将受伤倒地,祈求埃涅阿斯的宽恕。而埃涅阿斯怒不可遏,将敌将杀死。这些关键段落都引起悲观派学者的批评,他们认为主人公在关键时刻忘记自己一再标榜的忠恕和怜悯,而沉溺在非理性的暴怒中。而对于主人公的失望,也就侧面证明悲观派的主要观点:维吉尔描写主人公的杀戮和残暴,其用意在于暗中批判奥古斯都一朝的政治理念。但是，埃涅阿斯的"忠义"和古代武士的勇武，以及战争中的杀敌并非水火不容。维吉尔并没有将埃涅阿斯塑造为文弱、多愁善感的书生，作为来自荷马史诗的古代武士，他身上的武士精神和杀伐同样是他形象的重要部分。第四和第五两章所讨论的，就是埃涅阿斯这些广受批评的暴力行为，以说明维吉尔并不着意将他写成拒绝暴力、推崇怜悯的后世基督教圣徒。

讨论《埃涅阿斯纪》时，若不分出一定的篇幅讨论狄多女王，总会让人感觉不完整。狄多在卷四结尾自尽，卷六中她的亡魂在冥间只闪现一次，以沉默表达对埃涅阿斯的鄙视和漠视。与狄多相关的内容大约占全诗八分之一的篇幅（卷一的一半、加上卷四全卷），但这个文学形象就像超新星爆炸一样，释放出耀眼的光芒，照亮了整个拉丁文学传统。近现代读者对她的痴情与殉情自然感到刻骨铭心，但往往忽略狄多身上强烈的政治意味。从历史上看，迦太基是罗马的宿敌，经过公元前3世纪到前2世纪三次布匿战争（Punic Wars），罗马最终彻底摧毁迦太基国。鉴于两国在政治和文化上的深刻敌意，当罗马人的先祖与迦太基的奠基者相恋时，维吉尔的罗马读者首先会产生不祥的预感。从罗马内战史的角度来看，狄多的形象很可能部分影射埃及女王克里奥帕特拉。将这些历史和政治因素加以考察，就会发现狄多的爱情不是两个角色之间单纯的情感纠葛，而是隐含了国族之间的冲突。

本书最后一章分析了罗马主神朱庇特在史诗中的作用。西方古代史诗中，无神灵，则不能称史诗。维吉尔受到古代哲人对荷马史诗批判的影响，其笔下的朱庇特远比《伊利亚特》中的宙斯更加庄重、平和。朱庇特对于罗马未来的预言，是神界对于罗马的加持和保证。悲观派学者不仅要揭露埃涅阿斯的残忍，还要彻底瓦解史诗中所有描述罗马辉煌前景的预言。他们强调卷一中朱庇特预言的安抚功能（宽慰维纳斯），以此来抵消预言的准确性。他们还特别关注史诗结尾处朱庇特与女神朱诺之间达成的妥协，以突出朱庇特的狡黠和欺诈。我认为，朱庇特的形象不可能尽善尽美，他身上仍旧存留荷马笔下宙斯的某些残痕。但是全面推翻他的预言，将代表命运发话的罗马主神理解为用心险恶的政客，这对文本的解读就显得过于生硬和粗暴了。

以上便是全书的主旨以及各章要点。引言既毕，以下言归正传。

第一章　"哈佛派"的悲观解读

现存最早的维吉尔诗歌古代注疏，是赛维乌斯（Servius）的《维吉尔诗诂训传》。赛维乌斯是公元4世纪人，当时被称为"语法家"（grammaticus），指教授古代文本并从事校订和笺注工作的学者。存世的这部《诂训传》，是对《牧歌》《农事诗》和《埃涅阿斯纪》逐卷、逐行的注释，主要内容包括疑难词句的解诂，以及对诗中用典、名物、制度、历史影射，乃至寓意和象征的解释。在对《埃涅阿斯纪》卷一进行诠解之前，赛维乌斯放入一篇前言，包含一篇短小的维吉尔传略以及对全诗的通解。谈到维吉尔创作的意图时，赛维乌斯明确说："维吉尔之用意，在于模仿荷马，并通过赞美其祖先来称颂奥古斯都"（intentio Vergilii haec est, Homerum imitari et Augustum laudare a parentibus）。① 赛维乌斯进一步解释，因为奥古斯都之外祖母尤利娅（Iulia）乃是尤里乌斯·恺撒之妹，而恺撒家族自称埃涅阿斯之子尤卢斯（Iulus）的后裔。这部最早的笺注明确表达出的这种整体解读，我们可以称为"奥古斯都解读"。在维吉尔史诗两千年的解释传统中，这种意

---

① Georg Thilo and Hermann Hagen (eds.), *Servii Grammatici Qui Feruntur in Vergilii Carmina Commentarii, vol. 1: Aeneidos Librorum I-V Commentarii* (Teubner, 1881), p. 5. 本书以后凡引用《维吉尔诗诂训传》，一律简称为"《诂训传》Thilo-Hagen 版"。

见一直是主流。我们看一下19世纪和20世纪上半叶的主要观点，会发现基本不脱离这种意见。

19世纪最著名的维吉尔研究著作，是法国大批评家圣伯夫（Charles Augustin Sainte-Beuve, 1804—1869年）所著《维吉尔研究》一书。这部书初版于1857年，第二版为1870年。圣伯夫沿袭传统说法，认为维吉尔写作史诗的目的有二："模仿荷马史诗，赞颂奥古斯都的祖先"（imiter Homère et louer Auguste dans ses ancêtres）。① 这实际上是对赛维乌斯那段概括的直接翻译。若稍加解释，维吉尔的创作意图是：在文学方面，模仿、超越荷马史诗，创作出拉丁文学经典；在政治历史方面，歌颂罗马的辉煌成就，尤其赞颂奥古斯都结束内战、恢复和平的丰功伟绩。

英国19世纪后半期两位重要的古典学家也都持同样看法。牛津拉丁文教授奈特士普（Henry Nettleship, 1839—1893年）在1875年写道："《埃涅阿斯纪》的主要目的，很多批评家已经看到，乃是赞颂罗马帝国与罗马文明在神意安排之下的发展。"② 奈特士普几次强调，史诗的主题就是罗马在神意指引下所体现的征服和教化的威力。③ 19世纪70年代，爱丁堡大学古典学家赛勒（William Young Sellar, 1825—1890年）在其著作《奥古斯都时代的罗马诗人·维吉尔卷》中指出，维吉尔史诗有两大目的，首先是"为纪

---

① Charles Augustin Sainte-Beuve, *Étude sur Virgile* (Michel Lévy Frères, 1870), p. 63.

② Henry Nettleship, "Suggestions Introductory to A Study of the Aeneid", in *Lectures and Essays on Subjects Connected with Latin Literature and Scholarship* (Clarendon Press, 1885), pp. 97-142. 此句见第101页。

③ Nettleship, "Suggestions Introductory", p. 124.

念罗马和奥古斯都的光荣而树立一座丰碑",其次乃是模仿、再现英雄时代的风貌。① 赛勒认为维吉尔真诚、全力拥护奥古斯都政权,所以史诗对于奥古斯都的赞美是真诚、不容置疑的。②

到了20世纪初年,德国学者海因策(Richard Heinze, 1867—1929年)写出一部里程碑式的著作,题为《维吉尔的史诗技巧》,奠定了现代维吉尔研究的基础。海因策关注维吉尔对传统材料的吸收和改变,而诗人的政治立场、史诗与奥古斯都时代的关联,并不是他的重点。但是,在全书结尾,海因策还是不可避免地触及这个问题。在解释维吉尔为何在诗中创造出崇高、恢宏的艺术效果,海因策认为史诗的焦点乃是罗马、罗马人民和政治领袖的伟大:"让罗马人有可能感受到崇高与敬畏,都和下列思想有关:命运的力量和神明的意志以奇异的方式引导罗马人民;维吉尔的同代人会感觉到,罗马从如此微末的开端竟会发展得如此强大;同时,无穷无尽的艰辛和牺牲,也正是如此辉煌成就的代价……"③ 虽然海因策提到付出的代价,但我们感觉到他的重点依然落在赞颂罗马之伟大。维吉尔能让读者感觉到崇高感的震撼,正因为史诗题材之震撼。

英国在20世纪上半叶有两部维吉尔的研究著作,至今仍有可观之处。二者对于《埃涅阿斯纪》的基本立场也大都持相同的观点。剑桥大学古典学家T. R. 格罗弗(T. R. Glover, 1869—1943年)

---

① W. Y. Sellar, *The Roman Poets of the Augustan Age: Virgil* (Clarendon Press, 1877), p. 309.
② Sellar, *Virgil*, p. 343.
③ Richard Heinze, *Virgil's Epic Technique* (The University of California Press, 1993), p. 382. 海因策这部名著,虽然第一版出版于1903年,但实际上应属于19世纪的学术成果。

认为，维吉尔对于罗马共和国并无留恋之情，因为无论从其家世还是从其个人经历而言，他对于旧制度没有太多责任。再加上他热爱和平，憎恶内战中无穷无尽的流血，所以才会支持奥古斯都："他对皇帝的赞扬至少来自真实的情感，就此而言也是合理的。"① 另一部重要著作是牛津学者杰克逊·奈特（W. F. Jackson Knight, 1895—1964年）所著的《罗马维吉尔》，就在二战即将结束之前出版。奈特的意见已经与从圣伯夫以降的学者稍有不同。他认为维吉尔大体支持奥古斯都政权，但是诗中对死亡和丧痛的描写，说明诗人对于盛世来临之前所付出的代价和牺牲多有关注："有很多迹象显示，他在写《埃涅阿斯纪》时，不断地思考对与错、是与非的问题，而且把这些问题也施用于政体。他一度全心全意接受这个政体，现在他大多数情况下依然接受。但在其他方面，维吉尔情不自禁记起过去的辉煌所掩盖的那些鲜血和泪水。"②

这样的主流意见，从4世纪的赛维乌斯一直延续到20世纪上半叶。在英语世界中，诗人T. S. 艾略特（T. S. Eliot, 1888—1965年）对维吉尔的评价，可称此种主流意见在20世纪的结晶。而艾略特的思想渊源，主要来自德国学者海克尔。以下简要讨论二人的意见，以窥见20世纪60年代"哈佛派"崛起之前维吉尔解释传统的主流。

---

① T. R. Glover, *Virgil*, 2nd ed. (Methuen, 1912), p. 163. 此书第一版出版于1904年。

② W. F. Jackson Knight, *Roman Vergil* (Faber and Faber, 1944), p. 300.

一、海克尔与艾略特："西方之父"维吉尔

德国作家、思想家海克尔（Theodor Haecker，1879—1945年）年轻时学习古典文学，笃信天主教。二战期间，他积极参与抵抗运动。《维吉尔：西方之父》是他多篇短文的合集，出版于1931年，英译本在1934年面世。① 单看书的标题，便知海克尔将维吉尔推崇到何种程度。他对维吉尔的三部诗作都有分析，认为早期的《牧歌》表达诗人对自然的崇拜和热爱，在自然中发现自己，也在自己身上发现自然。历代大诗人都从自然起步，流露出模糊的泛神论倾向。写作《农事诗》时，维吉尔已从田园风光和牧人的爱情，转向对土地和劳作的歌颂。而第三阶段的史诗，则是其巅峰之作。

海克尔分析《埃涅阿斯纪》，指出主人公独特的品质是"忠义"（pietas）。这一观念包含孝顺、忠义、庄敬等不同含义（详见本书第四章）。他将"忠义"解释为"履行职责的爱，或者怀着爱去履行职责"。埃涅阿斯对于神灵极其恭敬、虔诚，女神朱诺（Juno）一直残害、逼迫他，他也依旧向朱诺奉献祭品，哀求她、平息她的怒气。这种对神灵的顺从，甚至逆来顺受，正代表一种谦卑。② 海克尔在书中两次谈到维吉尔的政治态度。他指出，德国普遍对维吉尔没有兴趣，因为知识分子对于国家比较淡漠，甚至冷嘲热讽。而维吉尔却截然不同："维吉尔拥护国家，在极端情况下甚至承认战争的必要性，虽然他从心底里憎恶战争。"在另一处，他又

---

① Theodor Haecker, *Virgil: Father of the West* (Sheed & Ward, 1934).
② Haecker, *Virgil*, pp. 61-65. 引文见第62页。

说:"维吉尔和欧里庇德斯一样仇恨战争,但与欧里庇德斯不同,他不否定国家,而是肯定,即使在极端情况下国家不得不依靠战争来保存自己。"①

海克尔最根本的态度,就是认为在基督教到来之前,维吉尔已经达到古代异教所能企及的最高境界。他延续早期基督教对维吉尔的解读,认为罗马诗人在《牧歌》第四首中已预示了基督的到来,而且维吉尔可以解释为何罗马帝国最终自愿接受基督教。强调维吉尔与基督教有深刻的联系和特殊的缘分,这是公元4世纪教会的意见,在20世纪已显得非常保守。②但海克尔仍将维吉尔置于新、旧信仰交替的关口,认为他是旧世界最优秀的代表,但又充满一种缺失感,充满莫名的渴望,是所谓"被永恒击伤的忧郁的人"。③所以,希腊罗马传统和基督教在根基上存在统一性和连续性,而此种连贯在维吉尔身上表现得最为突出。这也是后来艾略特推崇维吉尔、将他的诗歌树立为欧洲唯一经典作品的主要原因。

T. S. 艾略特在20世纪中叶发表的两篇文章,以凝练的方式概括了从赛维乌斯一直延续到海克尔的"正统"解读。由于艾略特特殊的文化影响力,他的观点突破了古典学范围,影响到公众对于维吉尔文化意义的理解。第一篇文章《何为经典?》,乃是1944年艾略特就任英国维吉尔学会会长的演讲。④成立学会是

---

① 以上两处分别见第105和第109页。
② 有关早期基督教如何传承、解释和化用维吉尔,我会在其他作品中论述。
③ Haecker, *Virgil*, p. 16: "the melancholy man wounded by eternity".
④ "What Is a Classic?", in T. S. Eliot, *On Poetry and Poets* (Farrar, Strauss & Giroux, 1957), pp. 52-74.

杰克逊·奈特的主意,也就是前文引用过的《罗马维吉尔》一书的作者。他坚持让艾略特出任首届会长,误以为凭借诗人的声望可促进学会的发展。艾略特对于所谓的"经典"(classic),有独特的理解,所以文章前一半基本在反复申说自己的观点,到后半部分才开始涉及维吉尔。他对《埃涅阿斯纪》主人公有如下评价:

> 埃涅阿斯,从头到尾,都是一个被命运掌握的人。他既不是冒险家,也不是权谋家,既不是流浪者,也不汲汲于出人头地。他是完成自己命运的人,并非受到胁迫或受制于专断的命令,当然也不受功名的驱动,而是将个人意志交托给阻挠或引导他的那些神灵背后更高的力量。他本来宁愿留在特洛伊,但却变成流亡者,比任何流亡者都更加伟大、更加重要。他的流亡,是为了比他所知更重大的目的。①

艾略特认定,欧洲文学的血脉在于希腊和拉丁文学,而希腊文学乃是通过拉丁文学这一媒介才成为欧洲的文化遗产,故而维吉尔具有特殊意义,因为他是整个欧洲的经典。② 在文章结尾,艾略特谈到维吉尔的诗歌体现了对历史的洞察,尤其是埃涅阿斯对罗马、对未来的奉献。

艾略特对维吉尔更具体的分析,见于 1951 年的《维吉尔与基

---

① Eliot, "What Is a Classic?", p. 70.
② Ibid, p. 73.

督教世界》一文。① 此文是给英国广播公司制作的广播节目，因为不必纠缠其他议题，所以他直入主题。但如果我们先读过海克尔的著作，就会发现艾略特的名文实则是海克尔一书的温柔版。海克尔大张旗鼓地重申古代作家的口号，毫不隐讳地视维吉尔为天然的基督徒（anima naturaliter Christiana），表达方式也很"前现代"。而艾略特则口气委婉，行文克制，冲淡了海克尔浓烈的护教情怀，稀释了他的基督教修辞，以更加克制的语言表述了相同的思想。试举几例。前文已述，海克尔讨论维吉尔《农事诗》时，指出此诗重点在于土地和劳作，除表达对自然之爱外，还加上对土地的理解和农事知识。而艾略特则谈到维吉尔或许在提醒远离乡村、居住在都市中的人，爱护土地是他们的根本责任，而耕耘土地对于国家在物质和精神方面又是何等重要。② 谈到埃涅阿斯最重要的品质"忠义"，艾略特像海克尔一样，指出此种虔敬并非针对单一的对象，而是面向个人、父母、宗教、国家。他讨论埃涅阿斯对神灵的逆来顺受，与海克尔基本一致：

> 埃涅阿斯对于诸神非常虔敬，他的虔敬表现最明显之处莫过于当他被神灵折磨之时。他忍受朱诺很久……在埃涅阿斯身上有一种美德——这是他虔敬精神的一个要素——类似也预示了基督教的谦卑。③

---

① "Virgil and the Christian World", in T. S. Eliot, *On Poetry and Poets*, pp. 135-148.
② Haecker, *Virgil*, p. 47; Eliot, "Virgil and the Christian World", pp. 140-141.
③ Eliot, "Virgil and the Christian World", p. 143.

艾略特认为，埃涅阿斯与《旧约》中的约伯非常接近："事实上，他是基督教英雄的原型。他谦卑，而且是肩负使命之人。"这与海克尔用亚伯拉罕来类比，如出一辙。①

对于艾略特将维吉尔定义为欧洲文学经典一事，学者多有讨论。英国著名文学批评家科默德（Frank Kermode, 1919—2010年）在1975年出版《经典》一书，将艾略特的思想加以铺陈。科默德是极其博学的批评家，涉猎广泛，他对海克尔的总体评价是："海克尔的书，英译本标题是《维吉尔：西方之父》，论点与艾略特相似，但全书让人觉得教条、迟钝（insensitive）。"② 单看他的措辞，不知情者难免会感觉海克尔是在借鉴艾略特，而其实艾略特已经说得非常明确："罗马最伟大的诗人在哪些方面预示了基督教？为何希腊诗人无人做到？已故的特奥多尔·海克尔在多年前出版的书中极好地回答了这个问题。这本书英译名为《维吉尔：西方之父》。下面我将运用海克尔的方法。"又说："那么，维吉尔具有哪些主要特征，使得基督教对他产生同情之意？我认为要给出简要的说明，最好的办法就是按照海克尔的步骤，将某些关键词的含义予以展开。"③ 所以，是艾略特借鉴了海克尔，而不是海克尔沿袭了艾略特。

但是，艾略特向英国和德国的前辈借鉴了多少，各家有不

---

① Eliot, "Virgil and the Christian World", pp. 143-144. 将找寻意大利的埃涅阿斯比作《创世记》中遵循上帝旨意离开家乡的亚伯拉罕，见 Haecker, *Virgil*, p. 73. 又见 W. A. 坎普：《维吉尔〈埃涅阿斯纪〉导论》，北京大学出版社，2020年，第30页。

② Frank Kermode, *The Classic* (1975; reissued, Harvard UP, 1983), p. 26. 书中第27页，科默德又说，海克尔的思想和观点与艾略特非常一致，或者相似。

③ 以上两段话，分别见于 Eliot, "Virgil and the Christian World", p. 138, p. 140.

同的定量分析。有学者认为艾略特不是单纯重复《维吉尔：西方之父》的主要论点，而是借助海克尔的思想，并利用他给出的例子，开启了自己理解维吉尔的独特视角。① 而特奥多尔·齐奥科斯基在《维吉尔与现代人》一书中，又详细讨论了艾略特这两篇文章。他对于艾略特的古典学修养、掌握维吉尔原文的程度，以及在维吉尔研究方面所受的影响，都做了冷静、细致的考察和评估。② 他对科默德的说法深感不满，认为艾略特两文并无原创性可言，并追溯了其思想的多重来源：比如，论维吉尔的普适性，来自海克尔；维吉尔在历史意识上所展现的成熟，来自 C. S. 路易斯的《〈失乐园〉导言》；论维吉尔语言的成熟，来自杰克逊·奈特的《罗马维吉尔》一书。根据他的研究，艾略特从 20 世纪 30 年代之后，明显开始关注维吉尔的政治和文化意义。1933 年，他在一篇评论中，还将维吉尔说成"对中产阶级帝国王朝谄媚的支持者"（a sychophantic support of a middle-class imperialist dynasty），到了 1944 年，维吉尔已经一跃成为欧洲经典。他这两篇论述维吉尔的文章，正体现了艾略特对罗马诗人评价的转向：维吉尔不再仅仅是诗人和创作资源，而变为一个文化符号和象征。

---

① Gareth Reeves, *T. S. Eliot: A Virgilian Poet* (St. Martin's Press, 1989), pp. 97-98.

② Theodore Ziolkowski, *Virgil and the Moderns* (Princeton UP, 1993), pp. 119-129. 比如，艾略特在哈佛的拉丁文老师 Rand 写过当时有一定影响的维吉尔研究著作。艾略特的拉丁文不够专业，他在自己诗歌中的用典，主要取自上学时熟习的《埃涅阿斯纪》卷一、卷二和卷六（第 123 页）。他自己也承认，拉丁文不够过硬，直接读《农事诗》原文有困难，所以采用 Day Lewis 的译本。另外，齐奥科斯基认为，维吉尔对艾略特的直接影响并不大，最多不过是一个 crutch，也就是一个抓手或支点而已。艾略特引用《牧歌》第 10 首第 69 行 *amor vincit omnia* 一句，乃是根据海克尔的误引，词语顺序颠倒，并不是维吉尔原文中的 *omnia vincit amor*，可见他至少未核实原文（第 120 页）。

艾略特之后最重要的著作，是德国学者维克多·珀斯科尔（Victor Pöschl）出版于1950年的专著《维吉尔的艺术》。因为此书很早被译成英文，所以在英国和北美都产生了很大影响，算是20世纪中期正统派解读的代表作。① 《埃涅阿斯纪》后半部分集中于埃涅阿斯与图尔努斯（Turnus）的冲突，他们当中，一个是代表未来罗马人的特洛伊英雄，一个是代表意大利人的拉丁英雄。珀斯科尔在第一章就将二人之间的殊死搏斗定性为"图尔努斯身上黑暗、恶魔般的冲动与埃涅阿斯身上熠熠生辉的精神和道德力量之对抗"。② 罗马的历史，就是这两种对立原则的对抗。而全诗的主题，就是秩序的胜利、对恶魔力量的降伏。③ 珀斯科尔对埃涅阿斯的解读，与艾略特非常相近，本书后面的讨论还会引用。

最后，需要提一下美国学者布鲁克斯·欧提斯（Brooks Otis）出版于1963年的专著。④ 这本书在英语学术界非常知名，因为篇幅长，对维吉尔所有诗歌都有详细的分析，算是传统、正统解读的一个结晶。正因其观点相对保守，所以在70年代末被列入牛津的书单。⑤ 欧提斯的学生后来称他为"在奥林匹亚众神攻占维吉尔研究之前最后一位提坦巨人"。⑥ 意思就是在"哈佛派"解读大行其道之前，欧提斯是最后一位对史诗持传统解读的重要学者。

---

① Victor Pöschl, *The Art of Vergil* (The University of Michigan Press, 1962).

② Ibld., pp. 14-15.

③ Ibid., p. 18.

④ Brooks Otis, *Virgil: A Study in Civilized Poetry* (Clarendon Press, 1963).

⑤ Stephen J. Harrison, "A Voyage Around the Harvard School", *Classical World* 111.1 (2017), p. 77. 根据哈里森的回忆（他1978年进入牛津，当时牛津的书单上还有Camps那本 *An Introduction to the Aeneid* (1969) 以及上面提到的德国学者珀斯科尔的《维吉尔的艺术》。

⑥ Ward W. Briggs, "What the Harvard School Taught Me", *Classical World* 111.1 (2017), p. 53.

这本书内容极为丰富，在后面几章我会频繁引用。这里，我只引用他一句结论，看一下欧提斯的基本立场。他说，维吉尔史诗的真正情节乃是"奥古斯都式英雄的塑成和胜利"。① 埃涅阿斯的命运就是牺牲一切享乐，完成现世无法看到的宏远目标。我们只消看看这几句话，就可以发现，1963年的美国学者欧提斯，和1850年法国的圣伯夫、1903年德国的海因策、1931年德国的海克尔、1945年英国的艾略特以及1950年德国的珀斯科尔，在理解《埃涅阿斯纪》主旨方面，完全保持一致。但这种学界的共识，在20世纪60年代被几位美国学者彻底摧毁了。

二、"哈佛派"与现代悲观解读

从19世纪到20世纪中期流行的正统解读，与从古代开启的"奥古斯都解读"在主旨上基本一致：维吉尔在《埃涅阿斯纪》中歌咏了神话中罗马帝国的奠基者，颂扬了罗马立国的艰辛，预言了罗马在未来的辉煌，赞美了奥古斯都结束罗马内战的功绩。史诗通过歌咏罗马祖先埃涅阿斯，含蓄地赞颂了奥古斯都，所以这是一首歌颂在位君主的帝国史诗。但从20世纪50年代开始，对维吉尔诗的研究开始出现不同于往昔的解读。颂歌变成悲歌，英雄变成杀手，这些悲伤、刺耳的声音，被美国学者约翰逊（W. Ralph Johnson）统称为"哈佛派"解读。由于这个名称简单明了，而且笼罩着哈佛这所名校的光环，所以学界普遍以此来指称50年代初露端倪、60年代渐成气候、此后逐渐被发扬光大，以悲观态

---

① Otis, *Virgil*, p. 222.

度解读维吉尔史诗的批评学派。

"哈佛派"的得名,来自 1976 年出版的《可视的黑暗》(*Darkness Visible*)一书。[①] 书的标题取自弥尔顿《失乐园》卷一,描写撒旦在地狱中的居所。在总结了乐观、正统的解释之后,作者约翰逊提到了"有些悲观的'哈佛派'"。随后,在一条注释中,他解释了为何这样来命名:"我之所以起这个名字,是因为对史诗集中做出这样解读的主要著作,都是由与哈佛古典系有关联的学者写成的。他们从 40 年代末一直到现在,都在不同时期与哈佛有联系:布鲁克斯、克劳森、亚当·佩里(Adam Parry)、帕特南。"[②] 这就是"哈佛派"的得名。

按照约翰逊的理解,这种解读虽然勉强承认埃涅阿斯具有卓越的美德和崇高的理念,但他被放置在史诗中,始终有一种错位的感觉,而且被涂上了浓重的悲剧色彩。通过这个人物,维吉尔不仅质疑荷马式的英雄主义,更有甚者,也同时质疑奥古斯都式的英雄主义,乃至任何形式的英雄主义。以艾略特和珀斯科尔为代表的批评家,认为诗中存在正义与邪恶、光明与黑暗、秩序与混乱之间的征战,而最后终归以正义、光明、秩序一方获得全胜。但是,"哈佛派"的解读却认为,正邪之间的激烈对决,不仅让双方付出惨重代价,而且最终"英雄、秩序和混沌都被一种不可平复、无从理解的虚无精神所吸纳,甚至被完全吞噬"。[③] 其实

[①] W. R. Johnson, *Darkness Visible: A Study of Vergil's Aeneid* (University of California Press, 1976).

[②] Ibid., p. 11; p. 156, n. 10.

[③] Ibid., p. 11.

早在 60 年代，就有人注意到这种悲观主义的解释潮流。哈佛学者西格尔在 1965 年的论文中，已经将这种趋势总结为"对于历史所付出代价的悲观看法，对参与历史的个人所经受的痛苦的强烈敏感"。① 约翰逊列出的"哈佛派"主力，也已经先出现在西格尔的脚注中了。② 只不过学术界要等到约翰逊来为这个潮流设计出一个又响亮又闪光的名字。下面我将"哈佛派"三位代表人物的观点作简要回顾。

1963 年，亚当·佩里发表《维吉尔〈埃涅阿斯纪〉中的双重声音》一文。③ 这篇文章突出全诗中悲伤、忧郁、阴暗、悲悼的主题，并用"双重声音"来表明，维吉尔在史诗中所传递的绝不是单一、统一的信息。佩里自己的经典表述如下："在《埃涅阿斯纪》中，我们听到两个截然不同的声音：宣誓胜利的公开的声音和表达悔恨的私人声音。"④ 这双重声音在史诗中始终保持对立。

---

① Charles Paul Segal, " 'Aeternum per Saecula Nomen'. The Golden Bough and the Tragedy of History: Part I", *Arion* 4.4 (1965), p. 618; p. 654, n. 2.

② Ibid. 西格尔在该文第 654 页脚注 2 中已经列出布鲁克斯、克劳森、佩里和帕特南的著述，与约翰逊所列完全一样。不过，西格尔还加上了 L. A. MacKay 发表于 1963 年的论文。

③ Adam Parry, "The Two Voices of Virgil's Aeneid", *Arion* 2 (1963), pp. 66-80. 亚当·佩里 1928 年出生于巴黎，其父乃是著名学者米尔曼·佩里（Milman Parry, 1902—1935 年），当时正在索邦攻读博士。米尔曼·佩里发现荷马史诗乃是古代的口传史诗，很多文学手法，比如伴随着名人物出现的"名号"（epithet）、重复出现而且循环使用的"套语"（formulas）等等，都是口传史诗的重要特点。他的这一发现，彻底改变了 20 世纪荷马史诗的研究方向。不幸的是，米尔曼·佩里 33 岁就去世了。亚当·佩里和他父亲一样，也英年早逝。1971 年，他和妻子 Anne Amory Parry（也是一位古典学学者）死于一场车祸，年仅 43 岁。有关亚当·佩里的经历和学术成就，可参看他在哈佛的老师 E. A. Havelock 的悼念文章："In Memoriam Adam and Anne Parry", in Donald Kagan (ed.), *Yale Classical Studies*, vol. XXIV (Cambridge UP, 1975), pp. ix-xv; 以及英国学者 G. S. Kirk 的悼念文章"Adam Parry and Anne Amory Parry", *Gnomon* 44.4 (1972), pp. 426-428。

④ Parry, "The Two Voices", p. 79.

比如，卷七的"点将录"（7.641-817）让意大利本地的各路英雄在开战之前登台亮相。这些骁勇善战、质朴单纯的古代意大利部落，最终不可避免并入罗马的版图。佩里认为，史诗后一半的悲剧在于罗马帝国的建成是以丧失了意大利原初的纯洁和质朴为代价。意大利的山川为失去自己的英雄而悲悼、恸哭（7.759-760），显示维吉尔特有的忧郁和怀旧。佩里总结维吉尔的诗中经常出现有违"主旋律"之处，其中包括："对拉丁人英雄时代的缅怀、无处不在的悲伤、在一个你站不对立场就会被消灭的世界中感到人之行动受到限制的苦恼"，特别是"在颂扬罗马之辉煌的颂歌中，经常毫无缘由地出现哀歌的音调"。①

佩里举出的例子，基本上都是维吉尔着意表现悲观、失意、哀痛的段落，比如，卷五结束时，特洛伊人马上要在意大利登陆、结束长期的海上漂泊，而维吉尔偏偏写了舵手帕里努鲁斯（Palinurus）意外落水，淹死在一片黑暗的水面中。② 又比如，卷二中埃涅阿斯的妻子克卢莎（Creusa）在战火中失踪，埃涅阿斯想拥抱她的幻影，却发现一切都是徒劳：

> 我三次想用手臂环抱住她，
> 她的幻影三次逃离我的拥抱，
> 她如风一样轻盈，如梦一般迅疾。

---

① Parry, "The Two Voices", p. 69.
② 佩里在文章中没有详述这段故事。帕里努鲁斯在卷六也出现了，所以，这样的安排，部分原因是为他和埃涅阿斯在冥间相遇打下伏笔。如果完全理解为在胜利的凯旋曲中有意加入悲哀的曲调，则恐失之片面。

> ter conatus ibi collo dare bracchia circum;
> ter frustra comprensa manus effugit imago,
> par leuibus uentis uolucrique simillima somno. (2.792-794)

佩里认为，恰恰是这种如梦如幻的感觉，能够捕捉到维吉尔的特点："这几行诗体现了全诗的情绪：悲伤、丧痛、挫败，对原本真切和满意之事物产生出空幻不真的感觉。"[①] 再比如卷六中，西比尔（Sibyl）预言埃涅阿斯率领特洛伊人终将抵达命运所规定的目的地，但那时他们会希望从未到达，因为等待他们的将是可怕的战争（sed non et uenisse uolent. bella, horrida bella...6.86）。在佩里看来，埃涅阿斯无论在流亡中，还是在后来的战争中，经历的都不是英雄主义的凯旋，反倒是困苦和失意："劳苦、懵懂、苦难乃是埃涅阿斯奔向罗马路途中最忠实的同伴。"[②] 埃涅阿斯失去英雄的品性，不断感叹自己个人的损失。他失去祖国，失去妻子、父亲、恋人，失去盟友托付他的少年武士，他的一生就是不断的丧失。我们来看佩里的这段总结：

> 《埃涅阿斯纪》本应当是对奥古斯都的礼赞，是新政权的宣传品，却变成另外的样子。历史进程被呈现为不可阻挡，而且的确如此，但是这些进程完成之后，其价值何在，却受到怀疑。维吉尔不断强调罗马取得成就的公开的辉

---

① Parry, "The Two Voices", p. 71.
② Ibid., p. 75.

> 煌……但他也同样强调为了成就这样的辉煌，个人必须付出可怕的代价。不仅仅是热血、汗水和泪水，还有更珍贵的东西在历史必然的进程中失去：人的自由、爱、个人的忠诚，所有荷马笔下的英雄所表现出的品质都消失了，而这一切都是为了成就恢宏、不朽、超越个人的功业——罗马国家。①

佩里上面一段写得非常沉痛。如果"哈佛派"需要提供一份宣言的话，我认为这一段当之无愧。

这篇著名论文，被当作"哈佛派"的开山之作。虽然佩里此后没有发表更加系统的相关研究，但这一篇论文已在维吉尔研究史上牢牢占据一席之地。德国学者施密特（Ernst Schmidt）在2001年的文章中说，在过往的35年中，佩里的文章成为维吉尔研究中不同流派的旗帜或靶子。② 有些学者觉得"哈佛派"这个称呼过于狭隘，更愿意将这一派称作"双声派"（Bivocalism）。这个新名字自然出自这篇论文的标题。③

"哈佛派"第二位代表人物是温德尔·克劳森（Wendell Clausen），他的文章发表于1964年。④ 和佩里的文章一样，克劳森并不聚焦于任何具体的主题或者段落，而是对全诗做了概括和评述。后来有人评论，这不像一篇专业的学术论文，更像传统文

---

① Parry, "The Two Voices", p. 78.

② Ernst A. Schmidt, "The Meaning of Vergil's *Aeneid*: American and German Approaches", *The Classical World*, 94.2 (2001), p. 147.

③ Nicholas Horsfall, *A Companion to the Study of Virgil* (Brill, 1995), p. 192.

④ Wendell Clausen, "An Interpretation of the *Aeneid*", *Harvard Studies in Classical Philology* 68 (1964), pp. 139-147. 这篇文章虽然发表于1964年，但实际写于1949年。

学批评所推崇的散文。① 克劳森眼中的埃涅阿斯，不像奥德修斯那样足智多谋、机巧百变，而是"背负命运的使命，不计个人情感"，充满"浸透骨髓的忧郁"。他指出史诗的两面性："《埃涅阿斯纪》带来的悖论，也是这部伟大史诗让人诧异的地方，在于这本是一首歌颂开国英雄的成就和罗马建立的诗，却竟然记录了失败和丧痛的漫长历史。"② 克劳森和佩里一样，都强调埃涅阿斯需要一直忍受加在自己身上的种种不幸：亡国之痛、妻子失踪、狄多的诅咒、父亲的去世等等。埃涅阿斯遭受这一连串的灾难，但他必须对属下强颜欢笑，同时对命运的安排、神意的规划念念不忘。克劳森历数埃涅阿斯个人的损失和悲伤，认为他在史诗后半部被迫投入战争，还眼见自己的人民遭到屠杀，这一切都不是他的选择，而是他服从预言的安排。这篇文章广为传颂的是这一句：

> 维吉尔重视罗马的成就……但他依旧意识到不可避免的痛苦和损失：维吉尔之所以成为他的祖国最忠实的史家，正在于他视罗马历史为人类精神一场得不偿失的胜利（a long Pyrrhic victory of the human spirit）。③

克劳森之意，在于史诗所描写的埃涅阿斯为了罗马奠基所付出的

---

① Richard Jenkyns, "The Conversation of Gentlemen", *Classical World* 111.1 (2017), p. 79. 克劳森这篇文章只有 5 条注释，而且所引用的均非专业文献，明显是要从大处着眼。

② Clausen, "An Interpretation of the *Aeneid*", p. 143.

③ Ibid., pp. 145-146.

代价，已经远远超过他的收获。在此意义上，史诗不关乎任何胜利，而只凸显了伤痛和失意。

"哈佛派"第三位代表人物是帕特南。佩里和克劳森主要以单篇论文取胜，而帕特南出版了一部专著。这就是他写成于1963年、出版于1965年的《〈埃涅阿斯纪〉的诗歌》一书。① 帕特南后来一直在布朗大学古典系任教，60年代之后接连不断发表论文，基本以相同的思路分析《埃涅阿斯纪》其他各卷。一直到2018年他还在发表相关论文，是"哈佛派"中生命力最强，也是争议最大的学者。

帕特南的专著是对《埃涅阿斯纪》之中较少为人关注的四卷所作的详细解读。这四卷分别是卷二、卷五、卷八和卷十二。作者采用当时流行的新批评方法，努力寻找分布在史诗不同段落中重复或者类似的词句和意象，从而在史诗内部相距较远的段落之间建立关联。以他第一章中的分析为例。卷二中，希腊人制作木马，将勇士藏在木马腹中（feta armis 2.238），然后派巧舌如簧的西农（Sinon）骗取特洛伊人的信任。而卷一中，风神埃奥鲁斯（Aeolus）拘禁各路狂风的山洞被维吉尔写成暗藏狂风（loca feta furentibus 1.51）。因措辞相近，都有 feta 一词（孕育、充满），所以二者之间或有联系。又比如，维吉尔在卷二描写彗星一段（2.692-697），使用了"划过"（lapsa, labentem）等词。帕特南说，在卷二描写拉奥孔父子遭受毒蛇攻击以及木马进城等处，都出现

---

① Michael C. J. Putnam, *The Poetry of the* Aeneid (Harvard UP, 1965).

过相似的词语。①这样的研究，在方法上其实不够严谨。因为局部文辞之所以相似，可能有多种原因，不能凿之过深。维吉尔创作史诗的周期长达十年，不排除相同的词句，在隔了一段时间之后，又被诗人套用到相近的场景。又或者史诗内部也存在诗句和意象的自我重复、循环使用的情况。只有在极其特殊、意义重大的段落，如果出现和主题强烈相关的重复词语，才可以做一定的引申。所以，现在看来，帕特南对很多段落的讨论，未免有些随意。

这本书最有价值的部分是最后一章对于《埃涅阿斯纪》末卷的分析，尤其是全书最后十页，充满纲领性的文字。卷十二是史诗的尾声。此前，特洛伊人与图尔努斯率领的军队展开拉锯战，互有胜负。埃涅阿斯得到阿卡迪亚国王埃万德（Evander）的鼎力支持，埃万德还派自己的爱子帕拉斯参战。但帕拉斯被图尔努斯在战场上杀死，埃涅阿斯深感有负于埃万德的托付。史诗结尾处，埃涅阿斯终于有机会与图尔努斯单打独斗，并击倒对手。图尔努斯躺卧在地，向埃涅阿斯乞降。埃涅阿斯瞥见图尔努斯从帕拉斯身上掳去的剑带，想起年轻王子惨死在图尔努斯手上，登时怒火中烧，一剑制敌于死命。

帕特南将末卷与卷二作了对比。卷二中，阿喀琉斯之子皮鲁斯（Pyrrhus）在祭坛旁边，残忍杀死特洛伊老王普里阿摩斯（Priam）。帕特南通过对关键字词的分析，发现卷二描写皮鲁斯的文字，此时也用来描写战场上满腔怒火的埃涅阿斯。他进一步

---

① 以上两个例子，分别见 Putnam, *The Poetry of the Aeneid*, pp. 14-15, pp. 40-41。

推论，维吉尔有意将此时的埃涅阿斯，刻画成当年大肆屠戮特洛伊人的希腊武士。昔日的皮鲁斯，在特洛伊陷落之时滥杀无辜，而此时的埃涅阿斯也对拉丁人大开杀戒。埃涅阿斯是昔日的受害者，曾目睹希腊武士砍掉特洛伊老王的首级，今日却一变而成为入侵者、杀戮者。帕特南认为："以忠义著称的埃涅阿斯，故意在他制造的浩劫中放纵自己"，"他不再是命运的猎物，而是自己满腔怒火，这怒火正和过去针对他的怒火一样强烈"。① 按照帕特南的理解，原本以忠义、仁孝、坚忍而著称的特洛伊英雄，如今却露出了狰狞的面目，从受害者变为施害者，从流亡者变成侵略者，从孝子变成残暴的杀手。

在分析埃涅阿斯杀死敌手之后，帕特南提到了维吉尔的"悲观主义"，指的就是与埃涅阿斯的功业相伴的苦难和牺牲。而这也是"哈佛派"共同关心的主题。比如下面这一段就值得全文引用：

> 《埃涅阿斯纪》往往被解释为对奥古斯都一朝罗马之伟大的理想愿景，但图尔努斯和他的世界被毁灭，充分否定了这一浪漫的看法。这一悲剧也否定了维吉尔作为这一时代桂冠诗人的形象——似乎他在宣扬奥古斯都影响深远的成就所带来的克制、仁慈和某种谦卑。奥古斯都时代，在数十年战乱之后创造了一定的秩序，从某种意义上可以当得起人们经常加给它的"古典"这一称号。但是，只有对《埃涅阿斯纪》全诗最肤浅的阅读，才能在其主人公身上发现奥古斯都这个

---

① Putnam, *The Poetry of the* Aeneid, p. 179.

原型，更糟糕的是，才能发现对于罗马伟大成就的称颂。暴力和非理性的力量曾在埃涅阿斯周围盘旋，通过人物、事件和伴随的象征，最终没有使他降伏这些力量（……），反而让他彻底屈服……①

按照这样的思路，埃涅阿斯杀死劲敌、在意大利立足、实现了命运的规划，所有这一切都不能算是他的胜利。帕特南总结道："卷十二结尾处，战败的乃是埃涅阿斯，而图尔努斯在个人悲剧中反倒成为胜利者。"更有甚者，帕特南认为埃涅阿斯没有达到更高的道德标准，因为他为了帝国的胜利不惜杀害生命，而且将"个人的仇恨"（private hatred）等同于英雄的成就。②

有关《埃涅阿斯纪》的结尾，我在第五章还要详细分析，看看埃涅阿斯与图尔努斯的冲突到底算不算"私仇"和"个人恩怨"。这里仅概括帕特南的观点，以观"哈佛派"的基本思路。在简要总结了"哈佛派"三位代表的基本观点之后，在本章后半部分，我用史诗中的两个例子，来回顾"哈佛派"以及与他们立场相近的学者如何在具体段落中落实他们的主张。

三、金枝的秘密

《埃涅阿斯纪》卷六有涉及金枝的一段故事，广为传颂，影响深远。卷六开始，埃涅阿斯在父亲安吉塞斯（Anchises）死后，

---

① Putnam, *The Poetry of the Aeneid*, p. 192.
② Ibid., p. 193.

率领流亡的特洛伊人来到库迈（Cumae）。他随即前去朝拜阿波罗神庙，并向女祭司西比尔求神谕，卜问前程。西比尔为阿波罗附体，自身的躯体变成神灵的传声筒，对埃涅阿斯到达意大利之后的遭遇宣布了预言。埃涅阿斯提出想去冥间拜见父亲的亡魂，就在此时，西比尔忽然提到一件神秘的宝物，唯有先得到它才能进入冥王管辖的疆域。这就是诗中首次提到的金枝：

> 若你心中有如此冲动，若你如此渴慕
> 两度泛舟冥河，两度目睹
> 黑暗的阴间，若你乐意耽于疯狂的行动，
> 记住先要准备。幽暗树上隐伏
> 金枝，树叶和柔韧枝条皆金，
> 传说中冥后的宝物。山林将它遮蔽，
> 荫翳将它封藏于幽暗山谷。
> 你若下到地底隐秘的所在，
> 需折下树上缀满金叶的枝条。
> 美丽的冥后发令，这是向她献上的
> 礼物。一枝折断，再生一根
> 金枝，纯金枝叶，同样繁茂。
> 你要举目四望，上下求索，找到
> 用力折下；若命运呼召你，
> 金枝自会甘心随你同去。但蛮力不可
> 降伏，重剑亦不能摧折。

> quod si tantus amor menti, si tanta cupido est
> bis Stygios innare lacus, bis nigra uidere
> Tartara, et insano iuuat indulgere labori,
> accipe quae peragenda prius. latet arbore opaca
> aureus et foliis et lento uimine ramus,
> Iunoni infernae dictus sacer; hunc tegit omnis
> lucus et obscuris claudunt conuallibus umbrae.
> sed non ante datur telluris operta subire
> auricomos quam quis decerpserit arbore fetus.
> hoc sibi pulchra suum ferri Proserpina munus
> instituit. primo auulso non deficit alter
> aureus, et simili frondescit uirga metallo.
> ergo alte uestiga oculis et rite repertum
> carpe manu; namque ipse uolens facilisque sequetur,
> si te fata uocant; aliter non uiribus ullis
> uincere nec duro poteris conuellere ferro. (6.133-148）

后来，埃涅阿斯在幽暗的树林中寻找。他在维纳斯的帮助下，在茂密的枝叶中发现了隐藏于其中的金枝。

弗雷泽的人类学巨著《金枝》(*The Golden Bough*)，正得名于《埃涅阿斯纪》卷六中这件神秘的宝物。弗雷泽的灵感，来自古代笺注家赛维乌斯《诂训传》中对 6.136 一行的注释。赛维乌斯记录了一个古代传说：在阿里基亚（Aricia）的神庙中有圣树，任何人禁止折断上面的枝条。但如果有逃亡的奴隶能砍下一根枝条，就有权挑战神庙的祭司。若逃亡者杀死祭司，自己就可以取而代之，成为新一代祭司。① 弗雷泽认为，这就是维吉尔金枝故事的源头，他将自己宏大的理论建筑在这个神话之上。但弗雷泽对《诂训传》这一条注释的理解不准确，有学者很早就曾批评。比如，赛维乌斯说，维吉尔与这个传说的关系是 istum colorem sumpsit，应当理解为"受其启发"，也就是说维吉尔在描写金枝这一段时参考了这个传说，但不等于他在诗中复制了这个传说。折断金枝的埃涅阿斯也并不能等同于杀死祭司的逃奴。② 弗雷泽的观点现在已无人接受，他的金枝只是他自己心目中的金枝，与维吉尔笔下的神秘物没有直接关联。

考察卷六中的意象，会发现金枝对此卷的情节意义重大。首先，金枝乃是埃涅阿斯进入冥间的担保，仿佛一张通行证。后来，当他来到冥河渡口时，负责用船将死人渡到对岸的船夫卡伦（Charon），看到金枝之后就乖乖放行（6.405-410）。这件信物隐藏在树丛之中，用纯金制成。根据西比尔的指点，为命运选定之人可以轻而易举地将其折断，正如亚瑟王不费吹灰之力，就能拔出插在岩石中的宝剑一样。卷六又是全诗的转折点，埃涅阿斯已经结束海上的漂泊，马上要进入命运让他奠定后世基业的意大利。他之所以要入冥间，是因为他父亲的亡灵要向他展示未来罗马历代英雄的模样。考虑到卷六在史诗情节和主题等方面的关键作用，金枝的意义就显得更为重大。

---

① 原文见《诂训传》Thilo-Hagen 版，卷二，第 30 页。
② Robert Seymour Conway, *Harvard Lectures on the Vergilian Age* (Harvard UP, 1928), p. 43.

曾任教于哈佛的罗伯特·布鲁克斯（Robert Brooks）在20世纪50年代发表过一篇论文，充分体现了对金枝这一意象的悲观解读。[1] 布鲁克斯不认同从人类学、神话学这些文本之外的视角来理解金枝的含义。[2] 受当时新批评派的影响，他提倡从文本内部出发，得出内在于文本的文学解读。下面这两句话，可以看出他的关怀："将金枝视为《埃涅阿斯纪》结构的一部分，从其身处的语境和维吉尔的措辞中发展出含义，而不是从我们或者维吉尔本人对金枝来源的了解当中。""在金枝这一意象背后不管有什么，都在《埃涅阿斯纪》之后、之外。"[3] 卷六的关键，在于埃涅阿斯从人世进入阴间，从生进入死亡世界。他向西比尔提出这项请求时，对方的回复明显嘲讽这项疯狂之举："若你乐意耽于疯狂的举动"（et insano iuuat indulgere labori 4.135）。一个活人进入死地，这乃是卷六情节最大的矛盾之处。

按照布鲁克斯的理解，金枝意象的独特就在于生与死的内在矛盾。金枝乃是纯金制成，所以不是有机物，不是生命体。但其外观乃是生长中的枝条，能生出枝叶（frondescit），但它又总是类似金属，可以在风中叮咚作响（crepitabat brattea vento）。布鲁克斯认为，金枝既是无生命的金属，又是枝繁叶茂的植物，

---

[1] Robert A. Brooks, "Discolor Aura. Reflections on the Golden Bough", *The American Journal of Philology* 74 (1953), pp. 260-280. 这篇文章被佩里称为"迄今为止，论《埃涅阿斯纪》的最佳文章"（"The Two Voices", p. 78, n.1）。可见"哈佛派"承认布鲁克斯与自己的亲缘关系。

[2] 主要指德国学者诺登、英国人类学家弗雷泽，以及英国古典学家杰克逊·奈特等人的解读。

[3] Brooks, "*Discolor Aura*", p. 261; p. 269.

兼具生命和无生命的特质,相当于混合了生与死。① 此种生中有死、死中有生的双重属性,是理解金枝含义的关键。因为金枝是帮助埃涅阿斯跨越生死边界的信物,所以必须体现生与死的冲突(p. 274)。这样新批评式的解读,现在看起来,并无太多说服力,而且相当抒情。但是文章结尾,布鲁克斯将金枝的讨论扩展到全诗,就和十年之后方兴起的"哈佛派"在主旨方面产生了共鸣。描写金枝的关键词语 discolor aura,表示一种奇怪、略显暗淡的颜色,正好说明核心意象的问题所在:"不是启示所带来的光明,而是魔法林可疑、变幻不定的颜色"(p. 278)。在以抽象、诗意的语言表达了史诗悲观的主题之后,布鲁克斯在论文最后一句这样说(p. 280):"在维吉尔史诗的中心位置,金枝这一意象密集堆满了各种暗示,它是最主要的象征,代表这种辉煌的绝望(splendid despair)。"

布鲁克斯这篇论文写于1953年,他可算开了"哈佛派"的先声。但通篇侧重对金枝做纯文学的分析,得出的结论(生与死的结合,等等)颇为任意,说服力很弱。真正对金枝这一意象作政治化解读的,是60年代其他几位学者。虽然他们未被划入"哈佛派",但看他们的精神志趣,毫无疑问应被算作"哈佛派"批评家的同道。他们所关心的问题,已不是金枝自身的神话学、人类学或者文学上的意义,而是埃涅阿斯在折下金枝那一瞬间的描写。

埃涅阿斯在隐秘的林间找到金枝,金枝正放射出布鲁克斯

---

① Brooks, *"Discolor aura"*, p. 270. 这一自然段中其他引文均来自这篇论文,所以只随文注出页码。

所说的那种古怪、变幻不定的光芒。埃涅阿斯上前将其从树上折断：

> 埃涅阿斯即刻攫住，急切将迟疑中的金枝
> 折断，带至巫女西比尔的屋中。
>
> corripit Aeneas extemplo auidusque refringit
> cunctantem, et uatis portat sub tecta Sibyllae. (6.210-211)

我们不要忘记，在 60 多行之前，西比尔曾开示埃涅阿斯：如果你为命运选中，则金枝会顺从地随你而去（6.146-148）。但是到了折枝之时，金枝却被写成"迟疑、犹豫"（cunctantem, 6.211）。如果埃涅阿斯是"真命天子"，是命定要摘下金枝、进入冥间的英雄，为何金枝表现出退缩、抗拒，仿佛不愿意被他折下？金枝的"态度"是后面争论的焦点。

我们先来看赛维乌斯《诂训传》中的解释。他对 6.211 一行中 cunctantem 一词，有如下笺注：

> 此承前。"迟疑"者，因[埃涅阿斯]"急切"，以示折枝心切，唯恐落后。非"拒斥"之义，因前文已言，金枝要顺从那命定之人。或以 cunctantem 指金之本性，因金性柔软，慢慢可截断，易折。或以 cunctantem 为"重"之义，比如"期待沉重的泥土和厚密的垄沟"（《农事诗》2.236）。

> aliud pendet ex alio: 'cunctantem', quia 'avidus', ut ostendat tantam fuisse avellendi cupiditatem, ut nulla ei satisfacere posset celeritas: nam tardantem dicere non possumus eum qui fataliter sequebatur. alii 'cunctantem' ad auri naturam referunt, id est mollem, quia paulatim frangitur et lentescit. alii 'cunctantem' gravem dicunt, ut *glaebas cunctantes crassaque terga expecta*.①

赛维乌斯列出三种释义，可见古代注家已对这个词格外注意。他先引用埃涅阿斯心急火燎地去折枝一句（auidusque refringit 6.210），强调折者心急，并非被折者有意拒斥。同时明确说，金枝的"迟疑"不等于拒斥（tardantem）。他还特意举出前文西比尔所说（金枝见到主人，俯首帖耳），以说明如果金枝有迟疑之意，势必与前文矛盾。第二义强调折断乃渐进的过程，所以金枝之"迟疑"乃表示金枝缓缓被折断，仿佛慢镜头一样，这样就等于训 cunctantem 一词为"柔软"。第三种解释训 cunctantem 为"重"，并引用《农事诗》为佐证，未挑明的意思大约是：金枝因为滞重，所以在被折断时显得不那么配合，折断得不那么干脆利落。赛维乌斯在《诂训传》中习惯广引众说，以增见闻，但这个例子中所征引的解释在主旨上非常一致，似乎都不愿意让金枝带有某种敌对、拒斥的态度。有学者认为注家之所以反复弥缝其间，为的就是把危险的意思排除，把金枝可能的反抗、阻挡之义

---

① 《诂训传》Thilo-Hagen 版，卷二，第 40 页。

消解掉。"哈佛派"第二代主将托马斯言道:"整个词条都旨在压制住这样的意思",都要让不同的意见"噤声"。① 赛维乌斯否认金枝是"抗拒",而将关键词解作"柔顺""易折"或者"沉重"。我们可以看到,早在 4 世纪,已有人注意到 cunctantem 一词中可能有潜在的不和谐声音,所以笺注家才会提供多种解释。

哈佛学者达尔姆斯(John H. D'Arms)在 1964 年开始系统讨论金枝的"迟疑"。② 他发现赛维乌斯提供的解释都难以自圆其说。他注意到,维吉尔似乎有意赋予金枝某种个人意志。西比尔的话中已透露,如果折枝者是命运眷顾之人,那么金枝会主动配合("金枝自会甘心随你同去");否则,金枝会拒斥任何强力。但具体到埃涅阿斯折断金枝,达尔姆斯认为维吉尔要着意强调的是"金枝乃是既脆弱又美好的一种神秘物(a mysterious thing of fragile beauty),受到暴力的对待,带着某种遗憾而屈从"。③ 带着这样的思路再回看埃涅阿斯折枝这一行,"攫住""即刻""急切""折断",所有这些词都让达尔姆斯得出赛维乌斯绝对不想看到的解释:"这一行无一字不表示迅疾、暴力、力量。" 因此,cunctantem 一词就表示迟缓、逡巡不去(lingering),因为金枝"脆弱的美延长停留,不情愿交出自己"。这篇文章的特点在于,没有将关键词 cunctantem 解为抵抗、抵触,而是训为留恋、逡

---

① Richard F. Thomas, *Virgil and the Augustan Reception* (Cambridge UP, 2001) p. 100. 托马斯在这一页用了三次 silence,表示笺注家消除、压制不同的声音。

② John H. D'Arms, "Vergil's *Cunctantem (Ramum): Aeneid* 6. 211", *The Classical Journal* 59.6 (1964), pp. 265-268. 根据论文最后的落款,作者当时任教于哈佛大学,他还特意感谢了克劳森。所以,达尔姆斯虽没有列在"哈佛派"的阵容里,但和哈佛以及"哈佛派"都大有关联。

③ Ibid., p. 266.

巡:"金枝'徘徊不欲离去'(lingers),不是要阻挠埃涅阿斯,而是要保全自身的美,想再延长一段时间。"① 金枝之迁延、徘徊,不是与埃涅阿斯有意为敌,而是徘徊不去。只是达尔姆斯给出的原因略费解,仿佛金枝非常自恋,尽力要在自己的柔美、滞重中多多逗留一会。作者此种唯美主义的解读,着重点在于金枝之美被埃涅阿斯粗暴摧残。

达尔姆斯的论文引来其他学者的分析。有人认为,当西比尔最初描述金枝时,已明言"一枝折断……"(primo auulso 6.143),而动词 avello 总包含用力,甚至暴力的意味。说明金枝并非第一次被强力折断,此前必有先例。另外"若命运呼召你"一句,只是说如果你是真命天子,只需徒手折枝,根本不需要任何工具或利器。而如果你不是命运安排的人选,则任凭你刀砍斧剁也无济于事。所以,当西比尔说"甘心随你同去",并不代表埃涅阿斯可以不费吹灰之力就获得金枝,也不代表金枝会自动落入他手中。如此一来,埃涅阿斯之用力、金枝的迟疑,就和命运呼召一句没有冲突。②

真正沿着"哈佛派"的批评方向来解释金枝的是西格尔。③ 他认为金枝乃是对英雄的试探,埃涅阿斯需要展现英雄气概,所以他才会带着决心、以激烈的方式攫住金枝,而金枝突然转变态

---

① 以上三段引文都出自 D'Arms, "Vergil's *Cunctantem (Ramum)*", p. 267.
② William T. Avery, "The Reluctant Golden Bough", *The Classical Journal* 61.6 (1966), p. 271.
③ Charles Segal, "The Hesitation of the Golden Bough: A Reexamination", *Hermes* 96.1 (1968), p. 78. 西格尔还有一篇分成两次刊发的长文,集中分析金枝,见 Charles Segal, "'Aeternum per Saecula Nomen', The Golden Bough and the Tragedy of History", Part I, *Arion* 4.4 (1965), pp. 617-657; Part II, *Arion* 5.1 (1966), pp. 34-72. 但表达的观点不如 1968 年这篇短文直截了当。

度，暗示在抵抗主人公那种勃发的冲动。西格尔将金枝的犹豫与埃涅阿斯在诗中对罗马命运的怀疑联系在一起。按照他的解释，金枝是具有意志、意识和几乎有灵魂的生命，却被英雄强力劫走。金枝被折断，象征史诗后半部中特洛伊的入侵者破坏意大利原始的和平。因特洛伊人带来战争，所以金枝的迟疑预示了意大利本土英雄们对于外敌的情绪。这样一来，金枝的"迟疑"就不是犹豫、留恋，而变成了抵抗，金枝也就变成牺牲品。埃涅阿斯是进犯者、劫掠者，这当然符合"哈佛派"的基本主张。所以，帕特南后来沿着这一方向继续跟进，认为金枝的"抵抗"代表维吉尔暗中质疑埃涅阿斯的使命。帕特南将秘密抵抗的主题发挥到了极致："或许这是对罗马强权最后一次有意的抵抗，或者是一个先兆，预示罗马使命的完成也有不那么理想的时刻。"①

"哈佛派"对金枝的解释，是要强调金枝作为进入冥间的通行证，并没有心甘情愿、轻易为埃涅阿斯折断。埃涅阿斯折断金枝时的急切与粗暴，金枝被折断时的犹豫甚至抵抗，都被理解为维吉尔暗中消解卷六"正面"意义的手段。如果说得显白一些，金枝抵触、抵抗埃涅阿斯，就象征维吉尔抵触、抵抗奥古斯都时代的主导思想，象征维吉尔质疑卷六中对罗马前景的预言。这样高度政治化的解释，基本建立在对 cunctantem 一个词的理解和猜度之上，我觉得未免凿之过深，不能让人信服。对于金枝的意义，还有多种不那么具有颠覆性的解读。比如 20 世纪 90 年代的

---

① Michael C. J. Putnam, *Virgil's* Aeneid: Interpretation and Influence (The University of North Carolina Press, 1995), p. 156.

一篇论文，就发现维吉尔用来描写金枝附着在橡树的用词，表现粘着、割舍不断，都与柏拉图形容灵魂与肉体之间的缠绕、纠结高度相似。所以，金枝的段落可以理解为一个哲学寓言，暗示灵魂与身体之间的关系。埃涅阿斯作为一个凡人，竟然获得特许，能进入不具物质形体的亡魂世界，而他需要先从树上折断金枝，此金枝正象征没有肉身特征的灵魂。埃涅阿斯折枝，则相当于取下一个与亡灵地位相配的灵魂，持此物就可以保证他能以肉体之躯穿行于冥间。① 我举此例，意在说明，这样高度哲学化的解读，与"哈佛派"高度政治化的解读至少是不分轩轾的。所以"哈佛派"对于金枝的分析，只能说体现了该派自身的政治关怀，而未必就是卷六设置的本意。又比如，西比尔说金枝当俯首帖耳（6.146），与埃涅阿斯折枝时金枝的犹豫（6.211）构成前后矛盾。但也有学者认为第146行表现埃涅阿斯为命运选中，而第211行表现折枝时的强悍和力量，二者不必强行统一。② 若照此理解，则因cunctantem一个字而大动干戈，或许也就失去了特殊理由。

有关金枝的研究文献不计其数，篇幅所限，此处无法再深入讨论了。我只想用有关金枝"迟疑"的讨论，说明"哈佛派"是如何在人类学和神话学之外开发出政治解读。这样的政治关怀和研究方法，在著名的"象牙门"一事中也可以见到。

---

① Clifford Weber, "The Allegory of the Golden Bough", *Vergilius* 41 (1995), pp. 3-34. 另外，即使像"若命运呼召你"(si te fata uocant 6.146)这样大家基本没有异议的诗行，也可能有其他意思。Weber 指出，有可能表示"若你将死去"，而不是"若你是命运选中之人"，见第23页。

② D. A. West, "The Bough and the Gate", in S. J. Harrison (ed.), *Oxford Readings in Vergil's Aeneid* (Oxford UP, 1990), p. 227.

四、象牙门：冥间出口

与金枝一事紧密相连的，是《埃涅阿斯纪》卷六的结尾。埃涅阿斯在冥间见到父亲安吉塞斯的亡魂，安吉塞斯随即向儿子揭示了罗马未来的图景。最后，埃涅阿斯和西比尔以一种让人疑惑的方式离开冥间：

> 并列两座睡眠之门，据说一座用角
> 制成，真正的亡魂可轻易飞出。
> 另一座由雪白象牙打造，闪耀，
> 但幽冥将虚幻梦境送到阳间。
> 说完这番话，安吉塞斯随儿子和西比尔
> 来到此处，送他们出象牙门。
> 埃涅阿斯循原路找到船队，重见族人。

> Sunt geminae Somni portae, quarum altera fertur
> cornea, qua ueris facilis datur exitus umbris,
> altera candenti perfecta nitens elephanto,
> sed falsa ad caelum mittunt insomnia Manes.
> his ibi tum natum Anchises unaque Sibyllam
> prosequitur dictis portaque emittit eburna,
> ille uiam secat ad nauis sociosque reuisit. (6.893-899)

根据卷六结尾这 7 行，冥间出口有两座门。其中一座门供"真正的亡魂"（ueris umbris）离开，而另一座象牙门则为"虚幻的梦"（falsa insomnia）准备。问题在于，维吉尔为何安排埃涅阿斯从象牙门离开冥间？这是全诗几处最大的困惑之一。

两座门的主题来自《奥德赛》第 19 卷。奥德修斯经过千辛万苦，辗转回到家乡伊萨卡，但他没有急于和妻子佩涅洛佩相认，而是佯装成乞丐，暗中观察求婚者的举止以及妻子的忠心。佩涅洛佩热情招待了乔装的奥德修斯，并且给客人讲述自己的梦，随后她提到著名的两座门：

> "外乡人，梦幻通常总是晦涩难解，
> 并非所有的梦境都会为梦幻人应验。
> 须知无法挽留的梦幻拥有两座门，
> 一座门由牛角制作，一座门由象牙制成。
> 经由雕琢光亮的象牙前来的梦幻
> 常常欺骗人，送来不可实现的话语；
> 经由磨光的牛角门外进来的梦幻
> 提供真实，不管是哪个凡人梦见它。"（19.560-567）①

早期研究文献中，埃弗莱特（William Everett）发表于 1900 年的一篇札记很有影响，曾被广为引用。② 他认为，午夜之前，冥间只开启象牙门；而午夜之后，就只开启角门，以供"真实的亡

---

① 《奥德赛》，王焕生译，人民文学出版社，2003 年，第 369—370 页。
② William Everett, "Upon Virgil, *Aeneid* VI., Vss. 893-898", *The Classical Review*, 14.3 (1900), pp. 153-154. 因这篇札记不足两页，所以后面就不再标注页码了。

灵"升到阳间。并不是两座门同时敞开,埃涅阿斯可以任意选择其一。维吉尔安排埃涅阿斯走象牙门,并无深意,仅仅是标记埃涅阿斯和西比尔离开冥间,是在午夜之前。这是从情节设置来解释,但后来很多学者认为古代并没有这样的固定意见。其他各式意见,可以参看欧提斯 1959 年的文章。① 在欧提斯的专著中,他认为此门名为虚假、不实的梦(falsa insomnia),意思是埃涅阿斯在冥间所经历的一切并不是活生生的现实。因为冥间处于人类经验之外,与死亡与睡梦相连。埃涅阿斯之所以通过睡眠与梦之门逃出死亡之地,有可能因为睡眠和死亡一样,能够传达阴间的秘密,而清醒的头脑根本无法进入埋藏秘密的境域。② 这样的说法不强调梦境之虚幻,而强调梦境传达了意识之外的神秘。

关于象牙门的意义,"哈佛派"第一代学者也有解读。帕特南认为穿过象牙门离开阴间,有几个原因。西比尔前面已然警告(6.126-129),下到阴间非常容易,但离开阴间、回到人世,却异常艰难。所以描写角门有"真正的亡魂可轻易飞出"(ueris facilis datur exitus umbris 6.894)一句,自然不是西比尔所预言的出路。而且埃涅阿斯虽到冥间游历,但仍是未死之活人,既然不是亡灵,为真正幽灵所设的角门就不可能是他退场的出口。③ 帕特南对此细节并未作政治化的解读。克劳森列举了几个常见的解释,包括出象牙门代表埃涅阿斯离开阴间是在午夜之前,然后他在文

---

① Brooks Otis, "Three Problems of Aeneid 6", *Transactions and Proceedings of the American Philological Association* 90 (1959), pp. 174-176.

② Otis, *Virgil: A Study in Civilized Poetry*, pp. 304-305.

③ Putnam, *The Poetry of the Aeneid*, p. 48.

章结尾，留下一句意味深长的话："这种解释可能部分是对的，卷六最著名的现代注家接受这种看法，但我有一种说不清道不明的感觉，那就是：维吉尔不仅仅在显示深夜的时间。"① 克劳森以这种欲言又止的方式结束全文，他所释放的信号是：卷六的结尾比传统注家想象的要复杂，甚至有可能会影响全诗的解读。

对《埃涅阿斯纪》持悲观主义解读的学者，沿着克劳森所指点的方向继续推进，将维吉尔刻画成秘密颠覆奥古斯都主流意识形态的诗人。埃涅阿斯在西比尔的陪伴下进入地府，一路的描写似乎说明，他完整地经历了一次真实的冥间之旅。但是他离开阴间却是从供"虚幻梦境"（falsa insomnia）飞离的出口。所以，有人认为，维吉尔最后是以曲折的方式点明一个重要信息：埃涅阿斯所经历的乃是一场大梦而已。埃涅阿斯在冥间所领略的一切，尤其是赏善罚恶的观念和罗马未来的辉煌，只不过是一场梦。如此一来，象牙门就巧妙否定了卷六中所有的"正面"信息。威廉姆斯的《埃涅阿斯纪》简注本，是大学中广为使用的教材。在评论卷六结尾时，他说："我们可以将冥间看作埃涅阿斯的一个梦或者幻象（vision），是他个人的感受……维吉尔可能以此来象征他所描绘的宗教图景并不能确定，这些只是隐隐约约看到、暗中摸索的观念，建立在希望之上，而不是确信……"② "哈佛派"第二代有影响的学者奥哈拉认为，既然从"虚幻梦境"之门离开，则埃涅阿斯在冥间看到的一切，包括安吉塞斯向他揭示的罗马的

---

① Clausen, "An Interpretation of the *Aeneid* ", p. 147.

② R. D. Williams, *The Aeneid, Books 1-6* (MacMillan, 1972), pp. 516-517.

未来，都是没有根据的虚妄之言。①

但象牙门一段，疑点很多。奥斯丁在卷六的注本中，又列出更多意见。他认为，安吉塞斯已死，所以他属于真正的亡魂（uerae umbrae），但埃涅阿斯和西比尔则不然，他们并不属于阴间，所以不能走属于"真正亡魂"的角门。那么从象牙门出去，就是唯一的选择了。但奥斯丁也承认这属于维吉尔留下的难以索解的谜团。②根据尼古拉斯·霍斯佛（Nicholas Horsfall）更新的、更加周详的卷六注本，我们发现，连这一段中"真"(verus)和"假"（falsa）这两个最基本的词，学者都没有定论。比如，"虚幻梦境"中 falsa 一词的含义（falsa insomnia 6.896），是造假、假冒、假装之假，还是虚假、不实、内容错误之假？维吉尔所说的从象牙门里飞出的"假梦"，指的是伪装成梦的梦，还是内容不真实、虚假的梦？③这样的辨析，都会让有关象牙门的讨论越来越趋于复杂。

回到悲观派的解读，我们会发现其中有很多疑点。维吉尔为何一方面浓墨重彩地勾勒罗马的历史，让埃涅阿斯之父向他一一指点未来的罗马英雄，另一方面又在卷六的末尾以扑朔迷离的方

---

① James O'Hara, *Death and the Optimistic Prophecy in Virgil's* Aeneid (Princeton UP, 1990), pp. 182 ff.

② R. G. Austin, *P. Vergili Maronis Aeneidos Liber Sextus* (Clarendon Press, 1977; paperback 1986), p. 276.

③ Nicholas Horsfall, *Aeneid 6: A Commentary* (De Gruyter, 2013), p. 614. 霍斯佛迄今出版的《埃涅阿斯纪》单卷的详注本，已经涵盖了卷七（1999年）、卷十一（2003年）、卷三（2006年）、卷二（2008年）和卷六（2013年）。霍斯佛是标准的学术奇人。虽然维吉尔研究的文献汗牛充栋，难以穷尽，但是从掌握文献的数量而言，霍斯佛可能是有史以来最接近穷尽的一人。随便翻开这些注释本任何一页，都会震惊于他收集的海量信息以及独到的点评（包括很多毒舌的评论）。他占有资料之多、之广，对文献之熟稔，无人可与之抗衡。除非人工智能在未来要介入维吉尔研究，否则霍斯佛应该会长久占据文献搜集和品鉴的第一把交椅。

式将自己高调讲述的罗马帝国崛起的历史暗中瓦解？根据这样的解读，维吉尔表面上为奥古斯都唱赞歌，暗中却将自己用诗句编织的锦缎全部拆毁。正如奥德修斯的妻子佩涅洛佩对求婚者许诺，何日织成布匹，何日便考虑再醮之事。结果她白天织布，夜间拆布，如此循环往复，这段布匹永远也织不成。同理，悲观派的解读认为，卷六中130多行的"罗马简史"（6.756-886）被卷末7行诗句轻轻消解，维吉尔自己搭建，又自己推倒；前面歌颂帝国，结尾将自己的歌咏视为梦幻泡影。这岂不是维吉尔隐微写作的最佳例证？"哈佛派"第二代的代表托马斯就引用古罗马修辞学家昆体良的说法，来说明维吉尔的做法并不特别怪异。昆体良论到"言外之意"（emphasis）时，指出下列三种情况可导致作家采用这种隐蔽的写作手法：（一）公开表述易招致危险（si dicere palam parum tutum est）；（二）明说不太得体；（三）为了修饰的目的，而有意采用迂回的说法。托马斯明确说："我以为，维吉尔的诗歌乃是在昆体良所说第一种情况下写成的：一个天才诗人身处动荡的时代，前途未卜，在政治危险之下写作……"① 看来，"哈佛派"笔下的维吉尔也当列入列奥·施特劳斯的研究范围了。

"哈佛派"的解读，过度强调维吉尔的自我瓦解、自我颠覆，我认为仅仅在理论上有可能。当我们读到更加平实、不崇尚玄奇的解读时，会发现"哈佛派"可能凿之过深，钻入死胡同。我这里仅举一例，就是英国学者古尔德（G. P. Goold）一篇短小精悍的论文。古尔德认为，卷六最后这一段与其荷马原型有所不

---

① Thomas, *Virgil and the Augustan Reception*, p. 10. 引用昆体良，见第8页。

同。佩涅洛佩梦见奥德修斯复仇，将梦的内容讲述给乔装打扮的奥德修斯时，自己认为这些梦境不过是幻想而已（但读者当然知道这即将实现）。但埃涅阿斯在冥间所见罗马未来的英雄，不是虚妄，不是梦幻泡影，维吉尔必定将这样的冥间旅行当作真实无妄的事件。史诗中明确表述，埃涅阿斯不是在梦中下到阴间，而是在西比尔引导下，从具体的入口进入冥间。古尔德指出，出于某种理由，维吉尔又需要将埃涅阿斯描画为不明白此间的真相，需要让埃涅阿斯自己认为他所见皆梦幻。关键词 falsa，对应的不是英文中的 false，而是 delusive。① 换句话说，埃涅阿斯所见一切都为真，但维吉尔在卷末却有意让埃涅阿斯自己以为：他的经历如同一场大梦，他所目睹的一切都像寻常梦境一般转瞬即逝，无法保证真实性。维吉尔之所以这样安排，原因在于："维吉尔决意要将埃涅阿斯严格限制在凡人的状态，不能享有有关未来的超自然知识。"② 所以，维吉尔才安排主人公虽能看到罗马的未来，却又无法记住，又或者完全不懂。③ 因为特殊的机缘，埃涅阿斯以肉体凡胎而游历冥间，看到目前还隐伏、尚未实现的未来。但作为一介凡人，他不能享有预知未来的方便，所以维吉尔才设计他从象牙门离开，让他自己觉得游历冥间乃是一场大梦。如此一来，他所获知的预言对于后续历史进程便不能产生任何影响。所以，象牙门的作用，乃在促使埃涅阿斯清除自己的记忆，至少怀

---

① G. P. Goold, "The Voice of Virgil: The Pageant of Rome in Aeneid 6", in Tony Woodman and Jonathan Powell (eds.), *Author and Audience in Latin Literature* (Cambridge UP, 1992), p. 245, n. 36.

② Goold, "The Voice of Virgil", p. 123.

③ 卷八，诗人也是如此设计的。埃涅阿斯虽然看到盾牌上罗马未来的各种图景，却完全不明何意。

疑自己的经历，这样才能保证他返回阳间之后，不能凭恃冥间的异象，而只能懵懂地为未卜的前途继续奋斗。

我之所以详细介绍古尔德的解释，是要说明这样的分析既不必生硬地牵扯政治立场，又更贴合史诗的情节设置，所以要比"哈佛派"的解读更加简洁明快，入情入理。卷六的金枝和象牙门，都是学界长期争议的问题，而"哈佛派"以及持类似悲观解读的学者，都想从中得出符合自己理论预设的结论。我想借助这两个例子，说明这种解读的关怀、方法以及缺陷。

五、"哈佛派"五十年纪念

前面说过，约翰逊在其 1976 年的著作中第一次使用了"哈佛派"这个说法，因为佩里、克劳森和帕特南三人或者在哈佛任教，或者与哈佛关系密切。但既然被划归为一个批评派别，则人们难免会产生一个印象，似乎几位学者一直在相互切磋、协同作战。但若看克劳森 30 年之后的回忆，我们会发现"哈佛派"这个名字并不准确。在霍斯佛主编的《维吉尔研究手册》最后，克劳森写了不到一页半的附录。[①] 据他回忆，几位学者当年其实并无密切接触，都是独立研究，不谋而合。克劳森的文章虽然发表于 1964 年，但实际上在他 1949 年"年少气盛"时已经写成。他认识帕特南已在 1957 年，与布鲁克斯也只见过一次。他回忆自己与佩里在 50 年代中期熟识，所以佩里文章的主题和语调或许部分得益于二人频繁的讨论。

---

① W. V. Clausen, "Appendix", in Nicholas Horsfall (ed.), *A Companion to the Study of Virgil* (Brill, 1995), pp. 313-314.

"哈佛派"第一代学者中，只有帕特南一直高举该派大旗，40多年坚持不懈地将悲观派解读施加于《埃涅阿斯纪》各卷。其他几人中，亚当·佩里英年早逝，克劳森转向希腊化时代诗歌研究，布鲁克斯后来从政，脱离学界。但"哈佛派"通过教学和博士生培养，逐渐培植势力，形成风气，最终几乎统领美国的维吉尔研究，影响不可谓不深远。下面简要叙述"哈佛派"的后备力量以及学界对该派的评价。"哈佛派"第二代和第三代的传人（或可戏称为"哈二代""哈三代"）继续拓展悲观解读。他们往往选取一个独特的视角，侧面重申"哈佛派"的基本主张。举几个例子。比如托马斯的学生罗西（Andreola Rossi）在《战争情境》一书中，研究了史诗中的战争场景。① 她认为维吉尔不仅依赖荷马史诗原型，还参考了史书中对战争格式化的呈现。对于史诗的主旨，罗西依然认为维吉尔对主人公后半卷的怒火有所批判。又比如帕特南的学生帕努西（Vassiliki Panoussi）在《维吉尔〈埃涅阿斯纪〉中的希腊悲剧》一书中，基本上是在宗教祭祀层面上重述"哈佛派"的观点。② 他认为，希腊悲剧往往始于祭祀的失误和仪式的疏漏，而结局则往往拨乱反正。维吉尔的史诗中，虽然情节的主干是在叙述漂泊与征战，但是诗中隐藏了对祭祀仪式的大量描写，帕努西称之为"仪式的伏线"（ritual intertext）。维吉尔暗中描写了很多仪式上的错乱和失误，但诗中丝毫见不到宗教

---

① Andreola Rossi, *Contexts of War: Manipulation of Genre in Virgilian Battle Narrative* (The University of Michigan Press, 2004).

② Vassiliki Panoussi, *Greek Tragedy in Vergil's Aeneid: Ritual, Empire and Intertext* (Cambridge UP, 2009).

秩序的恢复。帕努西搜索诗中所有宗教祭祀不力，或者违背宗教祭祀原则的段落，说明维吉尔最终没有补救诗中的祭祀之失。这相当于将悲观解读从相对明显的政治层面，下放到比较隐蔽的宗教层面。

朱莉娅·T. 戴森（Julia T. Dyson）在2001年出版的著作，也是从宗教仪式方面考察《埃涅阿斯纪》。① 她的主要观点是：史诗中所描写的献祭活动，如果比照罗马宗教中的详细规定，都有步骤上的错误，显示主人公在宗教方面有不尽人意之处。而且，史诗中，胜利者和失败者、献祭者和被献祭者，经常发生角色的互换，加重了史诗悲观、阴郁的特征。② 戴森在这本书中的一段话，我觉得很能代表21世纪悲观派的立场：

> 我对这部史诗的解读是悲观的。但是，我不相信《埃涅阿斯纪》的黑暗主要在批判奥古斯都，也不在于对埃涅阿斯的诋毁（他代表罗马征服者）以及对图尔努斯的理想化（他代表被征服者）。我的解释想强调，他们两个人都是神灵那种难以解释、无法平息的怒火的牺牲品。也许所有人都如此。③

这种解释，我认为可以看成是更新的、缓和的"哈佛派"解读。以帕特南为代表的学者，多年来不遗余力地揭露埃涅阿斯身上的

---

① Julia T. Dyson, *King of the Wood: The Sacrificial Victor in Virgil's Aeneid* (University of Oklahoma Press, 2001).
② Ibid., p. 130.
③ Ibid., pp. 24-25.

暴怒和残忍，对于图尔努斯之死一掬同情之泪。如今，"哈佛派"的再传和三传弟子，大多不再强调埃涅阿斯在史诗后半部变得面目狰狞，而将他也列入受害者的行列。在战场上厮杀的特洛伊人和拉丁人，如今都沦为神灵掌上的玩物。对于戴森来说，《埃涅阿斯纪》更像是对神灵的控诉，而人间的敌我之分已变得毫无意义。在某种程度上，这也是对史诗的去政治化。传统解读认为埃涅阿斯的敌人是负隅顽抗的图尔努斯，而早期"哈佛派"认为埃涅阿斯的敌人就是他自己，他已变成连自己都憎恶的人。如今，最大的敌人反而变成神灵，人间的政治分歧、不同国族之间的血战也就都被虚幻化了。或许这也是"哈佛派"二代和三代的解读多少显得有些软弱无力的原因。

这几部 21 世纪前十年出版的专著，作者都是"哈佛派"主力学者的学生，都将悲观主义解读的思路细化到更具体的问题上。但是整体感觉，这些作者从学力到论证，都已不及第一代学者。而反对"哈佛派"的声音越来越大，甚至越发尖利和刺耳。批评者往往措辞尖锐，不留情面，有时甚至会让人感到一丝难堪。因为"哈佛派"强调维吉尔对于战争和残杀非常厌恶，在诗中时时流露出悲天悯人的情怀，所以有人认为此派兴起于 20 世纪 60 年代，可能受到越战的影响，将当时的反战思想渗透进学术研究。欧提斯在 1976 年的文章中认为帕特南眼中的埃涅阿斯"不是奥古斯都时代诗人的产物，而是越南战争和新左派的产品"。[①] 英国学

[①] Brooks Otis, "Virgilian Narrative in the Light of Its Precursors and Successors", *Studies in Philology* 73.1 (1976), p. 27.

者哈里森总结20世纪维吉尔研究的趋势，也认为"哈佛派"的兴起与60年代对帝国主义思想的反思有关。① 反对"哈佛派"的主将施塔尔，认为60年代的政治风气导致"国家和帝国主义思想的幻灭"。② 但是，将"哈佛派"与美国反越战运动直接挂钩，也缺少直接证据。以亚当·佩里为例，他写作那篇著名文章，早在越战爆发之前。当然，时代风气对于文学批评风向的影响，可能是潜移默化的。"哈佛派"反战、反杀戮、尊重个体生命、同情时代大变局中个人所经受的伤害和创痛，这样的倾向是非常明显的。德国学者施密特认为，虽不能说越战的爆发直接导致佩里的观点，但"在佩里的研究中，有一种对历史之悲剧特征、对丧失和危险的普遍意识，浮上表面，而此时正值被越战点燃的、一种对帝国政权的新怀疑主义兴起，随之而来的是对《埃涅阿斯纪》的政治解读"。③ 施密特之意，似乎仍然认为佩里的观点受到时代风潮的强烈影响。他的另一个说法是，越战是催化剂，使得美国传统上对强大国家和帝国主义的不信任进入对维吉尔史诗的理解中。④

《古典世界》（Classical World）在2017年秋季推出了一期纪念"哈佛派"的专号，对其贡献和意义作出评估。⑤ 这期专号的特约主编，是贝勒大学（Baylor University）古典学系教授朱莉娅·D.海依杜克（Julia D. Hejduk），也就是前面提到的朱莉娅·T.

---

① S. J. Harrison (ed.), *Oxford Readings in Vergil's Aeneid* (Oxford UP, 1990), p. 5.
② Hans-Peter Stahl, "Aeneas—An 'Unheroic' Hero?", *Arethusa* 14 (1981), p. 157.
③ Schmidt, "The Meaning of Vergil's *Aeneid* ", p. 155.
④ Schmidt, "The Meaning of Vergil's *Aeneid* ", p. 156.
⑤ *Classical World*, 111.1 (Fall 2017).

戴森。① 她在哈佛古典系取得博士学位，导师是理查·托马斯和温德尔·克劳森，所以她的学术门派是很清晰的。专号中不乏深情回忆、热情讴歌"哈佛派"的文章，毕竟这一派培养了众多弟子，还有很多受第一批"哈佛派"影响很深的学者，自然会有程度各异、角度各异的颂赞。但更值得留意的是批评和反省，所以我重点总结批评意见。②

这一期邀请了两位对"哈佛派"抨击最猛烈、最直言不讳的批评者，分别是得克萨斯大学的卡尔·加林斯基（Karl Galinsky）和匹兹堡大学的汉斯－彼得·施塔尔（Hans-Peter Stahl）。这两位学者对《埃涅阿斯纪》的解读，在后面几章我都会引用。这里我们只看他们为 2017 年纪念专刊所写的短文。加林斯基的文章写得异常辛辣，有些地方甚至可以说"恶毒"。他对于"哈佛派"的整体评价是：这是对传统观点"一种矫枉过正的反应"，其弊病在于

---

① 她本名 Julia T. Dyson，2006 年之前所有的学术发表均用此名。据她自己在这一期引言里的说明："2006 年，结婚 17 年之后，Julia Taussig Dyson 改用夫姓，名字变为 Julia Dyson Hejduk（非常抱歉这可能会在文献目录方面让人产生错愕之感）。"Julia D. Hejduk, "Introduction: Reading Civil War", *Classical World*, 111.1 (2017), p. 3, n. 4.

② 以下几篇文章我觉得最有帮助，先把基本信息列出。所有文章都出自 *Classical World* 111.1 (2017)，所以我只列出作者、标题和页码。后面的引用，就只列作者的名字。这几篇文章分别是：Ward W. Briggs, "What the Harvard School Has Taught Me", pp. 53-55; Joseph Farrell, "The Harvard School(s) and Latin Poetry, 1977-91: A *Bildunserinnerung*", pp. 62-73; Karl Galinsky, "Reflections of an Infidel", pp. 73-76; Stephen J. Harrison, "A Voyage Around the Harvard School", pp. 76-79; Richard Jenkyns, "The Conversation of Gentlemen", pp. 79-83; Craig Kallendorf, "The Harvard School and the Problem of History", pp. 84-88; Anton Powell, "The Harvard School, Virgil, and Political History: Pure Innocence or Pure in No Sense", pp. 96-101; Hans-Peter Stahl, "The Harvard Vergil: Memoir of the Black Sheep", pp. 108-115; James Zetzel, "The 'Harvard School': A Historical Note by an Alumnus", pp. 125-128. 这其中，Harrison 一文资料多，语气委婉，Galinsky 和 Stahl 两篇杀伤力最大。

硬生生构造出黑白分明的二元对立。奇怪的是，此种简单的二元对立，在分析荷马史诗或者希腊悲剧时几乎完全看不到，而唯独在维吉尔研究领域大行其道。加林斯基说，在美国之外的国家，古典学学者对这一派的解读颇为不屑："在'哈佛派'自命为独树一帜的蚕茧之外，尤其在美国之外的国家，大家对'哈佛派'的反应是不信、调侃和压抑住的怜悯（a mix of disbelief, mirth, and muffled pity）。在欧洲开会时，或者类似场合，我经常被人问：'他们还在推销这一套吗？'"①

　　施塔尔的短文更为狠辣，可谓刀刀见血。他是德国学者，1961年来到华盛顿的希腊研究中心访学。当时中心主任休假一年，由年轻的帕特南任代理主任，所以施塔尔很早就结识了这位"哈佛派"代表人物。1965年帕特南出版专著后，寄送给施塔尔一本。当时施塔尔就已对帕特南的分析方法深表怀疑："我不能肯定，意象和词语的呼应是否可以胜过逻辑和有政治目的的情节结构。"②施塔尔后来在美国任教，1980年就任匹兹堡大学的讲席教授。这一年，他参加帕特南组织的学术会议，不同意克劳森对埃涅阿斯出场的解读（详见本书第四章），而且坚持认为主人公杀死图尔努斯，在维吉尔看来是正当的行为。因为他的观点与大多数参会者针锋相对，所以一个与会者称他为 black sheep，意思是不受欢迎、不受待见、令人讨厌的人。现在，施塔尔将这篇回忆文章的副标题定为"那个 black sheep 的回忆"，也算报了一箭之仇。

---

① Galinsky, "Reflections of an Infidel", p. 75.
② Stahl, "The Harvard Vergil: Memoir of the Black Sheep", p. 110.

此文也可见他与"哈佛派"主要学者长年的争论，已带有不少个人恩怨的色彩。

由于"哈佛派"势力越来越大，不免会排斥、打压反对意见，在维吉尔研究领域造成撕裂，这样的弊病可见于布里格斯（Ward Briggs）一文。布里格斯曾担任美国维吉尔研究会会刊《维吉尔》（*Vergilius*）主编十年，他的回忆文章让我们看到学术政治中让人难堪的一面。① 他非常坦率地说，在长达十年的主编生涯中，他被迫卷入高度政治化的维吉尔研究领域，而第二波"哈佛派"的学者需要为此不正常的现象负责。因为"哈佛派"党同伐异，对于偏离本派基本主张（作者用了 party line 一词）的论文，都不给出正面的评审意见。布里格斯哀叹，在文章、专著和学生论文中，他看到的不再是那个熟悉的维吉尔，而是"一个迷惑的、游移不定的，最后完全可笑的作家，他的真实意图总能够与他所写的完全相反"。② 这里批评的就是"哈佛派"，尤其是后面的追随者，坚持认为维吉尔用史诗这个华丽的外壳表达了颠覆性的思想。另外，布里格斯也感叹，任何一种运动，开宗立派者往往有真知灼见，但后代弟子们渐趋偏执、教条，结果在几十年内，就变成不容异见的学阀（tyranny），最后终于达到荒谬的程度。③

---

① 布里格斯的博士生导师是欧提斯，所以对维吉尔的基本评价偏向传统的解读。他回忆，欧提斯是虔诚的基督徒，强烈拥护罗斯福的新政，相信维吉尔是坚定的奥古斯都派诗人。1970 年时，欧提斯和斯坦福其他老师每周一都上街支持抗议者。这让他想到，现代社会的和平主义思想和运动在古代完全不存在。在古代，战争是常态，和平只是短暂的间歇。这些回忆都有助于我们理解当时的文化和学术空气。

② Briggs, "What the Harvard School Has Taught Me", p. 54.

③ Ibid., p. 55.

有不少学者利用纪念专号的机会，对"哈佛派"的研究方法进行反思。很多人注意到，第一代"哈佛派"批评家都深受新批评派影响，注重以更加细腻的方式强调史诗文本的多义和含混。但是，他们也有只重词语，不重历史和传记的弊端。① 安东·鲍尔就批评"哈佛派"严重忽视历史。在维吉尔时代，人们谁也料想不到，一个病病歪歪的奥古斯都，在公元前 31 年击败安东尼之后，竟然会执政 45 年之久。当时人们心中，奥古斯都的形象主要是无情的杀手。假如维吉尔真的在名义上唱赞歌，暗中却批评、质疑、贬损奥古斯都的功业，何以奥古斯都本人会毫不觉察？另外，有学者指出"哈佛派"的分析方法过度依赖相同词句在不同场合的重复使用，不考虑同样词语出现在不同语境中，会带有全然不同的含义。加林斯基就评论："语境的差异以及最能代表维吉尔诗歌技巧的微妙措辞，都被抹平。"②

英国学者詹金斯具体评论了佩里和克劳森那两篇广为传颂的论文，尤其有见地。他指出，佩里虽点出史诗中有公共声音和私人声音，但也仅仅暗示只有表达哀伤、悲悼的私人声音才是维吉尔真实的感受。但实际上，佩里本人并未明确说这两种声音究竟是交织在一起、相互映衬，还是针锋相对、水火不容。詹金斯拎出此点，非常重要，因为"哈佛派"在后续的讨论中，都不约而同认为，维吉尔表达哀伤、怀疑的声音意在颠覆表达乐观精神、赞颂罗马宏图伟业的声音。其实考诸佩里的论文，并没有这样僵

---

① Farrell, "The Harvard School(s)", pp. 67-68; Galinsky, "Reflections", p. 74; Powell, "The Harvard School", p. 97.

② Galinsky, "Reflection of an Infidel", p. 74.

化的意见。另外，克劳森一文中给人留下最深印象的就是"这是人类精神一场得不偿失的胜利"（a Pyrrhic victory）一语。[①] 所谓 Pyrrhic victory，指付出惨重代价之后方获得的胜利，但代价之大已经超出胜利之所得。詹金斯对此又做了仔细的辨析。得不偿失的胜利，可以指目前虽暂时取胜，但长远看来可能是一场灾难。但维吉尔的历史观恰恰与之相反："短期虽有惨痛和哀伤，虽需要忍受巨大的牺牲和痛苦，但长远来看，未来却充满希望。"[②] 也就是说，衡量史诗中罗马先祖的胜利和所付出的巨大代价，可以有两种不同的算法。"哈佛派"强调，对立双方无数英雄豪杰的惨死，使得再辉煌的胜利也显得暗淡无光，所以维吉尔必定是在瓦解罗马立国的神话。但反过来，坦然承认历史进程的牺牲和灾难，并不一定导致否定历史进程的根本意义。

哈里森对"哈佛派"的概括比较客观、准确，认为这是一种"悲观主义倾向的解读，通过对相关段落细致和细腻的阅读，强调战争所带来的苦难，以及胜利者和牺牲者的政治责任"。[③] 第一代"哈佛派"学者主要致力于指出史诗中的丰富含义，强调此前被忽略的、表达悲伤和失意的段落，但没有断然走向否定史诗基本主旨的程度。而帕特南却提出更加激烈的主张，开始将埃涅阿斯视为危险和狰狞的人物，也就开启了"哈佛派"后续更加政治化的解读。这些高度政治化、高度两极化的解读，我们在后面几章还

[①] Clausen, "An Interpretation of the Aeneid", p. 146. 这一句话广为引用，哈里森回忆在牛津上学时，曾把这句话抄在自己的维吉尔书上，第 77 页。

[②] Jenkyns, "The Conversation of Gentlemen", p. 81.

[③] Harrison, "A Voyage Around the Harvard School", p. 77,

会遇到。

　　以上我将 20 世纪后半叶盛行于北美维吉尔研究的"哈佛派"，或者可称为广义的"悲观派"解读做了梳理。我希望这一章能适度完成学术著作中"文献综述"的规定动作。对 20 世纪维吉尔研究做整体的回顾，是不可能完成的任务，但我希望对我比较熟悉、在过去 60 年里动静最大、争议最多的一个研究流派，从它所针对的正统观点，到开宗立派的核心成员、基本观点、典型例证，能做一个概览，以方便读者从这个特定角度窥见维吉尔研究的走势和基本问题。

　　"哈佛派"是高度政治化的解读，也是一种颠覆性的解读。维吉尔表面歌颂奥古斯都和罗马的未来，但实际上却以隐晦的方式暗中批判奥古斯都时代的价值观。如果维吉尔真的在践行隐微写作，我们至少需要了解他的个人处境、他与罗马最高统治者的关系，找到他以曲笔、暗讽、"阳奉阴违"的方式来写作的原因。我们需要对维吉尔与奥古斯都时代做历史的考察，方能判断"哈佛派"的解读是否夸大其词。而这也就是下一章的任务——用目前保留的稀少而且史料价值仍有争议的传记材料，来设法揣摩、推测维吉尔的政治立场，以及他与奥古斯都之间的关系。维吉尔所创作、死后立即被树立为拉丁文学经典的这部史诗，到底要表达何种思想和情绪？这都需要做更扎实的历史研究方可解答。而这些侧重历史的研究工作，却是严重偏向文学解读的"哈佛派"所不愿做的。

第二章　诗人与君主

"哈佛派"对《埃涅阿斯纪》的解读，主要有两个缺陷。一个便是严重依赖史诗不同段落中相同或相似的词语，忽视了偶然的重复以及史诗内部对有限语言素材的循环利用。另一个明显的不足，就是忽视对历史材料的运用，使得文本分析仅局限于寻找文本内部的矛盾和冲突。"哈佛派"的基本主张，如果考察维吉尔所身处的历史情境，多有不可索解之处。所以，我们必须多多考察维吉尔在罗马内战以及奥古斯都统治初期的政治态度，特别是他与奥古斯都的关系，才能对这部以神话题材表达政治关怀的史诗做出合情合理的、妥帖的解读。

本章要讨论两个话题。首先，我要借助一部古代维吉尔的简略传记，分析维吉尔与奥古斯都之间的往还。在现代观念中，许多伟大的诗人往往远离现实政治，或者是作为以批判主流观念为己任的异见者，这也是"哈佛派"几代学者想努力营造的维吉尔形象。但是，我们会发现维吉尔和奥古斯都不仅是私人朋友，而且诗人还得到过君主的资助和帮助。从17世纪到19世纪，有很多学者直接将维吉尔视为宫廷诗人，这样的意见当然有失偏颇，但是，将他变形为暗中批判奥古斯都政治的异见诗人，可能更加不符合历史真实。要想对维吉尔的政治态度做出合理的评价，我们只能从稀少的传记材料入手，推断出相对可靠的结论。

在本章后半部分，我将分别讨论《埃涅阿斯纪》中直接提及奥古斯都的三段。这三段都是史诗中预言罗马未来的著名段落，而且直接出现奥古斯都的名字。维吉尔毫无疑问是在诗中直接表现这位"元首"，这是史诗内部有关奥古斯都的最直接的文本证据。将传记材料和文本证据结合在一起，才能构成一种稳健、可靠的解读途径。

一、多纳图斯的《维吉尔传略》

"我们所知维吉尔的生平，要远远超过莎士比亚，但远不及弥尔顿。"[①] 杰克逊·奈特这句话，对我们多多少少是个安慰。我们今天还能对两千多年前这位罗马诗人有一点点了解，这要感谢流传下来的几部古代传记。这些传记篇幅短小，所以最多能称得上是"小传"或者"传略"。这些小传，有些写成于维吉尔去世之后四五百年，所以其中的记述有多少真实性，很让人怀疑，至少难以核实。但从19世纪开始，学界认为现在署名"多纳图斯"的《维吉尔传略》虽然夹杂少量神异的描写，但材料大体可靠。多纳图斯（Aelius Donatus）是公元4世纪的著名学者，是拉丁教父哲罗姆（Jerome, 342—420年）的老师。他曾写过维吉尔诗歌的笺注，而这部《维吉尔传略》（后文简称《传略》）就置于他所作的注疏最前面。

多纳图斯这篇小传，据历代学者考证，乃是根据公元1世纪罗马著名史学家苏维托尼乌斯（Gaius Suetonius Tranquillus, 生于

---

① W. F. Jackson Knight, *Roman Vergil* (Faber and Faber, 1944), p. 34.

约公元 70 年）所写的维吉尔传略而作。苏维托尼乌斯就是《罗马帝王传》的作者，同时著有《名人传》一书（约 1 世纪末 2 世纪初）。维吉尔小传就是《名人传》中的一章。因为多纳图斯的《传略》主要依据苏维托尼乌斯的小传，所以有些现代校勘本就直接将作者题作苏维托尼乌斯。传统上比较周全的做法，是将这部传略题为 *Vita Suetonii vulgo Donatiana*，意思是"苏维托尼乌斯撰写、通常被归入多纳图斯名下的传略"（经常简称为 VSD）。多纳图斯的《传略》有多少内容直接采自苏维托尼乌斯的小传，有多少内容为自己所增添，学界一直有争论。但根据目前的共识，《传略》绝大部分内容乃是照搬苏维托尼乌斯。[1]

根据多纳图斯的《传略》，我们可知维吉尔生平一些基本信息。我们先从罗马内战以及奥古斯都的崛起说起，因为维吉尔的生平必须放置在这一背景下才能理解。需要说明的是，"奥古斯都"（Augustus）乃是公元前 27 年 1 月罗马元老院赠予屋大维（Octavian）的尊号，所以本章在叙述历史事件时，前 27 年之前都尽量使用屋大维这个本名。[2]

尤里乌斯·恺撒于公元前 44 年 3 月 15 日遇刺，当时屋大维

---

[1] 对《传略》以及其史料来源既专业又简明的分析，见 Fabio Stok, "The Life of Vergil before Donatus", in Joseph Farrell and Michael C. P. Putnam (eds.), *A Companion to Vergil's Aeneid and its Tradition* (Wiley-Blackwell, 2010), pp. 107-120。

[2] 更严格地说，屋大维本名 Gaius Octavius。公元前 44 年，恺撒的遗嘱公布后，屋大维的身份变成恺撒的嗣子，遂更名为 Gaius Julius Caesar Octavianus，以显示自己是恺撒的继承人。很快他又去掉 Octavianus，坚持称自己为 Caesar。见 Anthony Everett, *Augustus: The Life of Rome's First Emperor* (Random House, 2006), p. 57. 阿德里安·戈兹沃西在《奥古斯都：从革命者到皇帝》一书中（社会科学文献出版社，2016 年），基本按照每个阶段奥古斯都的自称来称呼他。

（公元前63—公元14年）只有19岁，没有官职，是一介平民。他本是恺撒姐姐尤利娅的外孙。在恺撒的葬礼上，人们公布恺撒的遗嘱，发现屋大维早在一年前就被恺撒过继为儿子。当时屋大维唯一可以凭恃的政治资本就是"恺撒"这个名字，他需要将此无形资本转化为有形的政治实力。很快，他自筹资金，组建一支军队，开向罗马，要为恺撒复仇。屋大维以恺撒嗣子的身份，得到恺撒旧部的支持，并与恺撒部将安东尼逐渐建立联盟。公元前43年11月，安东尼、屋大维和李必达（Lepidus）组成"后三头同盟"。公元前42年10月，在腓立比（Philippi），安东尼和屋大维的联军击败共和派军队，行刺恺撒的主谋如布鲁图斯和卡西乌斯均自杀。此战标志着共和派的覆灭。前41年，屋大维为安置退役老兵，划出18座城，还没收部分土地，分给老兵。根据古代传记资料，维吉尔在这一事件中家产被没收，蒙受了不小的损失。

屋大维为恺撒复仇后，逐渐和安东尼产生嫌隙。安东尼主要经营罗马东方，和埃及女王克里奥帕特拉七世相爱，还生有一儿一女。公元前40年10月，经人从中斡旋，三巨头签订合约，规定安东尼掌管东方，李必达控制北非，而屋大维继续负责意大利。为巩固政治联盟，实行联姻，屋大维将姐姐屋大维娅（Octavia）嫁给安东尼为妻。此时，民间对于和平又重新燃起希望。维吉尔在第4首《牧歌》中提到的、将会带来黄金时代的新生婴儿，有可能指安东尼和屋大维娅未来的儿子。公元前36年，屋大维在海上击败小庞培（Sextus Pompeius），肃清了长期以来的海上威胁。此后，屋大维与安东尼交恶，他不停制造舆论攻势，将安东尼描绘成罗马的叛徒，为埃及女王迷惑。公元前32年，屋大维正式向克里奥帕特拉宣战，战火再起。前31年9月，在亚克兴（Actium）的海战中，屋大维击败安东尼和埃及女王的东方联军。此战被营造为文明与野蛮、西方与东方的决战。一年之后，屋大维率军逼近亚历山大城，安东尼兵败自杀，克里奥帕特拉被俘。据有些史料记载，女王因为不肯被当作战利品押解回罗马，最终也自杀。至此（前30年8月），屋大维击败所有对手，成为罗马乃至地中海世界的主宰。这一年，他33岁，此后还将继续执政40余年。公元前29年8月，屋大维返回罗马，举行三次凯旋式，庆祝自己过去几年的战功。大约在此时，维吉尔开始酝酿史诗《埃涅阿斯纪》。①

以上便是极简版的罗马内战史。以此为背景，我们看一下《传略》中维吉尔的基本情况。② 维吉尔出生于公元前70年，长奥古斯都7岁。恺撒遇刺时，他大约26岁。腓立比之战胜利后，后三头同盟下令将波河之外的土地分给退役老兵，维吉尔的田产被没收，而他结识的一些权贵朋友出面干预，让他讨回祖产。后来，他结识了梅塞纳斯（Maecenas），此人是奥古斯都的心腹和重臣。此后维吉尔就生活在梅塞纳斯的小圈子中。《传略》记载维吉尔至少有两次当面为奥古斯都朗诵自己的诗作。他用3年时间创作了《牧歌》，7年时间完成《农事诗》，而史诗《埃涅阿斯纪》

---

① 关于罗马内战的基本史实，我参照了 W. W. Tarn and M. P. Charlesworth, *Octavian, Antony and Cleopatra* (Cambridge UP, 1965)。这本书是1934年出版的《剑桥古代史》第10卷前4章，后来出了单行本。

② 我使用的拉丁文版本是：Collin Hardie (ed.), *Vitae Vergilianae Antiquae* (Oxford: Clarendon, 1968)。更好的校勘本是意大利学者 Giorgio Brugnoli 和 Fabio Stok 编辑的 *Vitae Vergilianae Antiquae* (Rome, 1997)，但目前我无缘看到。《传略》的英译文可参考 W. A. Camps, *An Introduction to Virgil's Aeneid* (Oxford UP, 1969), pp. 115-120; Jan M. Ziolkowski and Michael C. P. Putnam (eds.), *The Virgilian Tradition: The First Fifteen Hundred Years* (Yale UP, 2008), pp. 189-199。

用了 11 年。公元前 19 年，维吉尔去世，当时史诗尚未完稿。后来，在奥古斯都的干预下，维吉尔的友人做了少量编辑和整理工作，保证史诗最终面世。在维吉尔的遗嘱中，他将一半的家产留给自己的同母异父兄弟，四分之一家产留赠奥古斯都，十二分之一赠给梅塞纳斯。

在讨论《传略》所记述的重点事件之前，需了解《传略》本身的史料价值。我们有关维吉尔生平的基本信息，全部来自以多纳图斯的《传略》为代表的古代传记。从 20 世纪初开始，学者对于《传略》进行了更加细致的考辨，对于其中材料是否真实可信也越发怀疑。我这里只举英国学者霍斯佛的意见，因为在英语学术界中，他对这个问题的总结最为全面，也最具代表性。[①] 不信《传略》的学者的主要证据是：《传略》中所记录的维吉尔生平事迹，绝大部分都能从维吉尔现存诗歌中推测出来。也就是说，维吉尔生平的细节，都可以在其诗句中找到明示或者暗示。由此可知，《传略》的作者其实并没有独立的史料来源，只是根据诗人"自道身世"的诗句，从中推断出片段的生平信息。此种从诗中追索诗人生平的做法，源于古代的文学阐释方法。首先，凡维吉尔采用第一人称的诗句，都被归为自传材料。其次，古代笺注家认为，维吉尔笔下的文学角色，均有所指，均对应现实中的人物。尤其在解读维吉尔早期的《牧歌》时，笺注家都致力挖掘牧人背后的指涉。最明显的例子，就是《传略》第 9 节记载维吉尔喜爱男童，其中一人名为亚历山大，《牧歌》第 2 首中的阿莱克斯（Alex）

---

① Nicholas Horsfall, *A Companion to the Study of Virgil* (Brill, 1995), pp. 1-25.

即指此人。① 将现实中的人写进虚构作品,维吉尔的诗就变成带有传记信息的寓言诗(biographical allegory)了。

《传略》中的材料极有可能都是从诗歌中逆推出来的,这一点可见霍斯佛在《维吉尔研究指南》中举出的几个例子。比如,维吉尔生于曼图阿(Mantua)一地,童年在克莱摩纳(Cremona)度过。这两个地名都见于《牧歌》第9首。诗中提到"愿曼图阿安然无恙"(superet modo Mantua nobis 9.27),又说"曼图阿紧临不幸的克莱摩纳"(Mantua uae miserae nimium uicina Cremonae 9.28)。曼图阿一地在《农事诗》和《埃涅阿斯纪》中都有提及。假如你不知道维吉尔的出生地,但是看到诗中的地名,以及诗人提到这些地名的热烈语气,是不难推断出这个信息的。同样,《传略》中提到维吉尔的父亲曾购置一块林地,还养过蜜蜂,这些细节都可以从《农事诗》卷二和卷四中发现。如果持这样极端的怀疑态度,会慢慢形成一种解读原则:对于凡《传略》与维吉尔诗歌之间的重合之处,最为谨慎的态度,就是认为传略中的信息来自对诗歌细节的推断。如果《传略》严重依赖诗歌文本,维吉尔的所谓"生平"只不过来自对他诗歌的解读和推测。如此一来,便是维吉尔的诗,生成了维吉尔的传。

霍斯佛后来的评价更加负面,完全不信《传略》的史料价值,认为它只是"引人入胜的传奇作品,与《伊索生平》相差无几,不过是堆积了一些编造、虚构和增饰,加上来自其他文献的零散引文(这些文献本身不一定是假)以及一些零散、令人难堪的事

---

① Hardie (ed.), *Vitae Vergilianae Antiquae*, p. 4.

实……"。① 这段话是对极端怀疑说的有力总结。

最近几年，不少英国学者开始重估《传略》的史料价值，尤其体现在 2017 年出版的论文集《维吉尔古代传略：文学与历史研究》。② 其中，有人重申怀疑派观点，认为传记中的逸闻趣事往往呼应诗歌中的传记线索，而诗歌笺注活动生成、促进了传记的推衍。所以《传略》乃是"将索隐式的解读（allegorical readings）按照话题和时间顺序收集起来，编辑成一篇叙事"。③ 但也有学者高度认可《传略》的史料价值。比如安东·鲍尔，他列出了《传略》中所有明确说明材料来源的段落。比如第 16 节，"梅里苏斯（Melissus）说，维吉尔说话慢吞吞，像个粗人"。又比如第 34 节，引用爱洛斯（Eros）的话，说明有两个半行乃是维吉尔自己留下的。鲍尔意在说明，苏维托尼乌斯重视史料来源，多次将自己的信息源写清，所以引述的史料应有可信度。另外，即使《传略》中有很多细节来自对维吉尔诗歌的挖掘和推测，但是毕竟另有一些重要事件，完全不见于维吉尔的诗歌。比如，根据第 13 节，维吉尔在罗马拥有一所花园，紧邻梅塞纳斯的宅邸。对于鲍尔来说，这条材料意义重大，足以证明维吉尔在精神和物质上都得到奥古斯都的优待。因为梅塞纳斯是奥古斯都的心腹，现代人习惯将他称作奥古斯都的宣传部长。鲍尔认为，他所居住的区域，可

---

① Nicholas Horfall, *Aeneid 3: A Commentary* (Brill, 2006), p. xxiii.

② Anton Powell and Philip Hardie (eds.), *The Ancient Lives of Virgil: Literary and Historical Studies* (The Classical Press of Wales, 2017). 该书收录 9 篇论文，不仅将对多纳图斯《传略》的研究推进一步，而且还包括对一部不太知名的诗体传略（*Vita Phocae*）的翻译和注释。

③ Irene Peirano Garrison, "Between Biography and Commentary: The Ancient Horizon of Expectation of *VSD*", in Powell and Philip (eds.), *The Ancient Lives of Virgil*, p. 19.

能是罗马当时最时髦、守御最严密、房价最贵的核心区。维吉尔能与他为邻，在罗马 CBD 地区拥有房产，说明他明显是新政权的受益者。所以鲍尔反问道："让他有如此豪宅的人，维吉尔岂能恩将仇报？"① 这当然是在质疑"哈佛派"的观点了。总之，这些重估《传略》的努力让我们对其中的史料多了一分信任。

根据多纳图斯的《传略》，维吉尔与奥古斯都最直接的接触，有四件事：

（一）公元前 29 年，维吉尔为奥古斯都朗诵《农事诗》，连续 4 天。

（二）大约公元前 27—前 24 年之间，奥古斯都曾给维吉尔写信，表示希望能读到《埃涅阿斯纪》部分草稿。

（三）约公元前 22 年，维吉尔为奥古斯都朗诵《埃涅阿斯纪》其中 3 卷。读至卷六第 860 行时，奥古斯都的姐姐屋大维娅晕倒。

（四）公元前 19 年 9 月，维吉尔随奥古斯都从雅典返回意大利，路上因病去世。

以上四件事，以二人的书信往来和维吉尔之死最为重要。两次为奥古斯都诵诗，也能透露很多信息。需要强调，《传略》所载这些事件是否有绝对的历史真实性，依然有争议。但是据我观察，大部分学者注重文学解读，或者完全忽略《传略》，或者只取有利于自家立场的小部分材料，为自己的理论背书。虽然以上四件事的真实性尚不能百分百确定，但是，学者忽视《传略》所

---

① Anton Powell, "Sinning against Philology? Method and the Suetonian-Donatan Life of Virgil", in Powell and Hardie (eds.), *The Ancient Lives of Virgil*, p. 180.

产生的危害，已经远远超过轻信《传略》所产生的危险。我们会看到，很多激进的解读，只要学者能稍稍揆诸历史，便会察觉与历史现实实在是扞格不入。《传略》被文学研究者长期打入冷宫，造成学界中到处飘散着随心所欲的解读。因此，重提《传略》的重要性，让长期一边倒的天平向历史方面多多倾斜，或许能克制主观解读的种种弊病。由于多纳图斯的《传略》是传世文献中唯一对维吉尔生平有系统和持续叙述的材料，所以要胜过维吉尔同代和后代作家的零星记载，我们不能轻易将这份来自古代的见证抛弃。

以下将四件事逐一分析，以求尽量获取有关维吉尔与奥古斯都之间关系的些许信息。

二、朗读《农事诗》和"催稿信"

此事见《传略》第 27 节：

> 他曾给奥古斯都朗诵《农事诗》，一连四天。当时奥古斯都取得亚克兴海战胜利后，正在返回罗马的路上，而维吉尔嗓子有病刚刚痊愈，正在阿特拉疗养。当维吉尔无法说话时，梅塞纳斯就让他休息，并替他朗诵。

> Georgica reverso post Actiacam victoriam Augusto atque Atellae reficiendarum faucium causa commoranti per continuum quadriduum legit, suscipiente Maecenate legendi

vicem, quotiens interpellaretur ipse vocis offensione.①

　　此事当发生在公元前 29 年。前文已述，亚克兴海战发生于公元前 31 年 9 月，当时屋大维击溃安东尼和克里奥帕特拉的舰队。此后，屋大维短暂返回意大利处理公务，随后又回到小亚细亚。公元前 30 年夏天，他在埃及结束了与安东尼和克里奥帕特拉的战事。元老院为表彰其功绩，决定在前 29 年 8 月 13—15 日这三天，为他连续举办三次盛大的凯旋式。有学者借助斯坦福大学的罗马地理空间网络模型（orbis.stanford.edu），来还原屋大维返回罗马的路线和时间表。如果这件事确有发生，只可能在公元前 29 年 8 月屋大维返程途中。所以，大致的史实重建如下：屋大维 8 月 1 日离开亚克兴附近的尼科波利斯（Nikopolis），第二天即抵达意大利港口布隆迪希乌姆（Brundisium）。这时，屋大维派人通知维吉尔和梅塞纳斯，让他们在阿特拉（Atella）等候。屋大维一行在 8 月 6 日抵达阿特拉，当晚维吉尔即开始朗诵《农事诗》。后面三天，极有可能在晚饭后，每天朗读一卷，所以屋大维在阿特拉停留的四天，刚好听维吉尔朗读《农事诗》完毕。8 月 10 日启程，刚好能在 12 日赶到罗马城外，来得及参加 13 日举行的第一次凯旋式。② 这样的历史重构证明，从屋大维的行程来看，在前 29 年 8 月返回罗马的途中，连续四天的朗诵是完全有可能安排的。

　　维吉尔开始创作《农事诗》四卷，大约在公元前 37 年到前

---

① Hardie (ed.), *Vitae Vergilianae Antiquae*, p. 8.

② Hans Smolenaars, "The Historical Truth of Vergil's Recitation of the *Georgics* at Atella (*VSD* 27)", in Powell and Hardie (eds.), *The Ancient Lives of Virgil*, pp. 167-168.

35年之间，完成于前29年。如果前31年9月的亚克兴海战标志屋大维成为罗马内战最后的胜利者，那么《农事诗》有很大一部分写于内战局势不甚明朗之际。《农事诗》四卷所依照的古希腊文学原型是赫西俄德的《工作与时日》，维吉尔描写了农人在乡间耕种、畜牧、植树、养蜂等多方面的农事活动，但诗中有很多段落直接写到当时的政局，所以有助于我们了解在内战呈胶着状态之时，维吉尔对于屋大维的态度。下面，我选取最具代表性的几段略加讨论。

《农事诗》卷一结束时，话题突然转到内战，维吉尔表达了屋大维能恢复秩序、重建和平的希望。在呼唤罗马众神之后，诗人写道：

> 不要阻止这青年前来拯救
> 已倾圮的世界！因拉俄墨东在特洛伊的欺诈
> 我们久已付出血的代价。
> 恺撒！上天久已不愿你久驻人间，
> 怨恨你只留意人世间的胜利，
> 因人世间的是非久已颠倒：地上多少战争，
> 罪恶现出众多面貌，对锄犁没有
> 任何敬意，农人离散，田园荒芜，
> 修枝的镰刀锻造成刀剑。
> 幼发拉底河和日耳曼尼亚兴起战事，
> 法律崩坏，毗邻的邦国大动干戈，
> 相互厮杀，邪恶的战神在全地肆虐。

> hunc saltem euerso iuuenem succurrere saeclo
> ne prohibete. satis iam pridem sanguine nostro
> Laomedonteae luimus periuria Troiae;
> iam pridem nobis caeli te regia, Caesar,
> inuidet atque hominum queritur curare triumphos,
> quippe ubi fas uersum atque nefas: tot balla per orbem,
> tam multae scelerum facies, non ullus aratro
> dignus honos, squalent abductis arua colonis,
> et curuae rigidum falces conflantur in ensem.
> hinc mouet Euphrates, illinc Germania bellum;
> uicinae ruptis inter se legibus urbes
> arma ferunt; saeuit toto Mars impius orbe,
> (*Georgics* 1.500-511)

这一段可留意者有三处。其一，要来拯救这乱世的"青年"（iuuenem）就是屋大维，也就是第 503 行的"恺撒"。维吉尔以十首《牧歌》成名，其中第一首以非常隐晦的方式提到屋大维。一位牧人被夺去土地和家园，去罗马"上访"，随后提到解救他的人："我看见一位青年"（hic illum uidi iuuenem 1.42）。历代注释都认为此处指屋大维。这当然让人想到维吉尔自己的田产失而复得的遭遇。诗中写上天不愿意屋大维在人间逗留太久，不想让他过度关注人间战争的胜负，乃是暗指屋大维在未来将会像尤里乌斯·恺撒一样被封神，会被接引到天上。这里维吉尔是以曲折的方式赞颂屋大维恢复秩序、重建和平的努力。其二，对于内战所带来的破坏，维吉尔有沉痛的描写。比如，他将内战的爆发，追溯到特洛伊建城的神话。诗中的拉俄墨东（Laomedon），乃是特洛伊国王普里阿摩斯之父。根据神话传说，阿波罗和波塞冬帮助修建特洛伊城墙之后，拉俄墨东拒绝向二位神灵支付事先谈好的报酬，所以导致神灵对特洛伊的怨怒。维吉尔此处的处理，相当于将特洛伊视为导致罗马内战的"原罪"。① 此处，维吉尔还列举了内战造成的损害，包括土地荒芜、农耕废止、战争肆虐。更有甚者，是非观念完全颠倒（ubi fas uersum atque nefas 4.505），这象征文明世界的崩坏。其三，第509行提到的幼发拉底河和日耳曼尼亚，分别指罗马对帕提亚王国（Parthia，即汉代所称的安息）和日耳曼人的战事，可知《农事诗》卷一结尾很可能写于公元前31年亚克兴战役之前。②

《农事诗》卷三开篇，对于考察维吉尔与屋大维之间的关系具有特殊意义。维吉尔在此宣告，他要以不同寻常的方式来荣耀自己的家乡曼图阿：

> 假我以时日，我要首次从
> 奥尼亚山巅将缪斯带回家乡；
> 曼图阿！我要首次把伊都米亚的棕榈叶
> 带给你，我将在绿色田野，在水边
> 建造大理石神庙，敏基奥河水缓缓流过，

---

① Richard F. Thomas, *Georgics, vol. 1: Books I-II* (Cambridge UP, 1988), p. 152.
② R. D. Williams, *Virgil: The Eclogues and Georgics* (St. Martin's Press, 1986), p. 156.

用柔嫩的芦苇盖住河岸。
恺撒位于神庙中央,占据神坛:
而我,胜利者,身着夺目的提尔紫袍,
将在河边,驾着一百乘驷马战车。

primus ego in patriam mecum, modo uita supersit,
Aonio rediens deducam vertice Musas;
primus Idumaeas referam tibi, Mantua, palmas,
et uiridi in campo templum de marmore ponam
propter aquam, tardis ingens ubi flexibus errat
Mincius et tenera praetexit harundine ripas.
in medio mihi Caesar erit templumque tenebit:
illi uictor ego et Tyrio conspectus in ostro
centum quadriiugos agitabo ad flumina currus.
　　(*Georgics* 3.10-18)

　　这一段,维吉尔使用了与罗马凯旋式相关的词语,将自己想象为凯旋将军,缪斯女神乃是他的战俘。将缪斯女神献给曼图阿,就是让家乡声名远播之意。棕榈叶也是凯旋式必备的装饰。得胜的将军经常会建神庙,供奉神灵,而维吉尔想象自己用诗歌建造一座神庙,中间供奉的就是恺撒(即屋大维)。最后两行,学者有不同理解。或以为维吉尔作为凯旋将军驾驶战车,而战车比喻他创作的诗歌,也有人认为此处表示维吉尔参加了屋大维凯旋式之后的竞技会。但此段重点在于修建想象中的神庙。维吉尔之意，像是在宣布自己未来的写作计划：在《农事诗》写就之后，他可能要创作一部以屋大维为中心的作品。使用凯旋式的措辞，自然是暗指屋大维在公元前 29 年举办的三次凯旋式，用相应的词汇，自然是要荣耀得胜归来的凯旋将军（imperator）。另一层含义，神庙乃是比喻，代表诗人准备用词语修建一座文学丰碑，纪念、彰显屋大维结束内战的功绩。这一层意思稍后表达得更为清楚："不久我将准备讲述恺撒的鏖战"（mox tamen ardentis accingar dicere pugnas / Caesaris... 3.46-47）。《农事诗》卷三的开篇，相当于维吉尔的文学宣言，他以隐蔽的方式作出未来创作的许诺，而这个许诺就是未来的《埃涅阿斯纪》。①

最后一个例子是《农事诗》全诗的结尾。在卷四最后几行，维吉尔总结全诗，再次提到屋大维的功绩，而且也将作诗的时间大致框定。

> 我刚刚咏唱耕耘、放牧、栽种树木，
> 而伟大的恺撒，正闪电般袭击幼发拉底河，
> 深入腹地，胜利者对驯服的民族，
> 颁定律法，踏上通往奥林匹亚之路。
> 那段时日，甜美的那不勒斯滋养我——维吉尔，
> 我正享受羞耻的闲暇所带来的专注。

---

① Williams, *Virgil: The Eclogues and Georgics*, p. 178.

> haec super aruorum cultu pecorumque canebam
>
> et super arboribus, Caesar dum magnus ad altum
>
> fulminat Euphraten bello uictorque uolentis
>
> per populos dat iura uiamque adfectat Olympo.
>
> illo Vergilium me tempore dulcis alebat
>
> Parthenope studiis florentem ignobilis oti,
>
> ... (*Georgics* 4.559-564)

维吉尔将自己的名字嵌入其中，相当于为这部作品加盖自己的签名章。诗人故意将自己的赋闲与屋大维的军功做对比，并且营造出一丝愧疚的情感：自己在意大利乡间舞文弄墨，而屋大维却在罗马边陲攻城略地。这样的结尾，实则既概括了《农事诗》四卷的主题，又借机赞美了屋大维定国安邦的功绩。屋大维于公元前 31 年取得亚克兴大捷之后，于前 30 年征讨帕提亚帝国。诗中提到幼发拉底河，即指此事，而且与卷一结尾处第 509 行呼应，据此可考证《农事诗》此段作于前 30 年。维吉尔赞扬屋大维作为征服者（uictor），为被征服的民族制定法律（dat iura），这个意思和《埃涅阿斯纪》卷一中朱庇特的预言也有呼应。诗中提到屋大维将踏上通往奥林匹亚山的路，再次暗指他未来要被封神。

根据多纳图斯的《传略》，维吉尔在公元前 29 年 8 月为屋大维朗诵《农事诗》，连续四天。如果我们能确定朗诵确有其事，则屋大维在得胜还乡之时，可以在《农事诗》中听到维吉尔对内战的厌倦和对自己的歌颂。尤其当维吉尔在卷三提到未来的写作计划时，可以推测，屋大维会认为维吉尔发出了重要信号："屋大维一定认为，等待已久的对自己的史诗刻画最终有了许诺。"① 如此一来，屋大维，也就是公元前 27 年之后的奥古斯都自然会期待、盼望这部歌颂自己功业的史诗能尽早写成。

《传略》后面提到的几件事，都发生在前 27 年之后，所以我们统一称罗马的最高统治者为奥古斯都。奥古斯都十分关心维吉尔的写作进程，甚至多次催促。《传略》第 31 节保留了一封这样的"催稿信"片段：

> 奥古斯都有可能在他远征坎塔布里亚（Cantabria）期间，用半开玩笑的方式，又是恳求又是威胁，敦促维吉尔。奥古斯都的原话如下，"请把《埃涅阿斯纪》送来，不管是草稿也罢，还是任何一部分也罢"。

> Augustus vero—nam forte expeditione Cantabrica aberat—supplicibus atque etiam minacibus per iocum litteris efflagitaret, ut 'sibi de Aeneide', ut ipsius verba sunt, 'vel prima carminis ὑπογραφή vel quodlibet κῶλον mitteretur'.②

先看这封信的时间。公元前 25 年，奥古斯都远征西班牙，这应该是他在行伍中写给维吉尔的信。维吉尔写作《埃涅阿斯纪》从公元前 29 年开始，这封信写于十年创作期尚未到一半的时间。这

---

① Jasper Griffin, "Augustus and the Poets", in Millar and Segal (eds.), *Augustus Caesar: Seven Aspects* (Clarendon Press, 1981), p. 212.

② Hardie (ed.), *Vitae Vergilianae Antiquae*, pp. 8-9.

封"催稿信",以半开玩笑、半命令的方式要求维吉尔将史诗的初稿任何一部分送来,无论长短。可见奥古斯都心情急切,想先睹为快。"敦促"(efflagitare)一词有些讲究。罗马共和国晚期到帝国初建这一阶段,文人之间往往以文学创作为社交手段。一些名流和权贵会请求朋友将作品题献给自己,或者在作品中间接提到自己,从而提高自己的社会声望,甚至寄希望于在经典作品中流芳百世。这在当时是一种风尚。诗人与当权者之间,也经常建立"友谊"(amacitia),此种私人情谊往往表现为当权者会暗示诗人创作某类作品。彼得·怀特(Peter White)曾研究当时人的书信往来,他发现表达请求的用语很多,体现不同的强烈程度。从最寻常的用字"请求"(interrogare, quaerere 等),到更加迫切的"恳求""恳请"(agere, petere, sollicitare),再到更加紧迫的"急求""企盼"(desiderare, cupere 等),最后到带有命令、压迫意味的"敦促""催促"(cogere, iubere, poscere, flagitare, efflagitare 等)。[1] 奥古斯都在这封信中的用词,按照怀特所列出的词语等级,恰好是表达请求和催促的"最高级"。所以,我们仔细体会奥古斯都的语气,似乎恳求和威逼的意思平分秋色。当然,这并不是说奥古斯都真的发出威胁的信号,因为朋友之间的信函经常有诙谐、打趣的成分,有时关系越密切,出语故意越发"不逊"。但在戏谑和玩笑的背后,可以明显感觉到奥古斯都的急切。

奥古斯都一朝是罗马文学的黄金时代。他与当时几位大诗人均关系密切,当然希望借助文学的力量为自己壮大声势。但君

---

[1] Peter White, *Promised Verse* (Harvard UP, 1993), p. 65.

主希望文人为自己造势，同时又不希望以强硬的手段逼迫诗人就范。不入流的诗人他不稀罕，蹩脚的颂圣诗、二流的御用文人，反而起到相反的效果。所以，可能需要一种软性的胁迫、一种彬彬有礼的暗示。而诗人既需要一定的创作自由和幻想中的人格独立，又不想断然忤逆君主的强力意志，所以在君主与诗人之间就形成一种复杂而微妙的关系。这些都是考察这封催稿信的背景。

《传略》中没有保留维吉尔对此信的回应。但是公元5世纪的《农神节》(Saturnalia)一书，却收录了维吉尔回信的片段，我们借此可窥见君主与诗人之间的角力。马克罗比乌斯(Macrobius)记载了维吉尔给奥古斯都的回复：

> "接到你多封来信。关于我的埃涅阿斯，如果我觉得它已经能入您的法眼，我早就会欣然奉上。但是全诗完稿遥遥无期，深悔当初疯狂鲁莽，竟敢尝试这样的巨制。更何况，您也知道，为作此诗，我需要涉猎其他更重要的学问。"

> "ego vero frequentes a te litteras accipio"; et infra: "de Aenea quidem meo, si mehercle iam dignum auribus haberem tuis, libenter mitterem, sed tanta inchoata res est ut paene vitio mentis tantum opus ingressus mihi videar, cum praesertim, ut scis, alia quoque studia ad id opus multoque potiora impertiar." [1]

---

[1] *Saturnalia*, 1.24.11, in Robert A. Kaster (ed.), *Macrobii Ambrosii Theodosii Saturnalia* (Oxford UP, 2011), p. 130.

《农神节》书中的人物引用此信,为的是证明维吉尔学问淹博,无所不窥。如果我们将此信和《传略》中的记载对读,就会发现维吉尔委婉地拒绝了奥古斯都的请求,不愿意痛痛快快地把诗稿送给"今上"阅读。奥古斯都似乎十分焦急,多次写信催促(frequentes litteras),但维吉尔只用谦辞来搪塞,如同说"不值一哂"一样。此外,维吉尔强调创作此诗任务之艰巨,自己已注入大量心血,为做准备而涉猎多种学问。言辞之中,强调作史诗之难,远远超过预期和想象,仿佛自己此前低估了这项工程的艰巨。当时具体情形如何,现在很难凭这几句回复来断定。维吉尔有可能在推三阻四,甚至消极怠工。但一万多行的史诗,也的确非 2000 多行的《农事诗》可比。所以,维吉尔也未必真的在推托。

霍斯佛对此记载的评论是:"重要的不是奥古斯都已经告诉维吉尔去写《埃涅阿斯纪》……或者让他按照一定方式去写;重要的是,他有文学期待,所以竟会如此急切盼望先睹为快,更重要的是,诗人竟然可以如此抗拒。写作的压力一定有,但压力是可以抵制的。"[①] 就是说,君主不是拿枪顶在诗人胸口,逼他参与颂圣的大业,而是"软硬兼施",温柔地胁迫,而诗人也有礼貌的反制手段,但又不会强硬到公然冒犯君主。

三、朗读《埃涅阿斯纪》3 卷

此事紧接奥古斯都催稿信一事,见《传略》第 32 节:

---

① Horsfall, *A Companion to the Study of Virgil*, pp. 18-19.

很久之后，史诗基本完稿，维吉尔终于为奥古斯都朗诵部分成稿，读了卷二、卷四和卷六这三卷。他读卷六时，屋大维娅也在场，非常悲伤。当听到诗中提到她的儿子"你就是未来的马凯鲁斯"时，竟当场昏倒，许久才苏醒。

cui tamen multo post perfectaque demum materia tres omnino libros recitavit, secundum quartum sextum, sed hunc notabili Octaviae adfectione, quae cum recitationi interesset, ad illos de filio suo versus:'tu Marcellus eris', defecisse fertur atque aegre focilata.①

先解释这一节所涉及的人物和事件。屋大维娅（约公元前69—前11年）是奥古斯都的姐姐。她在公元前54年嫁给执政官C. 马凯鲁斯（C. Claudius Marcellus）。前40年，她的丈夫去世。奥古斯都出于政治考虑，想巩固与安东尼的联盟，于是立即将屋大维娅嫁给安东尼。诗中的马凯鲁斯（Marcus Claudius Marcellus，公元前42—前23年）就是屋大维娅在第一次婚姻中生的儿子，是奥古斯都的外甥。奥古斯都很早就着意培养这位年轻人，对他寄予厚望，将他视为自己的后嗣和接班人，并让他和自己的独生女尤利娅结婚。但不幸的是，马凯鲁斯在公元前23年末病倒，可能是由于瘟疫，很快就不治身亡，死时年纪不到20岁。他死后被葬于

---

① Hardie (ed.), *Vitae Vergilianae Antiquae*, p. 9.

奥古斯都为自己预先修建好的陵墓中。①

卷六是《埃涅阿斯纪》最神秘的一卷。维吉尔模仿《奥德赛》第11卷,让主人公下到冥界,目睹了阴间一切阴森恐怖的景象,也见到自己父亲的亡灵。这一卷的细节和意象极为丰富,不仅有峻厉的女巫西比尔、华丽而梦幻的金枝、冥河上暴躁的船夫、地狱中饱受煎熬的鬼魂,更有安吉塞斯长达160多行的长篇演讲(724-886)。这是全诗中最长的一段讲辞。安吉塞斯的亡魂向儿子讲述了天地剖判、鸿蒙初分的宇宙奥秘,还描述了罗马未来的光辉图景。维吉尔此处模仿罗马人在名人葬礼上抬着祖先的塑像、列队巡游。②就在安吉塞斯讲述灵魂转世的道理时,埃涅阿斯看到一众幽灵,正等待回返阳间。他不禁好奇地询问这些幽灵的身份,而安吉塞斯告诉他,这些列队等待投胎转世的灵魂,正是埃涅阿斯的子孙,是即将在罗马历史上建功立业、拜相封侯的一众英雄。这一队未来的名臣名将,从安吉塞斯父子眼前缓缓走过,而安吉塞斯逐一向埃涅阿斯说明各人身份,俨然口述了一部罗马简史(6.756-860)。这一段预言是埃涅阿斯经历了亡国、丧妻、出奔、飘零、丧父之后,经历了与狄多的生死恋之后,即将踏上意大利土地之前,所见到的罗马未来的影像。史诗即将结束其"奥德赛"部分(漂泊),马上开启其"伊利亚特"部分(战争),这一段预言安插在全诗的转折点,足见其重要性。我们可以说,这是罗马的一份英雄谱。

---

① 屋大维娅和马凯鲁斯的基本信息,可见 Oxford Classical Dictionary, 3rd ed., edited by Simon Hornblower and Antony Spawforth (Oxford UP, 1999)。

② 坎普:《维吉尔〈埃涅阿斯纪〉导论》,北京大学出版社,2020年,第28页。

在队列的最后，出现了马凯鲁斯——奥古斯都选定的继承人。维吉尔花了 27 行的篇幅（6.860-886）描写这位英年早逝的少年英雄，篇幅远远超过罗马的祖先罗慕洛等人。奥古斯都和屋大维娅听维吉尔朗诵此段，一定勾起了这段伤心事。屋大维娅晕厥，是因为突然听到儿子的名字而伤心欲绝："你就是未来的马凯鲁斯"（tu Marcellus eris 6.883）。

这 20 余行诗引起很多讨论，原因在于马凯鲁斯出现在即将去人间投胎的罗马英雄的最后，相当于压阵的地位。一场盛大的英雄巡游仪式，最终竟以早夭的少年英雄收尾，令人不免错愕。欧提斯认为，维吉尔"不希望以胜利和欢庆的基调结束"，并指出马凯鲁斯作为夭折的英俊少年，预示了史诗后半部中其他战死的少年武士，比如卷九的尤里亚鲁斯（Euryalus）、卷十的帕拉斯，甚至最终死于埃涅阿斯之手的图尔努斯。所以马凯鲁斯一段的含义在于"帝国所经历的磨难基于牺牲，尤其是青年人的牺牲"。[①] 安吉塞斯称马凯鲁斯为"可怜的孩子"（miserande puer 6.882），而维吉尔在描写劳苏斯（Lausus）和帕拉斯之死时，也用了相同的表达（10.825, 11.42）。[②] 可见，维吉尔笔下的马凯鲁斯拉开了后续一系列青年武士惨死的序幕。

"哈佛派"对此段的解读，自然要更加悲观，这是可以预见

[①] Brooks Otis, *Virgil: A Study in Civilized Poetry* (Clarendon Press, 1963), p. 303.

[②] Nicholas Horsfall, *Aeneid 6* (De Gruyter, 2014), p. 593. 这一点此前很多学者都已注意到。另外，史诗后半部被杀死的年轻武士，大都是阿多尼斯式的俊美少年，而且描写他们死去的文字，不乏凄美甚至美艳的文辞。这方面研究可见 J. D. Reed, *Virgil's Gaze: Nation and Poetry in the* Aeneid (Princeton UP, 2007) 第一章。

的。篇幅所限，我只举一个"哈佛派"第二代学者特雷西的例子。①他认为列队走过的罗马英雄，在队尾竟然是早夭的少年武士，这意味着维吉尔暗中否定了罗马的光辉前景。"因为马凯鲁斯是奥古斯都指定的继承人，他的死亡明确象征未来已死（death of the future），而前面数行刚刚用闪亮的语言描摹了这个未来。因此，这一段显示了对于罗马未来光辉前景的强烈保留……"② 因为卷六位于全诗中心，所以这样的安排也体现全诗的立场："随着战争的继续，那些像马凯鲁斯一样的青年相继死去，格外触目惊心。这强烈体现了战争最具破坏性的结果，也就是整个民族中青年的毁灭。"③ 相比这样极端悲观的解读，德国学者格莱的分析就更加中肯。④ 他一方面注意到描写马凯鲁斯这 27 行，宛若维吉尔为他写的墓志铭一般，"同时出现赞颂与忧伤、胜利与悲悼、希望与绝望"。⑤ 但他也注意到，这样的悲悼并没有压倒一切。按照第二代"哈佛派"的说法，哀悼马凯鲁斯的段落好像显示奥古斯都家族已后继无人，这样的解释就过于夸张了。⑥ 所以格莱有意将文章的标题写作《演出必须继续》，意在矫正过度悲观的解读。换句话说，悲悼是真实的悲悼，但维吉尔设置的悲悼又不足以彻底颠

---

① Stephen V. Tracy, "The Marcellus Passage (*Aeneid* 6.860-886) and *Aeneid* 9-12", *The Classical Journal* 70.4 (1975), pp. 37-42. 作者在文章末尾提到（第 42 页注释 22），曾在哈佛上过克劳森的课，所以从学术门派看，应属于"哈佛派"的一支。

② Ibid., p. 38.

③ Ibid., p. 41.

④ Reinhold F. Glei, "The Show Must Go on: The Death of Marcellus and the Future of the Augustan Principate: *Aeneid* 6.860-86", in Hans-Peter Stahl (ed.), *Vergil's Aeneid: Augustan Epic and Political Context* (Duckworth, 1998), pp. 119-134.

⑤ Ibid., p. 123.

⑥ Ibid., p. 127.

覆此前130多行所呈现的对罗马前景的憧憬和信心。

上述分析只想简要说明马凯鲁斯一段之于史诗的作用。让我们回到屋大维娅晕倒这个话题。因为马凯鲁斯死于公元前23年年末，所以维吉尔诵诗一事，一定发生在公元前22年至前19年（维吉尔去世）之间。考察奥古斯都这几年的行踪，发现他从公元前22年开始去外省巡视，分别在西西里、萨摩斯岛、叙利亚等地常驻，直到公元前19年才返回意大利。据此，可知维吉尔诵《埃涅阿斯纪》三卷一事，当发生在公元前22年奥古斯都巡行外省之前。①

赛维乌斯的《诂训传》也提及此事，但细节稍有出入。在注释《埃涅阿斯纪》4.323一行时，有以下记述：

> 据说维吉尔曾私下为奥古斯都朗读，在场只有寥寥数人，维吉尔充满感情朗诵了这几行。他朗诵了卷一、卷四和卷六。
>
> dicitur autem ingenti adfectu hos uersus pronuntiasse, cum parvatim paucis praesentibus recitaret Augusto; nam recitavit primum libros quartum et sextum.②

---

① 对于此事发生时间的推测，可见 G. P. Goold, "The Voice of Virgil, The Pageant of Rome in *Aeneid* 6", in Tony Woodman and Jonathan Powell (eds.), *Author and Audience in Latin Literature* (Cambridge UP, 1992), p. 242, n. 12。我觉得定在公元前22年上半年为宜。

② 《诂训传》Thilo-Hagen 版，卷一，第521页。Thilo-Hagen 版这里写的是 primum libros tertium et quartum，意思是他朗读了"卷一、卷三和卷四"。但 Charles Murgia 的校勘显示，这里应当是"卷一、卷四和卷六"，见：Charles Murgia, "Critical Notes on the Text of Servius' Commentary on *Aeneid* III-V", *Harvard Studies in Classical Philology* 72 (1968), pp. 332-334。这句话的拉丁文，我采纳了 Murgia 的意见。

《诂训传》所说，与《传略》所说，当为一事，差别在于维吉尔朗诵的卷数略有不同。两个记述相重合的是卷四和卷六，所以这两卷当无疑义。剩下的一卷，到底是卷一还是卷二，尚可讨论。

加州大学伯克利分校的墨吉亚（Charles Murgia）教授是研究赛维乌斯的专家。他认为《传略》所记的二、四、六卷有误，应当根据《诂训传》的记载，改为一、四、六卷。不仅因为诗人一般会选择长诗的开篇来朗诵，还因为从史诗情节设计来看，卷一和卷四的情节是连为一体的。中间插入的卷二和卷三都是"闪回"——埃涅阿斯回忆特洛伊沦陷的夜晚和抵达迦太基之前的流亡。而卷四所写狄多的爱情故事，正建立在卷一的基础之上。所以一、四、六乃是更合情合理的选择。①

但"哈佛派"第二代学者理查德·托马斯采信《传略》中的记载，认为维吉尔朗诵的是二、四、六这三卷。他还认为单单挑选这三卷的原因颇有深意：

> 另外，维吉尔选读的几卷，很像现代大学开设的《埃涅阿斯纪》选读课的课程表。我们可能会问，为什么维吉尔不去朗读史诗后半部的内容？后半部处理的题材是拉丁战争，经常与罗马内战非常相似，而且从很多方面追溯奥古斯都神

---

① Murgia, "Critical Notes on the Text of Servius' Commentary on *Aeneid* III-V", p. 334. 霍斯佛也认为，卷一和卷四前后连贯，而二、四、六的选择则体现现代的好恶，见 Nicholas Horsfall, *Aeneid 3: A Commentary* (Brill, 2006), p. xxiv, n. 13. 但最新的研究中，有学者认为赛维乌斯记载的二、四、六卷，更符合维吉尔的心意，可参考杜伦大学 Ioannis Ziogas 发表于2017年的长文："Singing for Octavia: Vergil's 'Life' and Marcellus' Death", *Harvard Studies in Classical Philology*, 109 (2017), pp. 429-481. 这篇论文非常重要，后面还会提及。

话中的祖先如何从受害者变为进犯者。没有列入维吉尔朗读的还有卷八描写维纳斯和火神伏尔坎打造的那件高度奥古斯都特征的工艺品,也就是刻画亚克兴海战和凯旋式的盾牌。最后,即使《传略》中所有这些细节都是虚构,它们也反映出,古代有人似乎认为维吉尔在抵制罗马和奥古斯都。退一万步说,我们也能发现古代可能有人相信维吉尔对奥古斯都持含混的态度。①

托马斯的意思是说,维吉尔有意不选有关战争的部分,不选会让奥古斯都联想到内战以及杀戮的部分,不选那些高调宣传奥古斯都的部分。那么选定的这三卷(卷二、卷四和卷六),就都是表现悲伤和失意的部分了。维吉尔似乎有意暗中唱衰罗马帝国,这就是托马斯未言明的主题。但此说值得商榷。首先,维吉尔挑选特定三卷,是否一定蕴含某种政治态度,此点不易确定。《埃涅阿斯纪》前六卷,特别是卷一(开篇、风暴)、卷二(木马计、特洛伊陷落)、卷四(狄多女王)、卷六(游历冥间),古往今来,都是教授维吉尔史诗时格外偏重的几卷。20世纪早期一位法国学者就坦承:"除了卷一、卷二、充满狄多爱情故事的卷四、描写埃涅阿斯下到阴间的卷六,以及卷九中尼苏斯与尤里亚鲁斯之死这些段落之外,史诗其他部分几乎不为人所知。"② 本书第一章谈到齐奥科斯基分析艾略特的古典学训练,也指出他在哈佛上学时,读

---

① Richard Thomas, *Virgil and the Augustan Reception* (Cambridge UP, 2001), pp. 39-40.
② Andre Bellessort, *Virgile: son œuvre et son temps* (Perrin, 1920), p. 151.

过的史诗原文可能主要就是卷一、卷二和卷六这几卷。① 史诗后半部在教学方面很少有人重视，所以牛津学者哈里森在1991年将自己的卷十注释本称为"首部正式出版、成规模的卷十注释本"。② 这样的例子可以找到很多。维吉尔之所以选择这几卷，完全可能出于更加平淡、日常的原因。

仅仅根据维吉尔在奥古斯都面前朗读了哪几卷，便遽然断定诗人的政治姿态如何，这样的论断失之武断。从这个细节，我们也可以得出完全不同的解释。比如，有学者认为，为了准备这样的朗读，诗人必须要选取能够独立成章的某几卷。而史诗后六卷，情节连贯、完整，不容易拆分，所以不太适合这种表演性的场合。③ 相反，卷二是埃涅阿斯的倒叙，集中描写特洛伊城的陷落。卷四描写狄多女王对埃涅阿斯的爱慕以及殉情，是可以独立成章的一卷。而卷六描写埃涅阿斯造访冥间，也是与全诗主干情节相对游离、结构上自足的一卷。单纯从情节和各卷在全诗的地位而言，这几卷的确可以自由抽换，并不极度依赖前后各卷的情节发展。

另外，我们对于《埃涅阿斯纪》各卷写成的时间，并不明了。我们只大概知道维吉尔从公元前29年开始创作，公元前19年去世时，留下了尚待润色的诗稿。维吉尔作诗时，各卷也不一定按照现有的顺序，次第完成。所以，当他给奥古斯都和屋大维娅朗诵时，全诗各卷完成的情况，我们毫不知晓。倘若当时后六卷尚

---

① Theodore Zilkowski, *Virgil and the Moderns* (Princeton UP, 1993), p. 123.
② Harrison, *Vergil: Aeneid 10* (Clarendon Press, 1991), "Preface".
③ William Hardy Alexander, "War in the *Aeneid*", *The Classical Journal* 40.5 (1945), p. 262, n. 2.

未写就,或者只是草稿,那么维吉尔选择前六卷,就是顺理成章之事,与他的政治态度无关。如果托马斯的猜测能成立,前提必须是全诗12卷已经基本写成,维吉尔可以在其中自由选择,这时才能从诗人的选择中分析出他的用心。但如果我们不能确定各卷完成的情况,那么这样的推断就很有些阴谋论的意味了。

这条材料自然可以补充公元前29年朗诵《农事诗》一事,显示维吉尔与奥古斯都私交很深,能在他及其家人面前,念诵自己未完成的诗作。同时,也能看出奥古斯都对《埃涅阿斯纪》的重视程度。他先有催稿信,这里才实现了先睹为快的心愿。但另有一事需要指出,就是维吉尔如此大张旗鼓地在诗中悼念年少的马凯鲁斯,以至于让屋大维娅伤心欲绝,是否有刻意逢迎奥古斯都之嫌?我们看马凯鲁斯一段所占的篇幅,就可明了其重要性。在《诂训传》中,还保留了一条记录,会影响我们理解诗人与君主之间的关系。

在注释6.861一行,赛维乌斯有一句话,很让人惊讶:

> 因此,为取悦奥古斯都,[维吉尔]为马凯鲁斯写下这篇仿佛墓志铭的诗行。据记载,维吉尔为奥古斯都和屋大维娅充满感情地朗诵这一卷,他们泪流不止,若不是维吉尔说已念到结尾,他们就会要求他停止朗读了。因为此事,维吉尔被赠予重铜铸币,也就是金属条块……

> ergo modo in Augusti adulationem quasi epitaphion ei dict. et constat hunc librum tanta pronuntiatione Augusto et

Octaviae esse recitatum, ut fletu nimio imperarent silentium, nisi Vergilius finem esse dixisset. qui pro hoc aere gravi donatus est, id est massis; nam sic et Livius argentum grave dicit, id est massas.①

按照这里的记述,维吉尔的朗读产生了高度戏剧化的效果,让元首和马凯鲁斯的母亲都泪流不止。有些学者觉得 Thilo-Hagen 版有些问题,因为动词 imperarent(要求、命令)是复数,意味着奥古斯都和他姐姐都控制不住泪水,都准备叫停维吉尔的朗读。让元首如此不够阳刚、如此痛哭流涕,未免令人难以置信。所以,有些学者会选择其他抄本上的异文,也就是单数的 imperaret,如此一来,无法止住泪水、几乎让诗人终止表演的就是屋大维娅这位女性了。但更让人吃惊的是,这条记述竟然说维吉尔因为此事而得到赏赐,而且收到的不是通行的钱币。

赏金的形式是 aes grave,原指意大利早期的重铜铸币。这是罗马钱币史上早期的铸币,用青铜铸成,直径往往大于 35 毫米,比后来的钱币更沉、更大,到公元前 3 世纪末年已基本不用。②赛维乌斯可能感觉这个术语已不再流行,所以用 massa 一词来加以解释。后面这个词指未经加工过的、形状不规整的金属条块。罗马社会中,除了政府发行的钱币之外,还有一种支付手段,就是未铸成钱币,但形状规整的贵金属,比如金条、金锭、银条、

---

① 《诂训传》Thilo-Hagen 版,卷二,第 121 页。
② Andrew Burnett, "Early Roman Coinage and Its Italian Context", in William E. Metcalf (ed.), *The Oxford Handbook of Greek and Roman Coinage* (Oxford UP, 2012), pp. 302-304.

银锭等，英文中往往用 bullion 一词来统称。在罗马共和国时期，国库中就储藏大量黄金，私人也会收藏金条、银条或金银首饰。但这些条块状的金银，主要用于大额支付或者应对危机时刻，极少用来进行一般的货币交易。① 而且，这些用于贮藏财富的金属条块，主要以金银为主，赛维乌斯所记载的事件，或许是奥古斯都将金条、金锭赏赐给维吉尔。但赛维乌斯使用 aes grave 这个表述，和共和国晚期流行的贵金属条块之间明显有矛盾，令人不免怀疑这个记述的真实性。

另外，这样的做法也有违罗马贵族和文人的相处之道。罗马文化中，诗人与其恩主（赞助人）之间的关系颇为微妙，基于彼此之间的友情，绝不是雇佣关系，所以当场给钱、直接付费，都是不得体、有失体面的。② 只有对陌生人、低阶层的人，才会出现这样一锤子买卖的事。最新的研究同样认为这段记述完全有悖于罗马文化中对于恩主和文人的定义："元首鼓励史诗朗诵作为一件正式、庄重的贵族活动，任何直接付费的含义都会严重贬损这个高贵的传统。"③ 维吉尔可从其他渠道获得赞助、报偿、奖赏，但不会和具体作品、具体事件直接挂钩。综合考虑，赛维乌斯注释 6.861 这一行所提到的事，就很难采信了。

《传略》的原作者、公元 1 世纪的史学家苏维托尼乌斯，有

---

① Koenraad Verboven, "Currency, Bullion and Accounts. Monetary Modes in the Roman World", in *Revue Belge de Numismatique et de Sigillographie* 155 (2009), pp. 109-111. 也可参考：David B. Hollander, *Money in the Late Roman Republic* (Brill, 2007), pp. 34-38. 感谢王班班在这个问题上对我的帮助，他向我推荐并提供了本条和上条注释中的研究文献。

② White, *The Promised Verse*, p. 148.

③ Ziogas, "Singing for Octavia", p. 447.

可能接触到内廷的档案。因为在君主面前朗读诗作，应属比较私密的事。如果《传略》这一段记述属实，则至少可以证明维吉尔与奥古斯都的亲近，以及他诗歌的感人力量。选择马凯鲁斯，或许有取悦屋大维和屋大维娅的意思。但如果说维吉尔故意朗诵歌功颂德的部分，故意不念让人联想内战的后六卷，就现有材料来看，论据不足。

四、维吉尔临终焚稿的记载

有关奥古斯都与维吉尔的往还，最后要讨论的是维吉尔去世，以及他要求友人将自己的诗稿付之一炬的记述。《传略》于此花费笔墨甚多，相对其他事，叙述更加周详。

他五十二岁那年，想最后一次修改《埃涅阿斯纪》。他计划出游，在希腊和小亚细亚隐居三年，全力投入史诗的修改，然后将余生奉献给哲学研究。但临近出发之际，在雅典遇到奥古斯都，于是决定陪同奥古斯都返回罗马。有一天非常炎热，维吉尔去附近的梅格拉城游览，结果病倒。但他坚持要乘船去意大利，结果病情加重。到达布隆迪西姆时，已经垂危。几天后，9月21日，他在该地去世，时在森提乌斯（Cn. Sentius）和卢克莱提乌斯（Q. Lucretius）担任执政官那一年。

Anno aetatis qinquagesimo secundo impositurus Aeneidi summam manum statuit in Graeciam et in Asiam secedere triennioque continuo nihil amplius quam emendare, ut reliqua vita tantum philosophiae vacaret. sed cum ingressus iter Athenis occurrisset Augusto ab oriente Romam revertenti destinaretque non absistere atque etiam una redire, dum Megara vicinum oppidum ferventissimo sole cognoscit, languorem nactus est eumque non intermissa navigatione auxit ita ut gravior aliquanto Brundisium appelleret, ubi diebus paucis obiit XI kal. Octobr. Cn. Sentio Q. Lucretio coss.①

这是《传略》第 35 节对维吉尔死因的记述，可知此事的大致经过是：维吉尔计划离开意大利，去东方游历，一边对史诗作最后修改。路遇奥古斯都，于是跟随他折返罗马，在途中病故。

紧接其后，是对他焚稿的记述（第 39—41 节），这使得维吉尔之死，以及他对于《埃涅阿斯纪》的态度，成为持续争议的话题。

> 维吉尔离开意大利之前，曾告诉瓦利乌斯（Varius），一旦自己有何不测，后者一定要烧掉诗稿。但瓦利乌斯坚决不肯承诺。结果，在病危期间，维吉尔多次让人将盛着诗稿的书箱送来，想亲手烧毁。但没有人替他取来盒子。他也没有具体的指示。在遗嘱中，他将自己的文稿托付给瓦利乌斯和图卡（Tucca），条件是他们不得让这首诗面世。但瓦利

---

① Hardie (ed.), *Vitae Vergilianae Antiquae*, pp. 9-10.

乌斯尊重奥古斯都的指令，没有做什么编辑就发表了《埃涅阿斯纪》。我们可以看到，维吉尔没有写完的诗行都保留原貌。

> egerat cum Vario, priusquam Italia decederet, ut siquid sibi accidisset, Aeneida combureret; at is facturum se pernegarat; igitur in extrema valetudine assidue scrinia desideravit, crematurus ipse; verum nemine offerente nihil quidem nominatim de ea cavit. ceterum eidem Vario ac simul Tuccae scripta sua sub ea condicione legavit, ne quid ederent, quod non a se editum esset. edidit autem auctore Augusto Varius, sed summatim emendata, ut qui versus etiam inperfectos sicut erant reliquerit;①

焚稿的传说最有名，现代人所熟悉的类似传说（比如卡夫卡），或许最初都可追溯到维吉尔。仔细分析第39—41这三节，会发现其中包含两种说法。首先，维吉尔在启程之前，叮嘱友人，若有意外发生，则将稿本焚毁，不得刊布。看上去像是维吉尔产生了死亡的预感，所以主动托付后事，而托付的对象只是瓦利乌斯一人。第二个说法，维吉尔病笃，让人取来盛手稿的书箱

---

① Hardie (ed.), *Vitae Vergilianae Antiquae*, p. 11. 需要说明，《传略》第37—38节也有焚诗的记述，包括引用诗人 Sulpicius 六行诗。但根据考证，这两节出自苏维托尼乌斯之后，是多纳图斯所加，所以这里不作讨论。

（scrinia）。① 但是没有人听命于他，而他似乎并没有坚持，此事遂作罢。最后，在正式遗嘱中，他将自己的文稿（scripta）托付给两个人，除了瓦利乌斯之外，另加上图卡。而且这一版中，所谓"文稿"到底是指《埃涅阿斯纪》的稿本，还是包括他其他作品，这些都很难澄清。正式的遗嘱中，并没有提到焚诗一事，所以有关图卡的部分，极有可能是多纳图斯后来加上的。②

有关焚稿一事，因《传略》记述简略，而且至少有两个版本，所以后人对于维吉尔何以做出这样的决定，多有猜测。比较流行的说法是，维吉尔在文学创作方面自律甚严，不允许未最后修订过的史诗稿本在死后面世。此说甚至在苏维托尼乌斯作小传之前，就已出现。老普林尼（Pliny the Elder, 23/4-79）在《博物志中》说："神圣奥古斯都不顾维吉尔的谦逊，禁止将他的诗歌焚毁。"③ 老普林尼所使用的 verecundia 表示谦逊、节制、低调，说明他所了解的维吉尔出于谦虚和审慎而决定焚诗。与之相关的一种解释认为，维吉尔担心作品瑕疵过多，容易招致后人的指摘，所以不如付之一炬。5世纪的著作《农神节》中就记录这样的说法："无人会否认维吉尔的作品有缺陷，连他自己都承认。他临死时，将诗歌留赠给烈焰，如果他不是担心这会损害他后世的名声，他何

---

① 维吉尔时代，最标准的书籍形式是卷轴。这里的 scrinia 一词，指的是盛纸草卷子的盒子或箱子。可见 Frederic G. Kenyon, *Books and Readers in Ancient Greece and Rome*, 2nd ed. (Clarendon Press, 1951), p. 62。

② Fabio Stok, "The Life of Vergil before Donatus", pp. 111-112.

③ *Historia Naturalis* 7.114: Divus Augustus carmina Vergilii cremari contra testamenti eius verecundiam vetuit... 拉丁文和英译文均可见 Ziolkowski and Putnam (eds.), *The Virgilian Tradition*, p. 422。奥维德在诗中曾提到要烧毁自己的诗作，很可能是模仿维吉尔这段掌故。但奥维德的问题涉及文学模仿，更加复杂，这里暂不讨论。

以这样做呢？"① 按照马克罗比乌斯笔下人物的说法，维吉尔对史诗全无信心，所以不惜在发表之前就毁掉。到了 19 世纪，维吉尔的文学声望和地位在欧洲开始滑落，特别在德国，由于对希腊文学的推崇、对荷马史诗的膜拜、对野性和独创性的追求，强调责任和忠义的维吉尔就不能入浪漫派的法眼。德国著名历史学家尼布尔就认为，维吉尔要求焚稿，是因为对自己诗歌彻底失望，不愿意让自己身后的名声为这首诗所累。②

这两种说法，都将维吉尔视为完美主义者，同时也与史诗最终的未完成状态有一些关联。因为《传略》记载，维吉尔准备花三年时间细细修改，所以最终面世的版本距离维吉尔心目中的定稿，还有相当距离。《传略》第 23—24 节记录了维吉尔的作诗方法。他先将大意用散文写下，然后殚精竭虑，反复推敲，最后将散文体的句子浓缩成凝练的诗句。当文思泉涌时，为避免思路被打断，他会先将一些草就的诗行填上，等日后再慢慢修改这些临时的填充品。可以想见，维吉尔临死之际，《埃涅阿斯纪》中必有一定数量临时填充的、尚待雕琢的诗句。根据牛津的校勘本计算，《埃涅阿斯纪》中现存的半行诗（half-lines）约有 58 行，达不到六音步的标准。很多半行出现在人物对话的开端或结尾，说明维吉尔同时创作史诗的不同段落，等待修改时将这些半行补

---

① *Saturnalia* 1.24.6: quae tamen non pudenter quisquam negabit, cum ipse confessus sit. Qui enim moriens poema suum legavit igni, quid nisi famae suae vulnera posteritati subtrahenda curavit? Robert Kaster (ed.), *Macrobii Ambrosii Theodosii Saturnalia*, p. 129.

② 转引自 W. Y. Sellar, *The Roman Poets of the Augustan Age: Virgil* (Clarendon Press, 1877), p. 71。

齐，或者再和其他段落连缀起来。①

对维吉尔史诗持悲观解读的学者，自然会从政治的角度解读焚稿一事。早在20世纪30年代，就有学者猜测，维吉尔迫于奥古斯都的压力而被迫创作《埃涅阿斯纪》，但他在史诗中隐藏了很多对奥古斯都的批判。当维吉尔病重时，奥古斯都在回程的旅途上对他悉心照顾，让维吉尔一时心软，产生焚诗的冲动。②当然，这样戏剧化的解读完全基于猜测。帕特南在2011年出版的著作中，猜测维吉尔焚稿的决定显示了他对于歌颂帝国功业的强烈怀疑：

> 他希望毁掉自己最后一部杰作，更有可能是因为他对帝国领袖的道德品质感到担忧，因此也对罗马帝国本身，乃至任何帝国都感到担忧。埃涅阿斯不遵从父亲的教诲，因暴怒而杀死敌手，这对元首来说意味着什么？这如何能完善众人所期待的罗马现在和未来的荣耀？③

帕特南这个解释有些似是而非。在维吉尔设计的史诗结尾，埃涅阿斯杀死了图尔努斯（详见本书第五章），所以这相当于批评、抹黑奥古斯都？维吉尔不想留下反对奥古斯都的"罪证"？这样

---

① James J. O'Hara, "The Unfinished *Aeneid*", in Farrell and Putnam (eds.), *Vergil's Aeneid and Its Tradition*, p. 100. 有些半行，对于现代读者来说能产生强烈的文学效果，好像维吉尔有意为之。但如果认为所有的半行都是有意识的文学实验，则未免过于绝对。

② Francesco Sforza, "The Problem of Virgil", *The Classical Review* 49 (1935), p. 102.

③ Michael Putnam, *The Humanness of Heroes* (Amsterdam UP, 2011), p. 116.

的解释反而会引来更多的疑问。我再引用 2017 年一项更新的研究，有学者认为，维吉尔要焚诗，是担心自己死后史诗摆脱自己的控制，而被人利用："从悲观的角度看，诗人焚稿可能说明他预见到，并且企图阻止作品被用于支持奥古斯都的政治目的。"就是说，维吉尔预知自己死后，史诗会脱离自己的控制和意图，会被用于奥古斯都的宣传机器。维吉尔不愿意看到自己的作品为帝国添砖加瓦，索性付之一炬。那么，焚诗的意图就完全出于政治目的，是诗人临终前最后的抵抗。再看接下来这一句："也许临终前的焚诗，是一种真正的戏剧化姿态，目的不在于烧掉诗稿，而在于传达一个信息：维吉尔不是一个受雇的御用文人（hired propagandist），反而到死都坚持作者的独立性。"① 这样的解释，同样显得非常牵强。难道诗人在生前就有权决定、控制，甚至垄断这部史诗应当被如何解读？作者又说焚诗不是要落实的行动，而是一个"姿态"，仿佛维吉尔成了一个行为艺术家，要借此"姿态"（换句话说，不是真的要烧）来伸张自己的主体性、独立性。这样的理解，我觉得实在太过"摩登"了些。

凡认为史诗暗中批判奥古斯都的学者，都会认为维吉尔不愿为"今上"歌功颂德，不愿意自己呕心沥血写成的史诗沦为粉饰太平、歌颂当权者的御用文学。哈佛大学的泰伦特（Richard Tarrant）所设计的理由相比上面引用的两位学者，要显得更加平衡。他虽然不是一个力主"悲观派"解读的学者，但也认为维吉

---

① Nandidi B. Pandey, "Sowing the Seeds of War: The *Aeneid*'s Prehistory of Interpretive Contestation and Appropriation", *Classical World* 111.1 (2017), p. 23.

尔焚诗是出于政治考虑。公元前 20 年代，对于罗马内战大家都记忆犹新，对于奥古斯都未来的动向还不甚了解。维吉尔死于公元前 19 年，当时的政治空气还可以让维吉尔在诗中对于罗马的不同侧面，以及各种敌对的立场都有所呈现。但泰伦特猜测，倘若维吉尔多活十年，政治空气已彻底改变，则无法写成这样平衡的诗作。有可能在维吉尔去世时，他已隐然感觉到自己的《埃涅阿斯纪》语调过于沉郁，或许已不能见容于日益严峻的政治局势，因而才要求焚诗。① 如果我们一定要坚持焚诗有任何政治目的，那么泰伦特的解释当然听起来更为贴切。

对于焚诗一事的过度解读，与二战之后的一代风气有关。从一战到二战，维吉尔以及他对罗马的颂扬、对奥古斯都的推崇，都成为法西斯主义颇为重视的思想资源。而将罗马这位桂冠诗人理解为内心充满挣扎、暗中反抗古代法西斯、反抗古代暴君，这是二战作家对被法西斯挪用的诗人的重估。德国作家布洛赫（Hermann Bloch）创作的长篇小说《维吉尔之死》是这方面的一个典型例子。

对于焚诗一事的政治解读，精彩则精彩，但毕竟是猜测。我们能看到的资料少而又少，主要就是《传略》上所载的 10 余行文字，再加上普林尼的一句话，实在不足以推断维吉尔的动机到底是什么，也无法推知《传略》作者渲染此事的缘由。如果驰骋想象的话，我们还可以得出非政治的解读。比如，有学者认为，《传略》之本意不在于描写维吉尔的谦退，而是要写成一个重要稿本

---

① Richard Tarrant, *Aeneid: Book XII* (Cambridge UP, 2012), p. 27 and n. 111.

失而复得的故事。这个故事充满悬疑和危险：一个任性的作家，要毁掉自己创作多年的史诗，如今最高当权者直接出手干预，抢救出这份珍贵的文学手稿。① 这个假说丝毫不涉及政治，重点在于渲染《埃涅阿斯纪》历经磨难、方得以保存，也同时渲染奥古斯都的贡献。

　　对焚诗一事的解读，又和维吉尔之死有很大关联。《传略》中有关维吉尔去世的部分，有些话读起来不明不白，会让人情不自禁产生联想。20世纪50年代，在"哈佛派"出现之前，美国学者艾弗里就有侦探小说一般的解读。② 他认为史诗的主题乃是奥古斯都所提议，所以他才对这部作品倍加留意，写出那封心急火燎的催稿信。他推测，维吉尔忽然想花三年时间徜徉山水之间，有些不同寻常，有可能想摆脱奥古斯都的控制。维吉尔病笃，让人去取史诗的稿本，这一点有些奇怪。诗人花了11年时间呕心沥血写成的史诗，其稿本必定小心呵护，须臾不可离身。而值此生命垂危的时刻，诗稿竟然不在身边！艾弗里怀疑在维吉尔谢世之前，史诗的稿本已被官府收藏，由专人看管："文中提到的书箱被有意收藏在诗人房间之外，他若想拿到，其他人定会察觉。一定是奥古斯都亲自下令，采取这样的预防措施，他对《埃涅阿斯纪》

---

　　① Nita Krevans, "Bookburning and the Poetic deathbed: The Legacy of Virgil", in Philip Hardie and Helen Moore (eds.), *Classical Literary Careers and Their Reception* (Cambridge UP, 2010), pp. 197-208. 讨论焚稿故事的意图，见第199-200页。Krevans还讨论了这段故事在后世文学史上造成的影响，英国诗人锡德尼、乔治·赫伯特等人在临终前均有类似的表示。

　　② William T. Avery, "Augustus and the *Aeneid* ", *The Classical Journal* 52.5 (1957), pp. 225-229.

向来都异常关切,无需赘言。"① 照这样解读,在维吉尔去世之前,史诗手稿已变成国家财产,由专人看管。这样的解说,呈现了君臣之间相互猜忌的画面。奥古斯都似乎预料维吉尔会有激烈的举动,所以未雨绸缪,先将稿本由专人看管,令诗人无法随意处置。

更有甚者,有学者认为奥古斯都出于政治原因而加害维吉尔。这种阴谋论的说法,一直存在。20 世纪 90 年代,法国学者马勒弗尔力主维吉尔是被谋杀的。② 据《传略》,维吉尔本打算去小亚细亚,花三年时间修订《埃涅阿斯纪》。现代学者猜测,因史诗卷三描写了埃涅阿斯在海上的漂流,所以维吉尔可能计划游历传说中英雄所经过的各地,详细了解风土人情。马勒弗尔认为,维吉尔没有理由选择此时离开意大利。而且,刚刚启程就恰好被返回的奥古斯都遇到,被迫折返,而就在此时他突然身患重病,在途中去世,这些事件过于巧合。所以,他强烈怀疑奥古斯都明知维吉尔患病,还坚持与他返回罗马,让他在海上颠簸,有意无意之间加速了维吉尔的死亡。而且在诗人死后,奥古斯都立即差人整理、出版了《埃涅阿斯纪》,对于诗人实乃二次加害:"奥古斯都又杀他一次,因为他公开违背维吉尔的遗愿。"③ 这样的解释,没有实在的证据,都不过是猜测而已。

英国学者安东·鲍尔最近也主张谋害说,而且阐述最为系

---

① Avery, "Augustus and the *Aeneid*", p. 228.
② Jean-Yves Maleuvre, "Virgile est-il mort d'insolation?", *L'Antiquité Classique* 60 (1991), pp. 171-181.
③ Ibid., p. 175.

统。① 鲍尔高度重视《传略》，认为其中包含可信的史料。他的基本观点是：奥古斯都支持、赞助了维吉尔的创作活动，而且维吉尔本人在生前大部分时间里真心支持奥古斯都。前面说过，维吉尔在遗嘱中馈赠给奥古斯都的金额，是留给梅塞纳斯的3倍。奥古斯都的催稿信，也显示他与维吉尔关系之亲密。在维吉尔创作《埃涅阿斯纪》时，奥古斯都虽击败主要对手，但其政权依然风雨飘摇，地位没有最后巩固。此时，出于迫切的政治需要，他需要一部光耀其祖先的史诗。在鲍尔看来，《埃涅阿斯纪》的创作，已成为国家一项重大宣传工程，这既是奥古斯都礼遇、厚待维吉尔的原因，也是维吉尔非正常死亡的原因。

有了催稿信的背景，鲍尔从出版的角度对《传略》的记述有生动的推测。他设想：假设有一个重大出版项目，出版社斥巨资资助，而作者已接近完稿，却一再拖稿；这时，如果出版商和编辑忽然在机场偶遇这位招牌作家，发现作家竟然要去国外旅行三年，请问出版商和编辑当采取何种措施？当然是想尽一切手段将作家劝返。奥古斯都可以说"拦截"了正企图放飞自我的维吉尔，并将他"押"回罗马。② 这样，即使二人在雅典只是一场偶遇，奥古斯都的做法也可以得到合理的解释。随后，元首察觉诗人有焚稿的企图，而此时的史诗已然是国家的文学资产，不容私人随意处置。鲍尔认为，当时的奥古斯都，仍处在其早期生涯那种凶

---

① Anton Powell, "Sinning against Philology? Method and the Suetonian-Donatan Life of Virgil", in Powell and Hardie (eds.), *The Ancient Lives of Virgi*, pp. 173-198.

② Ibid., p. 188. 鲍尔的表述是："如果一位拖稿的作者想逃到国外，结果路遇出版商，而且出人意料地和出版商一道折返，我们一定会怀疑他是迫于压力才返回的。"

狠的阶段,他曾经让很多对手都离奇地死去。对于阻挡他前进的障碍,奥古斯都绝不会心慈手软。所以,即使君主和诗人有很深的私人情谊,但此时"诗歌已经重于诗人了"[1]。抢走诗稿,确保帝国的文化资产不会有任何闪失,然后除掉制造麻烦的诗人,这些都是奥古斯都能够做出的举动。所以,鲍尔相信,维吉尔之死乃是奥古斯都下的命令。在另一篇文章中,鲍尔说:"为了拿到诗稿,奥古斯都有可能加速了诗稿作者生命的终结。"[2]

身居高位的艺术资助人,为了抢夺珍贵文稿,不惜置著名作家于死地,这样悬疑、惊悚的犯罪小说情节,应该不是维吉尔真正的死因。至少我们找不到足够的证据。我之所以花了一些篇幅讲述这些阴谋论,目的在于显示《传略》中简要的记述,在戴着特殊眼镜的学者看来,会显得格外意味深长,也会为虚构中的谋杀留下空间。另一方面,这些解释之所以产生,甚至涌现出以此为主题的现代小说,都说明这部史诗与奥古斯都时代的政治有着过于紧密的联系,才能激发出这样虽精彩却站不住脚的理论。

以上讨论了《传略》中所记奥古斯都与维吉尔关系的主要事迹。下面我简要分析《埃涅阿斯纪》中直接提及奥古斯都本人的段落,希望能从史诗内部窥见维吉尔的政治态度。

---

[1] Powell, "Sinning Against Philology", p. 192.
[2] Anton Powell, "The Harvard School, Virgil, and Political History: Pure Innocence or Pure in No Sense", *Classical World* 111.1 (2017), p. 100.

五、史诗中的奥古斯都

维吉尔在全部诗作中明确提到奥古斯都的段落，已有很多学者讨论。① 我只选取《埃涅阿斯纪》中的三段：卷一中朱庇特的预言，卷六中安吉塞斯的预言，卷八中火神所铸造的神盾上的罗马未来图景。以下逐一分析。

卷一中，女神朱诺为了阻挠埃涅阿斯靠近意大利，在海面掀起狂风巨浪，让主人公陷入绝望。此时，埃涅阿斯之母维纳斯在天上向朱庇特抱怨，责怪众神之王忘记自己的许诺，对于特洛伊人的命运不闻不问，放任朱诺随心所欲施加迫害。此时，朱庇特有一段40行的独白（1.257-296），重申自己的意志以及命运的安排都没有改变，并且对于埃涅阿斯和罗马的未来做出长篇预言。这是史诗中罗马主神的首次亮相，也是全诗第一篇出自神灵的大段预言。在描述后世罗马人将会打败希腊人后，朱庇特将视线拉向更近的历史，对维纳斯说：

> 恺撒将降生，来自特洛伊名门望族，
> 他的统治远及大洋，他的威名与群星辉映，
> 尤里乌斯，得名于尤卢斯。
> 彼时，他携满东方的掠物，你安然

---

① 早期的研究见 Ladislaus Hreczkowski 在 20 世纪初以拉丁文写成的论文《维吉尔对奥古斯都的看法》(*De Vergilii in Augustum animo*, 1903)，该文已简要讨论相关段落，见第 15—21 页。近来集中的讨论可参考：Gary B. Miles and Archibald W. Allen, "Vergil and the Augustan Experience", in John D. Bernard (ed.), *Vergil at 2000* (AMS Press, 1986), pp. 13-41; Thomas, *Virgil and the Augustan Reception*, chapter 2.

将他接到高天,接受众人的祈祷。

nascetur pulchra Troianus origine Caesar,
imperium Oceano, famam qui terminet astris,
Iulius, a magno demissum nomen Iulo.
hunc tu olim caelo spoliis Orientis onustum
accipies secura; uocabitur his quoque uotis. (1.286-290)

对这几行的解释,历来颇有争议,主要集中在第286行行末的"恺撒"一字到底指何人。是指尤里乌斯·恺撒,还是指继承恺撒姓氏的屋大维?当维吉尔写诗时,"恺撒"一词还没有变成罗马皇帝的代名词,仍然是一个专名。前面说过,屋大维在得知自己成为尤里乌斯·恺撒的继承人之后,坚持让众人称他为恺撒。但看这5行诗,第286行行末一词Caesar和第288行行首一词Iulius,恰好构成尤里乌斯·恺撒。考察这5行诗的内容,也与恺撒的功业相符。他自称埃涅阿斯之子尤卢斯的后裔,也曾开疆扩土,将罗马的疆域扩展到大洋。所谓"东方的掠物",指他在东方取得军事胜利、掠得战利品无数,可以对应于他远征埃及,占领亚历山大城。朱庇特宽慰维纳斯,预言将来她会把自己的后代接到天上,这指恺撒在公元前43年被封神。所以,这5行的细节都可以对应在恺撒身上。赛维乌斯《诂训传》解第286行,就说此处指尤里乌斯·恺撒。但威廉姆斯在其简注本中,认为此处应指奥古斯都。他提出两条证据:全诗其他地方,凡出现Caesar一字,都指奥古斯都。卷六中明白无误指尤里乌斯·恺撒时,维吉尔表达的是悲伤的情绪,而卷一此处是关于罗马未来的预言,所以更符合奥古斯都。另外。东方的掠物,他认为更适合形容亚克兴海战。①

即使上面 5 行诗的所指有争议,但下面 5 行则确指奥古斯都无疑:

> 古老的贞信女神、维斯塔女神,罗慕洛与兄弟
> 雷姆斯将制定法律;可怕的战神之门,
> 关闭;凶残的狂怒之神在庙中
> 高坐在野蛮的兵器之上,被一百道锁链
> 捆缚,嚎叫,张着血盆大口。

> cana Fides et Vesta, Remo cum fratre Quirinus
> iura dabunt; dirae ferro et compagibus artis
> claudentur Belli portae; Furor impius intus
> saeua sedens super arma et centum uinctus aënis
> post tergum nodis fremet horridus ore cruento. (1.292-296)

此段讲到关闭雅努斯神庙的庙门,表示战争结束,应指奥古斯都取得亚克兴海战的胜利,结束内战。关闭庙门一事,奥古斯都自己所撰的《神圣奥古斯都功业录》(后文简称《功业录》)中也有记述,语气颇为自豪:

---

① Williams, *The Aeneid of Virgil, Books 1-6*, pp. 181-182.

当胜利在陆地和海上给罗马人民全境带来和平时，我们的祖先就会关闭雅努斯－奎利努斯的庙门。从罗马建城开始，直到我降生之前，据说庙门一共只关闭过两次。在我身为元首时，元老院下令将庙门关闭三次。

¹³Ianum Quirinum, quem claussum esse maiores nostri voluerunt cum per totum imperium populi Romani terra marique esset parta victoriis pax, cum, priusquam nascerer, a condita urbe bis omnino clausum fuisse prodatur memoriae, ter me principe senatus claudendum esse censuit.①

雅努斯是罗马传统中守护家门和城门的神，而奎利努斯是一位战神。奥古斯都所说的庙门，指当时帕拉丁山附近的一座拱门。传统记载，只有当罗马全境无战事、天下太平时，才会关闭此门。奥古斯都自述自己在位期间，庙门关闭三次，前两次分别指公元前29年（结束内战）和前25年（在西班牙击败坎塔布里亚人），第三次日期不详。② 维吉尔这里强调奥古斯都结束战争，并且特意将内战比作凶残的狂怒之神（furor impius），被铁链捆绑，牢牢囚禁在庙内。从语气看，是在赞美奥古斯都恢复和平的努力。

《埃涅阿斯纪》卷六也出现了奥古斯都的名字。本章分析马凯鲁斯一段时已述，埃涅阿斯在即将踏上意大利土地之时，前往

---

① P. A. Brunt and J. M. Moore (eds.), *Res Gestae Divi Augusti: The Achievements of the Divine Augustus* (Oxford UP, 1967), p. 24.

② Ibid., pp. 54-55. 这是两位编者对《功业录》第13节的注释。

冥间探访父亲安吉塞斯的亡灵。安吉塞斯不仅向他解释了天地的奥秘，更将罗马辉煌的未来向儿子展示。这些即将在未来历史上建功立业的罗马英雄豪杰，他们的灵魂正焦急地等候去人世间投胎。他们列队走过，埃涅阿斯和其父就在一旁观看。安吉塞斯提到埃涅阿斯的子孙，提到罗慕洛，也提到尤里乌斯·恺撒。然后，他以兴奋的语气谈到奥古斯都：

> 是他，是此人，你久已听闻对他的预言，
> 奥古斯都·恺撒，神灵的子嗣，他将
> 在拉提乌姆，重建农神往昔的统治，重建
> 黄金时代。加拉曼达人和印度人
> 他要统治。他的领土远迈星辰，
> 超越太阳的轨道，背负天空的阿特拉斯
> 在肩上转动天轴，燃烧的星辰点缀的天轴。
> 当他降临时，卡斯比亚和麦奥提亚的国度
> 因神灵的预言而恐惧战栗，
> 七重尼罗河的堤岸颤抖、混乱。

> hic uir, hic est, tibi quem promitti saepius audis,
> Augustus Caesar, diui genus, aurea condet
> saecula qui rursus Latio regnata per arua
> Saturno quondam, super et Garamantas et Indos
> proferet imperium; iacet extra sidera tellus,
> extra anni solisque uias, ubi caelifer Atlas

axem umero torquet stellis ardentibus aptum.
huius in aduentum iam nunc et Caspia regna
responsis horrent diuum et Maeotia tellus,
et septemgemini turbant trepida ostia Nili. (6. 791-800)

此段中,"奥古斯都"和"恺撒"两词,放在第792行开端,位置异常突出。所谓"神灵的子嗣"(diui genus),指尤里乌斯·恺撒被封神,而奥古斯都作为恺撒的继承人,故而称神的儿子。加拉曼达人指利比亚以南的非洲,可以理解为罗马势力范围的最南端。印度指最东端。后面卡斯比亚指最北端,而麦奥提亚指最西端。通过地理方位,描写罗马的统治扩张到四面八方,甚至夸张地说远达星际,此处指黄道十二宫。所以,四方上下无不在罗马的管辖之下。这是对奥古斯都统治范围富有诗意的夸张描述。

史诗中第三次提到奥古斯都是在卷八。从卷七开始,埃涅阿斯登上意大利土地,史诗也就开启了"伊利亚特"的后半部。卷七叙述特洛伊人与拉丁国王的初次接触,朱诺继续从中作梗,激起卢图利人(Rutulians)国王图尔努斯对埃涅阿斯的敌意。卷九描写双方正式交战。卷八夹在中间,偏偏不立即描写战事,却让主人公离开大营,去争取阿卡迪亚人的军事援助。这一卷曾被学者戏称为"埃涅阿斯漫游奇境",颇为传神。[①] 大战在即,主人公却好整以暇,抽身而出,仿佛在决战之前闭关一样,做一番精神

[①] J. R. Bacon, "Aeneas in Wonderland. A Study of Aeneid VIII", *The Classical Review* 53.3 (1939), pp. 97-104.

上的神游。卷八的情节设置，另有一层寓意，因为阿卡迪亚人所居之地，就是未来的罗马城。所以埃涅阿斯一方面求援，一方面在冥冥之中漫游了子孙后代未来的王城。

卷八后半部，女神维纳斯向自己的丈夫、火神伏尔坎求助，恳求他为即将在疆场上鏖战的儿子打造一副铠甲。这样的情节设计，明显是模仿《伊利亚特》第 18 卷的"阿喀琉斯之盾"。维吉尔此处使用了古代史诗常见的手法，即 ekphrasis，指游离于情节主线之外，对某件艺术品或者重要物件的图像进行详尽的描绘。卷一中，埃涅阿斯在朱诺的神庙中观看迦太基的壁画，上面描绘了特洛伊战争中的各路英雄（包括他自己），就是明显的一例（1.466-492）。荷马史诗中，阿喀琉斯之母、女神忒提斯（Thetis）也是恳求火神为自己的儿子锻造一副盾牌，在盾牌上铭刻神秘的图景，有高度的寓意。维吉尔在卷八也沿用荷马的技法，在罗马火神锻造的盾牌上，描绘了罗马未来的图景。这当然是维吉尔继承荷马的典型一例，同时，神盾上图案的内容则完全罗马化，甚至可以说奥古斯都化了。论到荷马与维吉尔的差异，有学者评论道："荷马的阿喀琉斯之盾是超级工匠所能制出的；而维吉尔笔下的盾牌更像占卜者的水晶球，或者像埃涅阿斯的后代要穿过的那面镜子，埃涅阿斯在镜中可以见到未来的影像。"①

对神盾上的图景描写（6.626-728）从罗慕洛开始，大约 100 行。但是一半的篇幅（675-728）落在亚克兴海战。

---

① Bacon, "Aeneas in Wonderland", p. 104.

盾牌中央，可见青铜战船，亚克兴海战，
你会看到卢卡特湾猛士云集，
战阵已布，海浪金光耀眼。
此处，奥古斯都·恺撒统帅意大利人参战，
带着元老和人民，带着家神和强大的众神，
他屹立于高耸的船尾，双鬓吞吐两道火焰，
头顶之上，闪现其父恺撒之星。

In medio classis aeratas, Actia bella,
cernere erat, totumque instructo Marte uideres
feruere Leucaten auroque effulgere fluctus.
hinc Augustus agens Italos in proelia Caesar
cum patribus populoque, penatibus et magnis dis,
stans celsa in puppi, geminas cui tempora flammas
laeta uomunt patriumque aperitur uertice sidus. (8.675-681)

在这段描写中，奥古斯都牢牢占据画面中心。考诸历史，屋大维在公元前 27 年才接受"奥古斯都"的尊号，是在这场海战结束 4 年之后。但这不妨碍维吉尔将这个尊号放在屋大维身上。和卷六 792 行一样，恺撒和奥古斯都两个名字同时出现，分据于第 678 行的首尾。盾牌之于历史上的奥古斯都，还有一层特殊意义。公元前 27 年，元老院在授予他"奥古斯都"的尊号之后，还赠送他一面金盾。这是奥古斯都自己在《功业录》第 34 节中的记述：

> 我担任执政官第六年和第七年,结束内战之后,虽然所有人都知道我掌管一切,但我依然将共和国从我的统治,交还于元老院和罗马人民管理。以此之故,元老院决议,我得以称"奥古斯都"。我住宅的门框装饰以月桂树叶的花环,一顶公民桂冠(corona civica)固定在门框之上。一面金盾置于尤里乌斯议政厅(curia Iulia),盾上刻字说明,此乃元老院和罗马人民授予我,因我的勇武、仁慈、公正和忠义(virtus, clementia, iustitia, pietas)。①

公元前 27 年,屋大维开始采用"奥古斯都"这个尊号,而且就如他在《功业录》中所说,他将共和国交还人民和元老院。但这并不代表他真的放弃最高统治权,因为他仍然手握重要行省的兵权,还将在未来五年中连续担任执政官,而且马其顿、叙利亚等外省手握重兵的总督都是他的心腹。所以,敌视奥古斯都的学者,认为他此番交权,只是惺惺作态。塞姆就讽刺道:"名义上、表面上、理论上,元老院和人民收回了主权。"② 而实际上,公元前 27 年发生的事,只是奥古斯都对自己独裁权力的合法化和强化而已。③ 这面金盾是元老院为表彰奥古斯都过往的功绩而授予他的,在外省都有复制品,后来的钱币上也有表现,可见当时

---

① Brunt and Moore (eds.), *Res Gestae Divi Augusti*, p. 34.
② Ronald Syme, *The Roman Revolution* (Oxford UP, 1960), p. 314.
③ Syme, *The Roman Revolution*, p. 323. 塞姆一书第 22 章乃是对前 27 年事件的整体分析。

这面盾牌广为人知。① 凡致力于挖掘史诗中"今典"的学者，都认为火神所制造的金盾正对应《功业录》中所说的金盾（clupeus aureus）。有人说，公元前 27 年到前 19 年（维吉尔死）之间，凡提到一面神奇的、表彰功绩的盾牌，必指此盾无疑。② 甚至维纳斯拥抱埃涅阿斯，然后将盾放在橡树下（8.615-616），也被认为意在提醒罗马读者奥古斯都宅邸门上钉的、用橡树枝制成的"公民桂冠"。③

许多学者注意到，第 679 行"带着元老和人民，带着家神和强大的众神"（cum patribus populoque, penatibus et magnis dis）与卷三第 12 行描写埃涅阿斯从特洛伊出奔时，"带着族人和儿子，带着家神和强大的众神"（cum sociis natoque penatibus et magnis dis 3.12），描写神灵的措辞完全一样。也就是说，奥古斯都投入亚克兴海战，与逃离战火的埃涅阿斯一样，都带着罗马人特洛伊祖先的家神。这高度相似的两行诗句，或可从侧面证明，在维吉尔心目中二人具有同等地位。④ 如果我们接受这样的解释，

---

① 这面盾牌在罗马各地的雕塑和钱币上的表现，可见 Cooley 对《功业录》这一部分的注释以及插图：Alison E. Cooley, *Res Gestae Divi Augusti* (Cambrige UP, 2009), pp. 166-170。在法国南部阿尔勒（Arles）出土的一个复制品，年代是公元前 26 年，所以元老院授予他金盾可能晚于授予他"奥古斯都"的尊号。但在《功业录》中，两件事看起来仿佛同时发生一般。可参见阿德里安·戈兹沃西：《奥古斯都：从革命者到皇帝》（社会科学文献出版社，2016 年），第 253 页。

② D. L. Drew, *The Allegory of the Aeneid* (Basil Blackwell, 1927), p. 25.

③ Ibid., p. 26. Drew 这本书的标题，可以译作《埃涅阿斯纪中的历史影射》。此书搜求史诗和历史细节中的对应，很多地方难免穿凿附会。作者熟谙当时罗马的史料，有时硬读出的历史对应，虽然牵强，也可见出作者的机智。

④ 相关讨论很多，仅举一例：Adam Parry, "The Two Voices of Virgil's *Aeneid*", *Arion* 2.4 (1963), p. 73。另需解释的是，奥古斯都所携带的神像，一个是 penates，一个是 magni dii，赛维乌斯在《诂训传》解释 3.12 时，引用公元前 1 世纪古物学家瓦罗（Varro）的说法，认为二者是一回事。

则奥古斯都携之作战的恰恰就是埃涅阿斯从特洛伊城战火中抢救出的、特洛伊祖先所崇拜的神祇，可能是木制或泥塑的神像或神龛。图尔努斯曾讥笑埃涅阿斯逃出战火，"带着他们战败的家神"（victosque penatis 8.11），即指此事。要之，从战火中抢救出的祖先神灵，如今被埃涅阿斯的后裔带上战场，成为罗马人击溃东方蛮族、击溃罗马敌人安东尼的护佑。此处，维吉尔不仅凸显奥古斯都个人的荣耀，更通过重复 penatibus et magis dis，来强调奥古斯都与埃涅阿斯之间共同的血脉，以及他们共同的宗教传承。

最后，解释一下最后一行的"恺撒之星"。公元前44年恺撒被刺后，为他举行了葬礼。此时，天空有彗星出现，屋大维将这一天象当作政治宣传工具，称之为"恺撒之星"，意味着死去的恺撒被接引到天上。此后，在罗马钱币上频繁出现"恺撒之星"。在描写亚克兴海战时提到"恺撒之星"，政治寓意极为明显。奥古斯都是恺撒的后人，而恺撒将祖上追溯到埃涅阿斯之子尤卢斯，所以奥古斯都自然也是埃涅阿斯和尤卢斯的后裔。

维吉尔与奥古斯都的关系，当然是解读《埃涅阿斯纪》的重要依据。现代文学批评中轻视作者意图的做法，不过是学术上偷懒的借口。本章讨论了多纳图斯《传略》中几段重要的记述，虽不足以考证维吉尔的政治立场以及他对奥古斯都的态度，但至少可以获得一个大致的参考框架，可适当限制那些漫无边际的猜想。如果漠视《传略》中这些重要信息，批评家就只能在文本内部进行封闭、"自嗨"的内循环，解读古代诗歌就变成了毫无标准可言的想象力游戏。

在前一章中，我谈到"哈佛派"的悲观解读将维吉尔描画成暗中批评、反抗奥古斯都的异见诗人。而传统解读认为维吉尔支持奥古斯都。20世纪初一位学者就说:"维吉尔受到屋大维的庇护,他向奥古斯都提出的任何请求,从来没有被回绝过。他按照奥古斯都的意愿、心甘情愿地写作《埃涅阿斯纪》,通过奥古斯都他赞颂了罗马人民的伟大。"① 第一章中曾提到的19世纪爱丁堡大学古典学家赛勒认为,维吉尔并非趋炎附势、为当权者歌功颂德的御用文人,而是因为奥古斯都治下海内升平,所以产生由衷的欣喜。维吉尔喜欢奥古斯都,支持他的主张和政策:"维吉尔的忠诚不仅仅是对被视为法律和权力化身者的自然情感,而是对神意加持和指引的政府一种虔诚的认可。"② 维吉尔是真心拥护奥古斯都,在史诗中也是发自肺腑地赞美:"没有理由质疑维吉尔赞颂之词的真诚。……奥古斯都不仅是时代所需要的人,他也完全体现了罗马那些务实的才能和特点。"③ 比赛勒更加克制的观点,可见20世纪初格罗佛的书。维吉尔支持奥古斯都,一方面因为后者有恩于他,帮他解决了个人困难。另一方面,就维吉尔而言,他对于罗马共和国、也就是奥古斯都所摧毁的旧制度,并无特别的留恋。因维吉尔出生在意大利乡村,所以不像西塞罗这样的政治家对共和国的覆灭感到如丧考妣。再加上奥古斯都恢复秩序,带来和平,所以"他对于皇帝的赞美至少来自个人真诚的情感,也是合情合理的"。④ 之所以举这几部书,是要说明19世纪和20世纪初的学者几乎一

---

① Hreczkowski, *De Vergilii in Augustum animo*, pp. 21-22.
② Sellar, *The Roman Poets of the Augustan Age: Virgil*, p. 82.
③ Ibid., p. 343.
④ T. R. Glover, *Virgil*, 2nd ed. (Methuen, 1912), p. 163.

边倒地认为，维吉尔毫不保留地支持奥古斯都，一片至诚。

我觉得"哈佛派"和极端传统派这两种完全对立的解读，都不够细致和全面。维吉尔与奥古斯都之间的交往，依照现存的少量材料而谨慎地推断，可以稍加概括。维吉尔家中有难，请求友人以及奥古斯都帮助，后者出手摆平，所以于维吉尔有恩。二人结交，关系颇为紧密。维吉尔出身微寒，但去世时财产颇丰，应该有相当财富来自奥古斯都以及梅塞纳斯的馈赠。本章开始时所提到的花园，或许可以说明一定的问题。奥古斯都直接授意维吉尔，让他创作一部史诗来歌颂自己的功业，这个可能性很小。奥古斯都与当时诗人的交往，主要是以朋友之道待之，遵循的是罗马共和国末期贵族之间往还的礼仪和规矩，不是后世君主与臣下之间那种主上授意、臣子赋诗的宫廷模式。即使书信中出现带有胁迫意味的用语，都可能是朋友之间的诙谐和谈笑，不一定必然是君主颐指气使、发号施令，臣子唯唯诺诺、被动完成政治任务。维吉尔于奥古斯都，既有私人情谊，又认可他结束内战，于公于私，都可能让维吉尔产生写诗的动机。所以，奥古斯都将史诗主题强加给诗人，布置命题作文，这个意见恐怕没有根据。也就是说，维吉尔有可能保持了相当程度的自发性，他选择这一主题，并非君主授意，而更多出于公义和私谊。遗嘱里面对奥古斯都亦有馈赠，也可说明二人之间的友情。在这样的背景下，维吉尔的焚稿，不一定代表怨恨或者政治上的不满情绪，可能更多出于诗人对未定稿的担忧、对死后名声的在意。当然，这也可能是有关文学创作的传说。奥古斯都违背维吉尔遗愿，不排除他看到史诗巨大的宣传价值，但也可解释为对朋友诗作的看重，所以史诗最后也仅仅是稍加编辑,并没有更多额外的处理。这些就是从传记材料里能推出的少许结论。

需要说明,维吉尔虽然很可能"自发"地创作史诗,但这并不意味着《埃涅阿斯纪》全诗必须解读为无条件支持奥古斯都。诗中还有很多断裂和不易讲通之处,或许因为是未定稿,或许维吉尔有其他的设计,都未可知。但无论如何,"哈佛派"和随之兴起的悲观解读,认定维吉尔作诗的隐秘的动机是颠覆奥古斯都的意识形态,这与《传略》中保存的传记材料以及诗中明确指涉奥古斯都的段落都不能相合。所以,谨慎的看法是:维吉尔不一定毫无保留地歌颂奥古斯都,也不是被迫完成命题作文。因此,"哈佛派"所指出的那些表达丧痛、悲悼的段落不容忽视。同时,他与奥古斯都之间的私人情谊,他受到奥古斯都的帮助甚至恩惠,也不能排除在讨论之外。维吉尔在史诗中称赞奥古斯都,有可能既出自对内战的厌倦,也出自对奥古斯都大政方针的肯定,只不过这也并不意味着维吉尔必须盲目地讴歌、无底线地吹捧。他在史诗中所传达的悲悼是真实的悲悼,而他的赞颂也绝不是曲意逢迎。我认为这样更细致地界定维吉尔的写作意图以及他与奥古斯都的微妙关系,要比悲观派的解读更加合情合理。

第三章 埃涅阿斯传说的演变

《埃涅阿斯纪》讲述了特洛伊英雄埃涅阿斯逃离战火，在意大利建国的传说。这部史诗不仅是文学经典，也是理解罗马民族身份建构的核心文本。维吉尔挑选这一传说作为史诗的情节架构，是深思熟虑的决定。在这一章中，我首先描述埃涅阿斯在荷马史诗《伊利亚特》中的形象，其次探究罗马人何以采纳这一希腊传说作为本民族的建国神话，以及罗马人如何通过这个传说来理解自己的民族身份。最后，在古代的史书、笺注和传奇中，还一直流传着埃涅阿斯卖国通敌的故事。这样的杂音一直伴随着埃涅阿斯传说，也是维吉尔在创作史诗时需要应对的问题。深入了解埃涅阿斯传说的演变，有助于我们理解维吉尔的文学传承和这部史诗的政治背景，可以看到神话传说如何被改造和修正，以满足特定时代的文化和政治要求。

根据4世纪赛维乌斯《诂训传》最前面所附的一篇小传，史诗的主题有可能来自奥古斯都。这篇小传应该是多纳图斯《维吉尔传略》的缩略版，因为所有内容都能在《传略》中找到。据赛维乌斯的说法，维吉尔三部诗作的主题，都来自友人的鼓励和提议，而这些友人都曾帮助维吉尔讨回被剥夺的土地：

> 维吉尔失去土地后，去了罗马，利用波利奥和梅塞纳斯的关系，独自夺回已失去的土地。随后，波利奥建议他写

《牧歌》，结果他花了三年时间写作、润色。同样，梅塞纳斯提议写《农事诗》，结果他花了七年时间写作、润色。后来，他花了十一年写作《埃涅阿斯纪》，这是奥古斯都提议的，但是未能润色和编辑。因此，他临死之际命人将其烧毁。

> amissis ergo agris Romam venit et usus patrocinio Pollionis et Maecenatis solus agrum quem amiserat meruit. tunc ei proposuit Pollio ut carmen bucolicum scriberet, quod eum constat triennio scripsisse et emendasse. item proposuit Maecenas Georgica, quae scripsit emendavitque septem annis. postea ab Augusto Aeneidem propositam scripsit annis undecim, sed nec emendavit nec edidit: unde eam moriens praecepit incendi.①

如果对比多纳图斯《传略》第19—20节，会发现赛维乌斯的版本做了压缩。多纳图斯记载，维吉尔创作《牧歌》，是为了称颂帮助他渡过难关的三位友人，包括波利奥，而赛维乌斯的小传只保留了波利奥一人。论到《埃涅阿斯纪》的写作缘起，《传略》说史诗的主题"既关乎罗马城的起源，又关乎奥古斯都的祖先"（第21节：Romanae simul urbis et Augusti origo contineretur），②并不涉及何人曾向维吉尔建议主题。但赛维乌斯却简略提到，史诗主题是

---

① 《诂训传》Thilo-Hagen 版，第一卷，第 2 页。
② Colin Hardie (ed.), *Vitae Vergilianae Antiquae*, 2nd edition (Clarendon Press, 1964), p. 17.

奥古斯都的动议，这一重要信息并不见于《传略》。由于多纳图斯的《传略》基本照搬公元1世纪史家苏维托尼乌斯为维吉尔撰写的小传，而赛维乌斯是4世纪学者，所以他提供的这一条不见于《传略》的信息是否有历史依据，很值得怀疑。或许因为奥古斯都对这部史诗格外重视（详见上一章催稿信一节），连最终的出版都直接干预，所以造成后世学者进一步夸大奥古斯都对史诗创作的介入程度。

但是，史诗主题直接来自奥古斯都的说法，后世颇为流行。圣伯夫在19世纪中叶的《维吉尔研究》一书中指出，公元前29年奥古斯都击溃安东尼和克里奥帕特拉联军，返回罗马，举行三次凯旋式，当时的欢庆场景激发了维吉尔的创作冲动。但同时又说，奥古斯都所缺乏的乃是古老的传统和起源神话，所以才要求维吉尔创作这部史诗："因此，他要求维吉尔——这位谦虚而腼腆的诗人，命令他在《埃涅阿斯纪》中美化自己。"[①] 圣伯夫甚至认为，很难分清这是建议还是友善的命令。有人甚至推测，史诗最初的标题很可能就是《奥古斯都功业录》（Gestae Augusti）。不管史诗的主题是不是最高当权者钦定的，埃涅阿斯的传说与罗马历史有极为密切的联系。《埃涅阿斯纪》全诗一万余行，其主题可以归纳为一句话：特洛伊陷落后，埃涅阿斯率残部从小亚细亚渡海来到意大利建城，奠定了后世罗马帝国的基业。将流亡的特洛伊人当作罗马人的先祖，这并非维吉尔首创，而是奥古斯都时代罗马立国神话的官方版本。维吉尔正是选择这一传说，加以增饰铺

---

① C.-A. Sainte-Beuve, *Étude sur Virgile*, 2nd edition (Michel Lévy Frères, 1870), p. 59.

陈，才写成拉丁文学最伟大的诗篇。

　　史诗描述的是罗马开国的曲折历程，但读过荷马史诗、熟悉希腊神话的人都知道，希腊人围攻特洛伊城长达十年，始终无法攻克，最后只能用木马计智取。破城之后，希腊人对城中军民大肆屠戮，特洛伊王室成员不是被残杀就是沦为奴隶。特洛伊人本是希腊人手下败将，国破家亡，后来如何摇身一变，反倒成为罗马人的祖先？罗马在希腊人眼中，本是蕞尔小国，在政治和文化上均不足道。但自公元前3世纪开始，罗马一路崛起，以武力征服周边诸国，到了奥古斯都时代，业已成为横跨三洲、睥睨天下的大帝国。当时的这个超级大国，为何偏偏挑选一城池被毁、四海飘零、饱受屈辱的东方民族作为自己的远祖？维吉尔以这一版传说入诗，究竟有何深意？对于当时业已建立起来的传统，他又做了哪些修正？若要深入理解《埃涅阿斯纪》，了解罗马人对自身文化身份的想象与界定，就必须先考察埃涅阿斯这一传统题材的演进过程。

一、荷马史诗中的埃涅阿斯

　　埃涅阿斯是《伊利亚特》中多次出现的人物，了解他在荷马史诗中的表现，是研究有关他的传说的第一步。[①] 在特洛伊军队中，他要算二号人物，论武艺和胆略，仅次于主帅赫克托

[①] 我使用罗念生和王焕生的《伊利亚特》中译本（人民文学出版社，1994年）。这个译本与原文的诗行序数保持一致，因此我在引用的诗行后面直接标注卷数和行数。长段引文会注出中译本页码。

耳（Hector）。① 埃涅阿斯和希腊神话中的大英雄一样，有显赫的家世，身上流淌着神灵的血液。其母乃是爱情女神阿佛洛狄忒（Aphrodite），所以埃涅阿斯继承了神圣的秉性。其父安吉塞斯（Anchises），若追溯家世，和普里阿摩斯（Priam）都是特洛伊人的先祖特洛斯（Tros）的曾孙。所以，埃涅阿斯不是国王普里阿摩斯的直系亲属，而是王室的同宗。在成书于公元前7世纪、托名荷马的《爱神诵诗》（*Homeric Hymn to Aphrodite*）中，爱神化身为人间女子，引诱安吉塞斯，并预言将产下一子，取名埃涅阿斯。

在荷马史诗中，埃涅阿斯以勇力闻名，几次关键战役中均可见其身影。《伊利亚特》第5卷，荷马对埃涅阿斯着墨较多。这一卷实乃希腊英雄狄俄墨得斯（Diomedes）的军功簿，记录了他在疆场上击杀多名特洛伊武士，甚至还刺伤爱神和战神的辉煌战绩。狄俄墨得斯先被特洛伊神箭手潘达罗斯（Pandarus）射伤，于是向女神雅典娜祷告，祈求帮助。结果雅典娜施神力，让狄俄墨得斯瞬间变得神勇无比，连杀特洛伊八将。就在这时，埃涅阿斯现身（5.166），这是他在史诗中首次亮相，当时潘达罗斯称埃涅阿斯为"披铜甲的特洛亚人的军师"（5.180），显然是称颂他智勇双全。② 埃涅阿斯与战友一道合攻狄俄墨得斯，但潘达罗斯很快身亡。随后，希腊英雄奋力举起巨石，砸中埃涅阿斯的髋部，

---

① 埃涅阿斯在《伊利亚特》中的表现，简要总结可见 Mark W. Edwards, *Iliad: A Commentary*, vol. 5 (Cambridge UP, 1991), p. 302。稍展开一些的讨论可见：Karl Galinsky, *Aeneas, Sicily, and Rome* (Princeton UP, 1969), pp. 11-14, 36-40; Nicholas Horsfall, "Some Problems in the Aeneas Legend", *The Classical Quarterly*, new series, 29. 2 (1979), pp. 372-373.

② 也有学者以为，这里的称赞和称号并不独属埃涅阿斯一人，可能只是寻常的套语。参见 *The Iliad: A Commentary, volume II: Books 5-8*, ed. G. S. Kirk (Cambridge UP, 1990), p. 78。

将他击倒。此时，爱神现身，将手臂枕在埃涅阿斯头下，举起裙裾遮挡希腊人的刀剑，然后将儿子救走。但是，狄俄墨得斯越战越勇，竟然忘记神和人之间的分界。在雅典娜的挑动之下，他不停地追赶爱神，最后竟用长矛将女神刺出血来。这时阿波罗及时赶到，将埃涅阿斯收进乌云中隐藏（5.343-346）。但狄俄墨得斯一心要置埃涅阿斯于死地，三次掷出长矛，都被日神逼退。最后，阿波罗将受伤的埃涅阿斯带到自己的神庙中，让自己的母亲勒托（Leto）和狩猎女神阿特弥斯（Artemis）为他疗伤。埃涅阿斯的创伤立即被灵药治愈，马上重返战场，如利斧劈树一般杀死希腊二将。诗中这样说："兄弟俩也这样被埃涅阿斯强有力的手臂／征服倒地，就像高大的冷杉倒下。"（5.559-560）

《伊利亚特》第5卷中，当特洛伊头号英雄赫克托耳不在场时，埃涅阿斯便成为战场上的中心人物。只要看狄俄墨得斯锲而不舍地追击他，便可知道他的地位和分量。由于埃涅阿斯有神灵的血统，故而受到神灵特别的眷顾。这一卷中，他不仅被爱神、日神几次营救，还有另两位神灵联手为他疗伤。这样的特殊待遇，就连史诗的主人公阿喀琉斯也不曾享受。

整体而言，埃涅阿斯在荷马史诗中算不上光芒四射的人物，故而在古希腊瓶画中难觅其身影。但是，他与狄俄墨得斯的这场鏖战在古代艺术中也间或有所呈现。英国收藏的一个基里克斯陶杯（kylix，一种双把手的浅酒杯）上，就绘有两人交战的场景。[①]

[①] Percy Gardner, "On an Inscribed Greek Vase with Subjects from Homer and Hesiod", *The Journal of Philology*, 7.13 (1877), pp. 215-226.

研究者将此画时间定在公元前5世纪下半叶,画上狄俄墨得斯以长矛直刺埃涅阿斯下半身,而埃涅阿斯败象已露,右手拔剑勉强招架,身体后仰,行将跌倒。他身后站立着爱神阿佛洛狄忒,正用双手试图将他拉出战场。① 目前存留下来的瓶画中,绘有埃涅阿斯的作品为数不多,但可看出古代画家最关注的是他的勇力。他后来在罗马文明中所代表的虔敬、忠义等品质都还尚未出现。

《伊利亚特》第5卷之后,在其他著名场景中也都能见到埃涅阿斯的身影。比如第6卷,赫克托耳的兄弟赫勒诺斯(Helenus)就对他称赞有加,认为其英勇和智谋堪比赫克托耳:

> 埃涅阿斯,还有你赫克托耳,你们肩负着
> 特洛亚人和吕西亚人作战的重任,
> 因为你们在一切活动中,战场上,议事时,
> 都是最高明,……(6.77-80)②

这两位特洛伊英雄一同出现,在诗中还有多处。比如,第14卷中,埃涅阿斯曾营救赫克托耳。第17卷,他和赫克托耳并肩作战:"特洛亚人不停地追击,特别是两位将领:/光辉的赫克托耳和安吉塞斯之子埃涅阿斯。"(17.753-754)将二人并列,在后世也有类似的处理。公元3世纪的学者菲罗斯特拉图(Flavius Philostratus,约172—250年)就曾对比赫克托耳和埃涅阿斯:"人

---

① Gardner, "On an Inscribed Greek Vase", pp. 218-220; Galinsky, *Aeneas, Sicily, and Rome*, pp. 14-15.
② 《伊利亚特》,第134页。

们说，埃涅阿斯的武艺似不及赫克托耳，但论到谋略和机智，则是特洛伊第一人……希腊人称赫克托耳为特洛伊之剑，而称埃涅阿斯为特洛伊之脑。他们相信埃涅阿斯的智慧，胜过赫克托耳的暴怒。"① 但是，在对手眼中，埃涅阿斯主要还是特洛伊第二号武士，是一位可怕的杀手。在第 13 卷中，希腊人的描述透露出敌人对他的恐惧："捷足的埃涅阿斯向我奔来令我心颤，/ 战斗中他是一个有力的杀人能手，/ 他又正当华年，这是巨大的力量。"（13.482-484）

虽然埃涅阿斯是特洛伊的骁将，但他在《伊利亚特》中，只能处在阿喀琉斯、赫克托耳这些大英雄的阴影中。但是近来也有学者想赋予他更重要的角色。比如，《伊利亚特》第 13 卷中，埃涅阿斯被诗人描写成对特洛伊国王颇有怨言，因个人恩怨而一度没有参战。这一情形很容易让人联想起阿喀琉斯，因他也是怨恨主帅阿伽门农的骄横而罢战。埃涅阿斯之怒在这一点似乎和阿喀琉斯之怒有一定的对应关系，他的性格和行为或许能折射出阿喀琉斯的命运。② 可见，埃涅阿斯在荷马史诗中的文学地位，或许还能被重估和提升。

真正让埃涅阿斯获得重要地位的是《伊利亚特》第 20 卷，海神波塞冬针对他的未来有一番预言。在这一卷中，宙斯不再阻止诸神参加人间的争斗，结果支持希腊人和特洛伊人的神灵不再躲在幕后，而是摆开阵势，准备捉对厮杀。阿波罗化身为特洛伊武

---

① 转引自 Galinsky, *Aeneas, Sicily, and Rome*, p. 39。

② Jonathan Fenno, "The Wrath and Vengeance of Swift-footed Aeneas in *Iliad* 13", *Phoenix* 62 (2008), pp. 145-161.

士,用语言挑动埃涅阿斯去和阿喀琉斯搏斗,还将勇气注入埃涅阿斯身体中(正仿佛第5卷中的雅典娜之于狄俄墨得斯一样)。阿喀琉斯依照史诗描写疆场厮杀的惯例,先将对手大大讥嘲一番,甚至讽刺埃涅阿斯之所以踊跃参战,恐怕别有居心,因为他觊觎特洛伊的王位(详见本章第三节)。埃涅阿斯对这样的骂战,作了长篇答复,详细叙述自己的家谱(20.199-258)。在这60行中,埃涅阿斯变成史诗的中心,阿喀琉斯反而在一旁耐心倾听。第20卷本应是阿喀琉斯最出彩的部分,因为他即将杀死赫克托耳。埃涅阿斯在这里抢了这么多镜头,这说明史诗作者对他十分看重。①

相互讥嘲之后,二人交手,埃涅阿斯自然招架不住希腊最勇猛的武士,先被击倒于地。阿喀琉斯拔剑,而埃涅阿斯旋即站起,举起身边的巨石,准备投向对手。史诗其他段落中,凡能举起巨石砸向对手的武士,往往都是胜利的一方。② 这次却不然。阿喀琉斯打遍天下无敌手,不可能被凡人击败。就在埃涅阿斯岌岌可危之际,波塞冬在观战的诸神中大声呼吁有人能出手相救,否则埃涅阿斯必死无疑。波塞冬不仅对埃涅阿斯大加称许,还突然插入对他命运的预言:

> 他是个无辜的人,对掌管广阔天宇的
> 众神明一向奉献令我们快慰的礼物,

---

① Andrew Faulkner, *The Homeric Hymn to Aphrodite: Introduction, Text, and Commentary* (Oxford UP, 2008), p. 6.

② Gregory Nagy, *The Best of the Achaeans*, revised edition (The Johns Hopkins University Press, 1999), p. 274.

> 为什么要因他人让自己蒙苦受难？
> ……
> 命运注定他今天应躲过死亡，
> 使达尔达诺斯氏族不至于断绝后嗣，
> 因为克罗诺斯之子对他最宠爱，
> 远胜过凡女为他生的其他孩子。
> 普里阿摩斯氏族已经失宠于宙斯，
> 伟大的埃涅阿斯从此将统治特洛亚人，
> 由他未来出生的子子孙孙继承。（20.297-299, 302-308）①

波塞冬在这番话中说明，埃涅阿斯在祭祀神灵方面恪尽职守，所以特别受诸神喜爱，甚至还成了宙斯的宠儿。这仅仅是对他个人品质的称道，但预言中另一层则涉及特洛伊的国运和政权的转移。依波塞冬，埃涅阿斯这一族本是王室的支系，但他在未来将要成为特洛伊的新王，而且即将亡国的特洛伊也将在埃涅阿斯及其子孙手中延续政治生命。这其间透露的信息已然超越了埃涅阿斯个人的命运，也跨出了《伊利亚特》的时间框架。这位特洛伊勇士和未来的历史进程，以及整个民族的命运突然产生了关联。

这段话出自海神之口，若仔细想来，有些费解。波塞冬与特洛伊宿怨极深，一直坚定地支持希腊人。但如今竟会出手营救特洛伊的二号英雄、未来将延续王室血脉的埃涅阿斯，而且对他还颇有嘉许之意。或许一向以威严著称的波塞冬在这里超越了交战

---

① 《伊利亚特》，第469页。

双方较狭隘的立场，重申命运的安排。① 也有可能，在《伊利亚特》开始流传时，已出现埃涅阿斯复国的故事。诗中安排与特洛伊为敌的海神来拯救埃涅阿斯，隐然有超越当前敌对冲突、为未来预留空间的用心。② 巧合的是，这个预言又见于托名荷马的《爱神颂诗》第 196—197 行。在诗中，埃涅阿斯之父安吉塞斯独自一人在伊达山（Ida）上放牧，爱神扮成凡间女子来引诱。安吉塞斯猜测来者有可能是神灵下凡，于是请求其保佑他的后裔。引诱事毕，爱神现出本相，预言其子埃涅阿斯将要出生，并且前程辉煌："你将有一个爱子，他将统治特洛伊人，/ 他的子子孙孙，繁衍无穷。"③ 这两行诗与波塞冬的预言在内容和行文方面都很相似，难免不受荷马史诗的影响。

波塞冬的预言，由于牵扯到后代的史事，所以自古就有人质疑其真伪。亚历山大城的大学者阿里斯托芬（Aristophanes of Byzantium，约公元前 257—前 180 年）就认为这两行诗可能不是真作。④ 有学者以为，这个预言乃是埃涅阿斯留在特洛伊附近的后裔，为了荣耀自己的祖先，也为了证明自己统治的合法性，在荷马史诗尚未形成定本之时，硬生生塞进《伊利亚特》第 20 卷的。⑤ 就是说，

---

① Edwards, *Iliad: A Commentary*, vol. 5, p. 325.

② Nagy, *The Best of the Achaeans*, p. 268.

③ *Homeric Hymn to Aphrodite*, in *Hesiod, The Homeric Hymns and Homerica*, Loeb Classical Library (Harvard UP, 1914; rept., 1977), p. 419.

④ John Edwin Sandys, *A History of Classical Scholarship*, 3rd ed., vol. I (Cambridge UP, 1921), p. 164.

⑤ 预言到底属于荷马史诗比较原始的部分，还是后代的附会，参见 P. M. Smith, "Aineiadae as Patrons of *Iliad* XX and the *Homeric Hymn to Aphrodite*", *Harvard Studies in Classical Philology*, 85 (1981), pp. 17-58。

诗歌中的预言乃由于后世历史的需要，而凭空植入早先的文学之中。根据这两行诗，埃涅阿斯在亡国之后，应当羁留在特洛伊，如此方能如预言中所说继续"统治特洛亚人"。但是，后来流行的传说都认为埃涅阿斯漂泊到异地他乡，则史诗中的预言就此落空。为了调和这种矛盾，古代曾有人擅改史诗中的文句，将"统治特洛亚人"改为"统治所有人"，这样甚至可以将此预言和罗马人君临天下联系起来。① 还有人调停折中，说埃涅阿斯先赴意大利，后来又返乡，重建特洛伊王国。

维吉尔在《埃涅阿斯纪》卷三第 97—98 行，也有两行相似的预言。当特洛伊人不知奔赴何地、彷徨无助时，阿波罗通过神谕告诉他们应当寻找"古老的母国"（antiquam matrem），也就是意大利：

在那里，埃涅阿斯的家族，他的后裔，
子子孙孙，将统治所有的土地。

hic domus Aeneae cunctis dominabitur oris
et nati natorum et qui nascentur ab illis. (3.97-98）

可以看出，维吉尔的措辞与波塞冬的预言完全一致，他是将荷马史诗那两行诗译成了拉丁文。

波塞冬说出预言之后，埃涅阿斯在《伊利亚特》最后 4 卷中就再也没有出现。作为英雄人物，有学者说他的整体形象"无

---

① Andrew Erskine, *Troy between Greece and Rome* (Oxford UP, 2001), p. 101.

趣,并不突出",是一个特征不明显的"扁平人物"。① 但想到他与狄俄墨得斯的苦战、他在军中的地位,我们还是会觉得,埃涅阿斯不能算无足轻重的小人物。特别是海神庄严的预言,将荷马和维吉尔、希腊和罗马紧紧连接在一起。从这番预言开始,埃涅阿斯这个荷马笔下的人物,就跨出《伊利亚特》的战火,一路西行,走进《埃涅阿斯纪》的罗马世界。

二、罗马人的特洛伊先祖

波塞冬的预言,界定了埃涅阿斯的使命,就是代替普里阿摩斯做特洛伊的新王。按荷马史诗所给的暗示,埃涅阿斯会继续留在特洛伊。但是,后来在希腊、罗马世界里闻名遐迩的埃涅阿斯,并没有如海神所预言的,留在故国,而恰恰是以流亡和漂泊而闻名于世的。我们不免要问:埃涅阿斯离开特洛伊的故事是何人发明的?从何时开始流传?

要研究埃涅阿斯传说的形成和流传,就不能不提狄奥尼索斯(Dionysus of Halicarnassus)的《罗马古史》。狄奥尼索斯,小亚细亚人,确切的生卒年月已不可考。他在公元前30年前后、内战结束之际抵达意大利。此后22年中,他学习罗马语言文字,广泛收集史料和传闻,约在公元前7年以希腊文写成一部《罗马古史》。全书20卷,今仅存前10卷和卷十一大部分,其余9卷仅有残篇。该书向希腊人系统介绍了罗马的来源和文化传统,从

---

① Nicholas Horsfall, "The Aeneas-Legend from Homer to Virgil", in Jan Bremmer and Nicholas Horsfall (eds.), *Roman Myth and Mythography* (Institute of Classical Studies, 1987), p. 12.

罗马最古远时代开始，终于第一次迦太基战争。卷一集中于上古传说，引证了大量今已散佚的古书。狄奥尼索斯充满理性和审慎精神，广采众说，即使同一故事存在多种版本，哪怕相互矛盾，他也予以辑录，随后折中调停，间或表达个人见解。他抵达罗马的时间，正是维吉尔开始创作《埃涅阿斯纪》之时。他写完《罗马古史》那一年，维吉尔去世不足两年，所以狄奥尼索斯可算维吉尔的同代人。他在书中辑录的各种古代传闻，保存了珍贵的史料，而且是维吉尔极有可能参考过的史料。

《罗马古史》卷一从第 46 章开始叙述埃涅阿斯事迹。狄奥尼索斯特别提到一个传说，采自公元前 5 世纪的希腊史家希拉尼库斯（Hellanicus，约公元前 480—前 395 年）所作的《特洛伊志》（*Troica*）。据这一传说，希腊人偷袭特洛伊得手，城中精锐都在睡梦中遭杀害。城破之后，埃涅阿斯率众退守城内一坚固的堡垒。堡中尚屯驻精兵，并存放着祖先的神器和无数财宝。他们熟悉城中地形，利用狭窄的街巷与希腊人抗衡，并且营救出大批人员，使得希腊人不能屠城。但埃涅阿斯深知大势已去，收复特洛伊无望，于是决意弃城远走。他先遣送年老体弱者及妇女儿童出城，留下骁勇善战者固守。直到阿喀琉斯之子攻入内城，埃涅阿斯才率部突围。他将老父和神像（原文直接写作"国家的神灵"）放在最好的战车上，自己携妻子一道冲出重围。[1]

希腊人随后在城中大肆抄掠，无暇顾及逃走的埃涅阿斯残

---

[1] *The Roman Antiquities of Dionysius of Halicarnassus*, vol. 1, Loeb Classical Library. (Harvard UP, 1937). 这一段内容概要见卷一第 46 章，第 147—149 页。

部。突围的特洛伊人会合于伊达山上，此时邻近城邦见特洛伊火起，纷纷前来援助，一时山上聚拢了不少人马。大家满心指望希腊人劫掠之后，会立即退走，这样他们便可回返故城，不想希腊人仍想剿灭逃至深山中的残部。就在此时，特洛伊人遣使媾和，而希腊方开出以下条件：埃涅阿斯在规定时间内，可率部携财物离开特洛伊，但必须先将占据的堡垒献给希腊人；若能满足上述条件，希腊人保证特洛伊人在其管辖的陆地和海洋畅通无阻，不受拦阻。埃涅阿斯为情势所逼，遂接受了上述条件，携其老父，带着神像，登船驶向最近的盟邦。①

狄奥尼索斯引证的希拉尼库斯的说法，是早期文献中明确提到埃涅阿斯西行的史料，所以我们可以说希腊史家自前5世纪末或前4世纪初，就已形成埃涅阿斯逃离特洛伊的传说。有些学者甚至说，希拉尼库斯是将埃涅阿斯从小亚细亚引到意大利的第一人。② 希腊人在与其他民族接触时，总设法将他族的祖先追溯到希腊某位名人身上。以罗马为例，当罗马尚未崛起之时，就已被人同希腊扯上了关联。希腊的游记、地志一类书里时有记载，最早抵达意大利的竟然是奥德修斯。这位荷马史诗中的英雄四海漂泊，在归乡途中领略了各地奇异的风土人情。在希腊人看来，他也将希腊文明的种子播撒到四方。③ 普鲁塔克《希腊罗马名人传》

---

① *The Roman Antiquities*，卷一，第47章，第149—155页。

② Elias J. Bickerman, "Origines Gentum", *Classical Philology*, 47 (1952), p. 66; Horsfall, "The Aeneas Legend from Homer to Virgil", p. 12. 事实上，考古发现证明，公元前6世纪晚期，就已在古希腊的埃涅亚城（Aeneia）发现刻有埃涅阿斯画像的钱币。埃涅亚城地处今希腊中北部，单从名字看，就与埃涅阿斯有关。该城从古代就自称是埃涅阿斯及其后裔所建。

③ 在《奥德赛》中，已然多次提及意大利。比如1.182; 20.383; 24.211, 307, 366, 389等处。

中的《罗慕洛传》，在讨论罗马城名称的由来时，曾引述一种说法，以为罗马城（Roma）一词源于Rhome，他是奥德修斯的孙子。① 类似的传闻，也见于狄奥尼索斯的《罗马古史》：埃涅阿斯与奥德修斯一同来到意大利，创建罗马城；一位特洛伊女子名为Rhome，于是便以她的名字命名罗马城。② 奥德修斯是希腊军中的智囊，埃涅阿斯是特洛伊的勇将，二人在《伊利亚特》中还斗得你死我活，到了后世的演义中，他们居然捐弃前嫌，化敌为友，共同奔赴化外之地，携手建立新的城邦，这样的传说真令人瞠目结舌。③ 或许因为二人虽分属敌对阵营，但均以智慧、精明著称，这一共同之处让他们在后代传说中结成新的友谊。④

希腊史家或神话学家创作、传播这些新故事，其中自有特殊的政治原因。埃涅阿斯在荷马史诗中虽代表希腊人的敌国，但是年代一久，特洛伊战争的具体起因、两个民族当年不可调和的冲突便渐渐淡化。埃涅阿斯作为希腊人的劲敌，已渐与史诗融为一体，随着荷马史诗的经典化和神圣化，埃涅阿斯也被吸纳、"收编"进"希腊精神"这个更宽广的思想范畴。对于后世来说，他身上带着神话英雄的荣誉，成为希腊文明的象征和延伸。这位从特洛伊战场上走出来的英雄，带着荷马赋予他的光环，足以傲视在《伊利亚特》中"缺席"的其他文化弱小民族。在希腊人向西

---

① Plutarch, "Romulus" 2.1, 2.3, in *Plutarch's Lives*, vol. 1, Loeb Classical Library (Harvard UP, 1914; rept. 1967), p. 93.

② *Roman Antiquities*, I.72.2, p. 237.

③ Friedrich Solmsen, "Aeneas Founded Rome with Odysseus", *Harvard Studies in Classical Philology* 90 (1986), pp. 93-110。

④ E. D. Phillips, "Odysseus in Italy", *The Journal of Hellenistic Studies*, 73 (1953), pp. 57-58.

拓展疆土的过程中，会有意无意利用本民族的传统史诗，造出荷马笔下的英雄业已抵达西方土地的神话，为本族人移民和扩张张目。既然早在神话时代，荷马笔下的英雄便已踏足意大利土地，那么这片陌生之地在远古便早已落入希腊人彀中。希腊文化以为普天之下莫非王土，这种心态根植于他们的文化优势以及随之产生的傲慢。所有古代民族一定要源出于希腊，此种盛气凌人、以希腊为天下中心的世界观（aggressive and Hellenocentric）[①] 很可能是产生奥德修斯和埃涅阿斯携手西行传说的主要原因。

既然埃涅阿斯四处漂泊的传说创自希腊人，旨在为本民族的文化扩张来营造合法性，那么为何后起的罗马人要主动接过这一传说，把它改造成罗马建国的神话？罗马人何时采纳这一传说？为何要自居特洛伊人后裔？这是接下来要讨论的题目，也是和维吉尔史诗更直接相关的问题。

罗马本有自己的建国传说，也就是著名的罗慕洛兄弟的故事。埃涅阿斯的传说不管是由于外部原因渗透进罗马的文化想象，还是为罗马人主动接受，都面临以下问题：如何与罗慕洛兄弟的传说相匹配？一山不容二虎，一个民族如何能同时接受两个开国神话？一个简便的解决方案，就是将两个故事合二为一，熔铸成一个版本，形成一个包容性更大的新故事。比如，将罗慕洛纳入埃涅阿斯家族的谱系，定为埃涅阿斯的孙子，或者外孙。[②] 最终达成的妥协是，希腊神话中的特洛伊英雄反客为主，凌驾于

[①] Bickerman, "Origines Gentium", p. 77.
[②] 此说已见普鲁塔克《罗慕洛传》。其他更早的材料，可见 Bickerman, "Origines Gentium",第 67 页。

罗马开国英雄之上。

但是将罗慕洛传说完全定为"本土"神话，将埃涅阿斯传说定为"外来"神话，这样的对立有些简单化。就目前文献和考古材料来看，罗慕洛建罗马城的传说在公元前3世纪之初已广为采纳，到了前3世纪下半叶已有固定版本。① 而在罗马兴盛之前，意大利中部伊特鲁里亚（Etruria）出土的文物证明早在公元前6世纪，埃涅阿斯的传说已经出现在意大利，特别是在维依（Veii）和乌尔基（Vulci）两城。② 这个故事很可能先在伊特鲁里亚流行，后来传播到罗马，或者为罗马人借用，也未可知。换句话说，罗慕洛神话不一定必然先于埃涅阿斯传说，前者也不一定是更本土、更原初的建国神话。但不论二者孰先孰后，罗马在公元前3世纪决定接受埃涅阿斯传说，视其为更有说服力、更能代表民族特质，也是能带来更多政治利益和文化资本的神话。这其间的缘由不可不深究。

法国古典学家雅克·佩雷（Jacques Perret）在1942年出版《罗马特洛伊传说起源考》一书。③ 佩雷对埃涅阿斯传说的来源和流传做了穷尽式的搜索，即使今天看来，这部书的资料价值仍无法超越。对于埃涅阿斯传说何时确立、个中原因如何，佩雷提出了一种独特的理论。在书中第三部分第7章，佩雷认为罗马的

---

① Jan Bremmer, "Romulus, Remus and the Foundation of Rome", in Bremmer and Horsfall (eds.), *Roman Myth and Mythography*, p. 25; p. 47.

② Galinsky, *Aeneas, Sicily, and Rome*, pp. 122 ff; T. J. Cornell, "Aeneas and the Twins", *Proceedings of the Cambridge Philological Society*, 21 (1975), p. 5.

③ Jacques Perret, *Les origines de la légende Troyenne de Rome (281-31)* (Les Belles Lettres, 1942).

"特洛伊起源说"是希腊人针对罗马人量身定做的。这个传说不是随随便便创立的，而是在特殊的历史情境中，依托一个具体事件，为了特殊的政治利益，精心打造出的政治神话。① 直接促成特洛伊起源传说的是伊庇鲁斯（Epirus）国王皮鲁斯（Pyrrhus，公元前319—前272年），时间在公元前281年。罗马在崛起之前，在希腊人眼中不过是一弱小的蛮国。但国力日渐强盛后，便开始鲸吞周边诸国，与希腊的冲突也就不可避免。公元2世纪的罗马地理学家帕萨尼亚斯（Pausanias）在《希腊志》一书中，记录了一段史事，就是与罗马登上当时的政治舞台有关。公元前281年，塔伦图（Tarentum，意大利南部）与罗马交恶，遭罗马人围攻，于是该城首领遣使向皮鲁斯求援。当使节对皮鲁斯晓以利害，恳求他出兵之时，"皮鲁斯突然想起特洛伊被攻陷的旧事，觉得这是吉兆，预示他能获胜，因为他是阿喀琉斯的后裔，如今要与特洛伊移民的后裔交战"。② 就是这样一个突发的奇想，让皮鲁斯决定火速出兵。佩雷分析，皮鲁斯自居阿喀琉斯后人，如今要面对的是特洛伊后代的挑衅。荷马史诗所描绘的上古时代两个民族的征战，仿佛轮回一样，在当前重演。在皮鲁斯的想象中，当年劫后余生的特洛伊人，如今在罗马人身上复活，他们依然对希腊人满怀仇恨，试图要将新账旧账一同清算。而如今的希腊人自然要团结一致，在阿喀琉斯子孙的统领下，消灭这群死灰复燃的蛮夷。皮鲁斯将特洛伊战争当作理解当时地缘政治、制

---

① Perret, *Les origines*, pp. 410-411.

② Pausanias, *Description of Greece*, I. 12. 1-2, Loeb Classical Library (Harvard UP, 1918), vol. 1, p. 59.

定军事策略的"神话预示"(préfigurations mythiques)①，原因正在此。

特洛伊战争对于希腊化时代的影响至为深远，因为它提供了解释希腊和蛮族、西方和东方之间冲突的范式。对于亚历山大大帝和皮鲁斯来说，特洛伊战争不仅仅是为政治决策张本的政治口号，更是灌注个人生命、引发最强烈情感认同的生命体验。所以，当皮鲁斯自诩为"阿喀琉斯复生"，将罗马视为"特洛伊转世"时，他一方面在启用旧有神话为现实政治做注脚，另一方面是自觉将当下的历史问题放回到史诗传统中加以体验。② 但是，不管皮鲁斯把特洛伊传说当作军事干预的幌子，还是真心相信古代的对抗在当今"复活"，佩雷认为，这件看似微不足道的事件，事实上标志特洛伊传说的正式诞生。他总结道："罗马起源于特洛伊的传说创始于塔伦图一役，毫无疑问，时间在公元前281年，塔伦图的民主派向伊庇鲁斯国王皮鲁斯求救，他是阿喀琉斯再世。他们恳求他统帅希腊人向野蛮人展开新一轮的征讨，一场新的特洛伊战争。"③

佩雷的理论激动人心，只可惜在学术上并不能成立。正如前面所说，希腊史家至少在公元前4世纪初年就已经提到埃涅阿斯西行、建国。而且，将罗马开国神话的创立归因于希腊国王的某

---

① Perret, *Les origines*, p. 418.
② Ibid., pp. 427-428. 我所用的"阿喀琉斯复生"和"特洛伊转世"二语，是对佩雷这一章标题（"Le Nouvel Achille et la Nouvelle Troie"）的意译。
③ Perret, *Les orgines*, p. 412.

一次决策,也不免草率。① 但将此传说的兴起,放在希腊与罗马的政治、文化冲突这一框架下讨论,研究方向无疑是正确的。古代史巨擘莫米利亚诺于 1982 年发表的一篇重要论文,就这一问题,提出了更有说服力的观点。他认为,

> 罗马由埃涅阿斯建立,对拉丁人来说,意味着他们不是希腊人,但同时由于与特洛伊战争扯上关系,因而能保留部分的光荣。这既是宣告自己高贵的出身,又承认自己与希腊人的差异。②

依照这样的解释,罗马人自居特洛伊后裔,首先是想使文化落后、出身卑微的罗马民族得以在文化上登堂入室,加入希腊文明的行列。借助特洛伊神话的光环,罗马人便与古老、显赫的高等文明——希腊传统——产生关联,这等于变相与希腊传统"结亲"。对罗马来说,这种文化上的联姻并非简单将本民族定位为希腊人后裔,这样赤裸裸的攀附是罗马人所不屑做的,也与罗马作为日益崛起的强国身份不符。罗马人采用的是一种更加复杂和曲折的策略,我们可以戏称为"认贼作父",将远古传说中希腊人的死敌认作祖先,如此一来便巧妙地跻身于荷马史诗的神话世

---

① 见 Momigliano 对佩雷一书比较严厉的书评,载 *The Journal of Roman Studies*, 35 (1945), pp. 99-104。

② 见 Arnaldo Momigliano 的著名文章 "How to Reconcile Greeks and Trojans",载于其论文集 *On Pagans, Jews, and Christians* (Wesleyan UP, 1987), pp. 264-288。此文最初发表于 1982 年。引文见第 273 页。

界，分得古代传统的一丝余晖。说得通俗一些，即使与史诗中战败的一方认同，即使在史诗外围打转，也等于变相为希腊传统所接受。

承认祖先出自特洛伊人，还有另外一层含义。特洛伊城池被毁，则特洛伊人与希腊人便有不共戴天之仇。罗马人自视为亡国之后，便可以蒙冤者、复仇者的形象跻身于地中海文明中，如此便可与希腊文明保持一种疏离和对抗的立场。按照莫米利亚诺的说法，就是"为希腊世界接受，而又游离于其外"①。美国学者格鲁恩于此点也有阐发：

> [接受埃涅阿斯传说]使得罗马将自己与丰富、复杂的希腊传统相连接，进入更广阔的文化世界，正如同它已经进入更广阔的政治世界一样。但与此同时，它也宣告罗马与希腊世界有显著差异。罗马上层阶级欢迎自己被吸纳进希腊的文化传统中，但又更希望自己在其中开辟出属于自己的一席之地。②

可见，认特洛伊人为祖先，对罗马人而言具有双重作用：既可暗中融入强势文化，使罗马人在文化上获得一定的资历和传承，不会再因为出身微贱而受人讪笑；同时又可以对抗者的面目与希腊分庭抗礼，保持不和谐的声音，不至完全为希腊文明兼并。这样

---

① Momigliano, "How to reconcile Greeks and Trojans", p. 279.

② Erich S. Gruen, *Culture and National Identity in Republican Rome* (Cornell UP, 1992), p. 31.

一种既求同又立异的策略，使罗马人不仅获得尊贵的文化身份，又与主流文明保持一定的距离和敌意，这或许便是罗马采纳特洛伊神话的用心所在。格鲁恩更从中体会出某种历史的狡黠："希腊人将特洛伊传说强加给西方，本是一种文化帝国主义的表现。但结果，西方人将这一传说加以利用，反过来界定、传达罗马独特的文化身份。"①

类似的观点，我发现在更早的研究中已见端倪。早在20世纪20年代，英国学者麦凯尔（T. W. MacKail）就精炼地表述过同样的看法，他认为维吉尔选择史诗题材时，必须要强调"罗马国家与意大利人民并不是源自希腊，而是有单独的起源，并从最初就与希腊为敌，而且吸收或者取代了希腊的霸主地位"②。

三、"叛徒"埃涅阿斯

埃涅阿斯忠孝仁义，肩扛老父，手携幼子，逃出特洛伊战火。这是他留给后世的标准像，也是维吉尔在《埃涅阿斯纪》中反复吟咏的。但是从古代开始，就不断有人提出疑问：城池陷落，特洛伊的王室贵胄或遭屠戮，或沦为阶下囚，为何单单埃涅阿斯得以逃生，还成就了一番伟业？这其中似乎有些蹊跷。很多战争的幸存者，逃了性命，却逃不掉指责和怀疑。埃涅阿斯也不例外。这样的质疑，也造成针对他的逃生出现种种不利的解释。这些怀疑的声音虽不足以颠覆埃涅阿斯的光辉形象，但始终没有

---

① Erich S. Gruen, *Culture and National Identity in Republican Rome* (Cornell UP, 1992), p. 31.

② T. W. MacKail, *Virgil and His Meaning to the World of Today* (Cooper Square Publishers, 1963), p. 75. 此书最初出版于1922年。

被彻底和谐掉。维吉尔在创作史诗时，一定熟悉这种"异见"，他也需要运用自己的才智和策略，与这样的杂音相周旋。

前面说过，埃涅阿斯并非特洛伊国王之子。他的父亲安吉塞斯属于王室另一支，其祖父和国王普里阿摩斯的祖父是亲兄弟。《伊利亚特》中有几处提到王族中的矛盾。比如第13卷曾提及埃涅阿斯退出战场，原因在于他与国王不和："原来埃涅阿斯对普里阿摩斯心怀积怨，他自视出众，普里阿摩斯却不器重他。"（13.460-461）另外，第2卷中希腊和特洛伊两方列队出战，赫克托耳统领特洛伊军队，而埃涅阿斯率领达尔达诺斯人（Dardanians）从伊达山赶来（2.816-823）。第12卷88—104行中，特洛伊军队由老王普里阿摩斯的三个儿子统领，埃涅阿斯还是自率达尔达诺斯人。这些细节也隐约透露出王室两支的对立①，他们分别统率各自的部曲，军事上相互独立。

《伊利亚特》第20卷当中，虽有波塞冬庄严的预言，但也有对埃涅阿斯颇为不利的暗示。阿喀琉斯和埃涅阿斯交手之前，双方都要相互嘲弄一番。但阿喀琉斯说的话非常刺耳，明确指出特洛伊人内斗的根源：

> ……你和我打仗
> 是想承继普里阿摩斯享有的荣耀，
> 统治驯马的特洛亚人？但即使你杀了我，
> 普里阿摩斯老王也不会把权力交给你，

---

① Edwards, *Iliad: A Commentary*, vol. 5, p. 312.

因为他有那么多儿子，他自己也还康健。(20.179-183)①

在阿喀琉斯看来，埃涅阿斯虽参战，但背后隐藏着阴暗的动机，目的是伺机窃取特洛伊的统治权。他所说的究竟是实情，还是为了奚落、刺激对手而编造的谎言？这一点我们不能完全坐实。但联系诗中相关段落，似乎可以说，史诗传统中确有特洛伊内部不和的传说，认为埃涅阿斯虽非世子，却对王位有非分之想。在阿喀琉斯说完这番话之后，埃涅阿斯用了很长篇幅追述自己的家世，却没有明确否认这项指责。第 13 卷和第 20 卷这两段话，被后人加以附会和增饰，最后竟演变成埃涅阿斯勾结敌国、出卖特洛伊的传说。

对埃涅阿斯的负面意见，约有三种，其间的轻重颇有差异，这里稍作概括。② 第一种意见认为，埃涅阿斯竭尽全力保护自己的父亲，而希腊人被他的忠孝所感动，于是放他一条生路。这里埃涅阿斯保持孝子的正面形象，而敌方也显得很通人情。第二种意见，以罗马史学家李维为代表。在《建城以来罗马史》第 1 卷开篇（I.1.1），李维就记，特洛伊陷落之后，只有埃涅阿斯和安提诺尔（Antenor）两人幸免于难。安提诺尔是特洛伊的谋士，在《伊利亚特》中，当奥德修斯和墨涅拉奥斯（Menelaus，斯巴达国王，海伦的丈夫）出使特洛伊时，他曾设宴款待二人（3.207）。

---

① 《伊利亚特》，第 465 页。

② Jean-Pierre Callu, "Impius Aeneas? Échos virgiliens du bas-empire", in R. Chevallier (ed.), Présence de Virgile (Les Belles Lettres, 1978), pp. 162-163. Callu 的文章对埃涅阿斯叛变的传说讨论非常详尽，可惜很少被引用。

当群臣商议战事时，安提诺尔力主将海伦交还希腊人，是军中的主和派（7.347-353）。李维解释为何二人能逃得性命，原因有二：首先因为他们懂得待客之道，其次是因为他们主张送回海伦，和希腊人议和。我们可以看到，这与安提诺尔在史诗中的表现是一致的。① 第三种意见，才明确埃涅阿斯由于特洛伊内部不和，背叛祖国，以保护自己的身家性命。以下就选择几条有代表性的材料，说明埃涅阿斯"叛徒"形象的形成。

希腊地理学家斯特雷波（Strabo, 约公元前63—前21年）在《地理志》第13卷第1章第53节引述了古代哲学家迪米特里乌斯（Demetrius, 约生于公元前350年）的说法，安提诺尔没有死于战火，因为他曾在家中接待墨涅拉奥斯。斯特雷波又引索福克勒斯一出已失传的悲剧，描写特洛伊城陷落之时，安提诺尔在自家门上悬挂一张豹皮，作为暗号，希腊军队遂没有骚扰。而埃涅阿斯则收拾残部，带上父亲和儿子，扬帆出海。② 他一路向西，具体落脚在何处，斯特雷波引证的史料说法不一。这条资料显然以安提诺尔为罪魁祸首，并没有明确提及埃涅阿斯卷入叛国的阴谋中。

狄奥尼索斯在《罗马古史》卷一第48章也保存了这一脉传说。据他记载，公元前4世纪史家梅内克拉底（Menecrates of Xanthus）认为，希腊人因得到埃涅阿斯帮助，才得以最终攻陷特洛伊城。原因在于埃涅阿斯觊觎特洛伊王位，但自己并非储君，又受帕里斯嘲讽，不得享受应得的荣誉。他一怒之下，遂叛国投

---

① 安提诺尔在后世有关埃涅阿斯卖国的传说中，反复出现。可参考 R. G. Austin 对《伊尼德》卷一的注释，*P. Vergili Maronis Aeneidos Liber Primus* (Clarendon Press, 1971), pp. 91-93.

② *The Geography of Strabo*, vol. VI, Loeb Classical Library (Harvard UP, 1929; rept. 1960), p. 107.

敌，与希腊人勾结，推翻老王普里阿摩斯。事成之后，他还成了希腊人中的一员。① 这段记述显然对埃涅阿斯敌意最深，他怨恨帕里斯排挤自己，卖国的原因完全是个人恩怨。而且，这段故事中未提及安提诺尔，卖国的罪名全部落在埃涅阿斯一人身上。在《埃涅阿斯纪》中，埃涅阿斯的敌人在羞辱他时，或许隐约提到这样的传说。卷十二刚一开篇，图尔努斯在与埃涅阿斯的骂战中，轻蔑地称对手为"亚细亚的逃兵"（desertorem Asiae, 12.15）。这样的称呼，或许是对敌手的诋毁和蔑视，但也有可能嘲笑埃涅阿斯不光彩的背叛。

叛国的传说在维吉尔诗歌的笺注传统中也留下了痕迹。古代注释维吉尔的学者，凡在诗中看到不妥处，或者听到同代人的质疑，往往会利用作笺注的机会站出来为诗人辩护。这样一来，他们的辩护往往会引用不利于埃涅阿斯的材料。赛维乌斯的《诂训传》多处提及埃涅阿斯卖国的传说，说明这个令人尴尬的传闻即使在 4 世纪还颇有市场。《埃涅阿斯纪》卷一，女神朱诺在海上兴风作浪，将特洛伊船只吹翻。爱神维纳斯（相当于希腊的阿佛洛狄忒）见儿子遭此不幸，于是向主神朱庇特哭诉，质问他是否已改变对埃涅阿斯命运的安排。在第 242 行，维纳斯特意提到安提诺尔，她抱怨说，连卖国者都已安然抵达意大利，为何埃涅阿斯这样的忠义之士还要饱受颠沛流离之苦。《诂训传》于这一行有较长的注释，现翻译如下，并在关键词后面加注原文：

---

① *Roman Antiquities*, 1.48.2, p. 157.

> 维纳斯举安提诺尔为例，其中自有道理。很多特洛伊人脱离危险，如卡皮斯（Capys）抵达坎帕尼亚（Campania），赫勒诺斯抵达马其顿。萨卢斯特记载，还有其他人到达撒丁岛。但是因为这样，安提诺尔这样的叛国者（proditorem patriae）理应遭受磨难，不至于轻松抵达目的地。根据李维的记载，这两人[指安提诺尔和埃涅阿斯]据说出卖了特洛伊（Troiam prodidisse），维吉尔也偶尔提及此说，比如他在诗中写"他认出自己混迹在希腊首领当中"……这样的辩护并非无的放矢，因为若无疑问，自然无人为之辩护（quae quidem excusatio non vacat; nemo enim excusat nisi rem plenam suspicionis）。可是西森纳（Sisenna）说，卖国的只有安提诺尔一人。若我们愿意相信他的说法，则维纳斯这句便更具说服力：若叛国者都能掌权，为何忠义者要漂泊（si regnat proditor, cur pius vagatur）？因此，应该相信是安提诺尔将国家出卖给希腊人……①

在这一长段注释中，赛维乌斯明显站在维纳斯的立场上，举出其他成功出逃的特洛伊人，以证明维纳斯的抱怨完全合理。他虽提到李维的说法，但又引证公元前1世纪的史家西森纳，等于暗中驳斥李维，目的在于让安提诺尔一人承担卖国的罪名。赛维乌斯作为笺注家，要保持一种客观的姿态，所以不好明显回护、偏袒埃涅阿斯。但是他巧妙地用一种传闻来消解另一种不利于埃涅阿

---

① 《诂训传》Thilo-Hagen 版，卷一，第 90—91 页。

斯的传闻，背后的立场还是明显的。这便是貌似中立，实则有所偏颇（impartialité ambiguë）。①

上面一段笺注，提到埃涅阿斯"混迹在希腊首领当中"，这是《埃涅阿斯纪》卷一中著名的一场。埃涅阿斯的舰船被毁，被迫在迦太基登陆。他随即在女神朱诺的神庙中看见迦太基人制作的壁画，上绘有特洛伊战争的壮丽画面。埃涅阿斯浑然忘我，仿佛回到过去。他甚至在画面上看到自己："他认出自己混迹在希腊首领当中"（se quoque principibus permixtum agnouit Achiuis 1.488）。这一行中，permixtum一词意思为完全混合、混溶在一处。此处是指他与希腊武士近身肉搏，还是另有所指？《诂训传》在解释这一行时，给出了三种可能的解释："或暗指叛卖一事（aut latenter proditionem tangit）……或表现他的勇猛……科努图斯（Cornutus）以为，此句当依照'我们混进希腊人当中'来理解。"②这三种解释中，第二种认为这里描写埃涅阿斯在与希腊人拼杀，第三种认为此句当指卷二396行，埃涅阿斯命令部下穿上希腊人戎装，混进希腊军中，然后攻其不备（vadimus immixti Danais...）。而第一种意见最负面，埃涅阿斯不是乔装打扮，混入敌军，而是投降敌人，与希腊人为伍。赛维乌斯按照古代笺注家的习惯，于各种意见兼容并存，以保留异说。这里又是一例，他胪列众说，却不加评论。不管维吉尔本意如何，我们可以看到在笺注家收集的各种意见当中，埃涅阿斯卖国投降的传说还时时为人道及。

---

① Callu, "Impius Aeneas? Échos virgiliens du bas-empire", p. 164.
② 《诂训传》Thilo-Hagen 版，卷一，第154页，释1.488。

再举《埃涅阿斯纪》卷一中另一例。卷一结尾处,埃涅阿斯下令将从特洛伊灰烬中抢出的宝物取来,准备献给狄多女王作见面礼(1.647-648)。在注释erepta(拿走、取走)这个词时,《诂训传》这样解释:"诗人选用这个词,极力证实埃涅阿斯并未出卖祖国。是海伦与安提诺尔一道出卖特洛伊,此事昭然若揭。战败之际,埃涅阿斯是从战火中取走海伦的饰物,而不是作为叛卖的奖赏而接受的。"① 这里注家明显是在回应对埃涅阿斯叛国的指控,为维吉尔的主人公洗刷罪名。以上三例都说明,在《伊尼德》被奉为罗马文学正典之后,埃涅阿斯的卖国传说仍在流传,否则笺注家不会无缘无故为埃涅阿斯正名。

四、稗官野史中的叛卖传说

除了史籍、地理志和笺注这些学者撰述之外,稗官野史中更是保留了这一负面的传说。下面要讨论的两部作品成书于公元4、5世纪,完全是小说家的杜撰,但是对埃涅阿斯的负面描写让我们看到,与正统传说完全相悖的传说在民间仍有相当的生命力。

第一部书全名为《特洛伊战争实录》(*Ephemeridos de Historia Belli Trojani*,后文简称《实录》),用拉丁文写成,作者传统上被称为"克里特人狄克提斯"(Dictys Cretensis)。标题中ephemeridos一词是日记、日志、日札之义,因书中几乎严格按照战争每日的进程记录战事,像"翌日"(postero die, in proximum

---

① 《诂训传》Thilo-Hagen版,卷一,第186页:laborat hoc sermone probare, ab Aenea non esse proditam patriam, si ornatus Helenae, quam cum Antenore Troiam prodidisse manifestum est, ex incendio eripuit bellorum casu, non pro praemio proditionis accepit。

diem)、"数日之后"(post paucos dies, paucis post diebus)这些表示时间的词语,满篇皆是。给人的感觉是,作者掌握了第一手资料,所以才能有条不紊地将每日战况付诸文字。正文之前有一篇前言和一封信,讲明了书的来源。据前言,作者是来自克里特岛的士兵,曾亲身参加特洛伊战争,撰写了十卷本的战争实录,以腓尼基字母抄写,写在椴木树皮上。这部古书一直埋藏于地下,直到罗马皇帝尼禄在位第13年,由于地震,书才重现人间。前言之后附有一封书信,出自拉丁文译者赛提米乌斯(Septimius)之手,叙述这部实录的发现经过与前言所述大体接近,细节偶有出入。拉丁译者称,将前五卷保持原貌,直接移译为拉丁文,后五卷叙述战后希腊英雄返乡的经过,被缩编为一卷,故而我们现在看到的拉丁文为六卷。这部书在6世纪到18世纪这一千多年时间里,都被当作信史,其实不过是依托之作,是一部"伪书"。根本不存在狄克提斯这样一位历史人物,书中材料也都取自古典时期之后的素材。所谓前言,只不过是作者所施的障眼法。他为抬高这位"狄克提斯"的身价、增加这部伪作的权威性,就创造出这样一位曾和阿喀琉斯、奥德修斯并肩作战,比荷马更古老的军事史家。

  18世纪以来,围绕这部书的原貌争论不断。一派以为必定存在希腊文母本,现在的本子只是对原书的拉丁文翻译,其中不乏增删润色。另一派则认为本书纯粹是依托之作,前言所云不过是小说家虚者实之、实者虚之的文学技巧而已,而全书从一开始就是用拉丁文写就的。美国学者格里芬在20世纪初,曾作博士论文,对此做了细密的考证。他特别对比了拜占庭史家对这部书的援引，证明此书不是向壁虚造，必有祖本。① 过了50多年，地下出土纸草抄本，载有这部书的希腊文残片，也最终证实这部对拉丁中世纪产生巨大影响的传奇，是从更早的希腊文编译而成的。

　　书是伪书，但是作为成书于公元4—5世纪的文献，也要算一部古籍。如果谨慎对待，当能从中钩稽出有用的史料，以弥补文献的不足。这里我们关心的是对于埃涅阿斯的描写。这部《实录》中，事涉埃涅阿斯的有不少段落。开篇处，作者叙述特洛伊战争的起源，自然要提帕里斯诱拐海伦。但《实录》竟然把埃涅阿斯当作帕里斯作案的同伙："当其时，弗利基亚人亚历山大［即帕里斯］、埃涅阿斯以及其他同族人，在斯巴达国王墨涅拉奥斯家中受款待，却犯下滔天大罪。"② 埃涅阿斯居然直接参与了诱拐海伦的阴谋，那么特洛伊战争他也要算一个始作俑者了。卷二中有两段文字，记述他在战场上杀死希腊勇士，自己随即受伤，但叙述极其简略，刻画的是埃涅阿斯的勇力。③ 卷四中，埃涅阿斯的出现频率很高，可以说积极参与了向希腊人投降、献城的密谋。《实录》叙述特洛伊的预言家赫勒诺斯来到希腊军营，告知希腊诸将，自己决定背弃祖国，不是因为胆小怕死，而是因为帕里斯

---

　　① Nathaniel Edward Griffin, *Dares and Dictys: An Introduction to the Study of Medieval Versions of the Story of Troy* (Blatimore: J. H. Furst Company, 1907), pp. 1-14.

　　② 《特洛伊战争实录》的拉丁原文，我用的是1872年出版的Teubner版：Ferdinand Meister (ed.), *Dictys Cretensis Ephemeridos Belli Troiani Libri Sex* (Lipzig, 1872)。Teubner版在1962年出了新版，附上了后来出土的纸草残片。但这一版本一时无法见到，所以仍然用旧版。引文见卷一，第3章，第3页。

　　③ 卷二，第11章，第24页；卷二，第38章，第43页。

居然在神庙中用诡计杀死阿喀琉斯,引发神灵震怒,自己和埃涅阿斯也都忍无可忍。之后,希腊军中的预言家又将赫勒诺斯叫到一旁,单独询问,证实他所言不虚,最后向希腊全军正式宣布:特洛伊末日来临,埃涅阿斯和安提诺尔必当助希腊人一臂之力(addit praeterea tempus Troiani excidii idque administris Aenea atque Antenore fore)。① 书中通过希腊预言家之口,明确将埃涅阿斯归入"襄助者"(administer)行列中,视其为特洛伊败亡的必要条件。

卷四继续叙述特洛伊方面的反应。特洛伊人感觉大势已去,所有将领都密谋颠覆普里阿摩斯的统治(cuncti procures seditionem adversum Priamum extollunt)。他们召来埃涅阿斯和安提诺尔的儿子,决定将海伦和劫来的财物归还希腊人。老王普里阿摩斯后来开会议事,迫于众人压力,他命令安提诺尔赴希腊军中议和。在这次集会上,埃涅阿斯有极其突出的表现。《实录》中特意写了他一笔,说他"口出不逊,大放厥词"(ubi multa ab Aenea contumeliosa ingesta sunt)。② 拉丁文中 contumelia 一词有"侮辱""冒犯""斥责"之义,作者着意刻画埃涅阿斯当众指斥国王,而且态度极端无礼,有违臣子的本分,算是彻底撕破了脸皮。安提诺尔前去议和,表达了对老王的种种不满,也得到了希腊人各种许诺。其中开给埃涅阿斯的好处是:"若对希腊人忠心不二,则

---

① 两段引文都见《实录》卷四,第 18 章,第 84 页。第一段的原文:non metu ait se mortis patriam parentesque deserere, sed deorum coactum aversione, quorum delubra violari ab Alexandro neque se neque Aeneam quisse pati。

② 同上。

[破城之后]可分得奖赏，而且全家性命无虞。"① 特洛伊人再次派遣安提诺尔赴希腊军营商谈停战，而这一次埃涅阿斯主动请缨（uti voluerat Aeneas），要和安提诺尔一道前往，表现非常积极。两人和希腊人再次确认了出卖特洛伊的约定（confirmant inter se proditionis pactionem）。最后，几位希腊将领要随他们一同返回特洛伊，但是埃涅阿斯不让埃阿斯（Ajax）随行，原因是特洛伊人对他的恐惧仅次于阿喀琉斯，担心埃阿斯遭遇不测。此处可见埃涅阿斯非常细心，处处为敌方着想，生怕希腊大将遭特洛伊人的毒手。②

特洛伊城陷落之后，《实录》中又有几次提到埃涅阿斯。入城后，希腊人立即派兵守护安提诺尔和埃涅阿斯的宅邸。等烧杀劫掠告一段落，安提诺尔即劝希腊人赶紧离去。而此时，"希腊人劝埃涅阿斯同他们一道乘船去希腊，在那里他可以和其他首领平起平坐"。但埃涅阿斯决意留在特洛伊，等希腊人启程之后，他把特洛伊残部以及周边的居民都召集到身边，号召大家和他一道推翻安提诺尔的统治。不知为何这两位叛国的主谋，在敌人离去后，开始自相残杀。但安提诺尔已经知悉埃涅阿斯的计划，于是紧闭城门。埃涅阿斯被逼无奈（coactus），只好乘船出海，离开祖

---

① placet, uti Aeneae, si permanere in fide vellet, pars praedae et domus universa eius incolumis, 第86页。句中 domus 一词，既可指房屋，也可指家人，所以这里的许诺也可理解为"宅邸安然无损"。

② 《实录》，卷五，第4章，第89页。

国，后来在亚德里亚海边上建立一个新国。①

通观这部《实录》，作者对埃涅阿斯的描写可以总结为以下三点：卖国献城的主脑虽是安提诺尔，但是埃涅阿斯算是这场阴谋戏的第二男主角。卖国的原因倒不是为了个人私利，而是不满帕里斯在阿波罗神庙里用诡计杀死阿喀琉斯，玷污了神灵。所以埃涅阿斯的叛卖由于宗教原因，多少有点正当性。他和安提诺尔密切配合，被希腊人视为破城的关键人物（administer），而且书中用词一点也不含糊，在涉及他的文句中，出现"背弃故国"（patriam deserere）、"出卖"（proditio）这些词句，都明确说明了这部书中，埃涅阿斯扮演了极其不光彩的角色。

我们再来看看在另一部所谓"实录"中，埃涅阿斯的表现如何。这部书题为《特洛伊沦陷记》（De Exidio Troiae Historia，后文简称《沦陷记》）。作者的名字，传统上写作"弗雷吉亚人达瑞斯"（Dares Phrygius）。达瑞斯乃是《伊利亚特》中只露过一面的人物，名字出现在第5卷第9行。他家实殷富，是火神的祭司。不幸的是，达瑞斯的两个儿子与希腊英雄狄俄墨得斯交手，结果一个儿子被投枪刺穿前胸而死。火神怕达瑞斯悲伤过度，于是出手将他第二个儿子救走。这第二部依托之作就假托这位丧子的祭司之手。作者自称弗雷吉亚人，立场自然站在特洛伊人一边。此书作者文字功夫不佳，拉丁文浅陋鄙俚，与《实录》中典雅的语言相去甚远。

---

① 希腊人守护埃涅阿斯宅邸，见《实录》卷五，第12章，第97页；希腊人劝埃涅阿斯一同离去，见卷五，第16章，第100页；埃涅阿斯与安提诺尔火并，离开特洛伊，见卷五，第17章，第101页。

《沦陷记》篇幅短小，但同样多处提到埃涅阿斯。① 比如，特洛伊老王召集群臣议事，其中就包括埃涅阿斯和他父亲安吉塞斯，他们被列在"盟友"（amicos suos）之列。第 12 章，作者对特洛伊诸将有体貌的描述。对埃涅阿斯的刻画如下："皮肤微红、健壮、善谈、友善、智勇双全、忠义、英俊、双眼乌黑，常露笑意。"这段描写当然不可能有任何历史根据，只可当作一段谈资。第 39 章，安提诺尔密谋，派人请埃涅阿斯，告知国家将亡，当及早与阿伽门农媾和。第 40、41 两章描述了叛卖的过程。双方约定，特洛伊叛将打开斯凯亚门（porta Scaea），城门外雕刻马头（这也是后世对木马计的一种解释），放希腊军队入城。"当夜，安提诺尔与埃涅阿斯于城门守候，他们先认出阿喀琉斯之子，然后将城门洞开，让进希腊军队，举火为号。"在混乱之中，埃涅阿斯将老王普里阿摩斯之女珀丽米娜（Polymena）藏在家中，后希腊人在城中大索，安提诺尔在埃涅阿斯家中找到躲藏于此的公主，献给阿伽门农。"阿伽门农因埃涅阿斯藏匿此女，大为恼怒，于是勒令他带领随从迅速离境。"就这样，卖国的埃涅阿斯最终也没有得到希腊人的欢心。《沦陷记》最后一章，记载埃涅阿斯带 22 只船出海，跟随他出海的共计 3400 人。②

从公元前 4 世纪的史著，到公元后 4—5 世纪的演义，我们都能发现埃涅阿斯卖国求生的传说。这个故事之所以出现，或者

---

① 《沦陷记》的拉丁原文，我采用的是 Teubner 本：Ferdinand Meister (ed.), *Daretis Phrygii de Excidio Troiae Historia* (Lipsiae, 1873)。引文会注出章数和页码。

② 埃涅阿斯的相貌，见《沦陷记》第 15 页；密谋，第 47 页；叛卖的经过，第 51 页；出海，第 52 页。

因为后人对荷马史诗相关诗行穿凿附会,进行了大胆想象,或者由史家故意编出离奇的故事,以求耸人听闻。① 这些炮制出的段子,目的当然在于诋毁埃涅阿斯。若编造者有更现实的考虑,则很可能借这段不光彩的经历来打击、败坏埃涅阿斯后代的名声。②

《埃涅阿斯纪》写成之后,埃涅阿斯作为罗马开国者的地位已不可撼动,这个卖国的传说,遂被官方神话逐渐压制,声音越来越微弱。但是在后世的史著、笺注和传奇当中,这个传说的痕迹终归不能被完全消除。这个非常异类的传统,还是通过多种渠道流传,渗透到埃涅阿斯的神话中。了解这个非主流的传统,可以让我们了解在埃涅阿斯被尊立为罗马人"国父"的过程中,古代传说经过了哪些变形、改写、修正、润饰。也让我们知道,当维吉尔写作这部古罗马的民族史诗时,他所面临的材料原本是非常庞杂、异质的,他本人的诗作实际上也参与了罗马民族建构的过程。

在《埃涅阿斯纪》写成之前,埃涅阿斯的传说已然成为罗马的"民族信仰"(national creed)。③ 而维吉尔将这一信仰铭刻在自己的史诗中,强化了罗马人对自己文明起源的理解和民族身份的认同。以埃涅阿斯逃亡、漂泊、建国的神话传说为《埃涅阿斯

---

① 霍斯佛称之为"sensationalist or propagandist historiography",见前引文章"The Aeneas-Legend",第 14 页。

② 但也存在另一种可能。这种看似对埃涅阿斯的"中伤"也可当作对希腊人放的一枝冷箭。希腊人兴师动众,所有成名的英雄率领精锐之师围攻特洛伊十年,竟然无法攻克。最后决定战争胜负的不是阿喀琉斯的神勇,也不是奥德修斯的智慧,竟然是敌方出了内奸。若将特洛伊城陷落的功劳记在埃涅阿斯头上,这等于在嘲笑希腊人的无能。此说见 Smith, "Aineiadae", pp. 33-34。

③ Bickerman, "Origines Gentium", p. 67.

纪》的主题，是维吉尔经过深思熟虑的结果。这个极富政治和宗教意味的传说，来源于荷马史诗，创立于致力文化扩张的希腊人之手，后又被罗马人借用来定义自己的民族起源，而且又与罗马内战，与恺撒和屋大维都息息相关。公元前 69 年，尤里乌斯·恺撒 31 岁，刚刚出任财务官（quaestor）。这一年，他的姑姑尤利娅和妻子科尔内利娅（Cornelia）不幸去世。在尤利娅的葬礼上，恺撒提到尤利娅的父母（也就是恺撒的祖父和祖母）都出身高贵的世家。母系一支出身于古代国王，而父系一支的尤里乌斯家族，可追溯到维纳斯。这是因为恺撒认为自己的祖先乃是埃涅阿斯之子尤卢斯（Iulus）。这件事记在苏维托尼乌斯的《恺撒本纪》（*Divus Iulius*）第 6 章。恺撒还于公元前 47 年发行过一种钱币，正面为一女子头像，有人认为是维纳斯半身像，也有人认为是"忠义女神"（Pietas）像。钱币背面是肩上背着父亲的埃涅阿斯。① 恺撒如此看重自己的家世与埃涅阿斯的关系，正是因为埃涅阿斯传说与罗马起源紧密相连，恺撒将自己的先祖树立为民族英雄和忠义的象征，所以才会对特洛伊传说大肆鼓吹，后来还为维纳斯建庙。②

维吉尔接手的便是这样一个经过历代改编、重解的神话，而且又和奥古斯都的政治利益密切相关。维吉尔需要参酌这个传说的各种版本和各式的"变形"，对既定的素材做精心的修改，还需对挥之不去的负面因素（叛卖）做隐蔽的修正，最终才能形成罗马立国的官方神话。

---

① 图片见 Stefan Weinstock, *Divus Julius* (Clarendon Press, 1971) 第 252 页图版中的第 13 号钱币。

② Weinstock, *Divus Julius*, p. 254.

第四章　埃涅阿斯变形记

诗人埃兹拉·庞德曾记载叶芝讲过的一段故事，很能说明在普通人眼中埃涅阿斯是什么形象。

一个普通水手想学拉丁文，他的老师让他试试读维吉尔。上了很多次课之后，老师问他对英雄／主人公（hero）怎么看。

水手："什么英雄？"

老师："还能有什么英雄？埃涅阿斯啊，英雄。"

水手："哎呦！英雄？他是英雄吗？老天，我还以为他是个神甫呢。"①

叶芝的故事是编的，但这样的反馈却很真实。19世纪有法国学者称埃涅阿斯不像帝国的开创者，倒更像一个修道会的创始人。② 维

---

① 我最早在一本荷马研究论文选编中看到这件轶事：George Steiner and Robert Fagles (eds.), *Homer: A Collection of Critical Essays* (Prentice-Hall, 1962), p. 18. 庞德的原文见：Ezra Pound, *ABC of Reading* (Faber and Faber, 1951), p. 44. 这段轶事经常为人引用，比如"哈佛派"学者克劳森，见 Wendell Clausen, "An Interpretation of the *Aeneid*", *Harvard Studies in Classical Philology* 68 (1964), p. 141.

② W. Y. Sellar, *The Roman Poets of the Augustan Age: Virgil* (Clarendon Press, 1877), p. 80. Sellar 未提法国学者的名字。

吉尔虽将埃涅阿斯的传说用作史诗的主题，但情节框架的设计、人物性格的塑造，这些方面并没有传统的固定模板需要参考，所以维吉尔有较大的创作空间。但荷马史诗毕竟是维吉尔模仿和借鉴的最主要的文学文本，所以理解《埃涅阿斯纪》的关键人物和场景，都离不开荷马这一重先天的约束。即使普通读者也会情不自禁以荷马笔下的人物为参照，来对比维吉尔创造的文学形象。荷马史诗中的阿喀琉斯、赫克托耳、奥德修斯，都是让人难以忘怀的人物。当人们醉心于这些耀眼的希腊英雄时，再反观《埃涅阿斯纪》，就难免感觉主人公面目不清，缺少荷马人物那样鲜明的个性。19世纪以及20世纪早期的批评家，凡注重分析人物性格者，往往都不满意埃涅阿斯的形象，认为他显得单调、呆板。

这也许是埃涅阿斯形象过于基督教化所要付出的代价。在第一章中，我已提到海克尔和艾略特等人都以埃涅阿斯为基督教英雄的原型。坚韧、忠义、谦卑，所有这些朴素而"正面"的品质，当然显得不够鲜活、生动和迷人。与那些神勇、暴躁、狡黠、潇洒的希腊英雄相比，埃涅阿斯当然会显得平淡、拘谨、庸常、没有活力，更缺少人格魅力。熟悉《埃涅阿斯纪》情节的读者会感觉到，一个国破家亡的流亡者，一个牺牲个人意志而听从命运安排的政治领袖，大概只能是个忍辱负重、循规蹈矩、兢兢业业、心事重重的人。[1] 有学者评论："读者有时会感觉他不过是一个傀

---

[1] 德国学者珀斯科尔将全诗做了三分法，分别对应主人公对于过去、现在和未来的态度。他认为，前四卷中，埃涅阿斯沉湎于往事，对特洛伊念念不忘；中间四卷，他从过去的重负中解放出来；最后四卷，他来到意大利与当地部族征战，关心的是如何为后世子孙奠定基业。因此，"主人公从来不被允许完完全全属于当下"，见 Viktor Pöschl, *The Art of Virgil* (The University of Michigan Press, 1962), p. 38。

偶，一部机器，受身外力量机械的支配，毫无个性可言。"① 这样一种暗淡、拘谨的角色，可能恰恰是维吉尔所要营造，也是艾略特这些富有基督教情怀的读者格外看重的人物。在《埃涅阿斯纪》中，这样的品行凝缩为一个词，就是 pius；凝缩为一个观念，就是 pietas。这样的品质，像音乐中的主导动机一样，贯穿整部史诗，成为埃涅阿斯的标志和名片。

凡是讨论埃涅阿斯人物形象的学者，都避不开讨论他的"忠孝/忠义"。在这一章，我会简要概括对此品性的讨论，特别是新近的研究将"忠义"的观念放在罗马内战的背景下讨论，让我们了解维吉尔之所以极力推崇这样的美德，可能会有弦外之音。更多的篇幅将分析20世纪文学批评在解读埃涅阿斯这个人物时所陷入的几个误区。比如，持悲观派意见的学者会有意将埃涅阿斯身上的勇武成分剥离、弱化，甚至将他描述成背叛"忠义"理想、残忍好杀的侵略者和杀人狂。依照"哈佛派"的解读，史诗后半部的埃涅阿斯变得面目狰狞，凶暴无比，直至在史诗结尾杀死已经倒地求饶的对手。所以我挑选卷一开场，以及卷二和卷十中的重要段落，探讨埃涅阿斯是否像很多学者所说的一直表现出怀旧、孱弱、游移不定，甚至背叛自己所标榜的忠义。在悲观派学者眼中，埃涅阿斯经历了剧烈的变形过程，这种意见是否成立？他在战场上某个特殊时刻所流露的残暴，应当如何来解释？这是本章将重点讨论的问题。

---

① 坎普：《维吉尔〈埃涅阿斯纪〉导论》，北京大学出版社，2020年，第31页。

一、拘谨而黯淡的英雄

卷一中埃涅阿斯的出场,引起很多讨论,我觉得可以当作不同解释流派的试金石。当史诗叙述者呼唤缪斯、总结全篇之后,镜头立即切到在海面航行的特洛伊船队以及气急败坏的女神朱诺。朱诺是特洛伊人的死敌,眼看自己的仇敌即将顺利抵达意大利,于是决定从中破坏。她以半命令、半贿赂的方式,让风神埃奥鲁斯(Aeolus)效命于自己。埃奥鲁斯随即号令手下各路风神,在海面上吹起狂风,掀起巨浪。船队眼看就要葬身海底,这恰恰就是主人公出场的时刻。

> 瞬间,埃涅阿斯四肢瘫软,寒意袭来,
> 他哀叹,举双手伸向高天
> 言道:"那些在父老面前、在特洛伊
> 巍峨城墙下已然战死者,你们
> 三重、四重地幸运!哦,希腊人中最英勇的
> 狄俄墨得斯!你为何不让我横尸于
> 伊利昂战场?为何不用右手泼洒出我的生命?
> 当骁勇的赫克托耳、伟岸的萨尔佩冬
> 都仆倒在阿喀琉斯长矛之下,当西莫伊斯河的浪涛
> 卷走如此众多勇士的铜盾、头盔和尸体!"

> extemplo Aeneae soluuntur frigore membra;
> ingemit et duplicis tendens ad sidera palmas

> talia uoce refert: 'o terque quaterque beati,
> quis ante ora patrum Troiae sub moenibus altis
> contigit oppetere! o Danaum fortissime gentis
> Tydide! mene Iliacis occumbere campis
> non potuisse tuaque animam hanc effundere dextra,
> saeuus ubi Aeacidae telo iacet Hector, ubi ingens
> Sarpedon, ubi tot Simois correpta sub undis
> scuta uirum galeasque et fortia corpora uoluit!' (1.92-101)

埃涅阿斯登台亮相，看上去全无一丝英雄气概。这是一个被恐惧侵蚀的人，肢体麻木，仰天长叹。这一段的荷马史诗原型，是《奥德赛》第 5 卷 299—312 行。当波塞冬掀起巨浪时，在归途中的奥德修斯哀叹，与其在海上淹死、毫无荣誉和名声可言，倒不如当初在战场中轰轰烈烈地牺牲。以下就是维吉尔所模仿的奥德修斯的感叹：

> 奥德修斯顿时四肢麻木心瘫软，
> 无限忧伤地对自己的勇敢心灵这样说：
> "我真不幸，我最终将遭遇什么灾难？
> ……
> 那些达那奥斯人要三倍四倍的幸运，
> 他们为阿特柔斯之子战死在辽阔的特洛亚。
> 我也该在那一天丧生，接受死亡的命运，
> 当时无数特洛亚人举着锐利的铜枪，

围着佩琉斯之子的遗体向我攻击；

阿开奥斯人会把我礼葬，传我的英名，

可现在我却注定要遭受悲惨的毁灭。"（5.297-299, 306-312）①

维吉尔的诗句完全依照荷马，包括"三重、四重地幸运"一语，是用拉丁文翻译荷马的诗句。维吉尔提到狄俄墨得斯，自然是因为在《伊利亚特》中，埃涅阿斯曾败在他手下，多亏阿波罗出手相救，否则埃涅阿斯性命不保（参见本书第三章第一节）。埃涅阿斯此时用埋怨的语气指责狄俄墨得斯当初没有杀死他，实则是为了衬托眼前这种毫无价值、毫无意义的死。

这一段是维吉尔模仿、改写荷马史诗的好例子。这样的模仿不是亦步亦趋，而是基于荷马原型，然后自出机杼，将荷马诗句化用到自己诗中。此处表达的情感和很多词句虽与《奥德赛》高度相似，但是其间也有区别。相似之处在于，奥德修斯从女仙卡吕普索（Calypso）的岛上离开，踏上归途，但波塞冬掀起海上风浪。而埃涅阿斯穿过亚德里亚海，绕过西西里，已然接近目的地意大利，却由于朱诺命令埃奥鲁斯吹起狂风，船队即将沉没。两者之区别，也不难发现。奥德修斯之所以羡慕在战场上殉命的战友，是因为他们死后都已得到安葬。而现今，倘若他葬身鱼腹，则任何体面的丧事都无从谈起。

赛维乌斯《诂训传》解释1.93一行的"哀叹"（ingemuit）一词，

---

① 《奥德赛》，王焕生译，人民文学出版社，2003年，第96—97页。

说:"哀叹,非因死,后面'何其幸运'一句可证;而是因死亡的方式。"① 赛维乌斯的意思是,埃涅阿斯不是怕死,否则后面也不会对已经战死的英雄表达钦佩和羡慕。他之所以哀叹,是哀叹自己将会以这种毫无价值的方式死于风暴之中。这是笺注家为诗人回护、补漏的例子。也可反证在后代注家看来,主人公长吁短叹的亮相确有与英雄身份不符的嫌疑。

埃涅阿斯又动情地提到赫克托耳之死,萨尔佩冬之死,提到特洛伊旁边的西莫伊斯河将武器、铠甲以及死尸冲走。在4行之内(第97—100行),密集堆积了6个与《伊利亚特》高度相关的名词,记有4个人名和2个地名:狄俄墨得斯、阿喀琉斯②、赫克托耳、萨尔佩冬以及伊利昂和西莫伊斯河。主人公出场后的第一番讲辞,里面缀满沉甸甸的荷马史诗人名,仿佛埃涅阿斯不愿意离开他逃离的特洛伊,不愿意离开荷马史诗的世界。珀斯科尔认为,埃涅阿斯哀叹宁愿死在故国父老眼前(ante ora patrum),表现他"不仅渴求荣耀,还渴望家乡的爱和温暖"。③ 这样的解释极具代表性,很符合主人公这个"虚弱"的出场,因为史诗前6卷频繁提到特洛伊,主人公似乎未摆脱国破家亡的阴影。"哈佛派"学者克劳森,在其名文《埃涅阿斯纪解读》中,也以类似方式分析了这个出场:

---

① 《诂训传》Thilo-Hagen版,第一卷,第47页:non propter mortem ingemit, sequitur enim 'o terque quaterque beati', sed propter mortis genus。

② 这一段中,狄俄墨得斯和阿喀琉斯都用从他们父亲名字中衍生出的称呼:第97行的Tydide,是Tydideus的呼格。Tydeus乃是狄俄墨得斯之父,所以狄俄墨得斯被称为Tydeus之子,也就是Tydideus。阿喀琉斯亦如是。

③ Pöschl, *The Art of Vergil*, p. 35.

> 对于一位英雄,尤其是驶向新世界的英雄而言,这是一段奇怪的言辞:埃涅阿斯只想着过去,想着那些在特洛伊高墙之下死去的人,他希望自己也死在那里。埃涅阿斯背负记忆的重负,要超过所有古代英雄。①

这样的解读与珀斯科尔一脉相承,凸显埃涅阿斯的"忧郁"、怀旧,以及和古代史诗英雄不相称的伤感。类似的意见还有很多,下面再举几例。

欧提斯也认为,在史诗前6卷的"奥德赛"部分,埃涅阿斯虽逃出战火,但内心依然沉浸在对特洛伊深深的留恋之中,不可自拔。埃涅阿斯出场之后的长吁短叹,正是这种极度怀旧情绪的写照。分析维吉尔对奥德修斯一段的模仿和改写,他评论道:"奥德修斯宁愿在特洛伊光荣地战死、下葬,也不愿意可怜巴巴地葬身海底。而埃涅阿斯则宁愿'在父老眼前'死去,也不愿意像目前这样无家可归、四处放逐。那样的死法就不会将他和旧日的同伴与故国分离。"② 所以,绝望中的英雄,在困境之中,表露了"彻底的怀旧"(fundamental nostalgia)。③ 欧提斯分析前6卷时,"怀旧"是出现频率最高的关键词,有时一页就使用三次(如第238页),有时一页出现两次(如第240页),这也可见珀斯科尔的影响。威廉姆斯在他极为流行的简注本里,这样评论:"但他是一种新型的英雄,属于英雄气概不足(unheroic)的类型。他的力量有限,

---

① Clausen, "An Interpretation of the *Aeneid*", p. 140.
② Brooks Otis, *Virgil: A Study in Civilized Poetry* (Clarendon Press, 1963), p. 231.
③ Otis, *Virgil*, p. 232.

他的决断有时不足,他穿过黑暗和不确定,向前一路摸索。"① 埃涅阿斯提到昔日的英雄,也让有些评论家认为他不像奥德修斯那样务实,只关心体面的下葬,但引发他这番感慨的原因仍然是他的忧郁、敏感、对家人和故国的依恋。②

这个虚弱的出场,影响了很多学者对埃涅阿斯人物形象的理解。但细读维吉尔的诗句,会发现埃涅阿斯在全诗中第一次发话,不仅仅基于《奥德赛》第5卷这个单一来源。美国学者海特(Gilbert Highet)发现,这番话的另一个文学原型是《伊利亚特》第21卷272—283行。这一卷中,阿喀琉斯杀死大批特洛伊武士以及盟友,斯卡曼德罗斯河(Scamandros)的河神阻止他继续杀戮,湍急的河流也即将把他冲走。此时,阿喀琉斯仰天长叹,希望自己死于赫克托耳之手,而不是被淹死。

> 让赫克托耳杀死我吧,特洛亚人中他最优秀:
> 高贵之士杀人,杀死高贵之人。
> 现在我却难逃被一条大河淹没,
> 不光彩地死去,犹如冬天一个牧猪童
> 被急流冲走,试图穿过一条河流。(21.279-284)③

此段中,阿喀琉斯对于对手赫克托耳的赞颂,以及第6卷第98行

---

① R. D. Williams, *The Aeneid of Vergil. Books 1-6* (MacMillan, 1972), p. 155.
② Christine Perkell, "*Aeneid* 1: An Epic Programme", in Christine Perkell (ed.), *Reading Vergil's Aeneid: An Interpretive Guide* (University of Oklahoma Press, 1999), p.40.
③ 《伊利亚特》,罗念生、王焕生译,人民文学出版社,2003年,第486页。

提到狄俄墨得斯"他是阿开奥斯人中最强有力的杀手",两句相加,就构成《埃涅阿斯纪》中埃涅阿斯对狄俄墨得斯的赞美。如果能看出这里的用典,那么埃涅阿斯的长吁短叹就不仅仅对应绝望中的奥德修斯。因此,海特说:"显然,维吉尔让埃涅阿斯亮相时,他希望描写他出现在与荷马笔下的奥德修斯相仿的情景里,但其性格中又带有更多英武、阿喀琉斯式的特征。"①强烈反对"哈佛派"解读的施塔尔,高度评价海特的发现,并继续阐发这个用典背后的用意:埃涅阿斯高呼"希腊人中最英勇的狄俄墨得斯"(o Danaum fortissime gentis / Tydide 1.95-96),他并不是在恭维希腊英雄,而是间接表明自己乃是己方最英勇的武士。因为《伊利亚特》第 21 卷中,阿喀琉斯希望死在特洛伊第一勇士赫克托耳之手,而此处埃涅阿斯希望死于狄俄墨得斯之手,那么就相当于把自己比作阿喀琉斯。②如此一来,埃涅阿斯之哀叹就不代表软弱无力,他希望自己死在父老眼前也不是缅怀故国,而是通过对荷马史诗原型的暗用,将自己"升格"为阿喀琉斯一般的英雄。从这个例子可以看出,努力挖掘和全面解读维吉尔所参照的荷马史诗原型,可以避免得出偏颇的结论。

二、"忠孝/忠义"和罗马内战

埃涅阿斯最突出的品质,就是他的"忠义"。这个词的意思较多,英文中的 piety 和 pity 都与之有关。这个词首次出现,在

---

① Gilbert Highet, *The Speeches in Vergil's* Aeneid (Princeton UP, 1972), p. 191.

② Hans-Peter Stahl, "Aeneas—An 'Unheroic' Hero?", *Arethusa* 14 (1981), p. 164.

卷一第 10 行。当史诗叙述者概括全诗内容，提到埃涅阿斯时，将他描写为"以忠义著称"（insignem pietate uirum 1.10）。可以说，主人公从史诗一开篇，便被戴上这顶桂冠。此后，埃涅阿斯的副将伊利奥内乌斯（Ilioneus）向狄多女王介绍特洛伊人的首领时说"埃涅阿斯是我们的王，无人比他更正直、更忠义，无人比他更骁勇善战"（rex erat Aeneas nobis, quo iustior alter / nec pietate fuit, nec bello maior et armis. 1.544-545）。又比如卷六中，西比尔引着埃涅阿斯来到冥河渡口，向冥河的船夫卡伦介绍这位阳间的来客："这是特洛伊的埃涅阿斯，以忠义和勇气闻名于世"（Troius Aeneas, pietate insignis et armis 6.403）。全诗中，pietas 一词及其变格（pietatis, pietate）总共出现约 22 次，其中至少 14 次以上与埃涅阿斯以及后代有关。①

形容词 pius 更是如影随形一般跟随着埃涅阿斯。我们来看卷一中的两段。

> 忠义的埃涅阿斯彻夜辗转反侧，
> 当高天上曙光初现，他离开营地，
> 查看新地，看看被风吹到何方岸边，
> 何人居此不毛之地，是人还是野兽，
> 然后再将发现告知同伴。

---

① 这些段落大致如下：卷一，第 10、151、253、545 行；卷二，第 430、536、690 行；卷三，第 480 行；卷五，第 688、783 行；卷六，第 403、405、688、769、878 行；卷九，第 294、493 行；卷十，812、824 行；卷十一，第 292、787 行；卷十二，839 行。其中，卷十和卷十二出现的 pietas，后面还会讨论。

> At pius Aeneas per noctem plurima uoluens,
> ut primum lux alma data est, exire locosque
> explorare nouos, quas uento accesserit oras,
> qi teneant (nam inculta uidet), hominesne feraene,
> quaerere constituit sociisque exacta referre. (1.305-309)

这一段写特洛伊船队被吹到陌生的海岸，当时还不知道他们已来到迦太基。埃涅阿斯对新环境颇为忧虑，所以一夜都焦虑不安。他清晨即起，四下查看，看看这片陌生之地到底何人居住。这里刻画的是他作为领袖的责任心，"忠义"一词体现为他公忠体国、身先士卒的精神。

当埃涅阿斯向迦太基女王狄多表露身份时，他不无自豪地说：

> 我乃忠义的埃涅阿斯，从敌人手中抢出
> 家神，带至船上，令名闻达于上天。
> 我在找寻祖国意大利，和无上朱庇特的苗裔。
>
> sum pius Aeneas, raptos qui ex hoste penatis
> classe ueho mecum, fama super aethera notus;
> Italiam quaero patriam, et genus ab Ioue summo. (1.378-380)

这是埃涅阿斯自报家门，语气中颇有踌躇满志的意思，似乎他的忠义已经无人不知、无人不晓。检索史诗原文，会发现形容词

pius 的单数、主格形式，全诗中共出现 20 次，竟然有 19 次都是直接修饰埃涅阿斯，从而形成 pius Aeneas（"忠义的埃涅阿斯"）这样的固定搭配，宛如荷马史诗中著名人物的固定名号（epithet）一般。①

　　单纯从诗歌语汇来考察，就会发现"忠义"就是埃涅阿斯最核心、最著名的美德。有关这个概念的讨论，实在是数不胜数，我这里只简单总结前代学者的部分研究成果。② 先看 pius 一词的词源。一般认为来自动词 piare，表示祓除不祥或者弥补过失，也就是通过适当的宗教仪式为此前冒犯神灵的物品或行为赎罪，以恢复到无罪愆的状态。为达此目的而操作的献祭仪式或者献给神灵的祭品就称作 piaculum。③ 如此，则顺从神灵意志、不违神意，在宗教方面无过失，这便是 pius 的基本含义。但这个词的意思包含甚广，还指一种恭敬、忠诚、端谨、庄敬的态度，但此种态度

---

① 史诗中，pius Aeneas 的固定搭配共有 19 处，其中只有一次出现这两个词中间又插入其他词的情况（At pius exsequiis Aeneas 7.5），其余都是两个词紧紧绑定。我把这 18 处列出，以方便读者查看：卷一，第 220、305、378 行；卷四，第 393 行；卷五，第 26、286、685 行；卷六，第 9、176、232 行；卷八，第 84 行；卷九，第 255 行；卷十，第 591、783、826 行；卷十一，第 170 行；卷十二，第 175、311 行。

② 有关 pius 和 pietas 篇幅较长、比较系统的讨论，可参见：Nicholas Moseley, "Pius Aeneas", *The Classical Journal* 20.7 (1925), pp. 387-400; Cyril Bailey, *Religion in Virgil* (Clarendon Press, 1935), pp. 79-85; Arthur Stanley Pease, *Publi Vergili Maronis Aeneidos Liber Quartus* (Harvard UP, 1935), pp. 333-337（后文简称皮斯：《卷四集注》）；奥斯丁：《卷四注》，第 121—123 页；P. Grimal, *Pius Aeneas* (Virgil Society, 1960); Pierre Boyancé, *La Religion de Virgile* (Presses Universitaires de France, 1963), pp. 58-82; G. Karl Galinsky, *Aeneas, Sicily, and Rome* (Princeton UP, 1969), pp. 53-61; Stefan Weinstock, *Divus Julius* (Clarendon Press, 1971), pp. 248-259; H. Wagenvoort, *Pietas: Selected Studies in Roman Religion* (Brill, 1980), pp. 1-20.

③ 关于 piare 和 piaculum 的意思，见 Grimal, *Pius Aeneas*, p. 3; Bailey, *Religion in Virgil*, pp. 79-80.

可施于不同对象。它可以指"小心翼翼、敬事上帝",表示宗教上的虔敬。在基督教出现之前,它尤指在宗庙祭祀方面的谨小慎微,不忽略任何一项祭事,祭仪的细节不出任何纰漏。所以,在宗教意义上,pietas 表示"敬神""虔敬"。法国学者博扬赛总结:"仪式上谨小慎微,期望完成神灵的意愿,服从神灵的裁决,这些就是 pietas 的要素。"① 但这样一种"敬"和"慎"也可以施之于父母和邦国,所以 pietas 也具有强烈的社会伦理意义。对于亲人,pietas 就是孝悌;对于国家,pietas 就是忠信、爱国。由于 pius 和 pietas 针对不同对象有不同含义,因此我会根据不同语境分别译为"忠义""忠孝"或者"虔敬"。

在相关讨论中,学者经常引用西塞罗等人写于共和国晚期的文献,来确定"忠义"一词的意指范围。② 比如,在他早期著作中,西塞罗会区分 religio 和 pietas,前者指对神灵的畏惧和献祭,而后者指对祖国、父母和亲属的责任(erga patriam aut parentes aut alios sanguine coniunctos officium)。③ 在公元前 54 年的一篇演讲中,西塞罗又明确说"pietas 就是对于父母感激的心理"。④ 在一篇修辞学著作中,他又有界定:"与众人分享,称作'正义';对神灵之'义',便是敬神(religio);对父母之'义',便是忠

---

① Boyancé, *La Religion de Virgile*, p. 81.
② 西塞罗相关段落的拉丁原文都已在下列文献中列出,我这里只转引和翻译,不再另外注出西塞罗原文的版本:Wagenvoort, *Pietas*, pp. 7-9(Wagenvoort 的论文集中这篇专门讨论 pietas 的文章实际写于 1924 年,英文译文发表于 1980 年);皮斯:《卷四集注》,第 334—335 页;Weinstock, *Divus Julius*, p. 250, n. 10.
③ *De Inventione*, II 22, 66.
④ *Pro Plancio*, 33.80: quid est pietas, nisi voluntas grata in parentes?

孝（pietas），日常用语叫作'好心'（bonitas）。"① 公元前54年的《论共和国》说："培养正义和忠孝，不仅对待父母和亲属，更要对待祖国。"② 但是，荷兰学者瓦根福特（H. Wagenvoort）发现，从公元前45年开始，西塞罗著作中所使用的 pietas 一词，意思变窄，基本用来指人对于神灵的虔敬和恭顺。他将这种改变的原因归因为他晚期哲学著作中借鉴、改写斯多噶派哲学家波西多尼乌斯（Posidonius）。③ 目前我们需要了解的是，pietas 一词在共和国晚期涵盖的范围很广，罗马人对神灵的虔敬、对父母的孝敬、对国家的热爱，都包含其中。

此种忠义、庄敬与基督教的虔敬相比，至少有两处重要不同。罗马的"忠义/忠孝"不只是单方的义务，而是对双方都有约束。在《埃涅阿斯纪》中，我们在为数不多的诗行中发现，pietas 不仅仅是人应该对神灵所持的正确态度，同时神灵也被期待以同样方式回报人。美国学者哈恩发表于1925年的一篇札记，就指出史诗中几处意想不到的用法。④ 比如，卷二中，特洛伊国王普里阿摩斯被阿喀琉斯之子杀死在祭坛旁边，临死之前他呼吁神灵为自己复仇，祷告中就有一句"若上天也有 pietas 存在"（si qua est caelo pietas 2.536），似乎神灵有义务回报人的虔敬。卷五中，埃涅阿斯向朱庇特祷告船队安然无恙，有"若你古昔的虔敬

---

① *De Partitione Oratoria* 22.78: In communione ... quae posita pars est, iustitia dicitur, eaque erga deos religio, erga parentes pietas, vulgo autem bonitas.

② *De Repulica*. 6.16: iustitiam cole et pietatem, quae cum magna in parentibus et propinquis, tum in patria maxima est.

③ Wagenvoort, *Pietas*, pp. 9-12.

④ E. Adelaide Hahn, "The 'Piety' of the Gods", *The Classical Weekly* 19.4 (1925), p. 34.

顾念人世的劳苦"（si quid pietas antiqua labores respicit humanos 5.688-689）。这样的用法显示，神灵一方不仅要享受世人向他们展示的虔敬和恭敬，而且需要在关键时刻展示对人类的眷顾和义务。① 当人通过祭祀、牺牲来消除罪愆，表达对神的敬意之后，神灵也需对这种义举有所肯定，甚至有所报偿。

另一处与基督教的"虔诚"的显著不同在于，罗马的"忠义"不仅仅代表人在内心对神灵的顺从，它不仅仅是一种情绪、心态。这种忠敬永远伴以行动，永远体现在宗教行为中。所以，忠义和虔敬，不是在内心培养一种虔敬的态度，不是冥想、静观，而是"必有事焉"，是动态的、行动的并要求有回报的。我们看两位加拿大学者的表述："'忠义'在罗马世界中不是纯粹的沉思，也不对应柏拉图式的认知，也不附属于基督教的灵魂出窍概念。这一观念针对行动中的人，尤其带有行动和实践的意义……"② 所以在史诗中，埃涅阿斯都是在具体行动中展现、实现自己的忠义虔敬。此种忠敬不仅在埃涅阿斯身上有体现，也见于其父安吉塞斯。只不过埃涅阿斯的忠和敬更多表现在对同伴的关爱，而其父的敬更多体现在与神灵的交流。故也有人区分埃涅阿斯之忠义体现在水平层面，而其父的忠义则体现在垂直层面。③

埃涅阿斯的"忠义/忠孝"，在公元前1世纪上半叶已经有

---

① 有些学者倾向于将神灵一方的 pietas 理解为 pity，对人类的怜悯：奥斯丁：《卷二注》，第206页："此处几乎表示怜悯，但这是基于责任和关爱之上的怜悯"。

② Domenico Fasciano and Kesner Castor, *La trifonction indo-européenne dans l'Énéide* (Les Éditons Musae, 1996), p. 64. 这本书以杜美齐尔的理论分析《埃涅阿斯纪》，是英美学界不多见的一种思路。

③ Ibid., p. 105. 作者名之为 "la pietas horizontale" 和 "la pietas verticale"。

口皆碑。学者经常引用的证据是一部演讲术的课本《赫兰尼姆演讲术》(*Rhetorica ad Herennium*)。这部书一直被归入西塞罗著作,但后来的研究表明其实出自公元前80年左右的一位作者。卷四中作者举出例子(4.46),展示如何通过反向对比的方法来表明观点。他给出的例子是:"如果有不孝(impium)的儿子打自己的父亲,而我们称他为埃涅阿斯,或者将一个无节制、通奸的人称为希波吕托斯(Hippolytus)。"① 希波吕托斯是希腊悲剧中的人物,拒绝继母的引诱,所以是正直、纯洁人物的化身。而埃涅阿斯正因为以忠孝而著称,所以将不孝之人称为埃涅阿斯,才构成修辞学中有效的荒诞手法。由此而见,在这部流传很广的演讲术课本中,埃涅阿斯之"忠孝"已经是有口皆碑,正仿佛在中国文化中,关公是忠义、义薄云天的代名词一样。

有学者考察埃涅阿斯传说的成型和流传,发现从一开始"忠义"并不是这个人物的突出特征,有可能是罗马人将自己推崇的品质加在神话人物埃涅阿斯身上。② 但狄奥尼索斯在《罗马古史》卷一第48章中,提到希拉尼库斯(Hellanicus)的版本之后(见第三章第二节),又提到可信度较弱的其他传说,包括索福克勒斯已经佚失的一部悲剧《拉奥孔》:

> 悲剧诗人索福克勒斯,在其剧作《拉奥孔》中,描写埃

---

① [Cicero], *Ad C. Herennium de Ratione Dicendi (Rhetorica ad Herennium)*, Loeb Classical Library (Harvard UP, 1954), pp. 344 and 346: Ex contrario, ut si quem impium qui patrem verberarit Aeneam vocemus, intemperantem et adulterum Hippolytum nominemus.

② Galinsky, *Aeneas, Sicily, and Rome*, chapter 1.

涅阿斯在特洛伊被攻陷之前，遵从其父安吉塞斯之命，带领家眷来到伊达山。安吉塞斯想到阿佛洛狄忒的禁令，从发生在拉奥孔家族的不幸中，猜出特洛伊行将毁灭。剧中的信使有如下台词，用抑扬格：

埃涅阿斯，女神之子，抵达城门，
其父高坐于他肩上。①

可证在索福克勒斯（约公元前496—前406年）时代，即公元前5世纪，肩扛老父已成为埃涅阿斯标志性的形象。另外，这一版本中，埃涅阿斯是在特洛伊城陷落之前就离去，与希腊人不可能有任何形式的交涉。既不会出现史诗中描写的浴血奋战、目击家国沦丧，也不会出现叛卖的机会。

埃涅阿斯的忠义，在文学和宗教意义上已被历代学者充分讨论。但近年来，这方面的研究有一个突破，就是在罗马内战的历史框架内重新理解"忠义"的含义。根据安东·鲍尔的研究，维吉尔之所以在史诗中极力称许埃涅阿斯的忠义，并非简单重复这位传奇人物身上的固定品质，而是与公元前30年代的政治情势息息相关。② 因为查《牧歌》和《农事诗》，会发现 pius 和 pietas 两个词极少使用，而到了《埃涅阿斯纪》中却大量涌现。或许这与

---

① *The Roman Antiquities of Dionysius of Halicarnassus*, vol.1, Loeb Classical Library (Harvard UP, 1937), p. 155.

② Anton Powell, " 'An Island Amid the Flame': The Strategy and Imagery of Sextus Pompeius, 43-36 BC", in Anton Powell and Kathryn Welch (eds.), *Sextus Pompeius* (The Classical Press of Wales, 2002), pp. 103-133; Anton Powell, *Virgil the Partisan* (The Classical Press of Wales, 2008), chapter 1, "The Theft of Pietas", pp. 31-85.

不同作品的主题有关，但鲍尔认为更有可能是由公元前30年代的历史造成的。

在前31年亚克兴海战之前，屋大维的心腹大患是庞培的次子赛克图斯·庞培（Sextus Pompeius, 约公元前67—前35年），中文也称"小庞培"。公元前48年，庞培死于埃及，其长子于前45年与尤里乌斯·恺撒激战，兵败身死。恺撒遇刺之后，小庞培被元老院授以海军统帅一职，但被后三头同盟宣布为国家公敌。他占领西西里岛，以水师牢牢控制海面，从公元前42年到前36年，封锁了意大利各港口，阻断粮食进口，给屋大维带来致命威胁。前39年，屋大维迫于无奈，和小庞培曾短暂媾和，在米赛努姆（Misenum）签署和约，但很快和约破裂。此后，小庞培陆续取得一系列海战胜利，尤其陶罗曼尼姆（Tauromenium）一役，几乎俘虏屋大维。但是公元前36年，屋大维的海军将领阿格里帕击溃小庞培的水师，将他赶出西西里。小庞培逃至东方，最终于前35年为安东尼部将所杀。

小庞培不仅是内战期间不容小觑的力量，而且一度深得民心。公元前43年11月，安东尼、屋大维和李必达结成后三头同盟后，开始实施"公敌宣告"（Proscription），也就是政治上的大清洗。他们张榜公布敌人名单，这些"上榜"者丧失公民权，不再受法律保护，很多人被处死，财产被没收。当时后三头同盟还鼓励告密，凡抓捕或杀死榜上有名者，会得到赏金。屋大维和安东尼主导的这场大清洗，纯粹是为了肃清政敌、掠夺财富，毫无道义可言，造成大批政治精英罹难。西塞罗就在这场政治清洗中被残酷杀害，头颅和双手被凶手割下，献给安东尼。所以历史学家塞姆将主导这次屠杀的后三头同盟称为"恐怖分子",屋大维更是得到塞姆格外的"垂青":"恺撒的继承人不再是一个鲁莽的青年,而是一个冷血、成熟的恐怖分子。"① 根据阿庇安(Appian)《内战史》卷四的记载(4.36),当大清洗开始实施之后,被通缉者纷纷出逃,有人去亚细亚行省,有人去北非,但大部分人逃往距离意大利本土更近的西西里岛,投奔小庞培。小庞培对于遭受迫害者格外优礼,甚至派出使者、昭告天下,欢迎被通缉者到西西里安身。若有人能对被迫害者施以援手,则不论其身份,一律付给超过缉拿赏金一倍的奖赏。他还派遣舰船沿着海岸线游弋,寻找、搭救逃亡者。② 这样的义举,让小庞培在当时广受欢迎,西西里也成为逃难者的庇护所。

我们在阿庇安和迪奥(Dio Cassius)所作的史书中,会读到当时各种告密、出卖的故事,不少家庭发生夫妻反目、父子相残的人间悲剧。但与此同时,也出现很多奋不顾身、营救亲人的事迹,让人唏嘘不已。历史动荡时期往往如此,一方面是道德沦丧、礼崩乐坏,而另一方面却又会出现在承平年代里看不到的义举。这里只举一个鲍尔详细讨论过、与"忠义"观念最相关的例子,事见阿庇安《内战史》卷四。一位名叫欧皮乌斯(Oppius)的老人,年老体弱,不愿意逃亡,他的儿子将他扛在肩上出了城门,逃向西西里。一路之上,其子或手牵,或肩扛,无人怀疑,也无人嘲笑,因为"人们说埃涅阿斯肩扛老父时,甚至敌人都尊

---

① Ronald Syme, *The Roman Revolution* (Oxford UP, 1960), p. 191.
② *Appian's Roman History*, vol. IV, Loeb Classical Library (Harvard UP, 1913), p. 201.

敬他"。后来为了表彰他的忠孝，人民选他作市政官（aedile）。但他的家产被查抄，无法自己出资完成任内工作，所以工匠无偿为他工作，观看演出和竞技的观众捐钱给他。后来，这位广受民众欢迎的年轻人突然死亡，民众将其葬在战神广场（Campus Martius）。但元老院忌惮民间对他的热爱，找借口将其尸骨移至其他地方。迪奥推测这是屋大维授意元老院采取的行动。①

这则故事有三点值得注意：（一）欧皮乌斯父子逃亡的目的地是西西里，他们寻求小庞培的保护；（二）儿子不顾个人安危，以埃涅阿斯营救老父的方式完成自己的"忠孝"行为，可谓当代埃涅阿斯，这一事迹几乎挑战了尤里乌斯家族祖先的神话；（三）人民对孝子的崇敬，甚至引发元老院和屋大维的担忧。鲍尔甚至怀疑这位孝子担任财政官不久就意外死去，恐怕与屋大维脱不开干系。② 从中可以看出，在公元前43年以"公敌宣告"为名的政治屠杀中，"忠孝/忠义"这一观念突然具有了时代相关性，是引起广泛关注的话题。不仅如此，小庞培自己的一系列举动，更使得"忠义"变成政治斗争的焦点。

就在后三头同盟在罗马铲除异己、侵夺财产之时，小庞培一面隔着墨西拿海峡，看对岸上演无数人间悲剧，一面高调宣传自

---

① 鲍尔讨论了这个故事，见其 *Virgil the Partisan*, pp. 62-63, 以及 "'An Island Amid the Flame'", p. 117. 阿庇安（4.41）与迪奥（48.53）对此事都有记述，但详略不同，见 *Appian's Roman History*, vol. IV, pp. 209, 211; *Dio's Roman History*, vol. V, Loeb Classical Library (Harvard UP, 1917), pp. 333, 335.

② Powell, *Virgil the Partisan*, p. 63. 鲍尔此处纯属推测，证据不足，类似他推测维吉尔之死与奥古斯都有关（见第二章）。他还认为，或许维吉尔在《埃涅阿斯纪》卷二，写安吉塞斯在特洛伊陷落之时坚持不愿离开，可能是模仿欧皮乌斯老父不愿意离开罗马的情节，这样的推测也很牵强。

己的"忠义"。屋大维以替恺撒复仇为己任,小庞培也打出这张"忠义"牌。在他退守西西里之前,他铸造的钱币上就已出现代表"忠义"的女性形象,他还将 pius 一词加在自己名字后面,当作别号。在他铸造、发行的一种金币上,正面是小庞培的头像,蓄须,代表守孝。他自己的名号写作 MAG[NUS] PIUS,我试译为"忠义大士"。因为 magnus 是模仿其父庞培的称号(意思是"伟大"),而 pius 就是小庞培的自况。这种钱币还在小庞培的名字上方铸刻了橡树枝,在古罗马乃是颁给在战场上营救罗马同胞的一种特殊荣誉,叫作 corona civica。金币背面则是已经死去的老庞培和其长子。当小庞培差人四处营救逃亡者,并许诺重金奖赏时,他派出的使者可能就持这样的钱币。钱币正反两面连在一起,可以解读为:小庞培不仅为已故的父兄守孝,而且还将这样的忠义延伸到其他罗马公民,也就是屋大维和安东尼政治清洗的受害者,因为橡树枝象征对罗马同胞的救援。因此,这样的钱币无疑是宣传战中强有力的武器。① 屋大维一方杀害罗马精英,破坏家庭和亲情,而小庞培一方则为父尽孝,同时又积极营救落难的罗马同胞。可以说,哪一方树立起"忠孝/忠义"的大旗,哪一方就占据了道德制高点。

另一枚有代表性的钱币,是小庞培在大约公元前 42—38 年之间发行的。正面有其父的头像,背面又有"忠义大士"(Magnus Pius)的字样。而且还刻有海神尼普顿站在两兄弟之间,这两人

---

① Powell, *Virgil the Partisan*, p. 70. 这枚钱币的正面,见该书第 290 页图 6。正反两面、尺寸更大的图片,见 Powell and Welch (eds.), *Sextus Pompeis* (The Classical Press of Wales, 2002), p. 276, plate 10。

肩上都扛着自己的父亲，很明显这是针对恺撒一方忠义观念的批评。① 可见"忠义/忠孝"在当时是颇为有效的政治宣传工具。屋大维和小庞培都会使用 pietas 来渲染丧父的悲情，也为打击敌手制造合法性。敌对双方都在忠孝观念上做文章，或许这也是维吉尔突出埃涅阿斯"忠义"的部分原因。

安东·鲍尔提出的这种解释，我觉得令人耳目一新。此前学者很少从内战中的宣传战、心理战角度来理解《埃涅阿斯纪》中被大书特书的"忠义/忠孝"观念。而恰恰 pietas 在当时的历史情境下，成为热点话题。屋大维为尤里乌斯·恺撒复仇，这是忠孝的表现；小庞培自我标榜为"忠义大士"，是要争夺"忠孝"的话语权，在道义上战胜对手。鲍尔的解释或许还需要时间的检验，但他能将内战史的材料引入维吉尔史诗有关"忠义"问题的讨论，使得这个重要问题不再局限于文学传统和宗教方面。

三、狰狞的埃涅阿斯？

本章前面两节中，我们看到埃涅阿斯是以"忠义"著称的英雄，是在很多人眼中略显拘谨、胆怯的人物。但《埃涅阿斯纪》中有一些段落，却密集描写了他无理智、狠辣的一面。如果我们要求文学人物必须持续不变地展现固定性格特征，那么这些描写无疑偏离了他"忠义"的主导形象。对史诗持悲观解读的学者，都乐于充分利用这些段落，以证明维吉尔实际上在暗中颠覆他所塑造的忠义、仁厚的主人公形象。进而言之，如果埃涅阿斯身上

---

① Weinstock, *Divus Julius*, p. 255. 但不如鲍尔分析得详尽。

暴露了阴暗、残忍的一面，而埃涅阿斯又是奥古斯都的祖先，那么史诗就相当于以隐晦的方式揭露了奥古斯都一朝政治的黑暗。这样的推导是否符合逻辑，姑且不论，但至少很多北美学者都以这样的思路来理解描写埃涅阿斯疯狂、愤怒和杀戮的段落。我将在后面两节中具体分析卷二和卷十中对埃涅阿斯那些不利的描写，以说明悲观派解读存在过度解读的弊端。

我们先看卷十，这一卷集中描写了埃涅阿斯在战场上的表现。导火索是帕拉斯之死。卷八中，埃涅阿斯与阿卡迪亚人国王埃万德结盟，后者随即派儿子帕拉斯随军参战。卷十中间部分，初次上战场的年轻人帕拉斯被敌方主将图尔努斯杀死。埃涅阿斯一度失去理智，对拉丁人大开杀戒。这就是埃涅阿斯在卷十出现"狰狞"一面的背景。此卷中埃涅阿斯最为人诟病的地方有三处：活捉多名战俘，后来在帕拉斯的葬礼上献作活人祭（10.517-520）；不顾玛古斯（Magus）的哀求，将其在战场上无情杀死（10.521-536）；杀死敌方少年武士劳苏斯（10.769-832）。下面对前两处稍加分析，重点落在杀劳苏斯一段。

帕拉斯被图尔努斯杀死之后，埃涅阿斯先是生擒了八名敌方武士：

>……苏尔莫之子
>四个青年，以及乌凡斯养育的四子，
>他生擒，预备当作牺牲来祭杀，献给亡灵，
>以战俘之血浇洒于葬礼火堆上。

> ... Sulmone creatos
> quattuor hic iuuenes, totidem quos educat Vfens,
> uiuentis rapit, inferias quos immolet umbris
> captiuoque rogi perfundat sanguine flammas. (10.517-520)

埃涅阿斯将八名年轻的战俘当作献祭的牺牲，准备在帕拉斯葬礼上杀死，将血淋在焚烧尸体的柴堆上。卷十一开始不久，埃涅阿斯就实施了这样的活人祭（11.81-84），措辞与此段非常相似。第519行的动词 immolet，是祭祀专门用语，表示将用于祭祀的牲畜在祭坛上屠宰。全诗倒数第4行，当埃涅阿斯怒杀图尔努斯时，也出现"祭杀"一词（12.949）。这一举动首先是模仿《伊利亚特》中的阿喀琉斯。当代替他出战的帕特罗克洛斯（Patroclus）被赫克托耳杀死之后，阿喀琉斯也有这样的反应：

> 阿基琉斯直杀得双臂筋疲力乏，
> 从河中挑出十二个青年把他们活捉，
> 为墨诺提奥斯之子帕特罗克洛斯之死作抵偿。(21.26-28)①

但是，阿喀琉斯能完成的事，放在以忠义闻名的埃涅阿斯身上，就会让读者感到诧异。② 从20世纪初开始，不少学者认为埃涅阿

---

① 《伊利亚特》，第478页。同样，第23卷也有完成祭祀的描写："又用锋利的铜刀砍杀高傲的特洛亚人／十二个高贵的儿子，怀着满腔愤恨，／然后把焚尸堆交给猛烈的火焰吞噬"（23.175-177），第525页。

② Richard Heinze, *Virgil's Epic Technique* (The University of California Press, 1996). p. 188, n. 44.

斯这一反常的举动,一方面属于模仿《伊利亚特》的"规定动作",另一方面很有可能影射奥古斯都在佩鲁西亚(Perusia)的行事。

佩鲁西亚发生的屠杀,是屋大维发迹史早期不太光彩的事。公元前42年腓力比之战,安东尼、屋大维和李必达的联军击溃布鲁图斯和卡西乌斯统帅的共和派军队,刺杀恺撒的势力崩溃,罗马共和国的控制权落在后三头同盟手中。三人随即划分了势力范围,安东尼返回小亚细亚,屋大维返回意大利,负责处理犒赏退役老兵的事务。屋大维回罗马之后,因为没收田产等问题与罗马的权力阶层发生冲突。当时与他为敌的是安东尼的弟弟卢基乌斯·安东尼(Lucius Antonius)以及安东尼的妻子富尔维娅(Fulvia)。最后,公元前41年年末,卢基乌斯率军攻占罗马。但屋大维迅速调遣精锐部队,将卢基乌斯击溃。卢基乌斯后撤至佩鲁西亚城(现在的Perugia),凭恃坚固的城防和充足的粮草,坚守不出。屋大维将佩鲁西亚围困,最终于公元前40年2月迫使守军投降。根据后世史家的记载,屋大维将佩鲁西亚付之一炬。但也有一种说法,是城中人自己放火。这场战役为后来屋大维和安东尼之间的直接冲突埋下了伏笔。卢基乌斯和富尔维娅逃走,但安东尼没有因己方利益受损而选择在此时与屋大维反目。这就是佩鲁西亚之役的大致情况。

与《埃涅阿斯纪》卷十可能相关的,是屋大维在胜利之后的一系列杀戮。最早的记录见苏维托尼乌斯的《奥古斯都本纪》第15章,载于他所著的《罗马帝王传》:

攻克佩鲁西亚城之后,他惩罚了众多人,当他们求饶或为自己辩解时，他答以："必死。"有人记述，他从投降者中挑选两个阶层的 300 人，于 3 月 15 日，在为神圣尤里乌斯所建的祭坛旁，像杀死祭品一样将他们杀死。①

苏维托尼乌斯措辞慎重，"有人记述"一语显示作者对此事的历史真实性不能确定，只是转述当时一种意见。据迪奥《罗马史》（48.14），"首领和其他一些人得宽赦，但绝大多数元老和骑士被处死。据说，他们并没有以寻常方式受死，而是被拉到献给尤里乌斯·恺撒的祭坛旁，被当作祭品处死，共有三百名骑士以及许多元老……"② 迪奥继续说，佩鲁西亚城的居民和被俘的守军大部分丧命，全城除了火神的神庙和女神朱诺的雕像，其余都毁于大火。此事在阿庇安的《罗马史》中却没有记载。阿庇安对于佩鲁西亚遭围困一事，叙述远较苏维托尼乌斯和迪奥详尽，却遗漏如此重要的事件，令人生疑。现代学者对此事多持怀疑态度，认为这有可能是屋大维的敌对方为抹黑和诬陷他而编造出的故事。③

将活人献作祭祀的牺牲，在罗马历史上偶尔出现，但都是在国家极度危险的情况下才会采取的极端手段，用以平息神灵的怒火。南非学者法隆（S. Farron）考察了古希腊和罗马作家提到或评论活人祭（human sacrifice）的段落，发现古代的主流意见认为

---

① *Suetonius*, vol. 1, Loeb Classical Library (Harvard UP, 1913), p. 140.
② *Dio's Roman History*, vol 5. Loeb Classical Library (Harvard UP, 1917), p. 249.
③ 可见 D. Wardle 为《奥古斯都本纪》所做的注释：*Suetonius: Life of Augustus* (Oxford UP, 2014), pp. 137-138。

这是一种野蛮、残暴的行为。在维吉尔同代的作家中有5次提到活人祭,都以"不义"(impium)称之,或者认为有违忠义。① 法隆认为维吉尔描写埃涅阿斯将战俘献作活人祭,是影射奥古斯都在内战早期,特别是在佩鲁西亚战役后那些残暴的杀戮。② 所以,维吉尔这样的安排无疑隐含对奥古斯都的批评。但这里的影射其实不易确定,因为保持荷马史诗中的基本情节线,也可以用来解释维吉尔此处的设置。

在预备了活人祭之后,埃涅阿斯在战场上开始连续的杀戮。首位死在他剑下的是玛古斯。埃涅阿斯将长矛掷出,玛古斯闪躲,然后向埃涅阿斯求饶:

他抱住埃涅阿斯双膝,哀求说:
"凭着你父的亡灵和长大成人的尤卢斯,
我恳求你留住我性命,既为我儿,也为我父。
……"

et genua amplectens effatur talia supplex:
'per patrios manis et spes surgentis Iuli
te precor, hanc animam serues gnatoque patrique. (10.523-525)

---

① S. Farron, "Aeneas' Human Sacrifice", *Acta Classica* 28 (1985), pp. 21-33. 考察古代作家的意见,见第21—24页。

② Farron, "Aeneas' Human Sacrifice", p. 26. 早期学者认为此处存在历史影射,可见: D. L. Drew, *The Allegory of the Aeneid* (Oxford: Basil Blackwell, 1927), chapter 3, pp. 60-74; C. M. Bowra, "Aeneas and the Stoic Ideal", *Greece and Rome* 3.7 (1933), pp. 17-18。

我们在下一章会看到，当史诗结尾时，图尔努斯也是以同样方式求埃涅阿斯饶命，而且也用了 supplex（哀求）和 precor（恳求）两个词（12.930）。所以卷十这三行，几乎就是全诗结局的预演。玛古斯提到埃涅阿斯的父与子，也就是代表过去的安吉塞斯，以及代表将来的尤卢斯，而他祈求活命的理由则是为了自己的父与子。这样精心安排的求饶，建立在征服者和战败者的亲属相互对应的基础上，双方的父与子都被纳入哀求的结构中，玛古斯希望借此双重亲情打动埃涅阿斯。当然，之所以设计这样的说辞，更是因为埃涅阿斯"忠义/忠孝"的品质。随后，玛古斯还提到自己有无数金银财宝，可以作为赎金。但是，埃涅阿斯丝毫不为对手的哀求所动，

> 言罢，他以右手抓住玛古斯头盔，将求饶者
> 脖颈推后，一剑刺去，直到剑柄。

sic fatus galeam laeua tenet atque reflexa
ceruice orantis capulo tenus applicat ensem. (10.535-536)

帕特南在分析这两行时，还是通过联想的方法，发现表示剑刺入身体、一直没到剑柄的两个词（capulo tenus），在全诗中另一次出现是在 2.553，描写阿喀琉斯之子皮鲁斯在祭坛旁边残忍杀死特洛伊老王普里阿摩斯。因此，帕特南认为，卷十再用这两个词，是在暗示杀死玛古斯的埃涅阿斯就等同于卷二中人神共愤的皮鲁

斯。① 所以帕特南将忠义的埃涅阿斯称为不忠不义（impietas）。然而，仅仅通过少量词语重复出现在不同场景中，就认定这两个场景可以相互对比，甚至表达相同的主题，这样的分析方法太过随意，得出的结论也非常轻率。但不可否认，此处的埃涅阿斯更像是《伊利亚特》战场上不讲情面、公事公办、冷酷的武士。

在献活人祭和杀死玛古斯之外，描写最为铺陈的是埃涅阿斯杀死劳苏斯一段（10.769-832）。劳苏斯之父是史诗中重点描写的暴君梅赞提乌斯（Mezentius），他残暴对待臣民，为此得到"蔑视神灵者"（contemptor diuum 7.648）的恶名。简言之，梅赞提乌斯是《埃涅阿斯纪》中不折不扣的恶人。卷十中，埃涅阿斯受激于帕拉斯之死，在战场上大杀大砍，一时所向披靡。此时女神朱诺担心图尔努斯不敌埃涅阿斯，设计将图尔努斯引离战场。从整部史诗的结构来看，这样的安排很有道理，因为双方主将的终极对决肯定要尽量延后，这样方能给予次要人物足够的空间，来完成伊利亚特式的残杀和混战。梅赞提乌斯迎战埃涅阿斯，很快被击伤。正当埃涅阿斯准备对他实施致命一击时，这位暴君之子劳苏斯却从中拦截，诗中特意写他营救父亲的动机乃是父子之爱（cari...genitoris amore 10.789）。埃涅阿斯与劳苏斯在年纪、力量、武艺等各方面相差悬殊，所以埃涅阿斯将其轻易击倒。我们来看劳苏斯被杀的时刻：

……他警告劳苏斯，威胁劳苏斯：

---

① Putnam, *The Humanness of Heroes* (Amsterdam UP, 2011), p. 29.

"你因何疾驰赴死？因何尝试力所不能之事？
忠孝将你蒙蔽，陷你于鲁莽。"而他却
疯狂进逼；特洛伊首领残忍的怒气
在心头暴涨，命运女神收拢劳苏斯
最后的线团。埃涅阿斯用利剑
刺穿少年人，剑身没入身体；

... et Lausum increpitat Lausoque minatur:
'quo moriture ruis maioraque uiribus audes?
fallit te incautum pietas tua.' nec minus ille
exsultat demens, saeuae iamque altius irae
Dardanio surgunt ductori, extremaque Lauso
Parcae fila legunt. ualidum namque exigit ensem
per medium Aeneas iuuenem totumque recondit; (10.810-816)

埃涅阿斯警告少年人不要逼近，盖因二人实力悬殊，他不愿意进行一场不对等的战斗。在他短短两行警告中，最引争议的就是出现"忠孝"一词。这一行字面意思为：你的忠孝欺骗、蒙蔽你，让你不够理智、谨慎（fallit te incautum pietas tua 10.812）。[①] 看起来以忠孝著称的埃涅阿斯似乎在嘲笑劳苏斯对父亲的忠孝，

[①] 从 19 世纪英国学者 Conington 的注释本、洛布古典丛书，再到 1990 年 Harrison 的卷十译注本，这一句都被翻译、理解为 your loyalty betrays you to rashness。威廉姆斯的注释本将其解释为："你对父亲的爱将你引向歧途，引向愚蠢（374 页）。施塔尔的翻译是："你的忠孝误导你，让你失去警惕。"见 Hans-Peter Stahl, *Poetry Underpinning Power* (The Classical Press of Wales, 2015), p. 144。

这让很多学者感觉不适。威廉姆斯认为，埃涅阿斯因劳苏斯太过忠孝而谴责他，实在有些滑稽。① 帕特南认为埃涅阿斯否定了他自己所代表的高贵品质，还将劳苏斯之死也归咎于这种品质。帕特南甚至认为，读者可能会质疑埃涅阿斯在其他段落中展现的忠义是否真诚，是否仅仅出于自私的目的。② 而写到埃涅阿斯杀死劳苏斯之前，维吉尔特别提到他"蛮野的怒火"（saeuae irae），这样的描写和埃涅阿斯一向端谨、克制的形象无法调和。

但是，维吉尔描写杀死劳苏斯之后，又马上加入一段描写，让埃涅阿斯从杀戮的疯狂中醒转。

> 但当安吉塞斯之子看到垂死者的
> 面容和脸庞，那惊人苍白的脸庞，
> 他心生怜悯，叹息不已，伸出右手，
> 回想起自己对父亲的挚爱。
> "可怜的孩子，忠义的埃涅阿斯将怎样
> 报偿你的义举，回报你高贵的品德？
> 你钟爱的兵器，你自己保留；我会将你送归
> 祖先的亡灵和灰烬，若你愿意。
> 不幸的人，愿你能从这惨死中稍得安慰：
> 你毙于伟大的埃涅阿斯之手。"

---

① R. D. Williams, *The Aeneid of Virgil, Books 7-12*, p. 374.

② Michael Putnam, "Pius Aeneas and the Metamorphosis of Lausus", *Arethusa* 14 (1981), pp. 140-141.

> At uero ut uultum uidit morientis et ora,
> ora modis Anchisiades pallentia miris,
> ingemuit miserans grauiter dextramque tetendit,
> et mentem patriae subiit pietatis imago.
> 'quid tibi nunc, miserande puer, pro laudibus istis,
> quid pius Aeneas tanta dabit indole dignum?
> arma, quibus laetatus, habe tua; teque parentum
> manibus et cineri, si qua est ea cura, remitto.
> hoc tamen infelix miseram solabere mortem:
> Aeneae magni dextra cadis.' ... (10.821-830)

这一段至少有三处直接或间接提到埃涅阿斯自己的忠孝。第 822 行，维吉尔称埃涅阿斯为"安吉塞斯之子"（Anchisiades）。19 世纪的旧注和 20 世纪的流行注本都注意到，借这个说法，诗人想传达埃涅阿斯不由自主想起自己的老父。① 即使劳苏斯之父是凶残的暴君，但儿子挺身救父的行为，应该是深深触动了曾从战火中将父亲背出的埃涅阿斯。第 824 行直接出现了 pietas 一词：他"回想起自己对父亲的挚爱"（et mentem patriae subiit pietatis imago）。这一行直译应是：他孝敬父亲的映像进入脑海。在后面几行，埃涅阿斯向自己杀死的这位孝子表达了悲哀和钦佩，并且许诺不会掠夺少年人的兵器，还会将他的尸体交付同伴安葬。尤可关注的一点，他在许诺要褒奖少年人的忠孝时，自称"忠义的埃涅阿斯"

---

① Conington 注本，卷三，第 298 页；Williams, p. 375.

（pius Aeneas, 826），劳苏斯的忠义无疑激发起埃涅阿斯本性中的忠义，这才导致这 10 行诗中出现三处与忠孝相关的词。说过这番话之后，埃涅阿斯抱起劳苏斯的尸体，交予他的同伴，从而完成了他从杀戮向忠义的回归。

埃涅阿斯从"野蛮的怒火"回到"忠义的埃涅阿斯"，从嘲讽劳苏斯的忠孝蒙蔽、愚弄他，到悠然回想起自己的忠孝，这让杀死劳苏斯一段在历代解释者中间产生了针锋相对的解读。比如"忠孝将你蒙蔽"一句，有人解释为嘲笑挖苦，有人解释为警告，这其间差别很大。如果是挖苦，则埃涅阿斯是在取笑别人身上也具备的，而自己身上更为突出的品质，我们就有理由质疑他自己的忠义是否真诚，这是帕特南的观点。如果是警告，则埃涅阿斯不欲伤害少年人，不想参加这场实力不对等的较量，所以才出语警示，让劳苏斯不要盲目追随忠孝的冲动，应该理性地估量情势，从而做出正确的抉择。那么我们就有理由认为，埃涅阿斯心存仁慈，想用严厉的话语喝退迎面扑来的少年人。这是哈里森有利于埃涅阿斯的解读。①

要准确理解卷十中埃涅阿斯连续斩杀敌将，不能仅仅纠结于局部描写，而应当将其放入更大的叙事单元中，特别是放在维吉尔与荷马史诗原型之间的模仿关系中加以考察。以劳苏斯这一段为例（10.769-832），单纯看埃涅阿斯在这 60 多行内的表现，实在不足以明了这段故事的含义。埃涅阿斯杀死劳苏斯，不仅是他为帕拉斯复仇的一个环节，更重要的是，这是对图尔努斯杀死帕拉

---

① S. J. Harrison, *Aeneid 10* (Oxford UP, 1991), p. 265.

斯一段的再现和对比。埃涅阿斯面对劳苏斯所形成的局面，完全复制稍早时刻图尔努斯面对帕拉斯所形成的局面，但两位胜利者的反应和举动却全然不同。所以，我们有必要看一看这个事件的导火索，也就是敌方主将杀死少年武士帕拉斯的过程。

首先，帕拉斯随埃涅阿斯上战场，这是他首次出征。这场战役刚刚开始之际，帕拉斯与劳苏斯捉对厮杀，此时维吉尔有几行意味深长的描写：

>……一方，帕拉斯攻击、进逼，
>另一方，劳苏斯与之抗衡，二人年纪相仿，
>都俊美异常，但命运禁止他们
>重返祖国。巍峨奥林匹斯山的主宰
>不许二人面对面厮杀；
>他们即将遭遇更强敌手，遭遇各自命运。

>... hinc Pallas instat et urget,
>hinc contra Lausus, nec multum discrepat aetas,
>egregii forma, sed quis Fortuna negarat
>in patriam reditus. ipsos concurrere passus
>haud tamen inter se magni regnator Olympi;
>mox illos sua fata manent maiore sub hoste. (10.433-438)

帕拉斯和劳苏斯虽来自敌对阵营，但年龄、相貌、地位、命运都高度相似，从情节结构来看，宛如一对孪生子。上面几行已经预

言他们将战死沙场,而且朱庇特已有安排,让二人没有机会完成一场势均力敌的厮杀。第 438 行已经明言,二人最终都将死在更强大的敌人手中。也就是说,二人注定要被拆开,都要加入一场"不公"的、强弱不对等的战斗。图尔努斯杀死帕拉斯(10.439-509)就是这样一场实力悬殊的较量。

图尔努斯冲进战场,分开二人,并且一心要与帕拉斯单独较量。

> 他看到同伴,言道:"停止拼杀;
> 我独自面对帕拉斯,帕拉斯独归我
> 一人;我愿其父就在一旁观看。"

> ut uidit socios: 'tempus desistere pugnae;
> solus ego in Pallanta feror, soli mihi Pallas
> debetur; cuperem ipse parens spectator adesset.' (10.441-443)

图尔努斯在第 442 行两次用"我"(ego...mihi),两次用"独自"(solus...soli),强调的意思再清楚不过了。他执意要与帕拉斯对决,让人感觉他故意挑中年幼、弱小、经验不足的对手。① 图尔努斯下一句话,则挑战了古今道德观。他恶毒地说,希望帕拉斯之父就在现场,目睹自己儿子被图尔努斯杀害。赛维乌斯《诂训传》对此句的评论是:"此言尖刻、粗暴:很多不幸,若发生在我

---

① Harrison, *Aeneid 10*, pp. 185-186.

们眼前，要比耳闻更加严重。"① 古代注家已对图尔努斯的态度深致不满，因为让帕拉斯之父埃万德亲眼见到儿子被杀，要远比得知这一消息更加痛苦。反对"哈佛派"最有力的学者施塔尔，多年来一直致力于谴责图尔努斯，他根据这一句，直接将图尔努斯宣判为杀人犯："维吉尔刻画的帕拉斯之死，更像一桩蓄意杀人或者刺杀，而不是战场上名正言顺的杀戮。也许更合适的说法是，维吉尔将帕拉斯之死写成一场有预谋的杀害，一场谋杀。"② 即使排除施塔尔夸张的成分，我们也可以说，图尔努斯此处流露出一种施虐的快感，在杀死对手之后还希望在情感上继续折磨死者的亲人，不是英雄所当为。

帕拉斯看到图尔努斯巨大的身躯，感到惊惧（miratus stupet in Turno corpusque per ingens 10.446），但并不退缩。他决定先发制人，希望命运能够垂青勇敢但力量不济的一方（uiribus imparibus 459）。这两处细节都是维吉尔在暗示双方力量悬殊。帕拉斯掷出的长矛击穿图尔努斯的盾牌，但只让敌手轻微擦伤，而图尔努斯的长矛不仅刺穿帕拉斯的铜盾，也刺中他前胸。就这样，帕拉斯仆倒在敌人面前。图尔努斯低头看着垂死的少年，

他说："阿卡迪亚人，切记把我的话转告
埃万德：我送回帕拉斯——这是他应得的结果。
一切葬礼的荣耀，所有下葬的安慰，

---

① 《诂训传》Thilo-Hagen 版，卷二，第 437 页。这一条注释属于补注。
② Stahl, *Poetry Underpinning Power*, p. 113.

> 我都慷慨赠予。他款待埃涅阿斯，
> 代价不低。"言罢，他将左脚踏在
> 尸体上，抢走无比沉重的剑带，
> 上面刻着骇人的罪孽：……

> 'Arcades, haec' inquit 'memores mea dicta referte
> Euandro: qualem meruit, Pallanta remitto.
> quisquis honos tumuli, quidquid solamen humandi est,
> largior. haud illi stabunt Aeneia paruo
> hospitia.' et laeuo pressit pede talia fatus
> exanimem rapiens immania pondera baltei
> impressumque nefas: ... (10.491-497)

有关图尔努斯这几行的分析很多，这里只能简要陈述几个要点。图尔努斯所说"这是他应得的结果"，是说埃万德款待埃涅阿斯，并与其结盟，结果造成自己儿子被杀，所以相当于自作自受的意思。胜利者将儿子的尸体送到父亲手中，还要评论说"你这是自食其果"，这无疑是非常残忍、恶毒的做法。[①] 图尔努斯的做法，与他在杀死帕拉斯之前说"我愿其父就在一旁观看"（10.443）一样，都带有一种杀人之后还要玩味死者亲属情绪反应的意味。下面一行，虽然他归还尸体，并表示死者应当得到一切该得的荣

---

① Williams, *The Aeneid of Virgil, Books 6-12*, p. 353. 威廉姆斯说这样的语言"刺耳、残忍无情"。

誉，但"我都慷慨赠予"（拉丁文只是一个词 largior）却带有强烈的蔑视、嘲讽意味，相当于说"人是我杀的，所有后事无不仰仗我的慷慨大度"。这样的骄横、冷血，是这几行要渲染的重点。图尔努斯左脚踏在尸体上，这个细节有不同理解。《伊利亚特》很多杀戮场面中，胜利者都踏在仆倒的敌人身上，有时是为了方便拔出刺入敌人身体的长矛，有时或许表示侮辱。① 但另有学者认为，在维吉尔时代，在视觉艺术中已经极少用脚踏敌人尸体来表现正面的英雄人物，所以读者即使熟知荷马史诗中的程式化描写，但根据当代的价值标准，会对图尔努斯产生负面评价。② 最后，他抢走帕拉斯的剑带，剑带的金属环扣上刻有图案，展现了古代神话中的一场残杀。但此点还有争论，因为对于古代战争中杀死敌人后夺取战利品是可以接受的习俗，还是对死者不敬的暴行，各人理解有所不同。

图尔努斯杀死帕拉斯，埃涅阿斯杀死劳苏斯，都是身强力壮、富有战争经验的成名武士，杀死初次上战场、没有经验的俊美少年。双方力量悬殊，我们几乎可以说胜之不武。但是如果仔细对比这两段杀戮的描写，我们会看到维吉尔显然是要营造一种鲜明的对比。依照哈里森的总结：图尔努斯故意要加剧帕拉斯之父埃万德的丧子之痛（"这是他应得的结果"），而埃涅阿斯却被劳苏斯对父亲的挚爱所感动（"回想起对自己父亲的挚爱"）；图尔努斯虽准许埋葬尸体，却出言不逊，语带讥讽（"我都慷慨

---

① Conington 注本，卷三，第 270 页。哈里森认为（*Aeneid 10*, p. 197）用左脚踏，左有不祥的含义，似乎有些迂曲。

② Alessandro Barchiesi, *Homeric Effects in Vergil's Narrative* (Princeton UP, 2015), p. 19.

赠予"),而埃涅阿斯却真诚地提出保证("我会将你送归祖先的亡灵和灰烬");图尔努斯夺走帕拉斯的甲胄和剑带,埃涅阿斯却留下死者的甲胄,以示对其忠孝的敬意("你钟爱的兵器,你自己保留");最后,图尔努斯不忘残忍地嘲笑埃万德("代价不低"),而埃涅阿斯却给予安慰,并抱起劳苏斯的尸体。① 所有描写埃涅阿斯的这些平行的细节,如果孤立分析,可能会得出主人公情绪失控、报复式杀戮、最终有所悔悟的印象。但如果和对图尔努斯的描写逐一对比,则会发现埃涅阿斯在每一个细节上都超越他的对手。

如此看来,埃涅阿斯斥责劳苏斯那一句"忠孝将你蒙蔽",更像是埃涅阿斯对年轻武士的警告,让他不要自讨苦吃。按照施塔尔的解读,"《埃涅阿斯纪》中哪里还能找到一位斗士,当他面对另一名武士时,试图挽救弱小一方,不让他鲁莽行事?图尔努斯袭击帕拉斯,为的是伤害其父,这与埃涅阿斯不可同日而语;只有忠义的埃涅阿斯才显示出这种高尚的举动"。② 按照这样的理解,埃涅阿斯的话就不是奚落、嘲笑,而是"善意的警告",③为了要挽救劳苏斯性命,不想让他白白送死。这和图尔努斯主动挑衅帕拉斯形成巨大反差。施塔尔认为劳苏斯不听劝阻,执意进攻,埃涅阿斯出于自卫,只好痛下杀手。而埃涅阿斯最后的感动,不是懊悔,而是真实的悲伤、真实的怜悯。施塔尔极力捍卫埃涅阿斯杀死劳苏斯的正当性,有时未免用力过猛,但是我认为

---

① Harrison, *Aeneid 10*, p. 196.
② Stahl, *Poetry Underpinning Power*, pp. 144-145.
③ Ibid, p. 147.

他此处的分析要比将埃涅阿斯理解为疯狂滥杀的"哈佛派"更为合理。

卷十中的埃涅阿斯并不是因帕拉斯被杀而迷失本性、凶性大发。虽然我们不能把他每一次的战场杀戮都视为十足的正义，但维吉尔描写他杀死劳苏斯一段，确实意在凸显图尔努斯杀死帕拉斯的凶残。埃涅阿斯并没有沦为一个杀人狂魔，他对劳苏斯的行为，虽不算正当防卫，起码也是被迫应战。埃涅阿斯杀死对手，是真实的杀戮，而他的感动和怜悯也是真实的感受。

四、重估卷二：抵抗与传位

《埃涅阿斯纪》卷二对于传统的"奥古斯都式解读"和悲观的"哈佛派"解读来说，意义十分重大。卷二是埃涅阿斯的倒叙，他向狄多女王讲述特洛伊被攻陷的那个亡国之夜。卷二先叙述希腊人造木马，让勇士藏身木马腹中。然后，阿伽门农率军撤离特洛伊，只留下巧舌如簧的西农来欺骗特洛伊人。西农诡称希腊人国内有变，已仓皇逃离，造出的木马乃是献给雅典娜的礼物。特洛伊人信以为真，将木马拖进城中，等于自己将灭亡的战具（fatalis machina 2.237）请进家门。当晚，特洛伊举国狂欢，庆祝敌人退走，所有人都酩酊大醉。就在夜深人静之际，阿伽门农率船队向特洛伊再度挺进，而西农将木马腹中那些如狼似虎的武士放出。这就是特洛伊沦陷之夜，也是埃涅阿斯抵抗和出逃之夜。

前九卷之中，只有在卷二，埃涅阿斯才有机会展示其勇武的一面。特洛伊人登陆意大利之后，虽说史诗的"伊利亚特"部分已经启动，但是埃涅阿斯真正开始在战场上杀敌，始于卷十第 310 行。卷二因为要展示亡国之惨痛，以及主人公赴汤蹈火、甘愿赴死的决心，所以必须出现埃涅阿斯与希腊人浴血奋战的大段描写。但是，埃涅阿斯在特洛伊沦陷之中所展露出的孤勇、杀伐、殉国的情怀、疯狂与绝望，也很容易被理解为荷马英雄的价值观体现，所以埃涅阿斯很容易因其在卷二中的表现而背上野蛮的罪名。

传统解读中有一个分支，将埃涅阿斯视为一位斯多噶主义英雄。斯多噶主义强调克制个人内心的情感，达到"不动情"的境界。英雄的成长需经历一系列的苦难与试炼，方能达到斯多噶派哲人的要求。这是英国古典学家博拉（Cecil Maurice Bowra, 1898—1971 年）在 20 世纪 30 年代提出的观点。他认为前五卷讲述埃涅阿斯遭受磨难和磨练，到后面几卷才成为"智慧、仁德、完整的人"。① 他还认为维吉尔史诗的思想框架是斯多噶哲学，诗中甚至使用了斯多噶派术语。博拉发现，当埃涅阿斯两次陷入绝望中时，他的父亲安吉塞斯都说"我儿，忍受特洛伊的命运"（nate, Iliacis exercite fatis 3.182; 5.725）。这句话中的动词 exercite 在斯多噶派哲人笔下经常表示"以磨难来试探、检验"之义。② 欧提斯虽没有明确说斯多噶哲学为全诗基调，但也认为"忠义"必须通过一系列试炼和考验方能获得。所以，《埃涅阿斯纪》刻画的乃是"英雄之塑成、忠义之获取，以及他成熟的表现"。③ 还有学者发现诗中多次出现"追随命运、跟从命运"的思想和固定表达，

---

① C. M. Bowra, *From Virgil to Milton* (MacMillan, 1945), p. 59.
② Bowra, "Aeneas and the Stoic Ideal", p. 15.
③ Otis, *Virgil: A Study in Civilized Poetry*, p. 223.

sequere fata 的表述至少出现了 9 次。① 而斯多噶派的观点，正是强调命运笼罩世界，不可背离，人无论是否情愿，无不生活在命运的安排之下。

如果史诗描写的是英雄成长，是他与自己内心的软弱以及外在的强敌搏斗，那么主人公势必由不成熟走向成熟，从充满缺陷走向完美。在这样的解释模式中，卷二因为讲述埃涅阿斯在特洛伊陷落之夜的表现，从情节发生的时间线来说最早，② 所以卷二中他的表现势必会被当作不成熟的标志。即使持奥古斯都式解读的学者，也不得不承认，卷二中的埃涅阿斯展现的是无理性、草率、鲁莽和不可遏制的怒火，与斯多噶派所推崇的智慧、明达、不动情完全相悖。卷二中其他人物经常评论或者责备埃涅阿斯过剩的怒火。比如，当他要杀死海伦的时候，维纳斯显现，斥责他的无理性："我儿，如此悲伤竟会激发不可控制的愤慨？／你为何如此狂怒？"（nate, quis indomitas tantus dolor excitat iras? / quid furis? 2.594-595）临近卷二结尾，埃涅阿斯的妻子克卢莎（Creusa）走失，不见踪影。埃涅阿斯苦苦找寻，此时克卢莎的幽灵（simulacrum）突然显现，劝说自己的丈夫放弃寻找，应当立即奔赴远方。克卢莎的开场白如下："你为何甘愿沉溺于疯狂和悲伤，／心爱的夫君？"（quid tantum insano iuuat indulgere dolori, / o dulcis coniunx? 2.776-777）这些段落都被当作证据，说明埃涅阿斯的性格和秉性依旧

---

① Mark W. Edwards, "The Expression of Stoic Ideas in the *Aeneid* ", *Phoenix* 14.3 (1960), pp. 151-165, at p. 152.

② 从故事情节的时间线来看，特洛伊陷落（卷二）发生在埃涅阿斯与狄多相遇（卷一、卷四）之前 7 年。

停留在荷马史诗的世界中。欧提斯认为,维纳斯和克卢莎所批评的,是埃涅阿斯将战争的本能、复仇的冲动,置于所有利益和考虑之上。① 而"哈佛派"因为要将卷十的埃涅阿斯描写成退化到卷二的道德水平和情感控制程度,更愿意突出他在卷二种种不理智的表现。所以,基本观点对立的两派,在对卷二的解读上却趋于一致。

学者讨论最多的是下面这一段情节。当希腊人偷袭特洛伊得手之时,埃涅阿斯还在熟睡。睡梦中,他忽然看到已死的赫克托耳,宛然如生,催促他速速逃走。

> 他说:"逃吧,女神之子,从烈焰中抽身,
> 仇敌已据城墙;特洛伊从巅峰跌落。
> 你已为国尽忠,为王尽力:若武力能保护
> 帕伽玛高塔,我早已成功。
> 祭器和族神,特洛伊交托与你;
> 携去这命运的同伴,去寻找
> 你终将建成的巍峨城墙。"
> 言罢,他从宗庙最深处,托出缎带、
> 维斯塔神像,和永不熄灭的圣火。

> 'heu fuge, nate dea, teque his' ait 'eripe flammis.
> hostis habet muros; ruit alto a culmine Troia.

---

① Otis, *Virgil: A Study in Civilized Poetry*, p. 241.

> sat patriae Priamoque datum: si Pergama dextra
> defendi possent, etiam hac defensa fuissent.
> sacra suosque tibi commendat Troia penatis;
> hos cape fatorum comites, his moenia quaere
> magna pererrato statues quae denique ponto.'
> sic ait et manibus uittas Vestamque potentem
> aeternumque adytis effert penetralibus ignem. (2.289-297)

这是全诗最动人的篇章之一，含义丰富，需要仔细解读。我们先来看埃涅阿斯瞬间的反应。

赫克托耳显灵之后，埃涅阿斯突然惊醒，发现希腊人已在血洗特洛伊城。他惊慌之中，立即投入战斗，决意与特洛伊共存亡。维吉尔多次描写他不计代价、不计后果、失去理性、一意赴死的那种疯狂和绝望。下面就是最典型的一段：

> 我疯狂地拿起兵器；兵器虽无济于事，
> 但召集部队，与同伴冲向敌阵，
> 是内心燃烧的渴望；癫狂与怒火激荡内心，
> 我一心想念战死沙场的光荣。

> arma amens capio; nec sat rationis in armis,
> sed glomerare manum bello et concurrere in arcem
> cum sociis ardent animi; furor iraque mentem
> praecipitat, pulchrumque mori succurrit in armis. (2.314-317)

很多学者认为,这一段所描写的埃涅阿斯仍然是荷马史诗中的英雄,一心向往英勇战死。"我疯狂地拿起兵器"和"癫狂与怒火激荡内心",这两句经常被引用,用来证明卷二中埃涅阿斯完全受制于癫狂和怒火(furor 和 ira 并列出现在第 316 行)。① 而且很多人认为,赫克托耳亡魂刚在梦中催促他立即逃亡,将社稷之神带到远方,埃涅阿斯却完全置他的嘱托与敦促于不顾,毫无理性地投入一场毫无意义、注定失败的战斗,这当然反映出埃涅阿斯的鲁莽。帕特南就持这种立场,他认为虽有赫克托耳的预警和敦促,但埃涅阿斯"没有做好接受的准备……他忘记了赫克托耳的开示和命令,毫无理性地投入战斗"。② 牛津学者莱恩也有相同的意见:

> 在卷二大部分篇幅中,埃涅阿斯都忽略了赫克托耳亡魂的明确指示:逃离城市,带走特洛伊的神灵……相反,他疯狂地冲入战斗,投身于最后的、也是毫无希望的战斗。因此,在本卷主要部分,绝望、复仇、仇恨等这些英雄的情感,超过责任和命运对他的召唤,也超过家庭责任的召唤。③

莱恩的关键词是"忽略",帕特南的关键词则是"忘记"。埃涅阿斯没有记取赫克托耳的嘱托,立即投入无望的战斗,这是他个

---

① Williams, *The Aeneid of Virgil, Books 1-6*, p. 236.
② Putnam, "Pius Aeneas", p. 147.
③ R. O. A. M. Lyne, *Further Voices in Vergil's Aeneid* (Clarendon Press, 1987), p. 183.

人的失误，也给批评家在他身上寻找野蛮的激情提供了证据。①更有甚者，有人认为 2.314 这一行与卷七描写图尔努斯的一句基本相似。埃涅阿斯自述"我疯狂地拿起兵器"（arma amens capio 2.314），而图尔努斯则是"他疯狂抄起武器"（arma amens fremit 7.460），以此证明埃涅阿斯与图尔努斯二人相似，身份可以互换："当埃涅阿斯在卷二沦陷之夜从睡梦中醒来，他疯狂地抓取武器；而图尔努斯同样在睡觉，此时战争的图景在梦中向他显现。"②这种凭借只言片语的相似就将两个人物完全等同的做法，自然是"哈佛派"的惯伎，不能成立。

但是，卷二是否单纯描写了一个丧失理智的埃涅阿斯？赫克托耳的显灵，到底有什么深意？能回答这两个问题，才能准确理解卷二中埃涅阿斯的表现。

首先，如果我们充分考虑埃涅阿斯传说的形成和演变（见上一章），则卷二中对埃涅阿斯浴血奋战的描写自有深意存焉。我们还记得，有关埃涅阿斯叛卖的传说，一直阴魂不散。在史书、古代笺注中，乃至古代晚期的演义小说里，都能看到这个传统的痕迹。维吉尔塑造史诗主人公时，有可能需要以某种方式抵制、抵消那些有关埃涅阿斯通敌、叛卖，以换取生命的负面传说。所以，在特洛伊沦陷之夜，描写埃涅阿斯无理性地拼杀，对于情节设置有非常具体、实际的用途：那就是反驳、消解那些不利于埃涅阿斯的传说。

---

① 更多持这种解读的意见，被霍斯佛列出来。Horsfall, *Aeneid 2: A Commentary* (Brill, 2008), p. 250.

② William R. Nethercut, "Invasion in the *Aeneid* ", *Greece & Rome*, 2nd Series, 15.1 (1968), p. 87.

海因策在一个多世纪前就已指出,当希腊人攻进城门,维吉尔描写埃涅阿斯正在睡觉,这就等于撇清埃涅阿斯与城池失守的干系。"维吉尔想将特洛伊的陷落归因于西农所发的假誓,而不是敌人的刀剑。所以,维吉尔反反复复强调,让我们注意,伊利昂的命运在埃涅阿斯醒来之前就已决定。"① 维吉尔在卷二中描写埃涅阿斯眼见大势已去,仍做最后的抵抗,准备与祖国共存亡,这些情节都凸显他誓死抵抗的决心,而并不是渲染他的情绪失控。近来持此说最力者,是施塔尔。② 他在 1981 年发表论文《埃涅阿斯——"不够英雄"的英雄》,我认为堪称一篇雄文。③ 为了纠正"哈佛派"的误读,施塔尔选了几个例子,其中就有卷二 314-317 行。他认为,埃涅阿斯不加节制的怒火、不理智的疯狂举动、多次想与希腊人同归于尽,这些设计都有可能为了暗中回应、修正古代有关埃涅阿斯叛卖的传说。④ 因此,卷二中频繁出现"丧失理智"(amens)、"愤怒"(ira)、"暴怒"(furia)这些词,就不能单纯理解为描述埃涅阿斯情绪失控,而是维吉尔企图校正非主流传统的努力。同样,卷二中,埃涅阿斯杀死希腊人、换上对方军服,然后混进敌人阵中,出其不意袭击。这样的设置,可以圆满解释传说中埃涅阿斯出现在敌方军营中的情节,不仅将其行为合理化,

---

① Heinze, *Virgil's Epic Technique*, p. 19.

② 施塔尔是德国学者,后来到美国教书,长期执教于匹兹堡大学古典系。由于他的德国背景,自然对于欧洲学术高度熟悉,并有天然的亲近感,也因此对于北美流行的颇为"现代"的解读有天然的警惕。他和加林斯基一样,高度重视史诗与罗马历史的关系,辩驳有力,而且经常出语辛辣,不留情面。

③ Stahl, "Aeneas—An 'Unheroic' Hero?".

④ Ibid., p. 167.

而且英雄化。

英国学者尼斯拜特（R. G. M. Nisbet）大约与施塔尔同时，也已注意到卷二情节设置的这种"积极作用"。① 他认为，通过卷二的情节设置，维吉尔需要确立三件事：第一，特洛伊城陷落与埃涅阿斯无关，所以亡国一事，他没有责任。第二，必须着意表现埃涅阿斯的勇猛，因为他最终离开祖国，成为敌人讪笑的对象，所以诗人必须描写他组织了最后的抵抗，而且不计后果。② 第三，需要确认埃涅阿斯在最后关头获得了合法的领导权。③ 尼斯拜特的论述非常精当，尤其第三点需要进一步讨论。

赫克托耳显灵的意义，海因策在一个世纪之前已说得非常清楚了："如果赫克托耳劝说埃涅阿斯放弃所有抵抗的努力，我们就明白，抵抗真的已无济于事了。如果赫克托耳催促他逃离，则逃离就绝非可耻之事。"④ 奥斯丁在卷二注释中也说了类似的话，并将意思更加挑明："赫克托耳劝他逃走。如果赫克托耳劝人逃走，则逃走对任何人都是荣耀的事。这是维吉尔为埃涅阿斯在此危急关头离开特洛伊所作的辩护，同时也让读者作好准备，接受下面一点：看上去是临阵脱逃，实则履行一个死者托付给埃涅阿斯的

---

① R. G. M. Nisbet, "*Aeneas Imperator*: Roman Generalship in an Epic Context", in S. J. Harrison (ed.), *Oxford Readings in Vergil's Aeneid* (Oxford UP, 1990), pp. 378-389. 这篇论文最初刊登在 *Proceedings of the Virgil Society* 17 (1978-1979), pp. 50-61，从发表时间看，略早于施塔尔1981年的论文。我引用的是 *Oxford Readings in Vergil's Aeneid* 这部论文集。

② 第三章已经引用过，图尔努斯曾轻蔑地称埃涅阿斯为"亚细亚的逃兵"（desertorem Asiae 12.15），明显指其他传说中埃涅阿斯以不当方式从希腊人手中逃生的故事。

③ Nisbet, "*Aeneas Imperator*", pp. 378-379.

④ Heinze, *Virgil's Epic Technique*, p. 17.

神圣义务。"① 赫克托耳将神像交予埃涅阿斯，这里的动词"交托"（commendat 2.293）表示庄严、郑重的托付，有时用作临终前的托孤。② "交托"一词的主语是特洛伊（Troia），不是埃涅阿斯的父亲，也不是众神，而是他自己的祖国。这显示他临危受命，肩负的是公共、"官方"的使命，其身份变成一个担负民族存续任务的民族英雄。③ 赛维乌斯《诂训传》注 293 行时，有一条补注，言明此处的家国含义："交托者非'我'，而是'特洛伊'，说明逃离对国家更有利。"④ 所以，埃涅阿斯的逃亡乃是民族使命。

赫克托耳将家神（有人理解为体积较小的神像）托付给埃涅阿斯。此处含义有二。赫克托耳的身份，是特洛伊最威猛的勇士，此时已然死于阿喀琉斯之手。赫克托耳这番话的意思是：连我都救不了特洛伊，你的努力更是徒劳。他强调了特洛伊灭亡之必然性，任何人为的干预都无济于事，由此可以间接证明传说中埃涅阿斯出卖国家纯系编造。赫克托耳较少为人注意的身份，是老王普里阿摩斯的长子，相当于储君。若老王去世（普里阿摩斯很快就要被阿喀琉斯之子杀死，见 2.550-553），则赫克托耳当继承王位。除了主将的身份，他还是王权传承当中的重要一环。现如今，已经死去的特洛伊王位继承人将国家社稷最重要、最神圣的象征物交到埃涅阿斯手中，并嘱咐他放弃无谓的抵抗，逃离战火，去远方重新建国。所以，赫克托耳梦中的话不啻为传位："埃

---

① 奥斯丁:《卷二注》，第 128 页。
② 同上书，第 135 页。
③ Horsfall, *Aeneid 2: A Commentary*, p. 254.
④ 《诂训传》Thilo-Hagen 版，卷二，第 268 页。

涅阿斯的梦开启了他国王的身份,但他最初并未理解其中的含义,继续像一介平民那样行事。"① 霍斯佛的卷二详注本,吸收了这一路研究,将多位学者的研究做了综合:"作为特洛伊最伟大的勇士、普里阿摩斯儿子中的佼佼者,赫克托耳解释了特洛伊的未来将传到安吉塞斯一族,在特洛伊最低潮时刻,他预言埃涅阿斯将在遥远的土地建立强大的城邦。荷马让位给维吉尔,老一代的武士和英雄让位给新一代;赫克托耳将埃涅阿斯未来的角色加以合法化。"②

如果赫克托耳梦中显灵有双重作用(为逃亡正名、传位),那么为何埃涅阿斯从梦中惊醒后,罔顾赫克托耳的嘱托,立即"疯狂地拿起兵器"(arma amens capio 2.314)?如果我们深入分析这一场景,就会发现这里不是情节的断裂,也不是主人公的遗忘或忽略,而是情节安排所需。埃涅阿斯猛然惊醒,尚处在梦醒的恍惚中,而且发现强敌环伺,自然无法立即想到梦中托付给他的神圣使命,只顾得上立即投入战斗,所以这是经典的 tragic irony,并不代表埃涅阿斯不负责任,未履行使命。③ 赫克托耳的显灵,是卷二中有人首次催促埃涅阿斯逃亡,而后面发生的一系列事变,神灵和身边人发出的一系列警示和预言,才使埃涅阿斯逐渐接受逃亡的国家使命。因此,在 314 行埃涅阿斯刚刚清醒时,不

---

① Francis Cairns, *Virgil's Augustan Epic* (Cambridge UP, 1989), pp. 38-39. 这本书完全和"哈佛派"唱反调,观其标题可知。

② Horsfall, *Aeneid 2: A Commentary*, p. 249.

③ Ibid. 霍斯佛在这一页以一贯的严厉态度,批评现代学者的错误解读:"史诗中,无论是神灵,还是凡人,都不曾责备埃涅阿斯这一举动,反倒是现代批评家在发难。"

可能立即将蒙眬中听到的嘱托当作最终的使命。所以，他面对敌人的屠城，本能的反应就是立即反击，挽救国家。前面提到过，帕特南因为词句的相似而将卷二的埃涅阿斯与卷十二的图尔努斯等同，这种轻率的对比也遭到施塔尔严厉的批评。他认为，绝不可以314行为根据，将保家卫国的埃涅阿斯与悍然挑战的图尔努斯在道德上相提并论，更不能以此来诋毁埃涅阿斯。① 因为这两行背后的动机不尽相同。所以，一味谴责埃涅阿斯不能克制自己的怒火，只是未能细致考察卷二种种细节背后的意图。霍斯佛对此的评论是："对埃涅阿斯在暴怒中返回战争一事，有广泛的指责，这大概反映了人们不愿意去仔细研究维吉尔复杂的情节设置和人物动机。"②

这一章中，我简述了埃涅阿斯身上最突出的品质——"忠义/忠孝"。这种品质主要体现为埃涅阿斯服从神灵和父亲的命令，忍辱负重，面对命运的安排甘愿牺牲个人意志和偏好。以艾略特为代表的批评家认为，埃涅阿斯身上已然预示了后来基督教的理想人格，包括谦卑、顺从、怜悯、忠厚。这样的解读产生的问题是，它无意之间会弱化埃涅阿斯身上的勇武品质，导致过多强调他身上的敏感、伤怀、忍耐这些颇富于人文气息的品质。不可否认，史诗大部分场景中，埃涅阿斯的确表现得不够"荷马"，不够刚猛，不够野蛮和粗粝。他有些犹豫、畏缩，有时伤怀，所以历代读者普遍感觉，相比于阿喀琉斯，埃涅阿斯显得更加文明、

---

① Stahl, *Poetry Underpinning Power*, p. 48.
② Horsfall, *Aeneid 2*, p. 250.

文弱。因为有这种半基督教化的解读,也因为维吉尔的确创造了不同于荷马英雄的新形象,所以读者更习惯于一个充满温情、低调、恭顺的主人公。一旦埃涅阿斯投入战争,开始展现他身上不可能完全剔除掉的荷马英雄的侧面,现代读者就不免大惊失色,认为他完全违背了自己"忠义"的本性。既然维吉尔设计了这样血腥的杀戮场面,那么一定是诗人对此有暗中的批评。对于这些批评家来说,卷十的杀戮,他们无法接受,而卷二中盲目的杀敌、无谓的抵抗、殉国的决心,也都被当作埃涅阿斯心理尚未发展成熟的标志。

但如果我们仔细而全面地分析这两卷中埃涅阿斯那些狂怒和杀戮的段落,就会发现,对卷十的解读,需要考察埃涅阿斯杀人的动机,以及他与图尔努斯在相似场景中所采取的截然不同的处理。对卷二的解读,则需要充分考虑这一卷所描绘的世界末日、文明崩塌、家国沦丧的特殊背景,那么埃涅阿斯的殊死抵抗自有道理。如果考虑到赫克托耳显灵可能有传位的政治意味,为了让埃涅阿斯这个王室的旁支获得王权的合法性,那么卷二中的埃涅阿斯就绝不是简单地盲目抵抗,以求速死。在他抵抗的过程中,通过不同人物之口,未来的图景被揭示出来,神灵的意志变得更加清晰,特洛伊人未来的国王也逐步获得王位的合法性,所有这些都是在卷二完成的。所以,卷二绝不仅仅展现主人公在荷马史诗模式下的狂怒和悍勇,还具有其他多重的含义。

同时,我也希望说明,"忠义"这种品性出现在埃涅阿斯传说流传的最初阶段,可以看作这个人物的某种固定资产,但借助鲍尔的研究,我们发现这个传统美德在罗马内战期间可能会具有新的意义。如果这个研究能够成立，则维吉尔凸显埃涅阿斯身上的忠义，就不仅是延续传说中人物的传统美德，而是与奥古斯都的政治宣传直接相关。小庞培宣扬自己是忠义之士，而奥古斯都的朋友、诗人维吉尔在史诗反反复复将奥古斯都的祖先埃涅阿斯描写为"忠义"，宛若是对小庞培政治攻势的直接回击。

埃涅阿斯在战场上的杀戮，到史诗最后几行达到高潮。而悲观派对这个人物的谴责，也在史诗结尾冲到顶点。在《埃涅阿斯纪》最后 30 行，埃涅阿斯不顾对手图尔努斯的求饶，一怒之下将其杀死，为帕拉斯最终复仇。这个结尾是考察全诗意旨最关键的所在，也引发了学界意见的撕裂。我们在本章所讨论的内容，都会以某种方式重现于下一章。所以，我们需要带着相同的关注，来分析维吉尔设置的这个奇特的收尾。我们需要问的问题是：埃涅阿斯有没有义务饶恕自己的敌手？他最后所展现的愤怒，究竟是正义的怒火，还是应该抑制的暴怒？

第五章　埃涅阿斯之怒与图尔努斯之死

《埃涅阿斯纪》始于流亡，终于杀戮。卷十二乃是全诗终卷，在结尾最后几行，埃涅阿斯杀死了他的劲敌——卢图利人的国王图尔努斯。图尔努斯之死，标志着拉丁人对埃涅阿斯抵抗的终结，也标志着神灵有关罗马开国预言的初步实现。虽然维吉尔没有具体描写罗马城墙的建立，但埃涅阿斯消灭了阻挠特洛伊人在意大利立足的最大障碍，这是奠定罗马未来基业的决定性一步。但是，半个世纪以来，《埃涅阿斯纪》的结尾也是学界争论最激烈的话题。立场针锋相对的学者在纸上的厮杀，丝毫不亚于史诗"伊利亚特"部分所描写的鏖战。维吉尔没有描写胜利之后的欢庆，也没有描写特洛伊人和拉丁人两族的融合，而是将史诗结尾定格在主人公怒杀对手的那个瞬间。此前一直以忠孝仁义、审慎明达而著称的埃涅阿斯，在稳操胜券之时，对蜷伏在脚下、求饶的对手，仍然给予致命一击，这样的行事是否符合他身上所闪耀的"忠义"精神？对于很多学者而言，史诗的政治和道德含义在很大程度上都依赖对全诗最后20余行的解读。

从卷七开始，在女神朱诺的操纵下，图尔努斯就力主与特洛伊人开战。他原本即将迎娶拉丁国王之女拉维尼娅（Lavinia），但国王拉提努斯（Latinus）在埃涅阿斯抵达意大利之前，就得到神谕：女儿最终将许配外族的领袖（7.96-99）。图尔努斯率众奋力抵御埃涅阿斯，除了有政治上的考虑、神灵的蛊惑，也有个人情感的因素。上一章已讨论他杀死年轻武士帕拉斯，但截至最后一卷，图尔努斯始终没有与埃涅阿斯正面交锋。二人之间的终极对决，虽然多次被提及，但一次又一次被推迟。可以说，从卷九两军正式交战，一直到卷十一结尾，整整三卷之中，维吉尔设计了一系列的延宕，也插入很多次要人物英勇搏杀的动人场面。[①] 这一切都意在"横生枝节"，以确保双方主将不能提前正式交手。

卷十二开始不久，特洛伊人和拉丁人本已缔结和约，终止战争。但朱诺指使女仙朱图尔娜（Juturna）煽动拉丁人，破坏了神圣的盟约，导致战争再度爆发。而此时，图尔努斯决定不再躲闪，选择与埃涅阿斯决一死战，言辞中已有牺牲个人、挽救国家的考虑。在最后的决战之前，朱庇特与朱诺达成神界的妥协，一直阻挠特洛伊人的朱诺，最终决定收手。图尔努斯失去神灵的支持，已然预感到自己末日的来临。

一、"突然死亡法"

图尔努斯举起巨石掷向埃涅阿斯，但并未击中。埃涅阿斯投出长矛，结果刺穿图尔努斯的盾牌，并刺伤其腿部。图尔努斯膝盖弯曲、跪倒，就在他向埃涅阿斯喊话之前，维吉尔插入对卢图利人的描写："卢图利人一片惊呼，响彻／周围的群山，远处高耸的森林传来回响。"（12.928-929）维吉尔在这一卷描写战事，多

[①] 最著名的是卷九尼苏斯和尤里亚鲁斯夜间劫营、双双战死的故事，以及卷十一最后将近400行对女勇士卡米拉（Camila）的描写。

次插入双方军队的整体反应,此处意在显示后面发生的一切都展示在公众面前,有无数人在一旁见证。在自己士兵的注视下,在群山回荡的叹息声中,将死的图尔努斯开口:

> 他低声下气,祈求;他举目,伸右手
> 哀告:"我命本如此,无怨。
> 抓住这天赐良机。但请怜悯我,若你尚能
> 被父爱感动。你也曾有老父安吉塞斯;
> 求你怜悯我父,年迈的道努斯。
> 将我交还族人;你若愿意,将我被剥夺生命的尸体
> 交还。你胜、我败,奥索尼人已见我
> 伸出右手,拉维尼娅已是你妻:
> 不要继续你的仇怨。"

> ille humilis supplex oculos dextramque precantem
> protendens 'equidem merui nec deprecor' inquit;
> 'utere sorte tua. miseri te si qua parentis
> tangere cura potest, oro (fuit et tibi talis
> Anchises genitor) Dauni miserere senectae
> et me, seu corpus spoliatum lumine mauis,
> redde meis. uicisti et uictum tendere palmas
> Ausonii uidere; tua est Lauinia coniunx,
> ulterius ne tende odiis.' (12.930-938)

图尔努斯这番话说得既得体又有技巧。第 930 行出现 humilis（低声下气）、supplex（祈求）、precantem（哀告）三个词，明白无误地说明图尔努斯此时已神情委顿、垂头丧气。伸出右手，乃是表示祈求的标准肢体动作，诗中不同场合都出现过这个表达。从这几个词可以看出，图尔努斯不仅战败，而且意志已被摧折。叙述者已将他下面的话定位为"祈求"，所以他绝不是宁死不屈、高傲的战败者。但图尔努斯这番话说得又颇有技巧。有人说他坦荡，既承认战败，又不失尊严地提出请求；也有人说他虚矫、伪善，明明怕死，却还要将求生的渴望包裹在漂亮的修辞中。他嘴里说"无怨"（nec deprecor），加林斯基认为 deprecor 最直接的意思，就是恳求、祈求。如此一来，图尔努斯未免有些言不由衷：叙述者明明说他在"哀告"，他却否认自己在祈求。①

图尔努斯让埃涅阿斯"抓住这天赐良机"（utere sorte tua 932），因为 sors 一词有幸运、机运之义，所以他此处暗示，对手得到神灵的护佑，取胜乃天意，不完全取决于人力。② 将埃涅阿斯的胜利归于运气，相当于暗中贬低对手。第 933—934 行提到埃涅阿斯的父亲，正因为"忠孝"乃是埃涅阿斯最卓越的品质。这里尤可见图尔努斯的心机：你既以忠孝闻名，现在请你推己及人，也考虑一下我的老父即将丧子的痛苦。他后面提出的具体要求，同样经过了精心设计。"将我交还族人"，意思是不要杀我；但他马上给出另一选项：也可以杀死我，但请将我尸体归还我族

---

① Karl Galinsky, "How to be Philosophical about the End of the Aeneid," *Illinois Classical Studies* 19 (1994), p. 200.

② Richard Tarrant, *Aeneid: Book XII* (Cambridge UP, 2012), p. 332.

人。这样的设计如同一种谈判手段。通过恭维埃涅阿斯的"忠孝",将他抬到更高的道德层面,然后再渲染和这种道德理想不相符合的选项(杀死、交还尸体),迫使埃涅阿斯主动选择宽恕。第936行的"你胜、我败"(uicisti et uictum),胜、败两个字并列,凸显二人地位的差别,也明确承认自己战败的事实。后面又加上"奥索尼人已见我伸出右手",强调战败一事所有人都看在眼里。图尔努斯还特意提到拉维尼娅,前面已提到,拉维尼娅原本许配给图尔努斯,但是神谕却说她要做外来者的新娘。所以,图尔努斯与埃涅阿斯的冲突,除了本土民族与外来民族的对抗,还平添了一丝情仇。当图尔努斯说"拉维尼娅已是你妻",等于承认自己不仅在战场上失利,也在"情场"上战败。但海因策却从中嗅出一些胆怯的意味:"他还不至于低三下四地求饶,但他最后的话却表达了强烈的求生欲;为了活命,他甚至准备放弃自己对拉维尼娅的权利。维吉尔暗示,能做出这样举动的人,既配不上拉维尼娅,也没有资格做国王。"① 综合上面的分析,可见图尔努斯已公开、正式承认战败,并在语言上动了很多心思,企图暗中左右埃涅阿斯,让他饶恕自己。整体来说,同情图尔努斯的人,会将他这一番话读作不失尊严的战败宣言。但对他无好感的学者,则会读出狡诈和言不由衷。

大局已定,胜负已分。敌方主将已倒在尘埃中,向埃涅阿斯求饶。杀,还是不杀? 以下是全诗最后15行。

---

① Richard Heinze, *Virgil's Epic Technique* (The University of California Press, 1993), p. 167.

第五章 埃涅阿斯之怒与图尔努斯之死　219

埃涅阿斯转动双目,右手悬止;
他迟疑,话语渐渐开始打动他,
但他看到图尔努斯肩上高挂的剑带,
剑带上熟悉的铜钉,金光耀眼。
少年帕拉斯的剑带,图尔努斯曾战败、
击伤、击倒,他肩上一直佩戴这件敌人的信物。
埃涅阿斯,看到令人伤心欲绝的纪念和掠物,
凝视良久,心中燃起狂怒,可怖的愤怒,
"你竟佩戴我友人的掠物,你如今
还想逃脱?帕拉斯用这伤,帕拉斯
祭杀你,他用你罪恶的血惩罚你。"
言罢,埃涅阿斯将铁剑埋入敌人心脏。
而图尔努斯的肢体被寒冷消融,
他的魂魄满怀怨恨,带着叹息,遁入冥间。

...stetit acer in armis
Aeneas uoluens oculos dextramque repressit;
et iam iamque magis cunctantem flectere sermo
coeperat, inflex umero cum apparuit alto
balteus et notis fulserunt cingula bullis
Pallantis pueri, uictum quem uulnere Turnus
strauerat atque umeris inimicum insigne gerebat.
ille, oculis postquam saeui monimenta doloris
exuuiasque hausit, furiis accensus et ira

> terribilis: 'tune hinc spoliis indute meorum
> eripiare mihi? Pallas te hoc uulnere, Pallas
> immolat et poenam scelerato ex sanguine sumit.'
> hoc dicens ferrum aduerso sub pectore condit
> feruidus; ast illi soluuntur frigore membra
> uitaque cum gemitu fugit indignata sub umbras. (12.938-952)

埃涅阿斯为图尔努斯这番话触动，要出剑的右手中途停住。就在此时，他突然发现对手非常招摇地佩戴着属于帕拉斯的剑带，顿时想起年轻武士的惨死，以及图尔努斯杀戮时那种残忍和施虐的快乐。埃涅阿斯怒火中烧，丝毫不顾敌人的恳求，毅然将其击杀。埃涅阿斯重复帕拉斯的名字，所使用的动词"祭杀"（immolat）表示在祭祀仪式中杀死献给神灵的牲畜（这是牺牲这个词的本义），意在强调自己的行为不是普通的杀敌，而是带有宗教意味的仪式行为。随后，图尔努斯的魂魄含恨逃往冥间。

将近一万行的长篇史诗戛然而止，令人错愕。

西方古典文学名篇，无论是荷马史诗还是希腊悲剧，无不以一种和缓、渐弱的方式收尾。情节的高潮，往往与全篇实际的结尾还有一段距离。《伊利亚特》第 22 卷，阿喀琉斯杀死赫克托耳，但史诗并没有定格在这一瞬间。后面两卷中，我们还读到：特洛伊人哀悼死者；阿喀琉斯为死于赫克托耳之手的密友下葬；普里阿摩斯夜访阿喀琉斯，祈求赎回自己儿子的遗体；最终，阿喀琉斯被老人感动，赫克托耳的尸体得以安葬。史诗作者在戏剧冲突达到白热化之际，并没有立即收尾，而是让情节一步一步降温，最终回复到一种宁静、安详的状态。同样的收尾方式，也见于《奥德赛》。在第 22 卷，奥德修斯射杀了求婚者，夺回自己的王位和财富。在剩余两卷中，史诗作者同样在做某种善后工作，增加了奥德修斯与父亲团聚、被射杀者阴魂不散、奥德修斯与死者亲属达成和解这些情节。两部荷马史诗就这样以极为周到、和缓、从容的方式结束。用南非学者法隆的话来说，就是将未尽的事项都处理干净。①

法隆简要分析了维吉尔之前主要的希腊文学作品，发现希腊悲剧也大都以舒缓、周全的方式收尾。以《俄狄浦斯王》为例，俄狄浦斯发现自己身世的秘密以及自己犯下杀父娶母的罪行后，其母在悔恨中自杀。但是，全剧最后 245 行（相当于全剧六分之一的篇幅）在交代后事，处理遗留问题。法隆发现，仅有 4 部悲剧是以迅疾的方式结局。由此可见，维吉尔的结尾方式，并不是古代史诗和悲剧的惯例，同时代的罗马读者会对此种结尾感到不适和困扰。② 帕特南则认为维吉尔有意选取这样的结尾，符合诗人的政治态度："我的观点是，考虑到维吉尔所继承的史诗体裁，他有意让史诗不完整，仿佛《埃涅阿斯纪》就要成为一个最终的宏大隐喻、一个超绝的艺术象征：它象征罗马的不完整，也就是象征人生的残缺。"③

---

① S. Farron, "The Abruptness of the End of the *Aeneid* ", *Acta Classica* 25 (1982), 136-141. 法隆在文中多次使用 tie up loose ends 的说法，比如第 136 页和第 137 页（2 次）。

② Ibid., p. 140.

③ Michael C. J. Putnam, "Daedalus, Virgil and the End of Art", *The American Journal of Philology* 108.2 (1987), p. 194.

《埃涅阿斯纪》结尾这种"突然死亡法"，有没有可能因为维吉尔来不及将全诗做通盘修改？前面已述，根据多纳图斯的《传略》（第23—24节），维吉尔死时，全诗尚未定稿。但若考察史诗末卷的安排，会发现这种可能性微乎其微。卷十二中有几处关键的诗行，都与卷一多处呼应，说明目前这个结尾是诗人精心设置的。下面举几个最明显的例子。卷一开篇，史诗叙述者以质疑的语气，提到女神朱诺的愤恚："天神心中何来如此愤恚？"（tantaene animis caelestibus irae? 1.11）这不仅突出了朱诺是埃涅阿斯最顽固、最险恶的敌人，也侧面提出对神灵的某种怀疑。而卷十二中，朱庇特与朱诺就埃涅阿斯的命运达成最后的安排，就在朱庇特宣布最终的解决方案之前，他对自己这位终日怒火中烧、意气难平的妻子有一番温柔的调侃："你是朱庇特的姐妹，农神另一后裔，/你心中竟翻滚着如许的愤恚。"（irarum tantos uoluis sub pectore fluctus 12.831）维吉尔通过重复关键词语（tantae = tantos, irae = irarum, animis ≈ sub pectore），使得朱庇特的话语明显回应卷一中叙述者的怀疑。另一个明显的例子是全诗倒数第2行，描写图尔努斯死前的情况："而图尔努斯的肢体被寒冷消融"（ast illi soluuntur frigore membra 12.951）。这一行几乎完全复制卷一埃涅阿斯首次出场的描写："埃涅阿斯的肢体瞬间为寒冷消融"（extemplo Aeneae soluuntur frigore membra 1.92）。这样的安排，让卷一中惊骇于海上狂风巨浪的特洛伊英雄，与卷十二中即将被杀死的意大利将领画上等号。首尾两卷中这些呼应和暗合，明显是诗人精心设计的标识，用来标记史诗的开启和结束。

二、图尔努斯：英雄还是恶棍？

如何评价图尔努斯这个人物，自然会决定如何评价他被杀一事。二战之前的学者，基本将他定义为阻碍历史进程的绊脚石，应当毫不留情地清除。我们按照时间顺序，来看从19世纪70年代到20世纪60年代几位著名学者的意见。牛津学者奈特士普将图尔努斯视为古代野蛮民族的代表，而全诗的主旨正在于"半野蛮的部族臣服于更高的文明和宗教"①，所以杀死图尔努斯，自然就是文明战胜野蛮。曼彻斯特大学拉丁文教授康威认为图尔努斯从头到尾都以"凶暴"（violentus）著称，其性格特征是"狂热、鲁莽，任何可能妨碍他狂野和冲动意志的法律或者预言，他都完全蔑视"。②但由于维吉尔有悲天悯人的情怀，所以即便对图尔努斯也有些许同情："图尔努斯这样一个进犯者，不能继续活在一个新时代，他的凶暴会继续践踏法律与人性。但是即使是图尔努斯，维吉尔虽将其置于死地，也不无一丝同情之意，因为他的凶暴缘于爱情。"③ 这是将他对拉维尼娅的爱当作他抵抗的唯一原因。

德国学者海因策在1902年出版的《维吉尔史诗技巧》一书中认为，埃涅阿斯是为自己的人民而战，而图尔努斯只是捍卫个人权益，所以参战的动机不够光彩。再者，虽然他在战场上对杀死

---

① Henry Nettleship, "Suggestions Introductory to A Study of the Aeneid", in *Lectures, and Essays on Subjects Connected with Latin Literature and Scholarship* (Clarendon Press, 1885), pp. 97-142. 引文见第108页。这篇文章最初发表于1875年。

② Robert Seymour Conway, *Harvard Lectures on the Vergilian Age* (Harvard UP, 1928), p. 98.

③ Ibid., p. 112.

的武士也会表达敬意（10.493），但他缺乏自制力，竟然会佩戴从对手身上掳走的战利品。他甚至砍下一位对手的头颅，将仍然滴着鲜血的首级挂在战车上，招摇过市（12.512），这表现了他十足的野蛮和残暴。① 海因策虽未明确说埃涅阿斯有十足的理由杀死敌手，但从他对图尔努斯的负面评价中，已不难推知他对史诗结尾的看法。

著名古罗马宗教史家沃德·福勒（Warde Fowler）在一个世纪前出版了卷十二的简注本。他也认为在荷马史诗和希腊悲剧中，从敌人身上剥离的战利品，日后大都会变成不祥之物，会给抢夺战利品的一方带来不幸。图尔努斯不仅抢夺帕拉斯的剑带，而且还十分招摇地佩戴在身上，说明他的性格中"带有野蛮武士那种粗暴的自负"。② 所以，图尔努斯之死乃是咎由自取。

对埃涅阿斯而言，他一部分的动机是针对残忍、卑鄙行为的复仇，部分动机则可能是震怒于图尔努斯破坏了古代战争的规矩。但最要紧的是，他记起了他与帕拉斯以及其父埃万德之间那种神圣关系，就是古代意大利称之为"待客之道"的关系；他也想起被托付给他的年轻人，他死之后的悲伤，以及他自己作为儿子和父亲的感情。③

---

① Heinze, *Virgil's Epic Technique*, pp. 166-167.
② W. Warde Fowler, *The Death of Turnus: Observations on the Twelfth Book of the Aeneid* (Blackwell, 1919), p. 155.
③ Ibid., p. 156.

在全书结尾,沃德·福勒说:"若饶恕图尔努斯,就相当于背叛了埃涅阿斯在意大利的使命。"①

德国学者珀斯科尔的解读代表不那么沙文主义的意见。图尔努斯在卷七第 414 行出场,即被写成年轻、英俊、高贵、勇敢的武士。所以珀斯科尔不同意将他单纯视为"国家公敌",而认为维吉尔强调的是人物的悲剧性,并非对他的政治评价。但是,埃涅阿斯的胜利,代表更高道德的必然结果,这不妨碍维吉尔对图尔努斯表达一些同情。图尔努斯代表意大利本土那种原始的蛮力。当卷十二提出日后两族融合的前景时,特洛伊人作为更高级的文明,将引入宗教和伦理,将会与图尔努斯所代表的原始力量结合在一起:"意大利拥有一种本性向善的高贵力量,与更高理念接触之后,必然会开花结果。"② 这恐怕是"哈佛派"兴起之前对图尔努斯之死所能作出的最积极的评价了。

和第一章一样,在讨论"哈佛派"解读之前,我最后引用欧提斯 1963 年的专著,因为这本书可谓传统解释的集大成者。欧提斯认为埃涅阿斯对友人之死怀有复仇的义务,所以复仇的正当性无可置疑:

> 埃涅阿斯最终发现,图尔努斯想得到仁慈对待,为时已晚;他之前对待帕拉斯残忍无情。而埃涅阿斯注定要成为帕拉斯的复仇者,他的义务要远远超过他想对击败的敌

---

① Warde Fowler, *The Death of Turnus*, p. 156.
② Victor Pöschl, *The Art of Vergil* (The University of Michigan Press, 1962), p. 123.

手表达的宽仁。因此,图尔努斯在结尾为他的罪行付出代价,生前,他愤怒的心灵激烈地拒绝和平,而他用他的死赢得和平。①

欧提斯还特别指出,不应当用后世基督教的思路和情感,来解释埃涅阿斯杀死敌手的行为:"《埃涅阿斯纪》的尾声,当然不是基督教式的,没有基督教意义上的和解或者宽恕。埃涅阿斯仍然坚持血债血还,他回想起帕拉斯,还会满腔怒火。但这也是他人性的一面。"② 欧提斯的解读既不刻意诋毁图尔努斯,也不认为埃涅阿斯之举有任何不妥。

20世纪60年代之前,很少有人质疑埃涅阿斯在史诗结尾的杀敌行为,但已有学者对图尔努斯表达了相当程度的同情。以博拉为例,他重视维吉尔史诗中表达悲伤和忧郁的段落,对于史诗中的牺牲者同情有加。他认为全诗的结尾明显偏向图尔努斯:

> 描写帝制时代罗马的诗章,并没有以爱国主义颂歌结尾,也没有展望国家辉煌的成就,而是终结于一个年轻人之死的悲情。毫无疑问,维吉尔旨在让我们感觉到图尔努斯是高贵的英雄人物,他的死不是罗马奠基之时一件微不足道的小事,也不是惩罚他对神意的抵抗……他之所以死,乃是因

---

① Otis, *Virgil: A Study in Civilized Poetry* (Clarendon Press, 1963), p. 380.
② Ibid., p. 381.

为他阻碍了势不可挡、上天已注定的罗马崛起。①

在 1933 年一篇文章中，博拉对因埃涅阿斯而死的狄多、被埃涅阿斯杀死的图尔努斯，都寄寓了高度同情："有意思的是，维吉尔让我们同情的，总是罗马的敌人……毫无疑问，不管维吉尔的思想如何，他的心总和他们在一起。"② 博拉认为维吉尔看到罗马必然取胜，而阻挡这一历史进程的人，必须被无情地清除。"只有付出这样的代价，奥古斯都的帝国方能建立。维吉尔凭他的理智已看到这一点，但他为不得不付出的代价而感到伤心，在他的诗作中，他向这些从人间消失的英豪致以最后的敬礼。"③ 但是，博拉虽然同情图尔努斯，却不谴责埃涅阿斯，他流露的惋惜之情并不能抵消对于主人公的肯定。其他学者也有类似的意见。比如，有人注意到虽然罗马读者不会认为图尔努斯是个正面形象，但维吉尔却赋予这个人物超乎寻常的理解和同情，描写他的段落往往显得格外沉痛："图尔努斯这个人物具有更多可贵的品质，似乎要超过维吉尔的设想。就像作家在狄多故事中经常注意到的，维吉尔仿佛希望强调帝国的建立需要付出巨大而沉痛的代价。"④ 与博拉一样，对战败者的同情没有超越对主人公基本的定性："图尔努斯之死变成一场献祭，被献祭者已悲哀地预见到，并甘心接受，但

---

① C. M. Bowra, *From Virgil to Milton* (MacMillan, 1945), p. 47.

② C. M. Bowra, "Aeneas and the Stoic Ideal", *Greece and Rome* 3.7 (1933), p. 21.

③ Ibid., p. 21.

④ J. B. Garstang, "The Tragedy of Turnus", *Phoenix* 4.2 (1950), p. 55.

这样的献祭对于公共利益而言是必需的、不可避免的。"①

20 世纪 60 年代出现的"哈佛派"带来解释上的大逆转。传统解释中残忍、凶暴的图尔努斯变成了惨死在入侵者手下的悲剧英雄。"哈佛派"的特异之处，在于完全颠覆传统解读，将正面人物和反面人物重新分配。按照这样的思路，埃涅阿斯杀死劲敌，实现了命运的安排，但所有这一切都不能算是他的"胜利"。在第一章对"哈佛派"作历史回顾时，我已简述帕特南在 1965 年一书中的观点，其中最有代表性的是这句总结："卷十二结尾处，战败的乃是埃涅阿斯，而图尔努斯在个人悲剧中反倒成为胜利者。"②此句完全颠覆情节层面上的胜利者和失败者，后来就连倾向于悲观解读的学者也觉得难以接受，批评其为"浪漫的虚无主义"。③

帕特南对图尔努斯之死的看法，得到了其他学者的呼应。威廉姆斯的《埃涅阿斯纪》简注本，对于最后的杀戮也持负面看法。对维吉尔描写埃涅阿斯"心中燃起狂怒"一句（12. 946-947），他评论道："最终，埃涅阿斯还是沦为狂暴情感（furor 和 ira）的牺牲品。此前他长期与这些情感搏斗，获得部分成功。"④也就是说，全诗中，埃涅阿斯一直在克制自己愤怒的情感，却在史诗结尾彻底为非理性的狂怒所吞噬，晚节不保。从节制自己的情感这一角度，埃涅阿斯是失败者，这完全呼应帕特南的看法。威廉姆

---

① Garstang, "The Tragedy of Turnus", p. 55.
② Michael C. P. Putnam, *The Poetry of the Aeneid* (Harvard UP, 1965), p. 193.
③ Peter Burnell, "The Death of Turnus and Roman Morality", *Greece and Rome*, 2nd series, 34.2 (1987), p. 199, n. 13.
④ R. D. Williams, *The Aeneid of Virgil. Books 7-12*. (MacMillan, 1973), p. 508.

斯认为，维吉尔之所以两次重复帕拉斯的名字，是要强调复仇。换言之，为亡友复仇，乃是个人的私怨。私怨加上无法控制愤怒，于是心中的一念之仁、一瞬间的犹豫迅速为仇恨吞没。

帕特南在后续著述中不断深化自己的理论。[①] 比如1970年的文章，主要讨论史诗卷七的地位和作用，结尾处有相当篇幅涉及图尔努斯之死。帕特南对这一人物非常同情，当图尔努斯倒地、祈求埃涅阿斯饶恕时，"他是被征服民族的象征"，"是埃涅阿斯那种撕心裂肺的悲伤最后的牺牲品"。埃涅阿斯杀死敌手，完全出于私人的仇怨（privatum odium），维吉尔的诗句处心积虑要呈现主人公身上一种狂怒的情绪，而不是宽宏大量。[②] 1972年的论文讨论埃涅阿斯短暂的迟疑，帕特南指出："埃涅阿斯不杀图尔努斯的话，他就会首次践行他父亲在卷六所定义的罗马英雄行为的原则。"[③] 这里需要解释一下，安吉塞斯在卷六对埃涅阿斯，乃至后世所有罗马人有一句叮嘱："臣服者宽恕，骄横者征服。"（parcere subiectis et debellare superbos 6.853）这一行诗后来被广为引用，被当作后世罗马帝国征服其他民族时所秉持的信条。帕特

[①] 帕特南下列文章都涉及对史诗结尾的解读。我按照发表的时间顺序列出："Aeneid VII and the *Aeneid*", *The American Journal of Philology*, 91.4 (1970), pp. 408-430, esp. pp. 426-430; "The Virgilian Achievement", *Arethusa* 5 (1972), pp. 53-70, esp. pp. 60-68; "Pius Aeneas and the Metamorphosis of Lausus", *Arethusa* 14 (1981), pp. 139-156, esp. pp. 150-154; "The Hesitation of Aeneas" (1984), in *Virgil's Aeneid: Interpretation and Influence* (The University of North Carolina Press, 1995), pp. 152-171; "Anger, Blindness and Insight in Virgil's *Aeneid*", *Apeiron* 23.4 (1990), pp. 7-40. 这些文章都收入1995年出版的文集 *Virgil's Aeneid: Interpretation and Influence*，除了1984年一文之外（发表在流通不广的一部论文集中），其余论文我都引用最初刊登在学术期刊上的版本，这样会更清晰地展示帕特南研究的时间线。

[②] Putnam, "Aeneid VII and the *Aeneid*", pp. 426, 427.

[③] Putnam, "The Virgilian Achievement", p. 61.

南认为，史诗结尾本是埃涅阿斯放弃仇恨、遵从父亲教诲的最佳机会，因为图尔努斯已承认战败（uicisti et uictum 12.928），并表达了屈服的意愿，可以被归入"臣服者"的行列而得到宽宥。但埃涅阿斯在卷末所展现的悲伤完全出于个人原因，结果引发"怒火猛烈的爆发"，他的杀戮行为也就违背了父亲的叮嘱。[1] 在1981年的论文中，埃涅阿斯的行为被解读成"为了满足个人的情感，而不是满足理想中的公共目的"。[2] 1984年的文章同样批评埃涅阿斯因私忘公："个人的悲伤和占有欲主导了他的行为。仁慈和谨慎的迟疑都被忘记。"[3] 在帕特南的带动下，越来越多的学者将杀死图尔努斯视为不义之举。比如博伊尔发表于1972年的文章，表述更为明确："图尔努斯之死也许代表埃涅阿斯、罗马和罗马帝国的胜利，但维吉尔所特意强调的是：这是非理性力量的胜利，不是忠义的胜利，而是狂怒的胜利。"[4]

2009年，帕特南应邀在阿姆斯特丹大学举办维吉尔史诗的系列讲座，讲稿于2011年出版。[5] 这时距离他1965年的专著虽然已过了40多年，但帕特南依然顽强地坚持自己的解读，没有丝毫松动。这样的坚韧（也许是固执）让人又感佩又惋惜。在这本书中，帕特南将自己半个世纪以来围绕史诗结尾的研究，做了一个总结。我们既能看到1965年著作中已出现过的例子和表述，也能

---

[1] Putnam, "The Virgilian Achievement", p. 62.

[2] Putnam, "Pius Aeneas", p. 140.

[3] Putnam, "The Hesitation of Aeneas", pp. 159-160.

[4] A. J. Boyle, "The Meaning of the Aeneid: A Critical Inquiry", *Ramus* 1.2 (1972), p. 85.

[5] Putnam, *The Humanness of Heroes: Studies in the Conclusion of Virgil's Aeneid* (Amsterdam UP 2011).

看到他21世纪新增的分析。他依然认为埃涅阿斯在卷十中表现出残忍和野蛮的特征,该卷中很多用语都呼应卷二中皮鲁斯杀死普里阿摩斯的段落。同时,有大量段落暗中将埃涅阿斯比作荷马笔下的阿喀琉斯。所以,埃涅阿斯来到意大利之后,摇身一变,变成了侵略者,退化成完全听任怒气摆布的荷马式英雄。此外,对于图尔努斯的描写,经常穿插曾描写狄多女王的诗句或片语,说明维吉尔意在将这位意大利国王塑造成另一个牺牲品。帕特南的解读方法依然如故,就是寻找不同段落中相同或相似的词语和表达,在看上去没有关系的场景和人物之间建立联系。这种方法有时确实能揭示词语之间不易察觉的呼应,但多数情况下词语的关联并不能证明不同人物之间也存在隐蔽的关联。下面就是帕特南2011年著作的结论:

> 若重申安吉塞斯的教导,高傲的图尔努斯毕竟已在众人注视之下彻底降伏,此时按说应避免再使用暴力。但我们所看到的埃涅阿斯,再也不是卷一到卷四那个饱经困苦、无私的埃涅阿斯了……忍受痛苦的人,已变形为施加痛苦的人。维吉尔让埃涅阿斯摒弃了其父所提出的、胜利的英雄应如何对待其敌手的新伦理观。这个新伦理思想会让《埃涅阿斯纪》与其荷马原型判然分明。维吉尔没有将其主人公塑造为在胜利之际能自我控制和节制的罗马典范……而是让他听任个人化情绪的摆布,这种情绪化点燃了阿喀琉斯式的、执意复仇的愤怒情绪。[①]

[①] Putnam, *The Humanness of Heroes*, p. 106.

从这段结论可见，帕特南的观点没有丝毫改变，而且他对于 40 余年来其他学者对他的批评，很少予以直接回应。

悲观派完全颠覆传统解读，对于图尔努斯寄予深深的同情，甚至加以美化，这一点遭到新正统派的猛烈抨击。有一批学者重申图尔努斯是不折不扣的反面人物，他们历数他的罪状，努力将解释扳回传统的轨道。图尔努斯不仅残忍好杀，而且在战场上破坏古代战争的礼法，破坏埃涅阿斯与拉丁人缔结的神圣和约。罗列图尔努斯的罪孽，成为新一代"奥古斯都派"学者必做的功课。比如，凯尔恩斯（Francis Cairns）的《维吉尔的奥古斯都史诗》一书，就是代表。① 观其书名，就可知作者是要重返正统派的解读。这部书将史诗中的人物放在希腊化时代"贤王"这一概念之下加以考察。凯尔恩斯依照伊壁鸠鲁派哲学家菲洛德穆斯（Philodemus，约公元前 110—前 40 年）的观点，列出一系列"贤王"所必备的品质，然后手持这张美德名单，对埃涅阿斯、狄多、图尔努斯等主要人物进行逐项考察，以定其高下。这样的做法有失机械，但因上述三人都是一国之君，所以用当时流行的君王标准来考核其行事，也不失为贴近历史的研究方法。对图尔努斯的考察结果是，他绝非明君，而是一位恶王。图尔努斯的名字有可能来自希腊文"僭主"（τύραννος）。虽然图尔努斯在卷七开篇已经出场，但维吉尔使用春秋笔法，此卷之中迟迟不显露他国王的身份，晚至卷八才正式称他为"王"（rex 8.17）。② 图尔努斯突出的

---

① Francis Cairns, *Virgil's Augustan Epic* (Cambridge UP, 1989).
② Ibid., p. 67.

特征是他易怒的性情,这样的缺陷不符合理想国王的身份。在卷十杀死帕拉斯一场(分析见本书第四章),他希望帕拉斯之父亲眼看着儿子惨死,显示他有违忠义的原则。① 通盘考察之后,凯尔恩斯认为,图尔努斯的作用乃是衬托埃涅阿斯这位"贤王",他自己的主要特征就是不义、不智、凶残。

为清算图尔努斯罪行而开出的"清单"还有很多,概括起来,他的罪名主要包括:不顾帕拉斯的哀求,杀死这位少年武士;单方破坏与特洛伊人所订立的和约,违背神意;拉丁人的国王和埃万德均知晓天意,明白抵抗历史进程完全是徒劳无益,而图尔努斯却逆天而行。② 而杀死帕拉斯一场,基本上每位学者都不会放过。比如,加林斯基对图尔努斯的罪行做出这样的总结:"对尸体轻蔑、不人道的处置,抢劫战利品,更为恶劣的是,他洋洋得意,明确希望埃万德在场观看儿子被杀、甲胄被抢走。"③ 前文已述,卷十二描写埃涅阿斯和图尔努斯在战场杀敌,提到图尔努斯将敌人斩首,将滴着鲜血的首级挂在战车上(12.511-512)。有学者愤愤不平地说:"我实在不明白有人竟会强烈同情卷十二末尾那个弱势的图尔努斯。此人就是一个恶棍(thug)。"④

在所有新正统派学者中,持论最激烈、与"哈佛派"缠斗时

---

① Cairns, *Virgil's Augustan Epic*, pp. 71-72.

② Melissa Barden Dowling, *Clemency and Cruelty in the Roman World* (The University of Michigan Press, 2006), pp. 98-102.

③ Karl Galinsky, "The Anger of Aeneas", *The American Journal of Philology* 109.3 (1988), p. 332.

④ M. M. Willock, "Battle Scenes in the Aeneid", *Proceedings of the Cambridge Philological Society*, New Series, 29 (1983), p. 94.

间最长、火气也最盛的学者是施塔尔。上一章我已引述他发表于 1980 年的论文，当时他已严厉批评了学界将埃涅阿斯弱化、"阴柔化"的趋势。1990 年他发表《图尔努斯之死》一文，后来他又将主要观点汇集于 2015 年一部详细批驳悲观派的专著中。① 下面我将施塔尔更加系统的论述稍作总结。卷七开篇，埃涅阿斯未抵达意大利之前，拉丁国王拉提努斯已得神谕（7.96-101），有外乡人将会迎娶自己的女儿拉维尼娅，并将定居此地。图尔努斯明知神意有如此安排，却执意开战，所以完全是"违抗神命、亵渎神灵"，而埃涅阿斯作为尤里乌斯家族的先祖，带着和平的目的来到神灵指定的土地，却遭到图尔努斯的抵抗，"被迫对进犯和不信神灵的敌对一方展开一场圣战"。② 这样的总体定位意在破除悲观派的预设，说明埃涅阿斯不是外来的入侵者，而图尔努斯也不是保护家园的守御者。

分析卷十中帕拉斯被杀一场，是确定图尔努斯是否罪有应得的关键。我们在前面一章已有分析。施塔尔认为，维吉尔一直在强调图尔努斯的残暴。当他说"我独自面对帕拉斯，帕拉斯独归我 / 一人"（solus ego in Palanta feror, soli mihi Pallas/debetur 10.442-443），这是能征惯战的沙场老将与初出茅庐的少年武士之间的对决，是一场不公平的战斗。维吉尔特意说"实力悬殊"

---

① Hans-Peter Stahl, "The Death of Turnus: Augustan Vergil and the Political Rival", in Kurt A. Raaflaub and Mark Toher (eds.), *Between Republic and Empire: Interpretations of Augustus and His Principate* (University of California Press, 1999), pp. 174-211; *Poetry Underpinning Power* (The Classical Press of Wales, 2015). 施塔尔的论文和专著在观点和表述方面多有重合。我尽量引用他最近出版的专著，但读者需要注意其基本观点已见于 1999 年的论文。

② Stahl, *Poetry Underpinning Power*, p. 3.

(viribus imparibus 10.459)。更有甚者,图尔努斯希望帕拉斯的父亲就在现场,亲眼看着儿子惨死(10.443),为的是让埃万德为款待、襄助埃涅阿斯而付出代价。我们甚至可以说,图尔努斯表现出一种施虐的快乐。"因此,帕拉斯之死必须被称为一场谋杀,为的是要伤害死者的父亲。"① 可以说,越是强调图尔努斯杀帕拉斯时的冷酷,就越有利于维护埃涅阿斯最终怒杀图尔努斯的正当性。

施塔尔力图破除同情者的几种典型误解。比如,有学者主张图尔努斯直到最后关头、距离史诗结束不足60行之时,方才意识到朱庇特对他深深的敌意。在朱庇特和朱诺做了最后一轮谈判之后(详见本书最后一章),朱诺决定收手,不再暗中帮助拉丁人和图尔努斯。随后,朱庇特差遣一位愤怒女神,将一直保护图尔努斯的女仙,也是图尔努斯的姐姐驱走。此时,图尔努斯完全陷入孤立无援的境地,可以说所有庇护他的神灵都弃他而去。这时,面对埃涅阿斯最后的挑战,图尔努斯有如下反应:

他摇头,言道:"你狂怒的言语不能将我吓倒;诸神让我恐惧,朱庇特与我为敌。"

ille caput quassans: 'non me tua feruida terrent
dicta, ferox; di me terrent et Iuppiter hostis.' (12.894-895)

---

① Stahl, *Poetry Underpinning Power*, p. 158.

这两行诗的荷马史诗原型是《伊利亚特》第 22 卷中赫克托耳临死前的独白。他发现雅典娜伪装成的战友在关键时刻消失不见，不由得发出感喟：

> "现在死亡已距离不远就在近前，
> 我无法逃脱，宙斯和他的射神儿子
> 显然已这样决定，尽管他们曾那样
> 热心地帮助过我：命运已经降临。……"（22.300-303）①

894—895 两行经常被解释为图尔努斯临死前的顿悟，仿佛他突然领悟自己乃是被神灵诅咒的人。沃德·福勒在 20 世纪初期的注释一直为后代注家援引："让图尔努斯瘫软无力的，是他发现代表忠信、正义和虔敬的主神是他的敌人。对于罗马人来说，与朱庇特为敌是不可想象的：这意味着你被彻底排除在文明、社会生活和美德之外。"② "哈佛派"第二代的中坚力量托马斯，为了强调图尔努斯临死前的孤立无援，也特别看重这两行的悲剧性。托马斯以为，从神灵参与的程度来看，埃涅阿斯每到关键时刻都能及时获得众多神灵的帮助（维纳斯、阿波罗、西比尔、火神、台伯河河神等等），而图尔努斯却只被朱诺派出的手下愚弄、操纵，所以他不明了命运的安排情有可原。③ 这样的解读，在施塔尔看

---

① 《伊利亚特》，罗念生、王焕生译，人民文学出版社，1994 年，第 510 页。
② Warde Fowler, *The Death of Turnus*, p. 153.
③ Richard Thomas, "The Isolation of Turnus", in Hans-Peter Stahl (ed.), *Vergil's Aeneid: Augustan Epic and Political Context* (The Classical Press of Wales, 1998), pp. 291-292.

来，都是在为图尔努斯开脱："承认埃涅阿斯的政治对手身上存在某种程度的无辜，以达到将维吉尔'去奥古斯都化'的目的。"① 因为卷七中已多次提到各种来源的神谕，所以图尔努斯绝不可能在最后关头才意识到"宇宙秩序与他对立"。② 如此一来，图尔努斯身上的无辜，以及他临终之际如梦初醒所蕴含的悲情，就都被施塔尔消解掉了。同样，图尔努斯最后求饶的一番话，施塔尔从中看到的也只是狡诈而已："他做出英雄的姿态，企图以忠孝来打动埃涅阿斯，这不过是修辞策略，被巧妙编织进求生的诉求当中。"③ 所以，同情者在图尔努斯身上发现的那些令人扼腕叹息的品质，都被施塔尔一一戳穿，结果他眼中的图尔努斯就变成违抗神命、军事上缺乏领袖才能、临终前怯弱地发出求生呼喊、令人憎恶和鄙视的人物。埃涅阿斯杀死图尔努斯，就变成"对邪恶的刽子手、对蔑视神灵规定的背叛者的公正惩罚"。④

有趣的是，帕特南在50多年的学术生涯中，先后发表了一系列批评埃涅阿斯杀死图尔努斯的论文，但是他对于图尔努斯杀死帕拉斯一段，很少给予细致的分析。上一章我们已经看到，他坚持不懈地分析埃涅阿斯身上的野蛮和狂怒，却对图尔努斯十分客气，几乎不忍出恶语。虽然新正统派对于图尔努斯的暴行加大火力进行揭露，有时让人感觉下手过狠，但像"哈佛派"老将帕特

---

① Stahl, *Poetry Underpinning Power*, p. 36.
② 这是托马斯的表述："the cosmic order is against him"。见 Thomas, "The Isolation of Turnus", p. 291。
③ Stahl, *Poetry Underpinning Power*, p. 38.
④ Hans-Peter Stahl, "Editor's Introduction", in Stahl (ed.), *Vergil's Aeneid: Augustan Epic and Political Context*, p. xxi.

南这样，乐见埃涅阿斯的暴怒，却忽略图尔努斯的残忍，勇于颠覆传统的英雄人物，却有意无意漠视传统的反面人物，未免更让人有失衡的感觉。

三、史诗中的暴力与怜悯

考察《埃涅阿斯纪》的结尾，评价埃涅阿斯最后的杀戮，必须将维吉尔的处理与他所仿效的荷马史诗原型进行适当对比。古代注家已经明确说，维吉尔模仿荷马史诗，而且古代诋毁维吉尔的人，已经搜集了他"剽窃"荷马史诗的诗行。维吉尔虽以荷马史诗为范本，但又自出机杼，有很多改写或者创造性模仿，包括暗中颠覆荷马原型。研究图尔努斯之死这个题目，我们会发现维吉尔在最后400行描写二人决斗时，明显参照、改写了《伊利亚特》第22卷中阿喀琉斯杀死赫克托耳一场。无论是分析具体的情节设置，还是结尾的道德含义（该杀不该杀），我们都会在《伊利亚特》中发现足够的模板和细节，为我们的解读提供参考和限定。

有学者详细对比了两部史诗对决战场景的处理，我们可以见到在情节设置和大量细节上，维吉尔虽不能说亦步亦趋，但荷马的关键元素可以说应有尽有了。① 《伊利亚特》第22卷中，阿喀琉斯追击赫克托耳，绕城三匝，宙斯虽怜悯被追击的特洛伊勇士，但被雅典娜出言抵制，于是神灵放弃任何的帮助。赫克托耳被阿喀琉斯击倒，临死之前二人之间有一番对话，赫克托耳恳

---

① David West, "The Deaths of Hector and Turnus", *Greece and Rome*, 2nd Series, 21.1 (1974), pp. 21-31.

求对手让自己的尸体得到体面安葬，但遭阿喀琉斯残忍拒绝。而《埃涅阿斯纪》卷十二最后，也保留了这些情节基本设置。比如，宙斯取出天平，称量阿喀琉斯和赫克托耳各自的命运（22.205-213），而在《埃涅阿斯纪》中朱庇特也加以仿效（12.725-727）。《伊利亚特》中，赫克托耳被阿喀琉斯击倒，当时他身披从帕特罗克洛斯尸体上剥下的铠甲（22.322-325），而图尔努斯也佩戴着从帕拉斯身上抢下的剑带，这成为他被杀的直接原因。

但是维吉尔的处理，又与荷马史诗有明显区别。赫克托耳受了致命伤，阿喀琉斯的长矛以手术刀般的精准，刺中他面颊与脖子之间锁骨的位置，避开了头盔有效的保护（22.326-328）。阿喀琉斯一击致命，赫克托耳的死已然毫无悬念。余下的对白，包括赫克托耳的恳求以及对阿喀琉斯之死的预言等，都是在死亡已成定局的情况下完成的。而《埃涅阿斯纪》中，埃涅阿斯只刺中对手的腿部，图尔努斯虽然倒地，但暂无性命之虞。杀，还是不杀，全在埃涅阿斯一念之间。这就给了埃涅阿斯一个抉择的机会。① 这时，他的犹豫就变得意味深长，因为他要在瞬间做出道德选择。相比之下，阿喀琉斯心意坚决地执行复仇计划，荷马当然不会让他有片刻的游移不定。

图尔努斯没有受到致命一击，所以才有可能以标准的祈求姿态来向埃涅阿斯求饶："他低声下气，祈求；他举目，伸右手／哀告"（ille humilis supplex oculos dextramque precantem protendens 12.930-931）。荷马笔下的赫克托耳无法完成这样的戏剧化动作。

---

① West, "The Deaths of Hector and Turnus", pp. 29-30.

维吉尔的处理，自然加重了祈求的分量，也显示了埃涅阿斯的道德困境。维吉尔虽然在最后400行大量借用、模仿荷马原型，但最后一幕却是《伊利亚特》不曾表现过的场景。当战败的武士求饶时，胜利者一方如何抉择，这样的场景是没有荷马史诗原型的。刚刚说过，对于阿喀琉斯而言，饶恕赫克托耳的念头是完全不可能出现的。更为重要的是，我们在《伊利亚特》中可以找到很多战败武士祈求活命的场景，可是这些哀求者无一例外都被杀死。比如第11卷描写阿伽门农杀死安提马科斯（Antimachos）两个儿子，二人先哀求活命，然后阿伽门农拒绝他们的请求：

> 兄弟俩立即从战车上屈膝向他哀求：
> "活捉我们吧，阿特柔斯之子，你将得到
> 可观的赎礼……"
> 两个人流着泪，话语动人向国王哀求，
> 但他们得到的回答却远非那么动听：
> "既然你们是聪明的安提马科斯的儿子，
> 他曾在特洛亚民会上劝大家立即杀死
> 作为使节同神样的奥德修斯前来的
> 墨涅拉奥斯，不让他返回阿尔戈斯，
> 现在该你们用性命抵偿父亲的恶行！"（11.130-132, 136-142）①

---

① 《伊利亚特》，第241—242页。

随后，阿伽门农立即将二人杀死。研究荷马史诗中战争场景的学者发现："有趣的是，《伊利亚特》中有相当多的人物祈求活命（……），但所有人都被杀死。"① 如果在战场上杀死祈求者是荷马史诗的常例，那么维吉尔有无可能突破这一模式，让埃涅阿斯最终饶恕图尔努斯呢？意大利学者巴齐埃斯认为不可能："祈求活命的武士从未被饶恕。换句话说，埃涅阿斯面对祈求活命的图尔努斯，并不是很特别的事，不考虑它所涉及的叙述程式就去解读这一史诗情景，这种做法是错误的。"② 荷马史诗原型对维吉尔的史诗创作不仅提供模仿的范本，也在史诗语言以及基本情节设置等方面施加某种规范作用。当悲观派批评家认为读者会期待埃涅阿斯展现仁慈的一面、放过图尔努斯时，完全忽视了维吉尔所遵从的文学先例对诗人的必要约束。维吉尔在很多地方可以突破荷马史诗的处理，比如图尔努斯以父爱为借口企图打动埃涅阿斯（12.932-934），在荷马史诗中就没有先例。但是在最重要的情节设计方面，维吉尔能否彻底颠覆荷马原型，让特洛伊的阿喀琉斯最终选择饶恕意大利的赫克托耳？如果承认《伊利亚特》在史诗结构上对维吉尔的影响和"钳制"，那么脱离《伊利亚特》第22卷、纠结于为何埃涅阿斯不能慈悲为怀，甚至指斥埃涅阿斯凶残暴虐，就未免过于任意和任性了。

立足于荷马史诗的背景来考察《埃涅阿斯纪》的结尾，也有

---

① Bernard Fenik, *Typical Battle Scenes in the* Iliad (Franz Steiner, 1968), p. 83. Fenik 还列出《伊利亚特》中其他几段：6.46 以下，10.378 以下，16.330 以下，20.463 以下，21.74 以下。这些段落中，阿伽门农、狄俄墨得斯和阿喀琉斯都是在对手哀求之后将其杀死。

② Alessandro Barchiesi, *Homeric Effects in Vergil's Narrative* (Princeton UP, 2015), p. 85.

助于理解"忠义"和杀敌之间的关联。以帕特南为代表的悲观派认为后六卷中埃涅阿斯变得面目狰狞、凶狠残暴，不复前六卷那样仁慈宽厚。之所以会有这样的解读，是因为很多学者倾向认为"忠义"与战场上的勇武是相互冲突的。埃涅阿斯作为更加"文明"的史诗英雄，似乎应当从根本上脱去古代武士身上的凶狠剽悍之气。前面第一章和第四章中，我已讨论了维吉尔笔下的英雄与荷马史诗中的英雄有显著不同，比如埃涅阿斯对命运和神灵的绝对服从、他的责任感和家国之感。但这样的差异也不能无限夸大，仿佛埃涅阿斯与阿喀琉斯之间存在不可弥合的断裂。加林斯基在20世纪60年代的著作中，考察了古代艺术对埃涅阿斯的刻画，发觉他主要以勇士形象出现在浮雕和瓶画上面。他的敬神和忠孝虽也有所呈现，但并不构成当时艺术表现中的主干。而他也指出，在古人眼中，埃涅阿斯的"忠义"并不与他的勇武产生冲突，将二者视为势不两立的性格特征，乃是以现代观念简化了古代思想的复杂性。① 我们看史诗中其他角色介绍埃涅阿斯时，经常将"忠义"和他的勇武并列。比如在前面第四章曾举过的两个例子："埃涅阿斯是我们的王，无人比他更正直更忠义，无人比他更骁勇善战"（rex erat Aeneas nobis, quo iustior alter / nec pietate fuit, nec bello maior et armis 1.544-545）。卷六的西比尔也说埃涅阿斯"以忠义和勇气闻名于世"（pietate insignis et armis 6.403）。霍斯佛在研究埃涅阿斯传说的一篇论文中提出，正因为《伊利亚特》

---

① Karl Galinsky, *Aeneas, Sicily, and Rome* (Princeton UP, 1969), pp. 35-36. 加林斯基在第35页注释67已经批评帕特南对埃涅阿斯形象的误解，而且也举了叶芝所说海员认为埃涅阿斯是个神甫的轶事。

中的埃涅阿斯形象不够光辉耀眼，所以维吉尔在《埃涅阿斯纪》中想方设法来强调主人公的勇猛。比如，维吉尔有意频繁地将埃涅阿斯与赫克托耳并提（3.343, 6.166, 12.440），甚至在卷十一设计了一段情节，由希腊英雄狄俄墨得斯来夸赞埃涅阿斯。[①] 在《伊利亚特》第 5 卷中，埃涅阿斯曾是狄俄墨得斯的手下败将。如今，希腊第二号英雄从特洛伊返乡后，定居在意大利阿尔披（Arpi）一地。拉丁人遣使与其结盟，想借助这位嘍啰宿将来击败特洛伊人。但使节传回狄俄墨得斯的口信，他拒绝再度与特洛伊人交战，对于埃涅阿斯的勇猛赞不绝口，而且奉劝拉丁人不要与他为敌。下面几行诗尤其可见他对昔日对手埃涅阿斯的推崇：

> 特洛伊坚固高墙下，我们不断受阻，
> 赫克托耳和埃涅阿斯之勇武，阻遏
> 希腊人的胜利，战事迁延至第十年。
> 二人勇气卓著，二人武艺超群，
> 后者忠义更胜一筹。……

> quidquid apud durae cessatum est moenia Troiae,
> Hectoris Aeneaeque manu uictoria Graium
> haesit et in decimum uestigia rettulit annum.
> ambo animis, ambo insignes praestantibus armis,
> hic pietate prior. ... (11.288-292)

---

① Nicholas Horsfall, "The Aeneas-Legend and the *Aeneid*", *Vergilius* 32 (1986), p. 17.

维吉尔笔下的狄俄墨得斯并不忠实于荷马史诗中的情节。作为一个"懊悔的胜利者"①，他在这里完成的是维吉尔给他布置的任务：拔高、渲染埃涅阿斯的勇士气概。在宿敌眼中，埃涅阿斯俨然与赫克托耳并驾齐驱，成为保卫特洛伊的国之柱石。他不仅在勇力方面被提升到可与赫克托耳平起平坐的地位，更在"忠义"方面保持优势。所以，卷十一有关狄俄墨得斯这一段杜撰，就是通过昔日敌人之口来凸显埃涅阿斯的勇力，显示勇武乃是埃涅阿斯身上突出的品质。

无战争、无杀戮、无血腥，便没有英雄史诗。这样的说法，听上去很刺耳，但却是阅读古代史诗的常规预设。史诗既然追述英雄时代，便绝对绕不开流血。所以，英国学者格兰斯登认为埃涅阿斯在战场上杀死敌人，不足为怪："他依旧是一位史诗英雄，虽被罗马化，却没有被驯化、文明化。"② 他反对悲观派以主人公的"忠义"为正常、以其暴怒为反常的狭隘观点，反对将史诗刻意"拔高"，让罗马诗人变成古代的反战先锋。维吉尔改写、修正《伊利亚特》，但绝不至于要故意唾弃、谴责战争史诗："我们绝不可软化、弱化维吉尔，将他对英雄叙述的热情剥夺。"③

本章前面提过，帕特南等人经常指责埃涅阿斯违背了其父在卷六对他的叮嘱："臣服者宽恕，骄横者征服"（parcere subiectis et debellare superbos 6.853）。已匍匐于地的图尔努斯，难道不属于"臣服者"吗？他虽然极力保持尊严，没有直接求饶，但他最

---

① Nicholas Horsfall, *A Companion to the Study of Virgil* (Brill, 1995), p. 188.
② K. W. Gransden, *Virgil's Iliad: An Essay on Epic Narrative* (Cambridge UP, 1984), p. 144.
③ Ibid., p. 169.

后的话，若仔细分析，似乎以矜持的态度承认了失败。此点乃是"哈佛派"发力之重点，有人甚至认为即使罗马人也必定会谴责埃涅阿斯这一不义之举。① 但要准确理解安吉塞斯的告诫，必须明白在史诗中，谁是"臣服者"，谁是"骄横者"。劳埃德发表于1972年的论文，已经以扎实的语文学方法解决了这一问题。② 作者不同意帕特南所代表的新派解读，认为这是从现代和平主义的伦理观来误读古代的"忠义"观念。劳埃德讨论了全诗中所有与superbus（骄横）相关的词汇。这个词本义是"在上面"，引申出贬义的"骄傲""高傲""蛮横"，但也可以有"超绝""杰出"等褒义。这个词的形容词形式在全诗中共使用37次，尤可注意者，有10次都用在与国王相关的语境中。比如，卷二中，特洛伊老王普里阿摩斯被称为"倨傲的君主"（superbus regnator, 2.556）。③ 在这37处用法中，有一半以上是特洛伊将领和盟友描写或讥嘲敌人，而且被称作superbus者，大都很快就丧命。狄多、普里阿摩斯、图尔努斯等，都是明证。所以，劳埃德认为superbus一词，在维吉尔史诗中往往预示即将到来的死亡，乃是"灭亡的先兆"。④ 如果用在普里阿摩斯这样的正面人物身上，则往往有惋惜之意，因为一代雄主如今竟然败亡。劳埃德发现，superbus用在图尔努斯和其属下的次数最多，全诗共计6次。有代表性

---

① Putnam, *The Humanness of Heroes*, pp. 151ff.; P. Burnell, "The Death of Turnus and Roman morality", 191.

② Robert B. Lloyd, "Superbus in the *Aeneid*", *The American Journal of Philology*, 93.1 (1972), pp. 125-132.

③ 更多例证请见该文第127页第10条注释。

④ Lloyd, "Superbus in the *Aeneid*", p. 128.

的例证是卷八"不要迟疑，与骄横者或者暴烈的图尔努斯开战"（superbos / aut acrem dubites in proelia poscere Turnum 8.613-614）。卷十两次出现，当图尔努斯命令手下人将帕拉斯留给自己来杀死，他的命令被形容为"骄横的命令"（iussa superba 10.445）。而他杀死帕拉斯之后，史诗突然插入叙述者的感叹（全诗仅见三处）："你，图尔努斯，骄横者，／手上鲜血未干，埃涅阿斯追击你"（te, Turne, superbum / caede noua quaerens 10.514-515）。所以"骄横"一字几乎是专属图尔努斯的修饰语。劳埃德这篇论文以系统、严谨的研究方法，考察了全诗中 superbus 一词的所有用例，得出的结论也就相对可靠。因此，凡认为埃涅阿斯违背"臣服者宽恕，骄横者征服"原则，都需要三思，因为埃涅阿斯杀死的恰恰是全诗中最为"骄横"者。①

另一个常见的误解，就是认为埃涅阿斯缺少同情心，面对苦苦哀求的对手，他竟然丝毫不为所动。但是古代的同情和怜悯，自有文化特殊性，与现代观念不尽相同。荷兰学者施力弗斯曾撰文讨论古代对于"怜悯"的界定，来考察《埃涅阿斯纪》中重要的争论。② 为了确定维吉尔时代的罗马读者如何解读这部史诗，他借助接受美学的理论，试图确定第一批读者的"期待视界"。由于修辞学手册最能反映一般民众的道德观念，所以从这些流行

---

① 类似的意见也见：Domenico Fasciano and Kesner Castor, *La trifonction indo-européenne dans l'Énéide* (Les Éditions Musae, 1996), p. 153。

② P.-H. Schrijvers, "La valeur de la pitié chez Virgile (dans l'Enéide) et chez quelques-uns de ses interprètes", in R. Chevallier (ed.), *Présence de Virgile* (Les Belles Lettres, 1978), pp. 483-495. 这篇文章非常重要，可惜较少被引用。

读本中可看到民众对于同情、怜悯的普遍看法。他先引亚里士多德在《修辞学》中对怜悯的定义,证明古代社会中,同情和怜悯不是毫无条件便可施与所有人,而是要视人的身份、境遇和命运而定。假如有人生来便一贫如洗,没有人会怜悯他。但如果居高位者命运多舛,一落千丈,或者从前家财万贯,如今一夜之间身无分文,这样的人便具有被同情的资格。古代的同情建立在戏剧化的基础上,强调个人机运的大起大落。最能博得读者同情者,必须遭受命运的无情打击,而且远远超出他所应受的惩罚。所有构成同情的要素,依照亚里士多德的定义,至少要包含以下三方面:地位显赫、命运突转、承受了过度的折磨。以这种尺度来衡量文学作品,则俄狄浦斯、安提戈涅、埃涅阿斯这些人物,便都是名正言顺的同情对象。还有一层,便是同情从不施于外邦人或敌人,博爱是让古人深感困惑的观念。所以,《埃涅阿斯纪》中的图尔努斯是特洛伊人的仇敌,而且他在战场上杀死帕拉斯,已然先破坏了"战争伦理"。埃涅阿斯于全诗结尾安排主人公将其击杀,对于罗马读者来说,是再正常、正当不过的事情了。"哈佛派"以无同情心批评埃涅阿斯,这明显是以现代的观念强加于古人身上,尤失允当。

如果我们按照荷马史诗所提供的范式,则《埃涅阿斯纪》后半部中,埃涅阿斯成为"伊利亚特"部分的主角,他也就是新的阿喀琉斯。而图尔努斯在情节和结构上对应被杀死的赫克托耳。悲观派学者不能容忍埃涅阿斯流露的任何一点杀气,所以极力谴责他在史诗中的杀敌行为。但霍斯佛说:"我们不应当不由分说地谴责阿喀琉斯式的埃涅阿斯,好像一个'哲学正确'的现代英雄

（a Philosophically Correct modern hero）令人惋惜地倒退回伦理的原始状态。埃涅阿斯从来不是第二个帕里斯（也许在迦太基短短一段时间除外）。作为赫克托耳的远亲、仰慕者和效仿者，埃涅阿斯只有一个短暂、血腥的未来；他转型为阿喀琉斯……是他作为尤里乌斯家族胜利的奠基者的必备条件。"[1] 换句话说，埃涅阿斯变身为阿喀琉斯式的英雄，杀死图尔努斯，这并不是什么难堪的、难以启齿的事，而是史诗必要的情节设置。

四、正义之怒

以帕特南为代表的"哈佛派"解读，在分析埃涅阿斯杀死图尔努斯一场时，都会对埃涅阿斯表现出的怒火大加鞭挞。这背后的理论预设是：愤怒是狂暴的感情，应当被压抑、克制。在杀死图尔努斯之前，维吉尔描写埃涅阿斯"心中燃起狂怒，可怖的愤怒"（furiis accensus et ira / terribilis 12.946-947），说明埃涅阿斯最终没有能克制内心的愤怒冲动，在道德上是失败者。这种对愤怒的理解，主要建立在古代斯多噶哲学的基础上。斯多噶派主张，哲人修炼的最高境界是"不动情""无情"（apatheia）。一切强烈的情感，包括愤怒，都表明人逃脱了理性的控制，听任血气、非理性情绪的支配。所以对于哲人来说，愤怒是大忌，如何止怒、不喷怒，这是修行的重点。但是，反对"哈佛派"的学者认为，不加区分地谴责愤怒，过于受现代和平主义、反帝国主义思潮的影响。以这样的方式解读古代战争，会有"时代错误"

---

[1] Nicholas Horsfall, *A Companion to the Study of Virgil* (Brill, 1995), p. 182.

(anachronism)的弊病。尽管斯多噶派是古代颇具影响力的哲学流派,学者们发现同时代还有其他有关愤怒的理论,可以帮助现代读者来还原更符合古代标准的阅读视界。其中,亚里士多德思想和伊壁鸠鲁派哲学都对愤怒有系统论述,而这些与斯多噶哲学同等重要的古代思想资源却没有得到"哈佛派"的重视。

亚里士多德对愤怒的讨论,主要集中在《修辞学》和《尼各马可伦理学》两书中。《修辞学》一书有强烈的实用目的,第二卷之所以讨论愤怒,是为了让演说家在有关国事的辩论或者庭审辩词中,根据需要来激发听众的愤怒情绪,以达到演说的最佳效果。《修辞学》中对"愤怒"的定义如下:"伴随痛苦、要去公开报复的冲动,起因是针对自身或朋友的公开羞辱,而实施羞辱者并无资格这样做。"[1] 根据这一定义,愤怒是对个人所蒙受侵犯的报复。但此种侵犯并不单纯是身体上的伤害,而更多是情感、心理上的侮辱。亚里士多德将他所谓"羞辱"又作进一步区分,包括轻蔑、恶意阻挠以及倨傲(hubris)。总之,冒犯者的目的并非要获得实际利益,而是企图通过恶意的羞辱和轻贱,表达一种傲慢和心理优越感。[2] 另外,《修辞学》中的定义,强调愤怒会伴随一种快意。学界对如何理解这种快意,有不同意见。有人认为指在报复之前,当受害者筹划、预想即将实施的清算行动时,

---

[1] *Rhetoric* 2. 4, 1378b-1380a. *Art of Rhetoric*, Loeb Classical Library (Harvard UP, 1926), p. 173. 此处的翻译也参考了 David Konstan, "Aristotle on Anger and the Emotions: The Strategies of Status", in Susanna Braund and Christopher Gill (eds.), *The Passions in Roman Thought and Literature* (Cambridge UP, 1997), p. 100。

[2] Konstan, "Aristotle on Anger and the Emotions", pp. 108-109.

会体验到快感。也有人认为，在实施复仇的当下，目睹冒犯者遭到报应，会油然而生一种大仇得报的快慰。① 在亚里士多德的伦理学框架内，愤怒的复仇者以正当理由惩罚了冒犯者，不会有任何良心的不安。此种心安理得的愤怒和报复，自然会产生正常的欣喜。

《尼各马可伦理学》中的讨论，则主要依据亚里士多德有关"中道"的理论。亚里士多德在分析多种情感和伦理问题时，总要先举出正反两个极端，然后取其中间状态，定为正确的伦理原则。以愤怒为例：怒气太盛，则为暴躁、易怒，而怒气全无，则为怯懦、畏缩。二者均不可取，唯有中间状态才是合理、适宜的愤怒。亚里士多德同样在报复、复仇的语境下讨论愤怒，他指出，必须当众复仇，让施害者明白自己遭到报复的原因。复仇者的怒火，要与具体情势、所受侮辱的性质，以及施害者的个人品行相适应，不能无节制、盲目地发怒。最能体现亚里士多德理想人格的，是秉持中道、不偏不倚的人："他感到愤怒，需要正当的理由，针对适当的目标，以适当的方式，在适当的时刻，持续适当的时长。"（1125b31-32）② 从这两部书可以看出，亚里士多德认为合理、合宜的愤怒乃是正常的人类情感，只要实施报复的动机、对象、方式等都符合伦理标准，愤怒的情感就无可指责。

不满意"哈佛派"解读的学者，往往会启用亚里士多德的理

---

① David Armstrong and Michael McOsker, *Philodemus, On Anger* (SBL Press, 2020), p. 27.

② *Nicomachean Ethics*, Loeb Classical Library (Harvard UP, 1926), p. 231.

论，作为古代理解愤怒的关键文本，以证明埃涅阿斯在史诗结尾处的愤怒名正言顺。加林斯基在其 1988 年发表的著名论文中，就认为图尔努斯施暴在先，而埃涅阿斯复仇在后。[①] 图尔努斯杀死帕拉斯时，甚至希望帕拉斯之父在现场目睹自己儿子被杀死（cuperem ipse parens spectator adesset 10.443）。所有这一切，都已构成亚里士多德所说的"羞辱"。图尔努斯杀帕拉斯，本是一种战争行为，按照通常的战争逻辑并不为过。但同时，古代战争又自有道义和礼法。加林斯基认为，图尔努斯杀帕拉斯时，对于死者的轻贱和羞辱，完全没有道义可言，而且沾沾自喜，又有以残忍好杀为乐的倾向："按照亚里士多德的道德哲学，图尔努斯的过失就是倨傲，因为他从杀死帕拉斯这一行为中得到过度的快乐，而埃涅阿斯对待劳苏斯则与之截然相反。"[②] 埃涅阿斯的愤怒正是针对图尔努斯暴行的一种义愤，他的复仇完全正当。二人虽然都表现出暴怒，但埃涅阿斯之怒乃是正义之怒，而图尔努斯则为邪恶之怒。[③] 我们可以看到，采用亚里士多德的观点来解释史诗结尾，相当于回归传统的解读。

维吉尔在公元前 1 世纪有可能利用的另一思想资源，是伊壁鸠鲁派哲学。维吉尔年轻时期与这一派哲学曾有紧密关系，这在古代传记和诗歌笺注中都能找到线索。比如，维吉尔与当时伊壁

[①] Karl Galinsky, "The Anger of Aeneas", *The American Journal of Philology*, 109.3 (1988), pp. 321-348.

[②] Galinsky, "The Anger of Aeneas", p. 332.

[③] Cairns, *Virgil's Augustan Epic*, p. 84.

鸠鲁派主要人物希罗（Siro）过从甚密，相关材料已多有讨论。[①]维吉尔与该派的特殊关系，后来又得到出土文献的证实。18世纪中叶，从庞贝古城附近的赫库兰尼姆（Herculaneum）出土了大批纸草卷子，其中有公元前1世纪伊壁鸠鲁派领袖菲洛德穆斯大量久已散佚的希腊文著作。19世纪末，已有学者在残卷中发现，菲洛德穆斯在著作中多次提到罗马友人的名字。当时能辨识出的两个名字，Varius Rufus 和 Quintilius Varus，均为维吉尔好友。同时，在人名中还出现两个大写希腊字母 O Y（相当于拉丁字母 OU），因后面的字母漫漶不清，所以无法确定所指何人。但学者猜测有可能是维吉尔名字的前两个字母，因希腊文中没有 V 这个字母，所以需要用两个字母来转写拉丁文中用作辅音的字母 u。这样的猜测，最终于1988年得到证实。意大利学者在菲洛德穆斯其他残卷上发现了维吉尔全名，同样与上述几位友人的名字排在一起。[②]这个证据极具说服力，人们不仅首次发现以希腊文书写的维吉尔全名，更证实了维吉尔早年确与伊壁鸠鲁派有密切交往。由于菲洛德穆斯是公元前1世纪伊壁鸠鲁派巨子，所以维吉尔曾问学于该派核心人物，这一事实算是板上钉钉了。

　　从赫库兰尼姆出土的希腊文纸草卷子中有菲洛德穆斯《论怒》一书，引起《埃涅阿斯纪》研究者的关注。该书目前保存的

[①] Viviane Mellinghoff-Bourgerie, *Les incertitudes de Virgile: contributions épicuriennes à la théologie de l'Énéide* (Latomus, 1990), p. 20; David Sider, *The Epigrams of Philodemos* (Oxford UP, 1997), pp. 15-16.

[②] Marcello Gigante, "Vergil in the Shadow of Vesuvius", in David Armstrong, Jeffrey Fish, Patricia A. Johnston and Marilyn B. Skinner (eds.), *Virgil, Philodemus, and the Augustans* (University of Texas Press, 2004), pp. 85-86.

部分，既有对于怒气给人造成的困扰和尴尬的描写，也有对于愤怒的哲学分析。伊壁鸠鲁派对于愤怒的态度本来颇为严厉，但是该派与当时其他学说往复辩驳，会逐渐调适原本僵硬的立场；而且伊派内部也存在多种意见，《论怒》一书中就经常见到菲洛德穆斯批驳本派其他人的观点。相比之下，菲洛德穆斯本人代表一种不那么严厉的声音。他对于愤怒不是毫无保留地批判，而是对其复杂性和多样性有更细致的讨论。他在理论探讨部分，区分了"自然之怒"（psusikē orgē，英文译作 natural anger）和"虚妄之怒"（kenē orgē，英文译作 empty anger）。这两个概念的具体内涵颇难索解。根据安纳斯的研究，伊壁鸠鲁曾用这两个形容词来指不同的欲望，前者指人作为生物自然而有的欲求，比如食、色等等。[①]"自然欲求"又分作必需和非必需两类，衡量的标准是对于欲求对象是否有特殊、具体的要求。安纳斯用了一个类比：对食物的欲求乃是必不可少，但吃饭只求果腹，如果必须要吃龙虾，则此种欲求就是非必需。对于特定物品的执念，就属于自然但非必需的欲求。换句话说，必须要满足的生理欲求，如果不挑剔，就属于自然而且必需的欲求。如果挑三拣四，非某种食物不可，不为果腹，而是为了增加享受口腹之欲的多样性，则为自然但非必需的欲求。[②] 而如果有人认为龙虾不仅仅是满足食欲的一种手段，而本身具有值得追求和享用的独特价值，这就是一种错误、虚妄的看法，这样的欲求就是"虚妄"的欲求。

[①] Julia Annas, "Epicurean Emotions", *Greek, Roman and Byzantine Studies* 30.2 (1989), pp. 145-164.

[②] Ibid., pp. 150-151.

专治希腊化时代心灵哲学的学者,尝试根据伊派常用术语,总结出菲洛德穆斯的基本观点。① 首先,愤怒乃人之本性,即使理智之人也会动怒,所以怒气不可避免。斯多噶派主张智者应当完全摆脱愤怒,而菲洛德穆斯却说:"若愤怒不可避免,故可称之为'自然',那么它怎能不是一种连智者都必须经受的有害之事呢?即使在贤者身上,又怎能没有怒气爆发呢?"② 既然愤怒不可避免,那么当人遭受侵害之时,不动怒反而是毫无理智的反应。当朋友受到伤害时,人也完全可以生出怒气,这些都构成产生愤怒的合理原因。

菲洛德穆斯的理论要在斯多噶哲学和亚里士多德学说之间开辟出一条中间道路,同时还需保持鲜明的伊壁鸠鲁派特征。下面一段话集中说明了这种努力:

> 有人认为情感本身乃有益之事,而有人则认为有害,因为他们体验到情感之伤害。但因为人们对"怒"有错误的认知,所以我们不必匆忙下判断,而是要说明:愤怒本身,若孤立看待,乃有害之事,因其带来痛苦,或者与带来痛苦之事相仿。但若与理性的算度结合在一起,则可称为有益之事。因为愤怒来自洞悉事物本性,在我们权衡损失、惩罚伤

---

① 相关讨论见: Elizabeth Asmis, "Philodemus' Epicureanism", *Aufstieg und Niedergang der römischen Welt* 2. 36. 4 (1990), pp. 2395-2399; John Procopé, "Epicureans on Anger", in Juha Sihvola and Troels Engberg-Pedersen (eds.), *The Emotions in Hellenistic Philosophy* (Springer Netherlands, 1998), pp. 176-182; Armstrong and McOsker, *Philodemus, On Anger*, pp. 40-45。

② 《论怒》39.29-34,英译文见 *Philodemus, On Anger*, p. 281。学界引用《论怒》的方式,是标记出纸草卷子上的栏数(column)和行数。比如,这一段引文就出自第39栏第29—34行。

害我们的人时，不会生出错误的想法。(37.16-38)[1]

根据菲洛德穆斯这种折中的意见，愤怒本身并不可取，但由于它根植于人性，无法根除，所以若有合理的动机，则在人类生活中自有其功用。这段谈到的"算度""洞悉"，与伊壁鸠鲁派的核心思想相连。该派以逃避痛苦、追求幸福为目的，所以对于人生各种失意和不幸，都主张用理性加以评估和衡量，从而确定哪些痛苦可以忍受，哪些东西可以割舍。[2] 菲洛德穆斯认为，借助理性的估量和算度之后再表露出的愤怒，可算作"自然之怒"，也就是合理正当的愤怒。

综合相关学者的研究，我们可以将菲洛德穆斯对愤怒的看法大致总结如下。他认为愤怒不可避免，即使贤人和智者也无法彻底摆脱此种情感。伊壁鸠鲁派智者并非心如止水、不受任何情感侵扰的哲人，当自身或朋友蒙受侵害时，为阻止侵害进一步发生，或者为了实施合理的报复，则有理由动怒。但智者不当从中得到快乐，所以"自然之怒"的目的不在于体验快意，而在阻遏恶行。[3] 这明显是反对亚里士多德有关愤怒必然伴有快感的意见。愤怒本身虽不可取，但是基于理性的思考和计算、审时度势之后的愤怒，依然是有裨益的。智者固然可以动怒，但因为自己所认为的伤害而表现出无理性、不加思虑的愤怒，甚至从中汲取快感，这便是"虚妄之怒"。怒气一向被认为是负面的、毁灭性的情

---

[1] Philodemus, *On Anger*, pp. 275, 277.
[2] Procopé, "Epicureans on Anger", p. 181.
[3] Philodemus, *On Anger*, p. 39.

感,但菲洛德穆斯坦然接受此乃人之本性,这是需要特别注意之处。安纳斯这样总结他的思想:"我们应当训练、引导我们愤怒的情绪,但不应彻底将其根除,因为表达愤怒在某些方面乃是人类的需求。"① 借助《论怒》一书,我们可以看到,即使对愤怒颇为严苛的伊壁鸠鲁派,在罗马共和国晚期,也会出现如此折中的看法。考虑到维吉尔本人在青年时代曾问学于菲洛德穆斯,而且交往密切,维吉尔很有可能会受到这种温和意见的影响。

随着菲洛德穆斯研究日益深入,也出现以他所代表的伊派哲学来研究《埃涅阿斯纪》的学者。2004 年出版的论文集《维吉尔、菲洛德穆斯与奥古斯都时代的人》,就集中体现了这种倾向。比如,《论怒》希腊文校勘本的编校者因德利(Giovanni Indelli)仔细研究了史诗中描写愤怒的词语,证明维吉尔对于愤怒的理解和区分与菲洛德穆斯有很多近似之处。维吉尔会用不同词语表达性质不同、程度各异的愤怒。而且即使同一个词,用在不同人物身上,也可能传达不同的含义。比如 ira(怒),用来形容埃涅阿斯,更多指有正当原因的愤怒,而当形容图尔努斯时,则常指无端而野蛮的暴怒。② 加林斯基认为,同样是战场上杀敌,埃涅阿斯与图尔努斯最大的不同在于,前者丝毫没有洋洋得意的心理,③ 而后者在杀死帕拉斯、抢走其剑带时,"因所获战利品而兴奋、欣喜"(quo nunc Turnus ouat spolio gaudetque potitus 10.500)。这就

---

① Annas, "Epicurean Emotions", p. 162.

② Giovanni Indelli, "The Vocabulary of Anger in Philodemus' *De ira* and Vergil's *Aeneid* ", in Armstrong, Fish, Johnston, and Skinner (eds.), *Vergil, Philodemus, and the Augustans*, pp. 107-108.

③ Galinsky, "How to be Philosophical about the End of the *Aeneid* ", p. 198.

是用菲洛德穆斯所说智者可以动怒，但不可获取快感的观点来区分正面和反面人物。

我们对于古代三个哲学流派有关愤怒的论述都做了充分了解。美国学者费什对于三派的异同，有简要的总结："斯多噶派认为，人无论如何都不应当屈从于愤怒（以及任何其他情感）。但伊壁鸠鲁派则不然，他们相信存在一种完全正当、自然的愤怒，即使智者也会受其影响。与亚里士多德派不同（他们也相信智者可以动怒），伊壁鸠鲁派感到，智者受愤怒影响时，不会将惩罚视作快意的来源。"① 用古代思想来理解古代文本，对于文本产生的历史语境做最充分的了解，这当然是最为妥帖的研究方法。但我们看到，古人对于愤怒并没有统一意见，各派思想总在相互辩驳，也不停地调适、修正各自立场，没有一派能独霸天下。如此一来，在分析维吉尔史诗结尾时，对三家意见，我们当如何取舍？如何判定哪种理论最适合解释埃涅阿斯的怒火？这就带来解读文本的方法问题。

选择亚里士多德理论的学者，除了认为该派理论最为流行、影响最大之外，还有一个重要的理论依据。亚里士多德主要在现世、俗世的意义上讨论各种情感，他的前提是：情感是有理智、有担当的人在现实生活中，在具体社会规范之内，在具体的交往和互动中产生的。所以他是在日用伦常意义上讨论愤怒，不做抽象的议论。前面说过，《修辞学》讨论的是演说术如何激发、控制、利用听众的情感，所以需要区分愤怒所发泄的对象、场合、

---

① Jeffrey Fish, "Anger, Philodemus' Good King, and the Helen Episode of the *Aeneid*", in *Vergil, Philodemus and Augustans*, p. 115.

目的,以及愤怒所应持续的时间。亚里士多德在书中经常引用荷马史诗和悲剧,也可以说明他的讨论植根于人生经验。与亚里士多德不同,斯多噶派和伊壁鸠鲁派讨论愤怒,是哲人在超越凡俗、超越世俗见解的意义上讨论人类情感。所以,一切扰乱理智的情感,均被视为灵魂的疾病,而所有凡俗的情感需要被矫正、被"治疗"。因此,这两派思想对于普通人的情感更为苛刻,因为哲学的任务是挑战日常观念,而不是与日常经验合流。两派思想对于人类情感都持一种更加激烈的批评姿态,与亚里士多德不脱离现世、不脱离普通人的温和姿态完全不同。要言之,当斯多噶派和伊壁鸠鲁派讨论情感时,我们看到的是遗世独立、超凡绝俗的哲人,带着对人类情感的强烈敌意,以居高临下的姿态,以治病救人的目的,来诊断灵魂的各种病症。所以他们多强调摆脱情感的纠缠和束缚,根除病态的情感。而亚里士多德则讨论芸芸众生的爱恨情仇,关注红尘中的人群如何依据理智以及正义、良善的观念,妥善处理这些情感。所以,有学者会认为,在解读《埃涅阿斯纪》结尾时,亚里士多德的理论应有优先权,因为这是对愤怒"最切实可行、最敏锐的古代解释",是古希腊史诗和哲学传统与后来的希腊化时代思想之间的衔接,是不脱日常经验、耳熟能详、被广泛接受的文学表现的基础。①

  认为伊壁鸠鲁派理论优先的学者,当然有一个无可替代的优势,就是菲洛德穆斯这个人与维吉尔的密切交往。他是当时伊

---

① M. R. Wright, "'Ferox uirtus': Anger in Virgil's *Aeneid*", in Susanna Morton Braund and Christopher Gill (eds.), *The Passions in Roman Thought and Literature* (Cambridge UP, 1997), pp. 169-184, at p. 170.

壁鸠鲁派的领袖，出土文献中保留了他复杂的论述，维吉尔年轻时曾亲炙这位伊派的巨擘，而且菲洛德穆斯的著作中明白无误地出现过维吉尔的名字，维吉尔早年诗歌中也保留了这一派思想的痕迹。所有这些因素，使得用菲洛德穆斯解释《埃涅阿斯纪》结尾显得顺理成章。但除了少数学者之外，大多数人认为《埃涅阿斯纪》的主导思想并不是伊壁鸠鲁派哲学。即使菲洛德穆斯对维吉尔的影响不容置疑，也不必一定用特定的理论来分析特定的细节。① 如此一来，选择哪一派，就很容易取决于解读者自身的偏好。

这一节中所讨论的各种解读，大都选用单一的古代哲学理论来解释史诗中涉及的愤怒。但考虑到古代哲学派别多，歧见纷呈，而《埃涅阿斯纪》也是由各种元素构成的复杂文本，所以想用单一理论一劳永逸地解决问题，完全不可能。有学者建议，不妨按各卷主题，选择符合各卷气质的哲学思想。比如卷四写狄多因爱情而陷入疯狂，诗中对此暗中有谴责意味，则解读者可考虑将斯多噶派思想作为解读的理论依据。卷八写古代大英雄海格力斯（Hercules）出于正义之怒杀死妖魔，则可在亚里士多德思想框架之内加以解释。② 这样的做法，如同将长篇史诗化成更小的叙事单元，再配以不同的哲学理论，分而治之。诗人仿佛在十年创作期中不停地变换思路，从一派思想跳到另一派。这种方法只

---

① Indelli, "The Vocabulary of Anger", p. 107.

② Christopher Gill, "Reactive and Objective Attitudes: Anger in Virgil's *Aeneid* and Hellenistic Philosophy", in Braund and Most (eds.), *Ancient Anger: Perspectives from Homer to Galen* (Cambridge UP, 2004), p. 218.

是消解了问题，而没有解决问题。

目前我们无法严格将某家思想运用于解读史诗中的愤怒，而且诗人并不严格按照现成的哲学体系写作。维吉尔并没有一个固定的哲学脚本，再用诗歌来图解思想。但是，了解古代人对愤怒的多重理解，是理解史诗结尾所需要的一个步骤，因为维吉尔有可能掌握多重的思想资源。我们无法证明他会不加区分地谴责任何形式的愤怒，因此帕特南指责埃涅阿斯失去理智、屈从于突如其来的怒火，这样的解读非常任意，而且有高度简单化的危险。

悲观派和正统派对史诗结尾有针锋相对的解读，但在分析过程中各自都存在偏颇，往往只选取对自己有利的文本证据，有意或无意忽略与己方观点不合的细节。比如，在"哈佛派"的解读中，很少见到详细讨论卷十中图尔努斯杀死帕拉斯一段（10.439-509），而这恰恰是图尔努斯最后被杀的直接原因。特别是这一段结束之后，维吉尔突然加入史诗叙述者的感喟：

> 会有一天，强大的图尔努斯希望
> 帕拉斯毫发无损，他会怨恨抢夺战利品
> 的这日。

> Turno tempus erit magno cum optauerit emptum
> intactum Pallanta, et cum spolia ista diemque
> oderit. (10.503-505)

这句插入的评论,代表叙述者对此事的判断,也预示卷十二中图尔努斯被杀的结局。全诗中,跳脱出情节线之外、植入的评论声音并不多见,所以此处尤其值得注意。但检索帕特南的著作和论文,会发现半个世纪以来,他对于图尔努斯杀死帕拉斯这关键的70行着墨不多,反而花了大量笔墨来强调甚至放大图尔努斯最后时刻的绝望和孤独。这样一来,读者自然将图尔努斯视为被神灵抛弃、孤立无援的战败者,而忘记他也曾是骄横、无情的残杀者。同样,施塔尔不断列举图尔努斯的罪状,强调他违抗神意、破坏合约等不可饶恕的罪责,但是对于维吉尔笔下一些充满悲情的段落,也选择性地无视。最明显的例子是卷十二 908—914 行,这几行描写图尔努斯将巨石投向埃涅阿斯,却没有击中。随后他被比作沉入梦魇中的人,口不能言,身不能动。这一段写图尔努斯无法支配自己的行动,陷入一种诡异的瘫痪状态,笔调异常沉痛。但是施塔尔在他将近 500 页的著作中却完全没有讨论。所以,两方在分析中都有失察之处,或者说,两方都免不了选择性使用文本证据。但整体而言,我认为"哈佛派"的解读只盯住个别段落,缺少对史诗各卷情节的综合把握,他们营造了图尔努斯的悲情形象,用来批判埃涅阿斯的"残暴",这样的整体理解相较于正统派的解读,显得更加缺少依据。

埃涅阿斯最后关头的迟疑和最终的杀戮,并不像"哈佛派"所描述的那样邪恶。如果我们通盘考虑古代人对"愤怒"的多重理解、对正义战争的态度、对武士身份的定位、对"忠义"观念中暴力因素的容忍,则杀死图尔努斯绝不是十恶不赦的大罪,更不是埃涅阿斯"堕落"、退化、性格扭曲的证明。埃涅阿斯于公于私都有充足理由拒绝对手的求饶，为惨死的帕拉斯复仇，为罗马未来的基业清除障碍。"哈佛派"妖魔化埃涅阿斯、美化图尔努斯的解读，被指责为时代错误，其实并没有冤枉他们。但是像施塔尔那样完全回到传统解读，视图尔努斯为恶棍、公敌，视埃涅阿斯为除暴安良的救主，也未免过当。维吉尔以无比突兀的手法结束全诗，说明他对于这最后的杀戮或许有所保留，只是并没有达到全盘否定和批判埃涅阿斯的程度。

图尔努斯不是面目狰狞的妖魔，埃涅阿斯也不是"爱你的仇敌"的基督教圣徒。反过来，埃涅阿斯没有抛弃自己的"忠义"，没有从天使堕落成魔鬼，而图尔努斯也不是为自己民族牺牲、受难的无辜英雄。如果硬要将二人的命运分出胜负，我只能说作为罗马的祖先，埃涅阿斯是最后的赢家。他虽然赢得世界，却还不至于丢掉灵魂。①

我想以两句略显极端的引文结束此章的讨论。英国学者格兰斯登认为，图尔努斯并没有指望活命，他请求体面的下葬只是追随赫克托耳对阿喀琉斯的请求而已。而埃涅阿斯并没有模仿阿喀琉斯残忍拒绝对手的哀求，而表现出一定的迟疑，几乎接近宽恕。他评论道："在我看来，读者应当感到吃惊的，并不是埃涅阿斯没有宽恕他，而应当是埃涅阿斯竟然还会迟疑。他的迟疑才是让人惊讶之处。"② 也就是说，如果埃涅阿斯最后不杀死图尔努

---

① 这一句话我模仿的是《马太福音》16:26："人若赚得全世界，赔上自己的生命，有什么益处呢？"

② Gransden, *Virgil's Iliad*, p. 213.

斯，我们反而要感觉奇怪了。加林斯基是"哈佛派"最持久、最猛烈的批评者之一，他对于"哈佛派"的态度自然就更不客气了："我非常高兴，《埃涅阿斯纪》是维吉尔所写，而不是他那些批评者写的，否则这首诗就会变成极度贫乏、单一维度的史诗。"①

---

① Galinsky, "How to be Philosophical about the End of *Aeneid* ", p. 200.

第六章　狄多女王与罗马政治

德国学者海因策说，狄多是唯一一个由罗马诗人创造的、能在世界文学史上占有一席之地的文学形象。① 西方古典文学那些光芒四射的人物，基本来自希腊文学。我们想一想阿喀琉斯、奥德修斯、俄狄浦斯、安提戈涅、美狄亚，就会发现罗马文学对于明星人物的贡献，实在是乏善可陈。从这一角度考虑，维吉尔笔下的狄多，算是为罗马作家挽回一些颜面。如果以后世艺术家对文学经典的致敬为参考依据，我们会发现狄多是令人难以忘怀的文学人物。奥古斯丁在《忏悔录》卷一还念念不忘他在少年时代因狄多之死而痛彻心扉。基督教最伟大的神学家在其文学青年阶段尚如此，可见狄多之死给无数后人留下的震撼。无论是马洛的《迦太基女王狄多》(*Dido, Queen of Carthage*, 1594 年)，还是亨利·普赛尔 (Henry Purcell, 1659—1695) 的歌剧《狄多与埃涅阿斯》(1688 年)，我们都可以见到后世对狄多的想念和追慕。

狄多和埃涅阿斯的感情纠葛，以及她最后的殉情自尽，是西方脍炙人口的爱情故事。但这并不是一出简单的个人悲剧，不是痴情女遇负心汉那种话本故事。《埃涅阿斯纪》卷四所描写的爱情悲剧，其中蕴含丰富的历史和政治含义，这些都不是男欢女爱、

---

① Richard Heinze, *Virgil's Epic Technique* (The University of California Press, 1993), p. 102.

始乱终弃这些话题所能涵盖的。现代人多为狄多真挚的情感而感染，因她失恋之后极度的绝望和自弃的疯狂而痛心，因她激愤自杀而扼腕叹息，这当然应归功于维吉尔对人性和心理体察之深。但单靠此种浪漫情怀，无助于发现狄多故事背后更深的历史关怀。这一章集中讨论狄多故事的历史来源、维吉尔对于传统材料的处理，特别是狄多与罗马政治和历史的种种关联。我希望读者不要将狄多单纯视为一位殉情的女子，不要将狄多的故事理解为红颜薄命的故事。维吉尔对狄多的刻画，很大程度上体现了罗马人如何理解自己的国运，特别是如何理解内战中另一位著名女王所带来的威胁。

史诗首次提到狄多，是在卷一朱庇特向维纳斯预言罗马的未来之后。朱诺在海上掀起风暴，埃涅阿斯的船队遇险，其母维纳斯因此向朱庇特哭诉，责备众神之王改变了命运的安排。朱庇特则重申命运已不可更改，在一番慷慨激昂的陈词之后，他马上派出神使墨丘里（Mercury，即希腊神话中的赫尔墨斯）前往迦太基，为埃涅阿斯的到来做好铺垫。但狄多是何许人也，她的身世如何，这些要等到30多行之后才由维纳斯细细道来。埃涅阿斯的船队搁浅后，不知身处何地，正在外出打探，此时维纳斯变化成当地女子，与埃涅阿斯偶遇，给他（也同时给读者）指点迷津。

你所见乃迦太基国，提尔人和阿格诺的城邦，
但周围是利比亚人，难以抵御的民族。
提尔的狄多躲避其弟，在此做王，
已建成她的国。她的冤屈、她曲折的遭遇

一言难尽。但请让我详述原委。

> Punica regna uides, Tyrios et Agenoris urbem;
> sed fines Libyci, genus intractabile bello.
> imperium Dido Tyria regit urbe profecta,
> germanum fugiens. longa est iniuria, longae
> ambages; sed summa sequar fastigia rerum. (1.338-342)

乔装的维纳斯先告诉埃涅阿斯，他搁浅的地点乃是迦太基，阿格诺（Agenor）是传说中迦太基人的祖先。此段尤其需留意者，是第340行的6个词，可分为3组："提尔的狄多"（Dido Tyria），描述狄多生长于古代腓尼基的提尔[①]，所以后面多次称狄多为"西顿的狄多"（Sidonia Dido），因为西顿在古代经常用作腓尼基的同义词。[②]其次，"在此做王"（imperium...regit）意思是实施统治，因imperium表示最高的统治权，所以这里凸显狄多作为一国之君的政治身份。"已建成她的国"（urbe profecta）表示狄多已在北非建立新国，隐含对她建国功业的肯定。

后面的26行（1.343-368）相当于一部狄多小传。我们从维纳斯口中了解到，狄多的弟弟皮格马利翁（Pygmalion）因贪财而谋杀了她的丈夫苏凯乌斯（Sychaeus）。狄多毫不知情，直到她丈夫的亡灵托梦，揭露了这个秘密，并敦促她逃离祖国。苏凯乌斯

---

① 指古代腓尼基主要的港口城市，位于现今黎嫩南部、临地中海的港口。

② 有关"西顿的狄多"这一表述的文化含义，参考：Ralph Hexter, "Sidonian Dido", in Ralph Hexter and Daniel Selden (eds.), *Innovations of Antiquity* (Routledge, 1992), pp. 347-350。

告诉狄多地下埋藏的财宝，随后狄多率领不满暴君统治的国人驾船出海，远走高飞。他们来到北非，买下一片土地，在此建立新的国家，这就是古代迦太基王国的肇始。维吉尔安排维纳斯讲述的，是古代狄多传说的一个标准版。而他在史诗卷一和卷四安排狄多与埃涅阿斯二人相遇、相爱，让迦太基国的立国者与罗马人的祖先产生一段情感纠葛，则完全是自己的创制。因此，要准确理解维吉尔塑造狄多这一人物的用意，需要了解"前维吉尔"时代的狄多传说。因为狄多的故事原本自成一体、单独流传，与埃涅阿斯毫无关系。

一、狄多之原型

狄多在古代传说中，是逃出腓尼基的流亡者，在北非建立迦太基国。有关这一传说现存最早的记载是希腊史学家蒂迈乌斯（Timaeus of Tauromenium，约公元前 350—前 260 年）一百字左右的记录。这一条记录保存在波利爱努斯（Polyaenus）所著《奇谋》（*Strategemata*）一个抄本的卷八末尾。波利爱努斯是 2 世纪学者，他汇集了古代军事史上大量以智取胜的战例，卷八结尾处记载历代以计谋诓骗敌人、保卫家国的奇女子。① 根据蒂迈乌斯的记述：②

---

① 皮斯：《卷四集注》，第 16—17 页。
② 以下记述依照 Mary Louise Lord 的英译文译出。Mary Louise Lord, "Dido as an Example of Chastity: The Influence of Example Literature", Part I, *Harvard Library Bulletin* 17 (1969), pp. 32-33.

她在腓尼基语中名艾丽莎，是提尔国王皮格马利翁的姐姐。她在利比亚建立迦太基。其夫为皮格马利翁所杀，她携带财物扬帆出海，率部分国人逃离祖国。一路上历经艰险，抵达利比亚。因她长期漂流四方，故利比亚人称她作"狄多"。建迦太基国不久，利比亚国君向她求婚。她拒绝，但其国民企图强迫她接受。她假称若要打破自己的誓言，需举行仪式，然后在宫殿旁堆起木柴。她点燃柴堆，从屋中纵身投入火海。

这是目前文献中所存唯一早于维吉尔的有关狄多的记述，出自前4世纪希腊史家的著作，其中并不见埃涅阿斯的踪影。

　　维吉尔之后的拉丁文献中，尤斯提努斯（Justinus）之《史略》（*Epitome*）一书第18卷第4—6章，是现存古代文献中关于狄多最详细的记载。这部书是罗马历史学家庞培乌斯·特洛古斯（Pompeius Trogus）所作希腊史的拉丁文摘录。① 特洛古斯的祖先乃高卢人，其祖父在公元前70年代中期在罗马大将庞培帐前效力。特洛古斯生于公元前1世纪中叶（晚于维吉尔20年左右），盛年时正值奥古斯都统治时期。他用拉丁文撰写了一部卷帙浩繁的希腊史，估计完成于公元20年左右。他和萨鲁斯特、李维和塔西陀一起被列为四大拉丁史家，可见他在古代地位之尊崇。可惜他这部通史早已散佚，唯有尤斯提努斯的缩略本传世，让我们对

---

① 有关特洛古斯和尤斯提努斯的基本情况，参见 R. Develin 为英文新译本所作的序言：R. Develin, "Introduction", in J. C. Yardley, *Justin: Epitome of the Philippic History of Pompeius Trogus* (Scholars Press, 1991), pp. 1-11。

原书可以略窥一斑。该书主要记录近东和希腊的历史，有时也涉及亚述、波斯、马其顿、迦太基等帝国。《史略》在中世纪流传很广，乔叟和彼得拉克都曾读过。这位尤斯提努斯，其生平已不可考。这部缩略本的成书年代也不确定，有人定在公元1世纪中叶，也有人说晚至4世纪末期。尤斯提努斯在前言中说，他从特洛古斯原书中取其精华，去其繁芜，编成这部简史。至于他是将特洛古斯的原文抄撮一过，还是用自己的文字概括，这就很难判定了。有学者以为目前这个简本相当于原书五分之一的篇幅，也有人说是十分之一。①

以下是有关狄多的记述，因此书不太知名，所以我尽量多译出一些。与维吉尔史诗中的细节相关的词，我随文注出拉丁原文。②

（18.4.3）于时，穆托王崩于提尔，以其子皮格马利翁及其女艾丽莎为嗣。艾丽莎，少女，美貌过人。皮格马利翁尚是孩童，然国人（populus）立为君。艾丽莎嫁给叔父阿克巴斯（Achebas），当时他是赫拉克勒斯的祭司，权势仅亚于其国君。他家财万贯，但秘不示人。惧其君，财富不存家中，尽埋于地下，人莫知之。但流言四起，皮格马利翁遂起贪

---

① J. M. Alonso-Núñez, "An Augustan World History: the *Historiae Philippicae* of Pompeius Trogus", *Greece and Rome* 34 (1987), pp. 56-72.
② 我依照的拉丁文本是：Francis Ruehl (ed.), *M. Iuniani Iustini Epitoma Historiarum Philippicarum Pompei Trogi* (Teubner, 1886), pp. 132-135; 也参考了 J. C. Yardley 的英译本：*Justin: Epitome of the Philippic History of Pompeius Trogus*, pp. 155-158。

心，罔顾忠义（sine respectu pietatis），杀其叔父和姊夫。艾丽莎遂与其弟交恶，远避之。后，艾丽莎掩饰仇恨，故作和颜悦色状，暗中安排出奔。视国中诸臣有恶其君者、有意去国远走者，皆暗中笼络。艾丽莎设计诓骗其弟，假称愿搬回宫中，因亡夫旧居让她难以忘怀丧夫之痛，愿回宫，以免睹物思人。皮格马利翁闻言，心下欢喜，以为艾丽莎定会将阿克巴斯的家财尽数带来，于是差人帮她搬家。第一夜，艾丽莎命人将全部财产搬上船，所有人也登船。船行至海中，她下令将满载金银财宝的袋子全部投入海中，其实袋子内装沙子而已。然后垂泣，高呼亡夫阿克巴斯，音声悲切。她恳求亡夫收回留给自己的财产，又请求他将这些让他丧命的财富当作入殓的祭品。然后转向国君差遣的众人，言道：我早已决意一死，但尔等回去必遭严刑拷掠，因国君为得到这些财富，不惜残害亲人，现今尔等让他希望落空。众人大骇，愿归附艾丽莎。计划出逃的诸大臣当晚也与她会合，收拾祭祀赫拉克勒斯的法器（因阿克巴斯乃赫拉克勒斯的祭司），众人一道出逃，寻找安身之地。

（18.5）一行人最先在塞浦路斯岛登陆。有大神朱庇特的祭司得神谕，携妻孥投奔艾丽莎，愿与其同行，但条件是其子孙世世代代永为祭司。艾丽莎以此为吉兆，接受约定。塞浦路斯当地有风俗，将未出阁女子于婚前送至海边，卖身以挣取嫁妆，并向维纳斯献祭，以求今后保证名节（pudicitia）。到了特定日子，艾丽莎下令将其中八十名少女劫持上船，以便和随行的男子成婚，保证未来国家可有后代。此后，皮格马利翁获悉其姊出奔，预备率兵追赶，发动不义之战（impio bello）。但因其母苦劝，神灵警示，遂止。又因有方士预言，艾丽莎所建之城，普天下最得神灵庇佑，若他从中阻拦，定遭天谴。故而出奔者有喘息之机。艾丽莎将船驶入北非一海湾，结交当地土人。当地人见有外人来到，心下欢喜，以为可以与之贸易。艾丽莎购得一方土地，仅一张牛皮可以覆盖，为了让部下休整，因他们航海日久，颇为困顿，直到启程。然后她下令将牛皮切成细丝，结果取得比原来议价时广大许多的土地。此地因名为比尔萨（Byrsa）。附近居民蜂拥而至，带来货物卖与外邦人，借以牟利，随后也在此安家。人越聚越多，渐成一城的规模。后来，乌提卡（Utica）人的使节给提尔人带来礼物，认出原来是亲属，也敦促他们在这块偶然踏足之地建城。北非人也盼望他们留下。因此，所有人同意，遂建迦太基城，每年为所占土地纳税。方筑好城基，便找到一牛首，预言此城日后将兴盛，但也将遭困厄，总受人奴役。于时将城址迁到他处。又发现一马首，表示该城人民骁勇善战，故而此地最宜立国。因迦太基声名远播，又有多族人汇集于此，逐渐国富民强。

（18.6）迦太基愈发富庶。此时，马克西塔尼人（Maxitani）国主希尔巴斯（Hiarbas），召迦太基十大臣，向艾丽莎求婚，若不应允，即兵戎相见。使臣不敢禀告女王，便以迦太基人特有的心机（Punico...ingenio）与她周旋。他们称，国主请求派一人向他和当地人传授更文明的生活。但有谁愿意离开亲人去和野兽般的蛮夷同住呢？当使臣告诉艾丽莎使命，又说她当以身作则，劝她将江山社稷放在首位。艾丽莎中了圈套，高呼亡夫阿克巴斯之名，涕泗横流，哀声不断。最终答曰：服从命运和国家的安排。她要求三个月时间，在城郊筑柴堆，杀牲献祭，似乎为抚慰丈夫的亡灵，于自己再婚之前致祭。然后，她持剑登台，回首望向臣民，大声宣告，按照他们的要求，她预备远行，去和丈夫相会，然后横剑自刎。迦太基被征服之前，国人对艾丽莎顶礼膜拜如女神。

在这一大段详尽的叙述中，狄多不仅建立了新的国家，而且为了国民的利益，也为了自己的名节而自杀身亡，实在是一位有雄才大略、性格刚烈的女性。

赛维乌斯的《诂训传》中也保留了一些细节，可与蒂迈乌斯的概述以及尤斯提努斯的《史略》相参照。比如，对 4.36 一行的笺注，记录了狄多的另一个传说。卷四中，北非国王亚尔巴斯（Iarbas）闻听狄多与埃涅阿斯坠入爱河，不禁妒火中烧。他向朱庇特祷告，历数狄多之过失，认为她有负于己，并让主神替自己申冤。狄多的妹妹安娜提醒狄多，周边强邻环伺，局面十分凶险。狄多曾拒绝邻国主的求婚，因此不少国君心怀怨恨。比如，亚尔巴斯就曾蒙受羞辱。此处《诂训传》解释亚尔巴斯为何人：

> 利比亚国主，曾有意迎娶狄多。据史书，因狄多不从，遂将兵攻迦太基。因惧怕亚尔巴斯，又受国民逼迫，她有意

安慰亡夫之灵，于是筑起柴堆，投身于火中。故又名"狄多"，女杰也。本名艾丽莎。

rex Libyae, qui Didonem re vera voluit ducere et, ut habet historia, cum haec negaret, Carthagini intulit bellum. cuius timore cum cogeretur a civibus, petiit ut ante placaret manes mariti, et exaedificata pyra se in ignem praecipitavit: ob quam rem Dido, id est virago appellata est; nam Elissa proprie dicta est.①

维吉尔史诗中向狄多求婚不成、嫉妒埃涅阿斯的亚尔巴斯，正对应尤斯提努斯记述中的北非国王希尔巴斯。

《诂训传》在 4.335 行有一条补注，解释狄多之本名。虽与上一段大致相同，但细节微有出入：

艾丽莎，狄多是也，迦太基古语意为"女杰"。她假意应允下嫁亚尔巴斯，为抚慰亡夫之灵，甘愿投身火中。

"Elissae" autem Didonis, quae appellata est lingua Punica virago, cum se in pyram sponte misisset, fingens placare manes prioris mariti, cum nubere se velle Iarbae mentiretur.②

---

① 《诂训传》Thilo-Hagen 版，卷一，第 468 页。
② 同上书，第 523 页。

《诂训传》在 1.340 行第一次提到狄多之名时，有一条补注：艾丽莎为其真名，但死后，迦太基人称其为狄多，迦太基语"女杰"之义。本族人逼迫她下嫁北非某国主，而她心系亡夫，为祭奠亡夫之灵，堆起火堆，然后果断自杀，投入火中。① 此段特意说明她对丈夫念念不忘（prioris mariti caritate teneretur），而且性格刚烈果决（forti animo），更好诠释了女杰（virago）的含义。②《诂训传》中保留的材料，叙述都非常简略，论到狄多自尽的原因，似乎一来畏惧亚尔巴斯，二来受到臣民威逼。而在尤斯提努斯的版本中，加入狄多临死前与强敌周旋一节。她先假意答应结婚，也许是为了争取时间，然后甘愿赴死。后一版的狄多无疑更机智，前一版更凄惨，而为了追随亡夫而自杀，则是共同之处。

综合维吉尔之前以及他同时代流传的狄多传说，就会发现这位迦太基女王最显著的特点是机智和忠贞。在丈夫遇害之后，狄多精心设计了出逃计划，带领其他"持不同政见者"完成了逃亡行动。她心思缜密，精明强干，富有政治谋略，手段高明。在出逃的忙乱中还不忘"掳掠"多名女子，以延续香火，繁衍后代。在古罗马传统中，争夺女性以繁衍后代历来是男性政治家的狠招，传说中的狄多在这方面不遑多让，行事完全是男子风格，可见她作为政治领袖的角色掩盖了她的女性身份。③ 狄多作为外乡人来到北非，与当地人周旋，建立自己的政权。最终不愿违背

---

① 《诂训传》Thilo-Hagen 版，卷一，第 120 页。

② 但狄多这个名字是否表示"女杰"，现代学者深表怀疑：A. J. Honeyman, "Varia Punica", *American Journal of Philology* 68 (1947), p. 78.

③ Marilynn Desmond, *Reading Dido* (University of Minnesota Press, 1994), p. 26.

自己对亡夫的誓言，不愿再嫁，到走投无路之时方采用自焚的手段。她伏剑自杀，这也是古代男子更多采用的赴死方式。

"前维吉尔时代"的狄多女王，不是为爱情俘获、殉情的牺牲品，而是精明强干的政治领袖，是为了保护自己名节而不惜自尽的烈女。维吉尔将原本精明、果敢、有领袖群伦气概的女王，变成被诸神愚弄、为情人抛弃、痴情，而且殉情的女子。基督教兴起之后，很多出身北非的拉丁教父都纷纷为狄多鸣不平，都再次强调狄多身上忠贞的特征，也可见她身上这种刚烈、坚贞的性格是不能被轻易抹杀的。① 狄多的传奇原本与埃涅阿斯的传说毫无关系。维吉尔可能从前代拉丁诗人那里得到灵感②，将狄多描写成罗马建国过程中一个温柔的陷阱。所以《埃涅阿斯纪》中的狄多，作为文学形象，实乃维吉尔的创制。

二、来自迦太基的诅咒

埃涅阿斯从维纳斯口中了解了狄多的遭遇，知道自己已踏上迦太基的国土。从这里开始，维吉尔就告别了古代传说中的狄多，开始构建自己的文学人物。塑造狄多的目的，不仅是要在史诗中加入足够多的爱情戏份，更重要的是狄多作为迦太基女王，乃是罗马未来强敌的祖先。我们举卷一和卷四中几个重要段落，

---

① Jean-Michel Poinsotte, "L'image de Didon dans l'antiquité tardive", in René Martin (ed.), *Énée et Didon: Naissance, fonctionnement et survie d'un mythe* (Éditions du Centre National de la Recherche Scientifique, 1990), pp. 43-54.

② 很多学者推测，罗马诗人奈维乌斯（Naevius，约公元前270—前200年）在其史诗《布匿战争》中有可能表现了狄多和埃涅阿斯的相遇。但这部史诗仅存片段，也不能最终确定。

说明罗马与迦太基后世你死我活的战争、罗马对迦太基根深蒂固的仇恨,这些政治考虑都隐伏在狄多凄惨的爱情故事后面。

史诗开篇,便在极其显要的位置突出迦太基:

> 曾有古国(提尔人来此定居)
> 名迦太基,意大利和台伯河口与它遥遥
> 相对,国用富饶,国人骁勇善战,
> 有人说朱诺在世间独爱此国,
> 甚至胜过萨摩斯。
>
> Urbs antiqua fuit (Tyrii tenuere coloni)
> Karthago, Italiam contra Tiberinaque longe
> ostia, diues opum studiisque asperrima belli,
> quam Iuno fertur terris magis omnibus unam
> posthabita coluisse Samo. (1.12-16)

在《埃涅阿斯纪》开篇呼唤神灵、概括全诗意旨之后,维吉尔立即描写迦太基。第13行中,迦太基和意大利两个词并置(Karthago, Italiam),后面 contra 一词表示地理位置的相对,但更多蕴含后世历史上两国政治、文化上的敌对。奥斯丁在评论这一行时指出:"地理上的相向暗示历史上的冲突。"① 维吉尔对迦太基两个基本特征的总结——富饶和骁勇善战——也是罗马向来对

---

① 奥斯丁:《卷一注》,第35页。

迦太基的固定看法。朱诺对迦太基情有独钟，由于她是特洛伊人的死敌，所以埃涅阿斯来到迦太基并不是一件幸事。

埃涅阿斯入境之后，眼中所见是一片盛世光景。尤其有一段描写迦太基人大兴土木，修建一系列公共建筑物（1.423-429），用时下的表达法，就是国人积极投入基础设施建设项目。第426行尤其醒目："他们立法、选官、建权威的元老院"（iura magistratusque legunt sanctumque senatum 1.426），俨然如后世罗马人一般。埃涅阿斯目睹这一切，不由得喟然长叹："何其幸哉，你们的城墙已耸立！"（o fortunati, quorum iam moenia surgunt! 1.437）赛维乌斯《诂训传》解这一行时有补注，对于维吉尔的用意体会很深："'何其幸哉'，甚妙，因为他们完成了埃涅阿斯自己所盼望之事。"（bene 'fortunati', quia iam faciunt quod ipse desiderat）。① 也就是说，埃涅阿斯来到一块陌生的国土，意外发现自己的理想已在这里被别人实现。狄多也是一个流亡者，她逃离故国，从西亚跨海来到北非，在陌生的土地上建国，她所完成的事业正是埃涅阿斯仍在追寻、尚未实现的建国理想。狄多先于埃涅阿斯完成了这个梦想，所以埃涅阿斯才会用钦羡的口吻发出感喟。

有些学者看来，狄多与埃涅阿斯有很多相似之处。二人都来自地中海东部，都在本国遭遇不幸、被迫出逃，都饱经患难。狄多丧夫，而埃涅阿斯丧妻②，而且二人都从死去的眷侣口中得到去海外建国的预言（1.353-370 和 2.772）。二人横穿地中海，来到陌

---

① 《诂训传》Thilo-Hagen 版，卷一，第143页。后面还有一条补注："此句表达埃涅阿斯的热望。"（expressit Aeneae desiderium）

② 卷二克卢莎消失不见，等于让埃涅阿斯获得再婚的自由。

生的土地上建国,他们相似的命运完全可以让他们列入普鲁塔克的《名人传》同一卷中。① 赫克托耳的托梦,与狄多的亡夫托梦,从内容到语言也多有相近之处。这一系列的相似,让一些学者倾向于认为二人注定会惺惺相惜,好像后来的爱情冥冥之中已有坚实的基础。

但被狄多悲惨命运深深感动的读者,容易忽略一件事:狄多之所以对埃涅阿斯一见钟情,很大程度上是神灵干预的直接结果。当朱庇特安慰维纳斯之后,立即派遣墨丘里从天庭下到迦太基:

> 朱庇特言罢,从天庭差遣迈亚之子,
> 让迦太基新国的土地和堡垒,接纳
> 特洛伊人,以防不知晓命运的狄多
> 拒他们于国门之外。他飞越云海,
> 舒展如桨的双翼,即刻便伫立于利比亚海岸。
> 他完成使命,迦太基人收起蛮野的心,
> 正如神灵所愿,而女王尤其以平静的情感
> 和友善的态度接纳特洛伊人。

> Haec ait et Maia genitum demittit ab alto,
> ut terrae utque nouae pateant Karthaginis arces

---

① Gianfranco Stroppini de Focara, "Didon amante et reine", in René Martin (ed.), *Énée et Didon*, pp. 29-30.

> hospitio Teucris, ne fati nescia Dido
> finibus arceret. uolat ille per aëra magnum
> remigio alarum ac libyae citus astitit oris.
> et iam iussa facit, ponuntque ferocia Poeni
> corda uolente deo; in primis regina quietum
> accipit in Teucros animum mentemque benignam. (1.297-304)

朱庇特担心迦太基人以其传统的凶悍对待外来者，特别是为了防止狄多因不知晓命运的安排，阻挠特洛伊人入境（ne fati nescia Dido / finibus arceret 1.299-300），从而阻挡历史的进程。朱庇特并没有让神使直接命令狄多善待特洛伊人。墨丘里的任务似乎是暗中施加影响，让狄多心中悄然滋生对外来者的善意。用现代术语，可以说神灵在埃涅阿斯与狄多相遇之前，便对狄多做了强烈的心理暗示或者引导。奥斯丁在《卷一注》中，淡淡地评论道："导致悲剧的爱情冲动，实来自她不能控制的力量。"① 后面一行说得更加明确：狄多之平和（quietum animum）和善意（mentem benignam）乃是墨丘里的功劳。霍斯佛注意到，正是神灵的干预才使得"迦太基人收起蛮野的心"（ferocia...corda），正可说明若没有墨丘里的造访，则剽悍的迦太基人对特洛伊人本能的反应，应该是兵戎相见。②

---

① 奥斯丁：《卷一注》，第 115 页，注释第 303 行。

② Nicholas Horsfall, "Dido in the Light of History", in S. J. Harrison (ed.), *Oxford Readings in Vergil's* Aeneid (Oxford UP, 1990), p. 131. 这篇文章最初发表在 1973—1974 年《维吉尔协会会刊》(*Proceedings of the Virgil Society*)。

狄多在 200 余行之后接见特洛伊使节。她所表现出来的热情好客、宽宏大量，也都必须在神灵干预这一背景下加以诠释。狄多对于特洛伊的使节伊利奥内乌斯（Ilioneus）非常客气，对于埃涅阿斯和特洛伊人称赞有加："有谁不知埃涅阿斯的民族？谁不知特洛伊城？/谁不知特洛伊的英勇、英雄和可怕的战火？"（quis genus Aeneadum, quis Troiae nesciat urbem, / uirtutesque uirosque aut tanti incendia belli? 1.565-566）狄多不仅许诺可以帮助特洛伊流亡者重新出发去寻找意大利，甚至还提出，他们也可以定居在迦太基，与狄多联合建国：

> 你们是否愿意在此定居，与我平起平坐？
> 我建的城，也属于你们；引船上岸；
> 特洛伊人和提尔人，我一视同仁。

> uultis et his mecum pariter considere regnis?
> urbem quam statuo, uestra est; subducite nauis;
> Tros Tyriusque mihi nullo discrimine agetur. (1.572-574)

率先建国的狄多竟然主动提出与外乡人共治、共享，甚至"平起平坐"（pariter）、"一视同仁"（nullo discrimine）。这几行极写狄多的慷慨无私。但如果考虑到神灵预先的干预，则这一建议未必反映狄多的真实想法。更具有讽刺意味的是，"我建的城，也属于你们"一句（urbem quam statuo, uestra est 1.573）有明显的歧义，不仅仅意味着特洛伊人可以和狄多一道共同治理迦太基。维吉尔时代的罗马读者当然知道罗马在公元前143年毁灭迦太基，并将城中居民几乎屠杀殆尽，他们耳中听到的很可能是"我建的城，终归要落入你们之手"。① 维吉尔很可能有意制造这样的反讽效果，让迦太基王国的奠基者向罗马人的祖先发出共同治理的邀约，而此种慷慨的邀约却暗中传达罗马在未来将征服迦太基的消息。

朱庇特和墨丘里终归还是以柔和、间接的方式对狄多施加心理影响，可是卷一结尾处，维纳斯和丘比特则是以暴烈的手段将狄多从一位审慎、贤明的女王彻底变为爱情的俘虏。当狄多款待特洛伊使节时，埃涅阿斯躲在云雾之中目睹全过程。当他确定狄多对自己毫无恶意后，便突然现身。随后，迦太基女王正式会见特洛伊"流亡政府"首脑，宾主互赠礼物，言谈甚欢。而此时，像在电影中一样，镜头从人间摇回天庭：

> 但维纳斯酝酿新的阴谋
> 和计策，让丘比特改变形貌，变为
> 可爱的阿斯卡尼乌斯，用诡计
> 点燃女王的疯狂，让烈焰在她骨中燃烧。
> 她惧怕狡猾的民族和提尔人的谲诈；
> 朱诺的敌意让她焦急，夜幕降临，忧虑渐深。

---

① 德国学者Eduard Fraenkel在1954年一篇论文中提出的观点，经常为人引用，比如：奥斯丁：《卷一注》，第183页；Horsfall, "Dido in the Light of History", p. 129.

> At Cytherea nouas artis, noua pectore uersat
> consilia, ut faciem mutatus et ora Cupido
> pro dulci Ascanio ueniat, donisque furentem
> incendat reginam atque ossibus implicet ignem.
> quippe domum timet ambiguam Tyriosque bilinguis;
> urit atrox Iuno et sub noctem cura recursat. (1.657-662)

即使狄多业已表露出非比寻常的善意，维纳斯对迦太基人依旧疑虑重重。第 661 行，她担心狄多一方的狡黠（ambiguam）和反复无常（bilinguis），这都是后世罗马人对迦太基人的典型刻画。出于对儿子的关爱，维纳斯召唤小爱神丘比特，让他扮作埃涅阿斯之子，故作天真烂漫状，在宴饮之际，对狄多下手。结果"不幸的、注定将死"（infelix, pesti devota futurae 1.712）的狄多被丘比特迷惑，将这位假扮成埃涅阿斯之子的神灵抱在膝上。

> ……她目不转睛，全心全意
> 有时在膝上爱抚他；狄多浑然不知
> 怎样的神灵降临，给她带来痛苦。但丘比特
> 记起母亲维纳斯，逐步抹去苏凯乌斯的记忆，
> 试图用鲜活的爱情，占据狄多
> 久已沉寂的情感和未经历爱情的心灵。
>
> ... haec oculis, haec pectore toto
> haeret et interdum gremio fouet inscia Dido

> insidat quantus miserae deus. at memor ille
> matris Acidaliae paulatim abolere Sychaeum
> incipit et uiuo temptat praeuertere amore
> iam pridem resides animos desuetaque corda. (1.717-722)

到了卷四，我们又看到第三股神力出场：仇恨特洛伊人的女神朱诺也对狄多下手。丘比特作法，消除狄多对亡夫的回忆，让她深陷情网。爱欲和道德在狄多心中交战，一方面是两位爱神迫使她陷入爱情，另一方面则是自己对亡夫的誓言。此时朱诺现身，和维纳斯达成交易。在狄多和埃涅阿斯外出狩猎时，朱诺会设计一场暴风雨，将大队人马冲散，而让二人单独在山洞中邂逅。因为朱诺是司婚姻的女神，所以她许诺要让二人在山洞中完婚。朱诺的目的是让狄多不仅坠入情网，还要让她误认为她与埃涅阿斯之间已经存在婚姻关系，从而让埃涅阿斯永久留居迦太基。

如果我们将卷四末尾剪断狄多头发、让她安心离世的彩虹女神伊丽丝（Iris）算作朱诺的"帮凶"（4.693-705），则狄多这一段情事也可以题为"狄多与六位神灵"。朱庇特差遣墨丘里先行左右了狄多对特洛伊人的情感，随后维纳斯差遣丘比特点燃狄多心中爱情的烈火，再后来朱诺设计操办了狄多和埃涅阿斯的"婚礼"。可以说，三组神灵层层设置圈套，甚至合谋陷害了狄多。学者对这一问题的讨论不是很多，大多一带而过。比如，康威以为二人的结合不过出于政治算计，或者不同方面的政治势力相冲突的结果。①

---

① Robert Symour Conway, "The Place of Dido in History", in *New Studies of A Great Inheritance*, 2nd ed. (John Murray, 1930), p. 161.

威廉姆斯评论丘比特对狄多射出爱情的毒箭，说："这一切都暗中发生，居心险恶，不问她是否愿意。她落入陷阱，只能一条路走到黑。"① 相比之下，坎普则说得最为沉痛：

> 狄多的遭遇——这也是故事当中相当可怕的一点——实际上是几位神灵之间钩心斗角的偶然结果。她不过是一枚棋子，神灵对于她没有深仇大恨，只有漠然。而她自己完完全全凭他们摆布。她无法摆脱的痴恋，不是她的意志所能克制的冲动，而是加在她身上的魔力（demonic force）所致。②

从这个角度看，狄多如同被催眠一般，丧失了自由意志。狄多的爱情不是自发的情感，而是在神灵多重干预之下的悲惨结果。诸神为她设计了"阴谋与爱情"的圈套，不过是将她用作实现各自心愿的工具罢了。

狄多既与埃涅阿斯在山洞中"完婚"，从此沉湎于爱情中，不理朝政，导致迦太基建城的土木工程全面停顿。朱庇特接到北非国王亚尔巴斯的"投诉"，发现埃涅阿斯滞留在迦太基，于是再次差遣墨丘里，向埃涅阿斯发出警告。当墨丘里再度降临迦太基时，他发现狄多虽不理朝政，埃涅阿斯却在承担迦太基的建国大业：

---

① Gordon Williams, *Tradition and Originality in Roman Poetry* (Oxford UP, 1968), p. 377.
② 坎普：《维吉尔〈埃涅阿斯纪〉导论》，北京大学出版社，2020年，第47页。

当墨丘里展开翅膀,抵达北非的屋舍,
他猛然看到埃涅阿斯正修筑堡垒、
修缮房屋。……
……
他当即呵斥:"你,如今竟然
为高耸的迦太基奠基,修筑壮丽的城郭?
哦!恋妻的人,竟然淡忘自己的王国和命运!"

ut primum alatis tetigit magalia plantis,

Aenean fundantem arces ac tecta nouantem

conspicit. ...

...

continuo inuadit: 'tu nunc Karthaginis altae

fundamenta locas pulchramque uxorius urbem

exstruis? heu, regni rerumque oblite tuarum! (4.259-261, 4.265-267)

墨丘里看到埃涅阿斯正热火朝天地为迦太基贡献自己的力量,于是出言相讥,将这位罗马先祖称为 uxorius(4.266)。这个词的意思是"宠爱妻子",墨丘里讽刺埃涅阿斯拜倒在狄多的石榴裙下,为了女王竭尽全力。① 赛维乌斯《诂训传》补注中,解为"恋妻

---

① 因为 uxorius 的词源是 uxor(妻子),所以有人认为墨丘里这里虽然意在嘲讽,但也侧面承认二人的确有正式的婚姻关系。Brahim Gharbi, "Infelix Dido: thématique de Didon dans le chant IV de l'Énéide", in René Martin (ed.), *Énée et Didon*, p. 16. 这样的解释过于拘泥于字面义,仿佛要拉一位神仙来作法律上的证人一样。

太过，或惧内"（nimium uxori deditus vel serviens），也有学者解释为"像丈夫一样"忙前忙后①，或者"为女人所迷惑"②。但此段最大的讽刺在于，在罗马读者看来，埃涅阿斯正在帮助子孙后代的敌人修建城池，为罗马的敌国添砖加瓦。他帮助狄多修建的国家，在数百年之后几乎让罗马共和国灭亡。埃涅阿斯的爱情产生了严重的政治后果，让他无意识中威胁到未来罗马的国家安全。

埃涅阿斯因海上风暴而在迦太基登陆，看似逃过一劫，实则面临更大的诱惑。卷二的国破家亡、卷三的颠沛流离、卷一的惊涛骇浪，都不及卷四中滞留迦太基来得凶险。前三卷描写的是外在的危险，卷四则是主人公与自己的情感搏斗。墨丘里此处代表了罗马读者的立场，埃涅阿斯与狄多的缠绵缱绻，并不仅仅关乎个人情感，更对于罗马的国运产生威胁。若如此考虑，则卷一中埃涅阿斯针对迦太基发出的感喟，就会显得格外"政治不正确"了。前面已述，埃涅阿斯目睹迦太基热火朝天的建筑工程，不由得喟然长叹："何其幸哉，你们的城墙已耸立！"（o fortunati, quorum iam moenia surgunt! 1.437）罗马人的祖先竟然为日后的死敌迦太基国的奠基而祝福，这真是莫大的讽刺。③

我们可以说，后世爆发的布匿战争、罗马对迦太基长期的敌意，这些历史因素都会阻止我们对狄多爱情故事作单纯的浪漫解读。狄多不单纯是埃涅阿斯的恋人，她还代表未来罗马的死敌。

---

① Conway, "The Place of Dido in History", p. 159.

② Alfred Schmitz, *Infelix Dido: Étude esthétique et psychologique du livre IV de l'Énéide de Virgile* (J. Duculot, 1960), p. 113.

③ Horsfall, "Dido in the Light of History", p. 135.

卷四结尾处，当埃涅阿斯冷漠拒绝了狄多的哀求、执意出走时，狄多身处内忧外患之中，决意自尽。临终前，她发出凄厉的呼号，诅咒埃涅阿斯和他的子孙，也号召迦太基人永世与特洛伊人（即罗马）为敌：

> 我恳求你们，我用血抛出最后的呼号。
> 哦，提尔人，用仇恨追击他所有子孙和
> 未来的后裔，这就是献给我尸骨的
> 祭品。两族之间永没有爱，永无和解。
> 愿从我骨血中生出复仇者，
> 你要用火与剑击打达尔达诺斯人，
> 现在、将来、任何有能力之时。
> 我诅咒：海岸攻打海岸，海浪冲击海浪，
> 兵戎相见，让特洛伊人和后裔永陷于战争。

> haec precor, hanc uocem extremam cum sanguine fundo.
> tum uos, o Tyrii, stirpem et genus omne futurum
> exercete odiis, cinerique haec mittite nostro
> munera. nullus amor populis nec foedera sunto.
> exoriare aliquis nostris ex ossibus ultor
> qui face Dardanios ferroque sequare colonos,
> nunc, olim, quocumque dabunt se tempore uires.
> litora litoribus contraria, fluctibus undas
> imprecor, arma armis: pugnent ipsique nepotesque. (4.621-629)

狄多的深仇大恨，起源于对埃涅阿斯个人的失望和绝望，却终结于对未来罗马的永恒诅咒。她所呼唤的复仇者，毫无疑问，指的就是后世的汉尼拔（公元前247—前183/182年），在第二次布匿战争中几乎攻陷罗马城、令罗马人闻风丧胆的迦太基将军。此段最后两行中"海岸攻打海岸"中contraria一词（litora litoribus contraria 4.628），不免让读者联想到维吉尔首次提及迦太基时，用contra一词表达两国地理位置遥遥相对，以及文化和军事上的敌对（Karthago, Italiam contra Tiberinaque longe 1.13）。狄多到了生命尽头时表露出的仇恨远远超出个人恩怨，已化作预示两国相争的谶语。

要理解狄多的爱情悲剧，则神灵持续的干预和罗马与迦太基未来的常年征战，是不能忽视的两个要素。维吉尔虽然对狄多寄予深切的同情，但对于这个人物所代表的历史事件和文化记忆，都不可能完全认同。狄多对埃涅阿斯的款待和慷慨，不仅是神灵干预的直接结果，更会让罗马读者心存疑虑。埃涅阿斯在迦太基滞留越久、对狄多用情越深、对迦太基贡献越大，罗马读者就越会对他保持怀疑和批评的态度。对于读者而言，迦太基在罗马的文化形象、给罗马留下的创伤体验，都很大程度上左右了我们对狄多爱情的理解。

三、埃及艳后与迦太基女王

除了上述"迦太基视角"之外，对文本与历史现实之间的复杂关系感兴趣的读者，会用另外一种思路来分析狄多。前文已述，维吉尔与内战期间的罗马政治关系甚深，他在诗中有意识或无意识提及当代风云人物和史事，也就不足为怪了。从古代开始，就不乏在史诗中挖掘历史影射者。比如，史诗主人公埃涅阿斯就被古代注家一致认为象征奥古斯都，诗中一些次要人物也纷纷对应于奥古斯都身边的文臣武将以及当时的名流。英国学者丹洛普在 19 世纪早期出版的《罗马文学史》第三卷中，采用了典型的"对号入座"方法。他给出的对应关系如下：埃涅阿斯代表奥古斯都，因二人都是政治领袖，都以"忠孝"著称，都经常举办竞技会；图尔努斯象征安东尼，因为二人都性情暴烈，而且都受到爱情的激励；阿卡迪亚人国王埃万德是埃涅阿斯父亲的好友，所以他代表支持奥古斯都的恺撒的旧将；埃涅阿斯的副手阿卡特斯（Achates）代表奥古斯都的海军统帅阿格里帕；拉丁公主拉维尼娅代表奥古斯都的妻子利维亚（Livia）；拉丁国王拉提努斯代表后三头同盟中碌碌无为的李必达；甚至西塞罗在维吉尔史诗中也有对应的虚构人物，那就是拉丁人中"主和派"演说家德兰凯斯（Drances）。① 这样的索隐派在 20 世纪也不乏其人，最有代表性的是英国学者德鲁（D. L. Drew）发表于 1927 年的著作《埃涅阿斯纪中的影射》(*The Allegory of the* Aeneid)。作者广读罗马内战的史料，试图从中钩稽出可与史诗情节相对应的人物和事件。但索隐派的通病，就是随便对号入座，往往凿之过深，在文学和历史之间建立生硬和机械的联系。德鲁也有此病，比如他认为狄

---

① John Dunlop, *History of Roman Literature*, vol. 3 (Longman, Rees, Orme, Brown, and Green, 1828), pp. 144-146 (Aeneas = Augustus); p. 148 (Turnus = Anthony); p. 149 (Achates = Agrippa; Lavinia = Livia; Latinus = Lepidus; Cicero = Drances). 我是从圣伯夫的引用中知道丹洛普这部书的：Auguste Sainte-Beuve, *Étude sur Virgile*, (Michel Lévy Frères, 1870), p. 63.

多影射的是屋大维当时的妻子斯科里波尼娅（Scribonia）。从字面上讲，全诗四次出现 Sidonia Dido（"来自西顿的狄多"）的字样，这两个词的字母若经重新排列和适当调整，可约略对应于 Scribonia 这个名字。作者虽没有明确用"字谜"（anagram）一字，但从行文来看，他认为维吉尔玩的就是这样的文字游戏，在狄多的名号里暗中嵌入屋大维妻子的名字。①

狄多身上可能存在的历史影射，若考之当时的历史，不难确认。当时政坛上叱咤风云的女性，除了埃及女王克里奥帕特拉，实在没有旁人。特别是"女王"（regina）一词，在同代罗马人听起来，专属克里奥帕特拉一人。19世纪学者已指出狄多身上明显带有克里奥帕特拉的影子。前面提到的丹洛普明确说狄多代表克里奥帕特拉，因为狄多被弟弟逼走，正仿佛克里奥帕特拉被她弟弟逐出王国。两位女王都热情、大胆、工于心计，而且最终都因爱情和绝望而自杀。② 另一位19世纪学者指出："就如同恺撒几乎被克里奥帕特拉完全俘获一样，埃涅阿斯也几乎被狄多俘获。"③ 这位学者把埃涅阿斯看作尤里乌斯·恺撒的化身，但狄多等同于埃及女王，这一点是肯定的。20世纪初年，沃德·福勒在其名著《罗马人民之宗教经验》中，对于德国学者没有在狄多身上看出克里奥帕特拉的影子，感到大惑不解。④

---

① D. L. Drew, *The Allegory of the Aeneid* (Basil Blackwell, 1927), p. 83.
② Dunlop, *History of Roman Literature*, vol. 3, pp. 147-148.
③ Henry Nettleship, "Suggestions Introductory to A Study of the *Aeneid*", in *Lectures and Essays on Subjects Connected with Latin Literature and Scholarship* (Clarendon Press, 1885), p. 104.
④ W. Warde Fowler, *The Religious Experience of the Roman People* (MacMillan, 1911), p. 415.

要想说明是否存在这样的历史影射，我们需简要了解克里奥帕特拉的生平。克里奥帕特拉七世（Cleopatra VII, 公元前 70—前 31 年）乃埃及国王托勒密十二世之女，其父在公元前 58 年因内乱而出奔，客居罗马多年。后重金贿赂罗马权贵，然后依靠罗马支持得以复位。公元前 51 年托勒密十二世驾崩，此前曾立遗嘱，令克里奥帕特拉和她弟弟共治。后来兄妹之间开始争夺权力，克里奥帕特拉遭排斥，一度逃走。公元前 49 年，罗马内战爆发，恺撒击败庞培，率军追赶至埃及，将克里奥帕特拉扶上王位。后来二人交好，还生有一子，取名为恺撒里昂（Caesarion, 意即"小恺撒"）。恺撒于公元前 44 年遇刺，罗马大乱。恺撒部将安东尼和恺撒的嗣子屋大维联手，击败了布鲁图斯领导的共和派军队，并渐渐形成东西分治的局面。此时，克里奥帕特拉迅速与安东尼结盟，并且二人定情，在公元前 40 年生下一儿一女。后来安东尼和屋大维交恶，再次爆发大规模战事。在公元前 31 年的亚克兴海战中，屋大维击溃安东尼和克里奥帕特拉的联军，象征西方击败东方。次年，屋大维率部追至亚历山大城，安东尼兵败自杀，克里奥帕特拉被俘。据古史记载，克里奥帕特拉放毒蛇咬伤自己，结果毒发而死，死时 39 岁。①

概括来说，克里奥帕特拉对罗马的主要威胁，在于挑战屋大

---

① 有关克里奥帕特拉的生平事迹，古史中多有记载，最著名的是普鲁塔克的《安东尼传》，里面对埃及女王有详细记录。但大部分古史受奥古斯都一朝宣传机器的影响，对克里奥帕特拉偏见极深，不乏肆意诋毁之辞，不能尽信。我参考的是两部近现代史家撰写的比较可靠的传记：Michael Grant, *Cleopatra* (Simon and Schuster, 1972); Duane W. Roller, *Cleopatra: A Biography* (Oxford UP, 2010)。

维政权的合法性。如果她与恺撒生下的儿子得到承认，那么恺撒里昂将是尤里乌斯·恺撒的合法子嗣。屋大维是恺撒的甥孙（屋大维之母是恺撒的外甥女），恺撒在被刺前一年已秘密立下遗嘱，以罗马的惯例收养屋大维为嗣子，立他为法定继承人。屋大维继承了恺撒的衣钵和名字，这是他最重要的政治资本，谁如果威胁到他的继承身份，便是直接剥夺了他的政治生命。所以，屋大维对克里奥帕特拉的仇视，甚至要超过他对安东尼的敌意。支持屋大维的文人墨客，很快就掀起宣传攻势，对克里奥帕特拉极尽诋毁之能事。按照历史学家迈克尔·格兰特（Michael Grant）的总结，在这场丑化政敌的运动中，"克里奥帕特拉是理想的全民公敌，她是用奢华勾引罗马将军的东方妇人，是攫取罗马领土的荡妇，最终罗马都要遭受她所率蛮族军队的践踏"。[①] 当时罗马几位大诗人，如维吉尔、贺拉斯、普罗佩提乌斯都受过屋大维的恩惠，所以政治立场非常明确，都站在这位恺撒合法后嗣的一方。在屋大维击败东方联军之后，诗人们各自用诗歌对罗马的死敌、东方妖姬做了不同程度的谩骂和丑化。[②] 维吉尔在《埃涅阿斯纪》8.685 以下描写了这场海战，这位埃及女王被写成东方蛮夷的化身，她亲率一群乌合之众，奉着妖魔鬼怪一般的埃及本土神，向代表天朝上邦的罗马军队发动进攻。

---

① Michael Grant, *Cleopatra*, p. 201.
② 集中的讨论见 W. R. Johnson, "A Queen, a Great Queen? Cleopatra and the Politics of Misreprensentation", *Arion*, vol. 6, no. 3 (1967), pp. 387-402; 以及 Maria Wyke, "Augustan Cleopatra: Female Power and Poetic Authority", in Anton Powell (ed.), *Roman Poetry and Propaganda in the Age of Augustus* (Bristol Classical Press, 1992), pp. 98-140。

一边是维吉尔创造的文学形象狄多,另一边是被屋大维集团妖魔化的克里奥帕特拉,二者之间的可比性具体体现在哪些方面?美国学者皮斯(Arthur Stanley Pease)在1935年出版的《埃涅阿斯纪卷四集注》的前言中,总结了有关这一问题的多种看法,并罗列出两位女性之间的相像之处。这里将其中较有说服力的几处加以概括。①

皮斯认为:首先,二人的身份和地位相同,都是一国之主。其次,二人都去国离乡,都被兄弟赶出国门,去别处避难(狄多的丈夫被她的弟弟谋害,从而导致她出奔)。再次,两位女性都以美貌吸引罗马史上的关键人物:"二人都凭自己的魅力,迷住特洛伊—罗马历史上的一位重要人物,让他在自己的温柔乡里滞留了一个冬天。在纸醉金迷的宫廷里,在灯火通明的宴饮中,在皇家的奇珍异宝的围绕下,让他忘却了崇高的目标。"② 最后,两个人连自杀的方式都有类似之处。狄多先试图横剑自杀(4.663-665),而克里奥帕特拉也曾尝试用剑结束生命。③ 当然,二人身上也有显著的不同。比如在史诗中,狄多几乎凭一己之力打下一片江山,在埃涅阿斯未抵达之前,已是一位贤明的、有雄才大略的君主。但被丑化的克里奥帕特拉,则是耽于淫乐、挥霍无度的"狐狸精"。再有,狄多没有子嗣,这个主题在史诗中多次提及,

---

① 皮斯:《卷四集注》。下面的讨论主要见第24—26页。
② 皮斯:《卷四集注》,第25页。此点后面还有讨论。
③ 普鲁塔克《安东尼传》记载(79.2),克里奥帕特拉将自己关在陵墓的密室中。当屋大维的使臣偷偷进入密室后,克里奥帕特拉立即想用随身携带的剑自杀。*Plutarch's Lives*, vol. 9, Loeb Classical Library (Harvard UP, 1920), p. 317.

而埃及女王与恺撒和安东尼共有三个儿女。

皮斯之后，凡侧重历史研究的学者，在讨论狄多故事时，都会简要提及影射一事。比如英国学者坎普在《维吉尔〈埃涅阿斯纪〉导论》中，花了一定的篇幅，讨论安东尼如何受克里奥帕特拉的诱惑，拜倒在埃及女王的石榴裙下。为了取悦女王，安东尼甚至不惜牺牲罗马的国家利益，正仿佛史诗中埃涅阿斯为了狄多而在迦太基逗留良久。[①] 20世纪70年代，有学者专门对比维吉尔笔下的狄多与贺拉斯颂歌中的克里奥帕特拉形象，指出两位女王在拥护屋大维政权的两位诗人笔下的异同。[②] 近年来，讨论史诗中罗马民族性的建构、罗马与异族关系的研究较多，代表异国情调的埃及女王和狄多在涉及种族、民族认同等问题时常常被提及。比如在2005年出版的一部著作中，作者就单辟一章探讨克里奥帕特拉形象中蕴含的种族和性别问题，其中有10页讨论狄多与克里奥帕特拉的比照。[③] 还有散落在研究《埃涅阿斯纪》各书中的零星讨论，这里就不备述了。[④]

若说维吉尔直接以克里奥帕特拉为原型，塑造了狄多这一人

[①] 坎普：《维吉尔〈埃涅阿斯纪〉导论》，第40—41页。

[②] J. M. Benario, "Dido and Cleopatra", *Vergilius* 16 (1970), pp. 2-6.

[③] Yasmin Syed, *Vergil's* Aeneid *and the Roman Self* (The University of Michigan Press, 2005), pp. 184-193. 此节标题为"狄多身上的克里奥帕特拉"（"Cleopatra in Dido"）。这本书探讨此问题篇幅虽长，但只限于场景、情境等宏观方面的对比，对于语言细节的关注嫌不够。

[④] 再举20世纪不同时期的三个例子：Adam Parry, "The Two Voices of Virgil's *Aeneid*", *Arion* 2.4 (1963), pp. 73, 77; J. A. Richmond, "Symbolism in Virgil: Skeleton Key or Will-o'-the-Wisp?", *Greece and Rome* 23.2 (1976), p. 154; Sarah Spence, "*Varium et Mutabile*: Voices of Authority in *Aeneid* 4", in Christine Perkell (ed.), *Reading Vergil's* Aeneid: *An Interpretive Guide* (University of Oklahoma Press, 1999), p. 89。

物,则明显与诗中安排不符。前面一节已经说过,维吉尔设置这样一位迦太基女王,还要将公元前3世纪罗马和迦太基的冲突、两次布匿战争都纳入史诗的框架中。所以狄多身上不仅融合了多种文学传统,也嵌入了罗马共和国的政治史和军事史。诗人将多重考虑加以融合和锻铸,而绝非单纯以某一位当代人物作为创作的模型。但是就克里奥帕特拉来说,我们虽不能简单认定狄多完全对应于这位埃及艳后,但史诗第一批读者一定能在狄多身上,看到埃及女王的影子。皮斯在《卷四集注》前言中,从大处着眼,已将较明显的对照点出。下面我综合后代学者的研究,将几处细节,特别是皮斯在其注释中不曾注意到的段落和词句,再加以梳理和讨论。通过这样的整理,希望能考察《埃涅阿斯纪》是如何在罗马当代读者的阅读经验中,激发起对于埃及艳后的联想。

史诗在卷一结尾处描写狄多设宴款待埃涅阿斯。对男女主人公的描写,让当时人很容易联想到安东尼为女王迷惑、乐不思蜀的传闻。在宴席间,爱神丘比特受维纳斯唆使,以爱情之箭射中狄多,为的是要确保女王爱上埃涅阿斯,不至于加害于他。在丘比特下手之前,维纳斯给他安排任务,其中对狄多有这样的描述:

> 如今腓尼基的狄多将他羁绊、滞留,
> 用了花言巧语,但我惧怕朱诺的好客,
> 千钧一发之际她断不会停手。

> nunc Phoenissa tenet Dido blandisque moratur
> uocibus, et uereor quo se Iunonia uertant
> hospitia; haud tanto cessabit cardine rerum. (1. 670-672)

维纳斯的措辞，或许会让罗马读者联想到克里奥帕特拉以美色迷惑安东尼的传闻。第 670 行中的 tenet 表示"挽留""留住"，而狄多"巧舌如簧"（blandis vocibus），让人想到埃及艳后蛊惑人心的技巧。① 此外，维吉尔对这场宴席的盛况作了描写，以显示迦太基女王的财富和奢华。由一位富可敌国的北非女王，设宴款待一位外族将军，不免会令人联想起恺撒于公元前 42 年抵达亚历山大城，帮助年轻的克里奥帕特拉复位。

卷四有两段，影射的意味也十分明显。狄多中了丘比特的魔法，爱上埃涅阿斯，而女神朱诺想更进一步促成二人的婚事，好让埃涅阿斯彻底放弃寻找意大利的念头。她制造机会，让二人在山洞完婚。从此，特洛伊王子便与北非女王形影不离，引来外界的流言蜚语。维吉尔采用拟人手法，设计了"谣言女神"（Fama）下界，将谎言与真相混杂，然后四处传播。这位女神开始搬弄是非，最先关注的就是埃涅阿斯与狄多的爱情：

> 特洛伊血统的埃涅阿斯翩然而至，
> 美丽的狄多委身下嫁；

---

① Lee Fratantuono, *Madness Unchained: A Reading of Virgil's Aeneid* (Lexington Books, 2007), p. 23. 当然，这是维纳斯的视角，不一定代表实情。但本章重点在于罗马读者对诗行的联想和接受。

> 如今二人耳鬓厮磨，消磨漫长的冬日，
> 遗忘国事，为卑贱情欲所俘获。

> uenisse Aenean Troiano sanguine cretum,
> cui se pulchra uiro dignetur iungere Dido;
> nunc hiemem inter se luxu, quam longa, fouere
> regnorum immemores turpique cupidine captos. (4. 191-194)

这段最容易让人浮想联翩。普鲁塔克描写公元前41—前40年冬天，安东尼滞留在亚历山大城，与女王终日宴饮为乐。公元前35年之后的三年，二人也都在亚历山大城过冬。皮斯在《卷四集注》中指出，读者读至此，会立即想到安东尼堕入温柔乡，与克里奥帕特拉在奢华和宴饮中度过冬季。① 谣言女神的话中，明确说狄多委身于埃涅阿斯（se...dignetur iungere），为的是煽动迦太基人的不满，因为本国女王竟屈尊嫁给外来人。考虑到安东尼与克里奥帕特拉结婚，也是罗马将军与异国女王结合，所以民族情绪高涨的罗马读者要听出影射的意味，是非常容易的。这段中更严重的指责是"遗忘国事"（regnorum immemores），说明二人作为国君，均犯下严重的过失，缺少希腊化时代理想国君身上两个重要品质：自制和惠民。② "遗忘国事"一条也是屋大维集团对安东尼的主要指控，因为他不顾罗马的利益，投向了东方的怀抱。

---

① 皮斯：《卷四集注》，第223页。
② Francis Cairns, *Virgil's Augustan Epic* (Cambridge UP, 1989), p. 49.

安东尼被东方女王征服,还可见于卷四第 261—264 几行。墨丘里从天而降,带着朱庇特的敕令,要告诫埃涅阿斯。但是意想不到的是,他看到埃涅阿斯正在迦太基工地上为未来的敌国修建城墙。埃涅阿斯此时的装束更是让人感到,他与特洛伊的传统已渐行渐远:

> ……宝剑镶嵌着棕绿的宝石,
> 身披腓尼基人的紫袍,
> 富有的狄多亲手缝制。

> ... atque illi stellatus iaspide fulua
> ensis erat Tyrioque ardebat murice laena
> demissa ex umeris, diues quae munera Dido
> fecerat, ... (4.261-264)

埃涅阿斯换上外族的服饰,皮斯认为正仿佛安东尼的所作所为:"此段描绘埃涅阿斯身着异国服饰,正如同安东尼在埃及一样,罗马人觉着这样做特别有失体统。"[①] 皮斯给出了史书中有关安东尼易服的记载,这里仅举两例。迪奥《罗马史》第 50 卷中记载安东尼被克里奥帕特拉诱惑,在行为举止和服饰方面都背离了罗马传统:"他称自己的行辕为'行宫',有时腰带上悬一柄东方宝剑,

---

① 皮斯:《卷四集注》,第 262 页。

装束与本国风俗完全不同。"①普鲁塔克在《安东尼传》中（54.5）记述公元前34年安东尼在亚历山大城分封疆土时，让自己与克里奥帕特拉所生的儿子穿着米提亚（位于伊朗西北部的古国）服饰，头戴波斯风格的尖顶高帽（tiara）。在古代史家笔下，这都是安东尼被"东方化"的明证。所以，埃涅阿斯的装束让现代注家作出这样的评论："这位埃涅阿斯宝剑上镶满珠宝，身披紫色斗篷，完全是被狄多精心打扮的腓尼基人埃涅阿斯，而不是负有历史使命的严毅之士。"②如果埃涅阿斯不断被"东方化"，那么让他滞留的狄多就更直接对应于克里奥帕特拉了。

还有学者企图从字里行间寻找蛛丝马迹，证明在维吉尔心目中，狄多身上明显带有埃及女王的影子，挥之不去。比如，狄多临终前，维吉尔对她的描写是"死期将至，面容苍白"（pallida morte futura 4.644），这与卷八中描写克里奥帕特拉临死之前的用词基本相同（pallentem morte futura, 8.709）。③局部用语之相似，在不少学者看来，说明维吉尔有意无意将二人等同。④当然，仅凭只言片语的相似，还不足以坐实诗人确是有意安排。但是同样的用语都出现在二人临终之前这样关键的场景中，也不能完全以偶然和巧合来解释。

---

① *Dio's Roman History*, vol. 5, Loeb Classical Library (Harvard UP, 1917), p. 445.
② 奥斯丁：《卷四注》，第89页。
③ 常见的注释中（比如 Conington and Nestleship, R. D. Williams, Austin）都会提到，此处不赘述。
④ Gary B. Miles and Archibald W. Allen, "Vergil and the Augustan Experience", in John D. Bernard (ed.), *Vergil at 2000: Commemorative Essays on the Poet and His Influence* (AMS Press, 1986), p. 34.

四、狄多与罗马凯旋式

上节讨论的几处细节，除最后一例之外，基本上是事件和场景之间存在一定的相似和平行。本节要分析的则是维吉尔看似不经意使用的一个词，探讨其中的歧义是否可能让罗马读者从狄多立即联想到克里奥帕特拉。

埃涅阿斯接到墨丘里的警告，立即命特洛伊人扬帆出海，奔赴意大利。狄多苦苦哀求，但埃涅阿斯心如铁石。当晚，狄多夜不能寐，辗转反侧，考虑了未来三种可能性。她首先想到是否要重新投入从前那些求婚者的怀抱，但立即断然否定。第二种可能，是抛开自己目前拥有的一切，抛开国家和人民，随埃涅阿斯远走他乡。这一想法维吉尔用了 7 行来描述，显示狄多的思考非常充分：

> 是否跟随特洛伊船队，屈从特洛伊人的命令？
> 难道他们会感恩？难道会铭记我既往的恩德？
> 就算我心甘情愿，谁会让我在船上容身？
> 可怜的妇人，到现在你还没有领略
> 特洛伊人的谲诈？我当何去何从？
> 形单影只，在逃亡的旅途，
> 我真要陪伴欢天喜地的水手？

> Iliacas igitur classis atque ultima Teucrum
> iussa sequar? quiane auxilio iuuat ante leuatos
> et bene apud memores ueteris stat gratia facti?

第六章　狄多女王与罗马政治　301

> quis me autem, fac uelle, sinet ratibusue superbis
> inuisam accipiet? nescis heu, perdita, necdum
> Laomedonteae sentis periuria gentis?
> quid tum? sola fuga nautas comitabor ouantis? (4.537-543)

狄多设想是否要抛开臣民，与埃涅阿斯远赴意大利。这一想法被她否定，因为一位高傲的女王不愿寄人篱下，更不愿遭受特洛伊人（未来的罗马人）的羞辱和嘲弄。这7行的最后一个词，是此节讨论的重点。这里用的 ouantis 是动词 ovo 的现在分词复数形式，修饰"水手"（nautas）一词。① ovo 有"兴高采烈""欢欣鼓舞"之义，此处可表现埃涅阿斯的属下因为要离开迦太基而奔赴新家园的兴奋之情。② 这样的用法在全诗中还有不少。比如卷三第189行，描写跟随埃涅阿斯的水手明确了目的地在哪里，于是"众人听令，无不欢欣雀跃"（et cuncti dicto paremus ouantes）。在卷三详注本中，霍斯佛就指出，ouantes 这里有欢喜雀跃、欢声一片的意思。③ 但是也有注家注意到这个词与罗马政治其实有着密切关系，而且这样政治性的解读自古有之。

　　动词 ovo 和名词 ovatio 均可解作罗马的凯旋式（英文的 triumph）。凯旋式指古罗马为庆祝重大军事胜利而为将领公开举行的大型庆典。依照军功的大小，分为大型凯旋式（triumphus）

---

① 维吉尔诗的牛津版校勘本中，将用作辅音字母的 u 都予以保留，不写成字母 v。所以 ouantis 就相当于 ovantis。下面讨论 ovo、ovatio 等词，一律按照现代拼法。
② 英译本中多取这个义项，比如洛布古典丛书、Allen Mandelbaum 和 Robert Fitzgerald 均译作 exultant sailors。
③ Nicholas Horsfall, *Virgil, Aeneid 3: A Commentary* (Brill, 2006), p. 167.

和规模稍小的仪式（ovatio）。至今英文中有 ovation 一词，指热烈欢迎和鼓掌，就是源于罗马这一制度。小凯旋式有别于正规的凯旋式，区别主要体现在如下几方面：得胜还朝的将军或步行，或骑马，但不乘坐专供凯旋庆典使用的战车（triumphal chariot）；胜利者头戴长春花（myrtle）花冠，而不是以月桂树枝编成的桂冠；将军身着紫色镶边的托加袍（toga praetexta），而不是染色、带刺绣的袍服（toga picta）。那些虽取得军功，但功勋不够昭著的将领，若未达到正规凯旋式标准，则往往得到小凯旋式的荣誉，如同一种安慰奖。①

《诂训传》在注解卷四第 543 行时，以简洁的方式列出最常见的解释，然后立即予以纠正。这很可能是后世注家对前人工作所作的补充与修订。在后面较长的注解中，笺注者特别指出 ouantis 这个词有凯旋式的意思，并对等级不同的凯旋庆典做了简要说明：

> OVANTES：欢喜之义。前说误：ovatio 实乃小型凯旋式。有资格赢得 ovatio 者，以一匹马（拉车），由罗马民众或者骑士引领，至卡匹陀林山，以羊（de ovibus）献祭，故称 ovatio。举行正规凯旋式（triumphus）者，驾四匹白马，元老院成员开道，直至卡匹陀林山，以公牛献祭。②

---

① 有关 triumphus 和 ovatio 的区别，可参看：Mary Beard, *The Roman Triumph* (Harvard UP, 2007), pp. 62-63; Ida Östenberg, *Staging the World: Spoils, Captives, and Representations in the Roman Triumphal Procession* (Oxford UP, 2009), pp. 48-49。

② 《诂训传》Thilo-Hagen 版，卷一，第 561 页。

19 世纪有名的注释本也指出了 ovantis 这个词的双重含义:"既包含凯旋礼之义,也有普通意义上的欣喜。"① 20 世纪的注释和研究中,有不少学者分析此行,但都未及深论。② 只有奥斯丁说得更加透彻:"罗马读者会想到胜利者得到的 ovatio 欢迎仪式;狄多将要参加罗马的凯旋式。"③ 如果我们沿着奥斯丁的思路再推进一步,就会发现埃及女王之死与罗马凯旋式确确实实有非常紧密的关系。

据罗马历史学家苏维托尼乌斯记载,屋大维于公元前 31 年攻克亚历山大城之后,非常希望能将克里奥帕特拉作为战俘带回罗马,参加自己的凯旋式。《奥古斯都本纪》第 17 章记录了克里奥帕特拉放毒蛇咬伤自己,屋大维还差人实施救助:

> 他满心指望克里奥帕特拉能活着参加凯旋式。他觉得女王会死于蛇毒,于是带来北非的驯蛇人,将毒液吸出。

> Cleopatrae, quam seruatam triumpho magno opere cupiebat, etiam psyllos admouit qui uenenum ac uirus exugerent, quod perisse morsu aspidis putabatur.④

---

① 见 Conington 注本对这一行的注释:John Conington, *P. Vergili Maronis Opera*, vol. 2 (Whittaker, 1884), p. 309.

② Francis L. Newton, "Recurrent Imagery in *Aeneid* IV", *Transactions and Proceedings of the American Philological Association* 88 (1967), pp. 31-43; M. Dyson, "Vergil, *Aeneid* 4.543", *The Classical Quarterly*, new series, 40.1 (1990), pp. 214-217.

③ 奥斯丁:《卷四注》,第 162 页。

④ *Divus Augustus* 17.4. Robert A. Kaster (ed.), *De Vita Caesarum Libri VIII et De Grammaticis et Rhetoribus Liber* (Oxford UP, 2016), p. 77.

这段文字中，像"极度"（magno opere）、"热望"（cupiebat）这些用词都显示，屋大维千方百计要确保女王的人身安全。更晚的史家迪奥在其《罗马史》第51卷11章，也采用相同的说法："恺撒[指屋大维]不仅急于获取她的财富，还想活捉她，带回去参加凯旋式。"① 普鲁塔克的《安东尼传》记载，屋大维获悉安东尼之死后，急忙差遣手下人看管好克里奥帕特拉，"因为他担心她会将财宝付之一炬，而且凯旋式的队伍中，若能有克里奥帕特拉的身影，则凯旋式会增添光彩"。② 这些记载都体现，屋大维竭力要保证女王的人身安全，以求在罗马的庆典上炫耀战功，为自己增加政治资本。

上面引的三位史家，苏维托尼乌斯作《罗马帝王传》已在公元1世纪，而迪奥和普鲁塔克撰写他们的著作，已经到了公元2世纪。如果我们对这些记载有怀疑的话，不妨读读维吉尔同代诗人贺拉斯的描述。克里奥帕特拉于公元前30年自尽，消息传到罗马之后，贺拉斯立即作颂诗，这就是《赞歌集》（Carmina）第一卷中著名的第37首，通常也被称作《克里奥帕特拉赞歌》（Cleopatra Ode）。这首诗庆祝屋大维击溃东方军队，明确提到克里奥帕特拉为逃避被公开展示的悲惨命运而自杀。贺拉斯在赞歌的前半部，表达胜利的狂喜，对胜利者赞不绝口，几近阿谀（将屋大维比作雄鹰、猎人，将埃及女王比作软弱的鸽子和兔子）。但21行之后，他笔锋一转，对于克里奥帕特拉自杀又给予高度评

---

① *Dio's Roman History*, trans. Earnest Cary, vol. 6 (Harvard UP, 1917), p. 33.
② Plutarch, *Antony* 78, in *Plutarch's Lives*, vol. 9, Loeb Classical Library (Harvard UP, 1920), p. 315.

价，说她有男子气概、无所畏惧、泰然自若（generosius, 21; nec muliebriter, 22; ausa, 25; vultu sereno, fortis, 26）。在这首短诗的结尾，贺拉斯明白无误地将女王自杀的原因归结为不愿意在罗马凯旋式上被展览：

她因
这精心决断的死变得更凶，
这不卑微的妇人想必憎见
被褫后载以残忍<u>利伯</u>
艇牵引至侮慢的凯旋式。①

deliberata morte ferocior:
saevis Liburnis scilicet invidens
privata deduci superbo
non humilis mulier triumpho. (*Carmina* 1.37.29-32)

这首诗的后半部颠覆了前半部，将一首庆功的赞歌变成一首哀歌。② 贺拉斯这首诗含义复杂，刘皓明认为"末三章赞敌人绝命之慷慨，虽其颠仆为义不容道，然其赴死却英烈可敬，不辱其显赫身世也。诗人庆贺官军克敌之时，仍能称赞所殪仇敌勇毅过

---

① 这里采用刘皓明的中译文，见《贺拉斯〈赞歌集〉会笺义证》，华东师范大学出版社，2021 年，第 993 页。

② Steele Commager, "Horace, 'Carmina' 1.37", *Phoenix* 12 (1958), p. 50.

人,颇显其格调之高、心胸之广"。① 全诗最后一词是"凯旋式",很值得注意。古代载记中对于克里奥帕特拉自杀的动机都不甚明确,唯有贺拉斯和普鲁塔克的《安东尼传》在这一点上毫不含糊。普鲁塔克笔下的克里奥帕特拉与安东尼的尸体诀别,有一段独白(第84节):"埃及的神灵依然离弃我们,但如果罗马诸神尚有神力,你妻子健在时不要抛弃她,在庆祝击败你的凯旋式上,不要让我出现……"② 由于贺拉斯这首赞歌在所有文献中,距离克里奥帕特拉之死时间最近,我们有理由相信他的说法乃是当时颇为流行的一个版本,或者是对埃及女王之死的一个有代表性的解释或猜测。

我们今天保留了一部贺拉斯诗歌的古代笺注,其间虽掺入不少后世的解释,但里面保留了2世纪和3世纪学者阿克隆(Acron)和珀菲力翁(Porphyrion)的意见。在对这首诗第30行的注释中,这部笺注辑录了珀菲力翁的看法,认为克里奥帕特拉不想被生擒,是不想为屋大维即将举行的凯旋礼增色(ne capiuitas sua illi speciosiorem faceret triumphum)。珀菲力翁又引李维已经散佚的作品,称克里奥帕特拉总说:"我绝不参加凯旋礼。"(Non triumphabor)③ 这条材料如果属实,那么正可说明女王心意已决,不想遂了征服者的心愿,故而说话如此斩钉截铁。

为何克里奥帕特拉宁死也不愿意被屋大维带到凯旋式上去?原来凯旋式的一个重要环节就是献俘,将俘虏押在庆典队伍中,

---

① 《贺拉斯〈赞歌集〉会笺义证》,第586—587页。

② Plutarch, *Antony* 84, pp. 325 and 327.

③ *Pseudacronis Scholia in Horatium Vetustiora*, vol. 1, ed. Otto Keller (Teubner, 1902), p. 135.

当作战利品供罗马全城百姓观看。罗马大将往往将敌方首领活捉,关押数年,只为了能上演这样一出"活人秀"。我们可以看看恺撒的例子。公元前52年,高卢人的首领维金盖托里克斯(Vercingetorix)叛乱,后兵败投降,恺撒将其关押6年之久,直到前46年恺撒自己举办凯旋式,将其作为"明星战俘"展示,然后才斩首。① 这一年的凯旋式上,克里奥帕特拉的姐姐阿尔西诺(Arsinoe)也在被展示的囚徒队伍中。古代历史和传说中,敌方渠帅因为不想在大庭广众之下被观赏、被羞辱,往往会提前自尽。比如,庞培于公元前61年举行凯旋式,极尽奢华之能事,为了庆祝击溃米特拉达提斯(Mithradates)。据说米特拉达提斯怕被活捉之后当作展品出现在凯旋式上,于是自杀。另有一个版本,他让手下兵士将自己刺死。

玛丽·比尔德在讨论罗马凯旋式的著作中,还列举了公元1世纪之后的例子。反抗罗马的异族首领或服毒,或绝食,或让随从将自己刺死,以各种方式结束自己生命,以免在凯旋式上当众受辱。这种"宁死不屈"(defiant suicide)除了使自己不致再度受辱,还可以削弱征服者的光环,"偷走"罗马将军部分荣光。② 这些描写不一定完全符合史实,有可能成为表现战败者的固定套路。但本章所关心的并非完全是史实问题。克里奥帕特拉是否真的因为在乎自己的荣誉而自杀,这要留待历史学家来进一步考证。但是视她为仇敌的罗马诗人,比如贺拉斯,在她死后几个

---

① Beard, *The Roman Triumph*, p. 38.
② Ibid., pp. 115-116.

月之内，便在颂诗中提供了她的死亡动机，这可以视为当时罗马公众的一般看法。克里奥帕特拉对凯旋式的拒斥，正可归入罗马读者的"阅读视界"和阅读期待当中。换言之，当贺拉斯这样拥护现政权、加入诋毁克里奥帕特拉大合唱的诗人，将她自杀的动机呈现给公众时，一般读者极有可能将这个死因牢牢编织进对于埃及女王的想象当中。当这样的读者读到狄多女王（克里奥帕特拉的文学替身）不愿被满怀敌意的异族士兵带到他们新的祖国，ovantis 这个词所包含的"小凯旋式"的含义，就极有可能从潜隐状态浮出表面。这个词的政治、军事含义就完全有可能在卷四第543行凸显出来，掩盖这个词更普通、更日常的"欢天喜地"的义项。

狄多的迦太基背景以及这个人物对克里奥帕特拉的历史影射，都是准确理解这一文学形象的关键因素。若不了解这些历史知识，就只能针对文本表层的爱情故事进行浪漫化和个人化的浅表解读，则维吉尔想传达的政治和历史深意也就无从发现了。

第七章　罗马主神朱庇特

　　西方史诗传统自荷马开始，神的显现和对人事的干预便构成史诗最重要的特征。在《奥德赛》第 1 卷中，奥德修斯的妻子对一位正在吟唱的歌人说："你知道许多其他感人的歌曲，/ 歌人们用它们歌颂凡人和神明的业绩"（1.337-338），这可算作荷马史诗内部对史诗的简单定义。[①] 公元前 1 世纪的哲学家波西多尼乌斯对史诗有更明确的界定。虽然他谈论的是"诗"，但实际上讲的是史诗："诗乃是用雕饰的言辞表达深意，表现神灵和凡人之事迹。"[②] 我们可以说，没有神便不成史诗，对神灵的表现乃是古典史诗最关键的元素之一。[③]《埃涅阿斯纪》也不例外。在叙述埃涅阿斯的漂泊和征战过程中，罗马宗教中几位主要神灵随处可见，是推动情节展开、决定史诗走向的原动力。赛维乌斯在《诂训传》中将这部史诗定为"英雄体"（heroicum），实际上就相当于我们今天所说的"史诗"。赛维乌斯写道："此诗乃英雄体，因其包含神界与人间的人物（constat ex divinis humanisque personis），既有真

[①] 后面引用荷马史诗的两个中译本分别是：《伊利亚特》，罗念生、王焕生译，人民文学出版社，1994 年；《奥德赛》，王焕生译，人民文学出版社，1997 年。我只随文注出卷数和行数。

[②] D. C. Feeney, *The Gods in Epic* (Clarendon Press, 1991), p. 35.

[③] 公元 1 世纪的罗马诗人卢肯曾作《内战记》，通篇没有人格化的诸神参与，纯粹是"无神"的史诗，这在古代可算是个异数。

实也有虚构。"① 很多人甚至认为《埃涅阿斯纪》纯是一首宗教诗，因诗中描写神灵的显现、预言、神谕、异象的段落俯拾皆是。在众多庇护或阻挠埃涅阿斯的神灵当中，罗马主神朱庇特显得尤其关键。

在《埃涅阿斯纪》中，朱庇特出场次数不多，不及维纳斯和朱诺那样活跃，也没有跳到前台，直接干预人事。但朱庇特每每在紧要关头出现，或预言罗马人未来辉煌的业绩，或决定关键战役的胜负，于罗马建国起到至关重要的作用。需要说明，本章分析的并非罗马宗教祭祀中的朱庇特，而是维吉尔在其史诗中所描绘的文学形象和其中蕴含的宗教思想。诗中的朱庇特当然不可能与罗马国教以及民间崇拜的主神完全分离，但我的着眼点在于诗人所塑造的这位神灵，而非哲人或民众眼中的神灵。

一、朱庇特的平和与威仪

欲了解维吉尔史诗中的朱庇特，需先看《伊利亚特》中宙斯的形象。维吉尔以荷马史诗为范本，处处加以模仿，将《伊利亚特》和《奥德赛》两诗熔铸于一炉。荷马笔下的宙斯专横、霸道，丝毫不考虑其他神灵的意愿和利益，可谓一独裁君主。宙斯一发话，奥林匹亚诸神便恐惧战栗，唯恐这位暴君的怒火降到自己头上。在《伊利亚特》第 8 卷开篇，宙斯警告诸神，禁止他们帮助特洛伊战争中任何一方，否则他会将犯禁的神灵抛入幽暗的冥间。同时他还炫耀自己无与伦比的神力，称若从天上垂下一条金

---

① 《诂训传》Thilo-Hagen 版，卷一，第 4 页。

索,哪怕所有神灵齐聚于金索的一端,集众神之力也无法将他从天庭拖曳下来。而他自己只要轻轻扯动金索,不费吹灰之力,便可将众神吊在天穹中央(8.16-27)。宙斯仿佛一介武夫,只懂得依仗强权和蛮力,逼迫所有人就范。而一旦其他神祇与他为敌,或者违抗禁令,他便毫不留情地予以惩治。在《伊利亚特》第1卷,火神想及宙斯昔日的淫威,犹心有余悸。他对母亲赫拉说,当奥林匹亚诸神反抗宙斯之时,宙斯曾抓住他双脚扔出天门,他头朝下一直从高空跌落到地面,几乎丧命(1.586-594)。即使对自己的妻子天后赫拉,宙斯也不留情面。当宙斯发觉赫拉对自己所护佑的希腊英雄赫拉克勒斯不利时,他便将铁砧挂在赫拉脚上,用无法挣断的金链捆束她双手,吊在半空。众神在一旁观看,敢怒不敢言,生怕殃及自己(15.18-24)。

荷马史诗中的宙斯不仅暴虐,而且沉湎于男女之事,不可自拔。在《伊利亚特》第14卷,宙斯对赫拉总结了自己的风流史,历数了6位曾与自己有私情的女神或人间女子,还提及他四处留情之后所生的子嗣(14.317-327)。而这一卷中,赫拉正是利用宙斯好色的弱点,以美色制服了自己的丈夫。由于希腊第一勇士阿喀琉斯罢战,特洛伊主将赫克托耳便长驱直入,几乎攻陷希腊大营。偏袒希腊一方的赫拉看到战事危急,心急如焚,但又不敢公然违抗宙斯不许诸神参战的禁令,只好设下美人计。她深知宙斯无法抗拒情欲,于是打扮得光彩动人。宙斯一见便欲火攻心,迫不及待要与妻子行云雨之事。结果交欢之后,在睡神的暗中帮助下,赫拉怀抱宙斯昏昏睡去。宙斯既被"催眠",海神波塞冬便放开手脚,帮助希腊人抵御赫克托耳的进攻(14.153-355)。

荷马史诗作于"英雄时代",自然不会受后世道德观念的约束。在史诗成形的时代,也不会有道学家来指摘诗人对神祇这一类不敬的描写。但当史诗传统式微,便有前苏格拉底派哲人兴起,他们不再停留在神话世界中,转而探寻天地万物的本然。哲人对于传统的神灵进行更加深入的哲学探究,在道德上对奥林匹亚诸神也有更严格的要求,如此一来,史诗世界中六根不净的希腊诸神便开始受到严厉的审判。在前苏格拉底派哲人中,以色诺法内斯(Xenophanes,公元前6世纪)对荷马史诗的攻击最为犀利。在保存下来的残编断简中,色诺法内斯批判了传统宗教中的"神人相似论"(anthropomorphism),尤其对诗中所描写的诸神那些有悖伦理道德的行为极度愤慨。例如在残篇11中,他便直言:"荷马与赫西俄德将所有凡人都不齿之事归于神灵,比如偷窃、通奸和相互欺骗。"色诺法内斯自己对于宗教和神灵有独特的看法,完全是绝对的一神论。在他看来,天地之间的确有独一无二、至尊无上的真神,凌驾于一切神灵和人类之上,其形体和思想与世间的凡人绝无丝毫相似。而且真正的神灵绝不四处游走,而是永恒不动,仅凭借自己的心意支配一切。[1] 苏格拉底对荷马笔下的诸神也有类似批评。在柏拉图早期对话《游叙弗伦》(*Euthyphro*)中,苏格拉底便质疑诸神是否如史诗中所描写的那样结怨、争斗。[2] 在《理想国》卷二和卷三中,柏拉图对荷马史

---

[1] 见残篇23、25和26。参见 G. S. Kirk and J. E. Raven (eds.), *The Presocratic Philosophers* (Cambridge UP, 1969), pp. 168-169。

[2] *Euthyphro* 6b-c,中译文见严群翻译的《游叙弗伦・苏格拉底的申辩・克力同》,商务印书馆,2000年,第18页。一般认为本篇对话中的苏格拉底比较接近历史上苏格拉底的原型。

诗的批判则更加无情。柏拉图借苏格拉底之口，以为诗中对诸神的描写均是谎言，因为神只产生善，不会产生恶，荷马将人类所有弱点赋予神，乃是对神的诋毁，乃是大不敬。因此柏拉图主张删诗，删掉史诗中所有对神不敬的描写。①

我以极简的方式勾勒了古希腊哲人对荷马史诗中"神学"观点的批判。这些意见对于研习过哲学的知识阶层产生了深刻影响。在保留至今的维吉尔传略中，只提到维吉尔曾学习伊壁鸠鲁派哲学，但我们可以推断，以色诺法内斯和柏拉图为代表的理性精神和道德主义，在维吉尔时代的知识界已成为一种公共知识，是涉猎过哲学者必做的功课。而且在公元前1世纪，罗马上层阶级对民众宗教中的迷信普遍持怀疑态度，也不信文学中对神灵夸饰的描写。这一历史时期的代表人物如恺撒和西塞罗，或者把宗教当作政治宣传的手段，或者委婉地提出理性主义的主张，都对史诗和神话中的神敬而远之。②

这种宗教批判精神也体现在荷马史诗的古代笺注中。罗马民族本无自己的文学传统，拉丁文学肇始于公元前3世纪希腊文学的引入。相传希腊人安德罗尼库斯（Andronicus）为罗马人俘获，遂成为保傅，以《奥德赛》教授学童，并将这部史诗译为拉丁文。从此希腊文学便长驱直入，对拉丁文学造成决定性影响。可以说，没有希腊文学的引入，拉丁文学便无法形成。罗马人吸收

---

① 诸神只为善、不作恶，见《理想国》卷二 379a-c, 380c, 及卷三 390e。删诗的主张见卷三 386a-388e。

② Arnaldo Momigliano, "The Theological Efforts of the Roman Upper Classes in the First Century B.C.", in *On Pagans, Jews, and Christians* (Wesleyan UP, 1987), pp. 58-73.

希腊文学，并不仅仅依靠阅读荷马史诗文本本身。实际上，拉丁文学从一开始，既要面对希腊文学，又要面对随后产生的注释传统。① 因为对史诗中疑难词语的训诂、对典故的解释、对著名段落的文学分析，特别是对诗中败笔的指摘，已然形成一整套注疏体系，成为读者无法绕过的批评传统。

维吉尔当然熟习荷马史诗，但他绝非单纯面对史诗文本，他还需面对公元前3世纪之后产生的荷马史诗笺注。维吉尔不是与荷马史诗直接对话、交流，而必须通过古代注疏这一中介，必须参校古代注家的评论和意见，方能全面吸收、消化、处理荷马的遗产。尤其古代注家对荷马史诗中一些"失误"和"败笔"均有论断，包括情节前后矛盾、不合逻辑，特别是对诸神一些不敬的描写，均有古代注家一一指出。因此维吉尔对注家所指摘的缺陷必定十分留意，在模仿荷马时，会参详各家意见。凡荷马被诟病的地方，维吉尔便会格外小心，以免重蹈希腊文学前辈的覆辙。比如，在《伊利亚特》第5卷中，雅典娜跳上希腊勇士狄俄墨得斯的战车，战车的橡木车轴因不堪女神和希腊英雄两人的重量而大声作响（5.837-839）。后世注家对这两行提出批评，认为不甚妥当，因雅典娜不应这般体态臃肿。维吉尔在《埃涅阿斯纪》12.468行以下，也描写一位女神跃上战车。他处理相同场景，在改编荷马史诗相应段落时，便删去了为注家所指摘的这两行。②

《马太福音》曰："一仆不能事二主。"维吉尔在创作《埃涅

---

① D. C. Feeney, *Literature and Religion at Rome* (Cambridge UP, 1998), p. 53.

② Robin R. Schlunk, *The Homeric Scholia and the Aeneid* (The University of Michigan Press, 1974), pp. 22-23; p. 107.

阿斯纪》时，却要小心翼翼地侍奉两位"主人"。他既要模仿荷马史诗的主题、结构、辞藻，又必须处处留意古代注家的批评意见。这是因为古代文本和注释已浑然一体，不可分割，都是同一文学传统的有机组成部分。我们通常以为对原典的注释不过是经典文本的附庸，是依附于原典、由原典派生出的、非原创的解释工作，其作用不过是帮助后世读者疏通文句、解说典故。注家撷拾故事，炫耀博学，似乎仅仅是注释疑难词句，将原文晦涩处表明之。但我们往往忽略注释传统自有其建设性的一面。笺注看似是对古文本的解说，但后代人总要以新的标准来对古代文本做出裁断，我们可从中看出后代注家与前代作者之间的争竞。同时，注家所标举出的新标准和新信条，又为新一代的作家制定了规范。因此笺注传统对后世文学创作便可施加决定性的影响，可以规约、钳制、校正后世作者的文学创作。

维吉尔既熟悉希腊哲人对荷马史诗的批判，也熟悉注疏传统对荷马的指责，这些因素都影响了他对史诗中神灵的处理。比如，他笔下的罗马诸神已然高度"道德化"，不再如《伊利亚特》中希腊诸神那样充满七情六欲，甚至在战场上兵戎相见。[①] 在很多描写神灵的段落，维吉尔都对荷马史诗中的样板悄悄做了修正。

史诗中的主神朱庇特便是一个很好的例子。相较于宙斯，维吉尔的朱庇特带有罗马人典型的威严和持重（gravitas），宙斯的"劣迹"丝毫没有移植到朱庇特身上。《埃涅阿斯纪》卷一开篇不久，埃涅阿斯率流亡的特洛伊人在海上航行。朱庇特的妻子朱

---

① Pierre Boyancé, *La religion de Virgile* (Presses Universitaires de France, 1963), pp. 26-29.

诺一向对特洛伊人充满仇恨，她唆使风神在海上掀起狂风巨浪，结果特洛伊船只或触礁搁浅或沉入海底。埃涅阿斯死里逃生，在北非海岸登陆，只剩七艘船只。就在特洛伊人的命运陷入低谷之际，维吉尔设计了朱庇特的出场：

……朱庇特于高天之上，
俯瞰风帆点缀的大海、广袤的陆地，
俯瞰海岸和地上芸芸众生，
他伫立于苍穹之巅，注视利比亚。

... cum Iuppiter aethere summo
despiciens mare ueliuolum terrasque iacentis
litoraque et latos populos, sic uertice caeli
constitit et Libyae defixit lumina regnis.（1.223-226）

朱庇特甫一出场，便显现出君临天下的气度。他居高临下，俯察人间，如同君王在巡视自己的领地。维吉尔用"注视"二字，原文作 defixit lumina，意思是将目光凝聚、注目观看，这表现了朱庇特对人事的密切关注。但与荷马笔下的宙斯不同，朱庇特带给人的不是恐惧，而是敬畏；他的威严不出自他的专横和暴虐，而来自他的威仪和王者风范。

朱庇特出场之后，也如《伊利亚特》第 1 卷中的宙斯一样，接受一位女神的哭诉和哀告。埃涅阿斯之母维纳斯涕泗涟涟，哭诉自己儿子所遭受的不幸，祈求朱庇特的干预。维吉尔描写朱庇特的反应颇具代表性：

人类与众神之父颔首微笑，
笑容驱散风暴，令天空一片澄明

olli subridens hominum sator atque deorum
uultu, quo caelum tempestatesque serenat（1.254-255）

原文中只用一个动词 serenat（可对比英文词 serene 和 serenity）便已涵盖驱散乌云、碧空如洗的意思，而德国学者珀斯科尔借题发挥，指出朱庇特最突出的特点实际上可概括为 serenitas。这个词可以指晴朗无云的天空，也可以指神闲气定、雍容、安详的神态和气度。在描写了海上的惊涛骇浪、特洛伊人的无助和绝望、女神的焦虑和哀告之后，维吉尔安排仁慈、安详的朱庇特现身，将秩序和安宁重新带给人间，也给予维纳斯抚慰和希望。所以珀斯科尔总结道："与其他诸神相比，朱庇特不仅代表更高的权能，还体现为一种更超绝的存在。宙斯比其他神灵更强悍，而朱庇特则更崇高。"[1]

朱庇特虽是神界和人间的最高主宰，但从不凭借神威对他人颐指气使。《埃涅阿斯纪》卷十中有著名的"诸神议事"（concilium deorum）一段，模仿《伊利亚特》中多次出现的诸神集会。朱庇特虽有无上权威，但在维吉尔诗中并不显得专断，不是一位不容异

---

[1] Victor Pöschl, *The Art of Vergil* (The University of Michigan Press, 1962), p. 17; p. 177, n. 7.

见、唯我独尊的暴君。他听取朱诺和维纳斯针锋相对的意见之后，方做出最后的决定，更像一位主持议会、倾听不同意见的政治领袖。① 他为罗马人设计的未来不容更改，但他从不以胁迫的方式将个人意旨强加于诸神之上。他不仅全知、万能，而且公正、超然（impartial），不复是一位只谋求一己私利的主神。② 在荷马笔下，宙斯对希腊人的偏袒纯然是因为个人的好恶，而在维吉尔诗中，朱庇特身上剔除了个人的私欲，他在很大程度上代表了历史必然性和天命③（详见下一节）。美国学者海特研究了《埃涅阿斯纪》中朱庇特所有的对白，他得出结论："维吉尔笔下的朱庇特与《伊利亚特》中的宙斯相比，没有叫嚣和威吓，而是充满威严。……他不用强力来恐吓。他只要发号施令，诸神便听命于他。"④

二、朱庇特与"命运"⑤

《埃涅阿斯纪》全诗充满有关罗马未来的预言，如音乐中的母题和动机一样，在诗中各处、通过各种人物之口重复出现。这

---

① 在荷马两部史诗中，宙斯的形象不尽相同。在《奥德赛》中，宙斯已经比《伊利亚特》中的表现显得宽和"民主"很多。参见 W. A. Camps, *An Introduction to Homer* (Clarendon Press, 1980), p. 24。

② Feeney, *Gods in Epic*, p. 154.

③ 坎普：《维吉尔〈埃涅阿斯纪〉导论》，北京大学出版社，2020年，第65页。

④ Gilbert Highet, *The Speeches in Vergil's Aeneid* (Princeton UP, 1972), pp. 259-260.

⑤ 西方学者关于此问题的讨论甚多，有些讨论无甚新意。这里仅列出部分比较重要的文献：John MacInnes, "The Concept of *Fata* in the *Aeneid*", *The Classical Review*, 24 (1910), pp. 169-174; Louise E. Matthaei, "The Fates, the Gods and the Freedom of Man's Will in the *Aeneid*", *Classical Quarterly*, 11 (1917), pp. 11-26; Pierre Boyancé, *La religion de Virgile*, pp. 39-57; H. L. Tracy, "*Fata Deum* and the Action of the *Aeneid*", *Greece and Rome*, 2nd Series, vol. 11 (1964), pp. 188-195; C. H. Wilson, "Jupiter and the Fates in the *Aeneid*", *The Classical Quarterly*, New Series, 29 (1979), pp. 361-371。

些预言有些是对前景简要的勾勒（卷三中有多处），只有三两行诗句；有些是全景式描绘，概括从罗马建国到奥古斯都之间的重要事件（见卷一和卷六）。全诗中由朱庇特亲口道出的预言，计有两次，均出现在情节关键之处。一次在卷一，他以宏大的气魄勾勒了罗马的远景，为全诗定下基调。另一次在卷十二，临近全诗尾声，朱庇特与朱诺达成和解，稍后我会单独分析。

朱庇特在卷一面对哀求的维纳斯，庄重地宣告埃涅阿斯的子孙将创建一宏伟的帝国。其中最著名的两行是：

我为他们立下广阔无垠的疆界，
我已赋予他们永恒的权柄。

His ego nec metas rerum nec tempora pono:
Imperium sine fine dedi. (1. 278-279)

单看这两行，仿佛罗马人的命运由朱庇特一手奠定。但通观全诗，我们还发现"命运"这一观念被屡屡道及，在全诗各处出现。查《维吉尔索引》一书，"命运"一词的单复数、包括各种变格在诗中一共出现将近 140 处，其中单数 fatum（包括各种变格）约 13 处，复数 fata 约 121 处，派生出的形容词 fatalis 约 6 处。① fatum 一词来自动词 for，意思是"说"，fatum 是其完成时被动分词，意为"所

---

① H. Warwick, *A Vergil Concordance* (University of Minnesota Press, 1975). 我在 2008 年写作这一部分时，托当时在美国留学的刘淳女士代查这部索引，这里再次表示感谢。

说",这是"命运"一词在拉丁文中特有的含义。赛维乌斯在《诂训传》中解释 2.54 中"命运"一词,就定义为"神之所言"(quae dii loquuntur),他将命运直接等同于神的筹划和安排。①

其实"命运"这个词在史诗中含义十分丰富,维吉尔每次使用时并不都指预先已决定、不可更改的历史趋向。比如,朱庇特在卷一的预言中有"我要翻开命运的秘籍"(uoluens fatorum arcana mouebo 1.262),将命运比作誊写在书卷上的秘密,则命运似乎是独立存在的、朱庇特可以参照的客观物。卷三有一句"诸神之王如此分派命运"(sic fata deum rex / sortitur 3.375-376),则命运好像是朱庇特能够指挥调遣的力量,听从他的安排。卷三结尾,埃涅阿斯结束自己长达两卷的回忆,叙述者说"他刚刚复述了神灵安排的命运"(fata renarrabat diuum 3.317),则这里的 fata 表示由神灵控制、注定发生的事件。

西方学者讨论《伊尼德》中"命运"的词义时,有各种各样的辨析和分类,可惜大多比较任意和凌乱。② 比较清楚的是英国学者贝里在《维吉尔诗歌中的宗教》一书中的说法。③ fatum 可以指个人的遭际和命运,指某个人物所遭受的磨难、所面临的困境。比如埃涅阿斯国破家亡、颠沛流离,又比如狄多女王深陷情网、最终自杀,都可以被归入各自的"命运"。同时,"命运"一词还可以指"国运",也就是一国或一族的兴衰,比如特洛伊城的

---

① 《诂训传》Thilo-Hagen 版,卷一,第 224 页。
② 比如,MacInnes, "The Concept of *Fata* in the *Aeneid*", p. 24; Marcia L. Colish, *The Stoic Tradition from Antiquity to the Early Middle Ages*, vol. I. *Stoicism in Classical Latin Literature*, 2nd ed. (Brill, 1990), pp. 231-232.
③ Cyril Bailey, *Religion in Virgil* (Clarendon Press, 1935), pp. 204-240.

覆灭。在此意义上，不同人物、不同民族的命运可以彼此冲突，而诸神可凭借神力阻碍甚至推延命运的实现。史诗中，女神朱诺或在海上掀起风暴，企图使埃涅阿斯葬身海底（卷一）；或极力促成狄多女王与埃涅阿斯相爱，使未来罗马人的先祖沉湎于情欲中，忘记自己的使命（卷四）；或煽动意大利本土的军队与外来的特洛伊人征战，不让特洛伊人顺利建国（卷七）。总之，她设置层层障碍，阻挠特洛伊人抵达命运安排的目的地。卷七中，她表达了不惜一切与特洛伊人为敌的决心："纵不能左右天上众神，我也将驱策阴间群鬼"（flectere si nequeo superos, Achenonta mouebo 7.312）。① 朱诺虽知道自己无法从根本上改变命运，但仍然以为自己能够拖长（trahere）、延缓（moras addere）最后时刻的到来（7.315）。但在史诗中，似乎还存在一种高于个人意愿、超越神灵掌握的更高"命运"。这种命运不以人格神的形式出现，也不主动显露其内容，但它在冥冥之中控制天地间万事万物的进程。它凌驾于诸神之上，朱诺在卷一开篇即已明言，此"命运"不容她逞一己之志（quippe vetor fatis, 1.39）。这样一种命运大约可称为"天命"或者"天道"，因为它不关乎一人、一家、一国的荣辱兴衰，而是代表宇宙间的道德倾向和总体安排。

我们不免会问：朱庇特与"命运"这一观念有何关联？在维吉尔诗中，到底是谁预先规划了拉丁民族的未来？是神话中人格化的主神朱庇特，还是不具人格特征、于冥冥之中左右一切的"命运"？所谓"命运"，是朱庇特的意念和律令，抑或朱庇特不

---

① 弗洛伊德出版《梦的解析》，即以此句置于扉页上，颇有深意。

过是命运的代言人?

　　自古代注家开始,便有一种意见,以为此种"天命"归根结底,就是朱庇特的个人意志。赛维乌斯在注释 1.299 时,便说"天命"即是朱庇特的意愿(voluntas Iovis)。但是朱庇特在卷一中的预言似乎存在一些"漏洞",使得后人对他与"命运"的关系有很多猜测。朱庇特这样宽慰维纳斯:

> 你子孙的命运依旧,不曾改变。
> 你将看到预言要建的城和拉维尼乌的高墙。
> 宽仁的埃涅阿斯,你将举起,带他升至
> 群星环绕的天穹。我的决定不曾动摇。

> manent immota tuorum
> fata tibi; cernes urbem et promissa Lauini
> moenia, sublimemque feres ad sidera caeli
> magnanimum Aenean; neque me sententia uertit. (1.257-260)

这四行诗语意连贯,一气呵成,因其中既提及命运,又说到朱庇特的"决定"(sententia),故而引起评论家的注意。朱庇特所说 sententia 一词有很多含义,包括"意见""意愿""决定""判断"等。麦金内斯早在 1910 年就认为这个词既可以理解为朱庇特的意愿或想法,也可解作对于手中掌握材料的解释和解说。① 据此,

---

① MacInnes, "The Concept of *Fata* in the *Aeneid*", p. 171. 这篇文章对维吉尔史诗中"命运"一词的考察非常详尽,是 20 世纪初期重要的研究论文。

他认为朱庇特实际上是命运的解释者和执行者（chief executor），而非命运的规划者和安排者。紧接这几句，朱庇特又说"我要翻开命运的秘籍"（uoluens fatorum arcana mouebo 1. 262）。这一句的 arcana 指唯有通过特殊仪式加入秘教者方能知悉的秘密，而 uoluens 可以表示掀动书页。朱庇特所用的比喻是掀开不为人知的秘籍，开卷展读，将秘密揭开。这里又为解释者留出了很大的空间，因为我们不能断定这本命运的密书是否为朱庇特所作，还是说朱庇特只是向维纳斯透露了一丝独立于自己能力之外的命运的消息。

和荷马史诗中的宙斯一样，朱庇特的神力也有局限。这一点可见卷九中他与众神之母、女神西比利（Cybele）的对话。在这一卷开篇不久，埃涅阿斯不在军营中，敌方主帅图尔努斯遂大举进攻，准备放火烧船。维吉尔此时突然插入一段传闻：当特洛伊城陷落时，埃涅阿斯砍伐伊达山上的树木建造船只，然后方开始海上的漂流（3.5-6）。因为伊达山是属于西比利的圣地，所以她对造船的树木格外关心。当她看到船只将被敌方焚毁，便请求朱庇特予以保护（9.85-92）。对于女神的恳求，朱庇特这样回复：

"母亲，你要将命运扭转向何处？
你因何请求？人手打造的船舶岂能如
诸神一般不朽？埃涅阿斯岂能安然
度过不测之风险？何方神祇得享如此大能？"

'o genetrix, quo fata uocas? aut quid petis istis?

> mortaline manu factae immortale carinae
> fas habeant? certusque incerta pericula lustret
> Aeneas? cui tanta deo permissa potestas?' (9. 94-97)

朱庇特在这里暗示，即使众神也不能为所欲为，也不能僭越自己权能的界限。命运的安排不可逆转，神力亦有其局限。但朱庇特并没有就此驳回女神的请求，在后面几行中，他许诺以曲折的方式使特洛伊人的船只免遭焚毁。他允许女神将船只变成仙女。结果，当图尔努斯即将烧船时，这些船突然挣脱缆绳，如海豚般跃入海中，变成仙女的模样，在海中游弋（9.117-122）。这段插叙在古代饱受批评，因为维吉尔的描写过于神异，游离于主要情节之外，与本卷前后脱节。对这一段的批评此处不细论，关键在于，朱庇特这番话透露出这样的信息：神可以借助间接、曲折、微妙的方式达到自己的目的，但不可以直接出头，以强力扭转命运。

与此相关的还有卷十中的一段，表现了朱庇特在命运面前无能为力。埃涅阿斯在卷八请求阿卡迪亚国王埃万德发兵相助，年迈的国王派兵与特洛伊人协同作战，并将儿子帕拉斯托付给埃涅阿斯（详见本书第四章）。当帕拉斯即将遭遇图尔努斯、死期逼近之际，他的守护神赫拉克勒斯已知自己无力挽回命运的安排，只能在天上垂泪叹息。而这时朱庇特在一旁插话：

> "人人劫数难逃。生命短暂，
> 死无复生。唯有建功立业，
> 方是勇士所为。特洛伊高墙下，

无数神子殒命，我的爱子萨尔佩冬

　　也长眠不醒。但图尔努斯的命运

　　正召唤他，他已临近寿数之极限。"

'stat sua cuique dies, breue et inreparabile tempus

omnibus est uitae; sed famam extendere factis,

hoc uirtutis opus. Troiae sub moenibus altis

tot gnati cecidere deum, quin occidit una

Sarpedon, mea progenies; etiam sua Turnum

fata uocant metasque dati peruenit ad aeui.' （10.467-472）

这里维吉尔明显是在模仿《伊利亚特》第 16 卷中宙斯和萨尔佩冬一节（16.477 以下）。萨尔佩冬是宙斯在人间的儿子，即将被阿喀琉斯的副将杀死。在荷马史诗中，宙斯对将死的儿子寄予无限同情，他询问赫拉，自己能否施神力强行干预，将儿子带离战场。赫拉以为断然不可，因一旦开此先例，诸神会纷纷效法，都会将自己的儿子救出战场。最终宙斯只好眼睁睁看着自己的爱子死于希腊英雄之手，只能撒下一片血雨，浸染大地。稍后，一位希腊勇士也说："宙斯也未能救助自己的儿子。"（16.522）我们需先明白维吉尔师法的样板，才能更好领会《埃涅阿斯纪》卷十这一段的意思。朱庇特提醒赫拉克勒斯，在昔日特洛伊战场上，自己虽为众神之父，也无力回天，因此今日帕拉斯之死同样无法避免。在上面引的几行诗中，朱庇特强调，每个人都有自己的命数，即使现在的战胜者图尔努斯也死期将至。但对于个人的命数，朱庇特无力改变。他只能劝说赫拉克勒斯听任命运的摆布。

在上面讨论的这几段中,维吉尔只是隐约暗示了朱庇特与"命运"之间的关系。但在下面两段里,维吉尔有更明确的说法。在卷十的"诸神议事"中,朱庇特对众神严加谴责:"我曾禁止意大利与特洛伊人交战 / 何以漠视我的禁令,又起兵戈?"(10.8-9)面对朱庇特的质问,维纳斯率先发话。她在神界中代表特洛伊的利益,因此她质疑朱庇特是否已改变心意,是否已忘记从前的许诺。她甚至说:早知如此,倒不如让流亡的特洛伊人在国破家亡之时一齐战死。随后发话的是特洛伊人的死敌、女神朱诺。她代表拉丁人的立场,逐一回击了维纳斯的各项指控。

朱庇特在听完两位女神针锋相对的陈词之后,做出最后的裁决。与荷马史诗中的宙斯不同,他并没有明确偏袒某一方,而是摆出一副不偏不倚、保持中立的样子,他甚至说:

> 朱庇特对所有人一视同仁。
> 命运自有安排。……
>
> ... rex Iuppiter omnibus idem.
> fata uiam inuenient. ... (10.112-113)

这里朱庇特和"命运"明显有所区分,仿佛是独立运行的两种决定力量。维吉尔笔下的朱庇特一方面坦言在自己眼中,众生平等,另一方面又诉诸命运的安排。至少在字面意义上,朱庇特似乎承认"命运"是更高的主宰力量。

对于此段的讨论很多。"命运自有安排"一句，字面义为"命运将找到路径"。此句在卷三已出现（fata uiam inuenient aderitque uocatus Apollo 3.395）。哈里森在卷十的注释中认为，朱庇特主持神灵议事，面对朱诺和维纳斯针锋相对的诉求，不想明显偏袒某一方，所以此处有可能有意含糊其词。因为在卷一的预言中，他已经勾勒了罗马人的远景，明确表示自己制定、规划了这样的命运，与此处的说法有些不同。① 这样的理解，不将朱庇特的宣言当作可以独立于情节之外、绝对的神学论断，而是放入史诗情节之中来考虑。这样一来，朱庇特这段话既是众神之王威严的宣告，也是作为朱诺的丈夫、维纳斯的父亲，在左右为难之时所发出的模棱两可之词。"命运自有安排"一语留下很大的回旋余地，造成自己之外尚有更高主宰的印象，有意模糊了未来的走向到底由谁来决定。这样的理解有可能显示朱庇特所处的尴尬境地。

也有学者将这句话"当真"，而非一个文学人物在特定场合所说的台词，认为它直接表述了某种宗教和神学观念。欧提斯就试图从这句话中提炼出史诗中历史进程的发展模式。他认为，像迦太基最终被罗马诛灭、特洛伊与拉丁民族最终融合，都属于历史终极的结果，不可更改。但历史进程最后的达成方式，则各有不同。阻挡历史进程的对立力量（他称为 sub-fates）虽可暂时推迟进程，却不能无限延缓，更不能扭转历史的进程。也就是说，历史终极目标既已确立，实现的手段则千变万化，而且个人意志可以贡献微薄的力量，甚至反对派（比如朱诺）也以自己不能理

---

① S. J. Harrison, *Vergil: Aeneid 10* (Clarendon Press, 1991), p. 90.

解的方式加入。① 如此一来，朱庇特相当于隐晦表达了他的某种历史哲学观念。

卷十二接近尾声之处，埃涅阿斯与图尔努斯终于确定要单打独斗，以决定整场战争的胜负。就在二人生死决战之前，朱庇特又一次现身，在天庭之上用一架天平来称量双方主帅的命运：

> 朱庇特手持天平，校正秤星，
> 将二人命运放入左右秤盘，
> 看谁激战后身亡，谁沉入毁灭。

> Iuppiter ipse duas aequato examine lances
> sustinet et fata imponit diuersa duorum,
> quem damnet labor et quo uergat pondere letum. (12.725-727)

维吉尔此处模仿的是《伊利亚特》第 22 卷中宙斯的办法（209 行以下）。宙斯将阿喀琉斯和赫克托耳二人的"命运"分别放在天平两端，结果赫克托耳的一边下沉，表明这位特洛伊主将即将死去。在维吉尔的史诗中，朱庇特沿用了宙斯的做法，引来不少评论家的议论。问题在于，朱庇特既然已知晓命运的安排，已多次预言罗马人的未来，为何此处还要借助天平来确定最后的结局？他似乎不具备主宰一切的至高神力，无法预知或者决定这场厮杀的胜负，而必须借助其他力量，必须听从更高神灵的裁决。一位

---

① Otis, *Virgil: A Study in Civilized Poetry*, p. 354.

评论者说得非常直白:"称重者仅仅是代行权力者(agent),他并不能决定天平哪一方将下沉。……手持天平者不过是一个代理者,一个关键人物,自己并没有权能,不过一工具而已。"① 但我们也要记得,维吉尔此处依荷马史诗的惯例,可能按照史诗传统的套路和规范,不得不在自己诗作中再现这一经典场景。因此是否能单纯依字面意思,便遽然断定维吉尔此处表述了某种宗教立场,还可以斟酌。此处的关键在于,《伊利亚特》中宙斯的天平是重头戏,被安排在阿喀琉斯杀死赫克托耳之前,以显示宙斯这一举动是决定二人生死的决定力量。但维吉尔的处理比较简单,朱庇特称量二人的命运在埃涅阿斯杀死图尔努斯 200 多行之前,很难说直接决定了战争的结果。维吉尔更像是有意保留荷马史诗这一标志性细节,但又不想赋予它过多的重要性,只能算是一种匆忙的致敬。

无论怎么说,在传统解释中,大部分学者倾向于认为朱庇特并非天地间最高的主宰。不管是解释、揭示、传达天意,还是积极襄助天意之实现,朱庇特更像是命运的代言人,而不是天道的设计师和创始者。

三、朱庇特的狡黠

以上简要讨论朱庇特与"命运"之间的关系。不管认为他的意志就是命运,还是相信他只不过是传达、实施命运的安排,传统解读对于朱庇特的地位并无异议。他代表史诗中神灵的最高权

---

① Louise E. Matthaei, "The Fates, the Gods and the Freedom of Man's Will in the *Aeneid*", p. 18. 另可参见 MacInnes, "The Concept of *Fata* in the *Aeneid*", p. 172。

威和最后的裁决。20世纪60年代开始，以"哈佛派"为代表的悲观解读兴起，在北美形成一股强劲的解释潮流。在本书第一章已经看到，"哈佛派"学者将《埃涅阿斯纪》的主题理解为维吉尔对奥古斯都政治隐蔽的批评。该派几位先驱，关注更多的是史诗所流露的对战败者的惋惜、对战胜者的批评，尚没有将批评火力对准诗中的神灵。这也许与现代学者对史诗中神灵的理解有关。如果相信神灵也是史诗人物，如果相信他们的性格和心意对于情节推动有根本作用，自然不能回避他们在史诗中的呈现。但也有学者认为神灵只不过是文学传统中的固定程式，更像一种修辞手段或者表现模式。维吉尔既不能完全抛弃，但又没有太当真。秉持这样意见的学者，自然不会对诗中的神灵太过留意。但无论如何，20世纪80、90年代，出现了以悲观派立场来系统考察神灵的研究。反对奥古斯都式解读的学者，自然不会轻易放过这位罗马的终极守护神。颠覆朱庇特的权威、将众神之王拉下他长期占据的宝座，这就是"哈佛派"解读向神界的挺进。[①]

前文已述，维吉尔诗中的朱庇特已经剔除了荷马史诗中宙斯身上的诸多缺陷。维吉尔受到荷马史诗注释传统以及希腊哲学对传统史诗道德批判的影响，他刻画的朱庇特不像荷马的宙斯那样专横、傲慢、风流成性，而是深谋远虑，对于历史进程有充分的设计和规划。但有学者注意到，朱庇特身上仍保留不少不道德

---

① 这方面最具代表性的著作是：R. O. A. M. Lyne, *Further Voices in Vergil's* Aeneid (Clarendon Press, 1987), chapter 2, pp. 61-99; James O'Hara, *Death and the Optimistic Prophecy in Vergil's* Aeneid (Princeton UP, 1990)。Lyne 一书的标题，明显是延续"哈佛派"第一代学者亚当·佩里的"Two Voices"解读（见第一章）。

的"残迹"。这方面大家喜爱举女仙朱图尔娜的例子。卷十二开篇不久,朱诺差遣她去破坏特洛伊人与拉丁人缔结的和约。她是图尔努斯的姐姐,是掌管附近泉水的女仙。这里插入两行对她的背景介绍:"朱庇特、上界之王,赠予她此等荣耀,因他夺取她的贞洁"(hunc illi rex aetheris altus honorem / Iuppiter erepta pro uirginitate sacrauit 12.140-141)。这是古代神话中常见的情形。地位崇高的男性神劫掠、强暴人间女子,然后作为补偿,将女子提升到仙界,保证她长生不老,同时让她获得某种无关紧要的神职。卷十二临近结束之时,朱庇特与朱诺已达成妥协,朱庇特派遣一位愤怒女神化为恶鸟,将朱图尔娜从图尔努斯身边驱逐。朱图尔娜认出愤怒女神的化身,知道神灵已抛弃图尔努斯,于是绝望地离开。她临走时发出最后的哀叹,再次提到朱庇特强暴一事:

如今我离开战场。不要让我惊骇、让我恐惧,
预示厄运之鸟:我认出你击振的双翼
和毁灭的哭嚎;宽宏的朱庇特,他残酷的命令
并未将我欺诳。这就是对我贞洁的回报?
他为何给我永生?难道这就是我免于一死
的代价?……

iam iam linquo acies. ne me terrete timentem,
obscenae uolucres: alarum uerbera nosco
letalemque sonum, nec fallunt iussa superba
magnanimi Iouis. haec pro uirginitate reponit?

> quo uitam dedit aeternam? cur mortis adempta est
> condicio? ... (12.875-880)

朱庇特身上残留的淫欲和暴力，在这些一带而过的细节之中仍得以保留，与他整体形象的庄严平和形成强烈反差。① 朱图尔娜反问"他为何给我永生"（12.879），这显示永生并不是朱图尔娜主动索取，而是朱庇特为了补偿自己的暴行而随意奖赏给她的。② 如今，朱图尔娜将要永生永世为图尔努斯之死而悲悼，则朱庇特给予她的永生反而变成一种无尽的折磨。换句话说，朱庇特因自己的暴行而做出的补偿，此时又变成朱庇特对她的再一次加害。

但是这些野蛮行径的残痕，对朱庇特的形象无法构成实质伤害。我们毕竟不能要求诗人对所有涉及神灵的段落实施严格的道德审查。后面还会看到，维吉尔笔下的神灵，不管如何被道德化、净化，也无法彻底摆脱与荷马诸神的相似。但现代学者格外重视另一方面，那就是朱庇特口中有关罗马的预言是否真实。如果诗中不同段落的预言有很大出入，则朱庇特的权威性就会受到质疑，这远比他身上残存的道德污点更具有杀伤力。

这方面较早做出系统研究的是牛津学者莱恩。他发现朱庇特的形象虽然比荷马的宙斯更加理性，但他对于命运的安排更加神秘莫测。比如，虽然朱庇特多次重申命运的安排，但他也与其他神

---

① 理查德·托马斯甚至用rapist来称呼朱庇特：Richard Thomas, "The Isolation of Turnus", in Hans-Peter Stahl (ed.), *Vergil's* Aeneid: *Augustan Epic and Political Context* (The Classical Press of Wales, 1998), p. 287。

② Richard Tarrant, *Aeneid. Book XII* (Cambridge UP, 2012), p. 315.

灵一道参与了毁灭特洛伊的行动。这是卷二中的一个著名场景。希腊人攻破特洛伊城,埃涅阿斯殊死抵抗,做好了殉国的准备。而关键时刻,维纳斯现身,阻止他再做无谓的牺牲,并告诉他一切都是神灵的安排,甚至特洛伊的厄运也不例外。为了让儿子彻底明白其中的缘由,维纳斯移除蒙住他凡人肉眼的翳障,使他能洞穿事物表象,得见世界的本来面目。于是,埃涅阿斯看到了一幅恐怖景象:

> 尼普顿挥舞巨大三叉戟,撼动城墙,
> 松动城基,将特洛伊全城从根基
> 倾覆。这里,凶残的朱诺打开斯凯亚
> 城门,她挥舞利剑,从船队狂野地召唤
> 增援的士兵。
> 看啊,特里顿出生的帕拉斯已占据巍峨的
> 堡垒,带着闪电和凶恶的戈耳工,熠熠生辉。
> 而众神之父带给希腊人勇气和力量,
> 他亲自驱策诸神进攻特洛伊阵营。

> Neptunus muros magnoque emota tridenti
> fundamenta quatit totamque a sedibus urbem
> eruit. hic Iuno Scaeas saeuissima portas
> prima tenet sociumque furens a nauibus agmen
> ferro accincta uocat.
> iam summas arces Tritonia, respice, Pallas

> insedit nimbo effulgens et Gorgone saeua.
> ipse pater Danais animos uirisque secundas
> sufficit, ipse deos in Dardana suscitat arma. (2.610-618)

这段著名描写，往往被学者称为"终极毁灭"（apocalypse）。在维纳斯的帮助下，埃涅阿斯看到诸神攻打特洛伊城的末世景象。前三位神灵相当于《伊利亚特》中的波塞冬、赫拉和雅典娜，都是特洛伊的死敌。海神击打、捣毁城基，朱诺大开城门，雅典娜夺取高耸的堡垒，而躲在这三位神灵背后的竟然是主神朱庇特。为了强调朱庇特的在场，维吉尔两次使用 ipse 一词，表示朱庇特亲临战阵，亲自督策众人和众神，也就是说，他是毁灭特洛伊计划的最高指挥。

维纳斯揭示这一残酷画面，意在说明特洛伊的陷落，终极原因不是人世的纠葛，而是"诸神之残忍"（diuum inclementia 2.602）。但是朱庇特竟也参与其中，让人难以理解。仅仅 10 余行之后，埃涅阿斯从屋顶下来，"有神灵指引"（ducente deo 2.632）。这一行颇有争议，因为有些抄本此处写作 ducente dea（"有女神指引"），则当指维纳斯。但校勘学者普遍接受"神灵"一词的阳性形式（deo），以至于有人认为这里特指朱庇特。① 但此行姑

---

① E. L. Harrison, "Divine Action in *Aeneid* Book Two", in S. J. Harrison (ed.), *Oxford Readings in Vergil*'s Aeneid (Oxford UP, 1990), p. 49. 这篇论文最早发表在 1970 年 *Phoenix* 第 24 期，但收入牛津版的论文精选之时，已经过了大幅修改，所以我引用的是论文集这一版。此处还涉及很多问题，比如有学者认为维吉尔从来不用 deus 来指女神，所以此处不可能指维纳斯。也有学者采用模糊处理法，将此处的 deus 解释为并未言明的某种"神力"或"神灵的影响"。可参见：Nicholas Horsfall, *Aeneid 2: A Commentary* (Brill, 2008), pp. 452-453。

且不论，卷二后面，当埃涅阿斯之父安吉塞斯犹豫不决，不知道应当殉国还是应当逃亡时，他向朱庇特祷告："万能朱庇特，若祷告能触动你……"（Iuppiter omnipotens, precibus si flecteris ullis 2.689）。结果，天空左方有响雷，有彗星划过天空，显示逃亡是正确的选择。这些上天降下的征兆，均与朱庇特有关。因此，驱策希腊人和众神毁灭特洛伊的是朱庇特，通过异象指示安吉塞斯出逃的也是朱庇特，而卷一中预言罗马辉煌未来的还是朱庇特。由此看来，朱庇特并非是在特洛伊被毁之后才策划埃涅阿斯远赴意大利重新建国，相反，特洛伊的覆灭似乎是他整体安排的一部分。这就使得朱庇特的真实意图变得晦暗不明，正如《伊利亚特》中宙斯那深不可测的心意。①

前面所谈朱庇特在卷一的预言，也被莱恩瓦解。这段预言最著名的两句是对罗马未来广袤帝国的憧憬，也就是前面引用过的"我为他们立下广阔无垠的疆界，/我已赋予他们无限的权柄"两句。但是，莱恩注意到，朱庇特发出这些铿锵有力的预言，针对的是忧心如焚的维纳斯。整篇预言都是对光明前景的描述和渲染，对于为实现此远景所必须付出的惨痛代价，却只字不提。故此，这是一个精心包装过的预言，目的在于宽慰维纳斯，而不是揭示未来的真相：

> 这是随机而发、轻率的预言，是"巧妙包装"（well-packaged）过的预言！……朱庇特在这个预言中所做的是调

---

① Lyne, *Further Voices*, p. 78.

整事实,以符合他当下的需求。他在以修辞方式来预言未来。面对涕泪涟涟、心急如焚的女儿,他揭示有关未来的知识,或者部分知识,他使用的方式旨在给予维纳斯最大限度的安慰。①

莱恩之所以得出这样的结论,在于他认为朱庇特没有充分描述史诗后半部意大利战争的残酷,报喜不报忧。然后,他将这一场景的戏剧化因素加以放大:如果一位慈爱的父亲正在宽慰忧心忡忡的女儿,那么信息的真实性就势必让位于宽慰的效果。莱恩想借助人物的情绪化,消解朱庇特言辞中的真实成分。但这样的分析不够妥当,因为要求全诗第一段长篇预言必须面面俱到、不能忽略最后三卷的战争描写,这是对文学人物不合理的要求。但是这样的思路在随后出版的悲观派著作中却得到更充分的贯彻。

奥哈拉(James O'Hara)可算"哈佛派"第二代的中坚力量。他1990年出版的著作,聚焦于全诗所有的预言段落,意在证明维吉尔让神灵以及预言家说出的、有关罗马的预言,无不具有欺骗性。作者以各式各样的方法,在所有"主旋律预言"中发现矛盾和谎言,将诗中所有预言一举变成谎言和空言。我们仍以卷一为例。当维纳斯向朱庇特寻求帮助,我们看到她"满怀悲伤,明眸挂满泪水"(tristior et lacrimis oculos suffusa nitentis 1.228)。她向父亲大吐苦水之后,朱庇特安慰道:"我要发话,因这忧愁啃噬你"(fabor enim, quando haec te cura remordet 1.261-262)。奥哈拉

---

① Lyne, *Further Voices*, p. 81.

受莱恩启发,断定朱庇特后面的发话乃是富有修辞色彩的不实之词:"预言的内容更多由人物想听到或者需要听到的来决定,而不是由真实的情况来决定。"① 但此处的逻辑预设同样不能成立,因为朱庇特对女儿的关切,和他"编造"出令维纳斯心安的虚假预言之间并无必然联系。朱庇特既可以安慰维纳斯,也完全可以同时宣告罗马未来的辉煌,二者并不互斥,不能用朱庇特发言的动机来否定他预言内容的真实性。

奥哈拉对此段其他字句的分析,也不如人意。他发现一个关键词的使用或许有深意。本章前面谈到朱庇特在卷一甫一出场,用了 serenat 一词,形容驱散乌云,又指作为主神的朱庇特神态安详、超然。但是,卷四中狄多女王决意自尽之前,佯装镇定,骗过自己的妹妹,也有类似的一句:"她脸上藏起计划,额头安详充满希望"(consilium uultu tegit ac spem fronte serenat 4.477)。奥哈拉认为,serenat 一词属于生僻词,少见使用,在全诗中只出现在以上两行的行末,所以卷一和卷四这两个场景或有相似之处。② 至于相似性到底何在,奥哈拉语焉不详,大概因为狄多想掩饰自杀的企图,所以脸上装出充满希望的样子,通过这个关键动词的重复,可推知朱庇特也在掩饰自己内心的焦虑。但是,因为一个相对罕僻的词出现在两处、修饰不同的人物,就遽然断定两行诗之间必然存在类比关系,或两个文学人物必定处于相似的困境,这样的类比难称严密。前面已述,"哈佛派"学者,尤其是帕特

---

① O'Hara, *Death and the Optimistic Prophecy*, p. 135.
② Ibid., p. 137.

南，经常运用这样不规范的分析方法。所以，我认为单纯依据预言表述的场合以及罕僻词的重复，还无法证实朱庇特的话语毫无权威性和真实性。

奥哈拉企图系统消解史诗中所有的预言，我认为并不成功。但是朱庇特确实存在前后矛盾、言不由衷的情况。他所说和所做之间，有时的确存在明显的出入。只不过如何解释这些矛盾之处，要看批评家的关怀和技巧。卷十描写天庭议事时，朱庇特曾表达自己不偏不倚，"朱庇特对所有人一视同仁，/ 命运自有安排。"（10.112-113）对朱庇特持极端负面评价的学者，会尽力摧毁这一段中所蕴含的庄严肃穆。莱恩就认为，朱庇特不仅仅是模棱两可，而且是有意欺骗。朱庇特整段讲辞"混合了揶揄的晦涩、言不由衷以及谎言"。① 莱恩认为，所谓"命运"无外乎是朱庇特所构想、宣告的决定，完全代表朱庇特的个人意志。而史诗后面的情节，完全与此处朱庇特所标榜的中立、不偏不倚矛盾。莱恩举出若干例子，想说明朱庇特和其他神灵都在不断地欺骗。② 为了验证莱恩的分析，我们简单讨论卷十第 689 行这个例子。当朱诺恳求他不要让图尔努斯早死，朱庇特说：你可暂时延迟他的死期，可暂时将他救走，但你无法改变命运的终极安排。但是当图尔努斯离场后，暴君梅赞提乌斯登场，诗中竟然出现"受朱庇特激励"（Iovis monitis 10.689）的说法。朱庇特禁止其他神灵干预战争的进程，信誓旦旦地宣称自己保持中立，但这里又在暗中左

---

① Lyne, *Further Voices*, p. 89.
② Ibid., pp. 89-90.

右战局。因梅赞提乌斯是史诗中毫无争议的邪恶人物,是"蔑视神灵者"(contemptor diuum 7.648),最终死于埃涅阿斯之手,所以朱庇特指使、唆使他参战,实则相当于引向他的死亡。此处是否可算作这位主神言不由衷?威廉姆斯认为,因拉丁人主将图尔努斯被引离战场,朱庇特让双方保持势均力敌,势必要让拉丁一方第二号勇士登场。① 更早的注释者认为维吉尔可能想到《伊利亚特》第 15 卷 592 行以下,宙斯诱使特洛伊人攻打希腊人,目的在于设下陷阱,让特洛伊人落败。② 维吉尔这里的优先考虑是模仿荷马史诗中的原型,而不是情节上朱庇特的前后矛盾。所以,分析文本中的前后矛盾,需要考虑多重因素,不能仅仅拘泥于字面上的差异。

四、终极和解

本书第五章中,我分析了埃涅阿斯的暴怒与图尔努斯之死。《埃涅阿斯纪》最后 70 余行描写了二人的对决,全诗结束于图尔努斯的亡魂带着怨怒冲入阴间。如果我们区分史诗情节分别在人世和神界两个层面展开,则上述结尾不过是人间冲突的解决。在超自然层面,神界的冲突也有一个最终解决方案,那就是朱庇特与朱诺的一番对话(12.791-842)。这 52 行诗代表了天庭和解,而且加入了对于特洛伊人命运的终极预言,朱庇特和朱诺在其中所扮演的角色成为讨论的焦点。

---

① R. D. Williams, *The Aeneid of Virgil: Books 7-12* (MacMillan, 1973), p. 336.
② John Conington, *P. Vergili Maronis Opera* (Whittaker, 1881), vol. 3, p. 286.

维吉尔面临的问题，是如何解决朱诺对特洛伊人刻骨的仇恨。朱诺是全诗最活跃的神灵，她从卷一开篇就在陆地、海洋苦苦追杀、阻挠埃涅阿斯及其族人，对此本章第二节已有简单概括。卷一中，她制造出海上风暴；卷四中，她与维纳斯一道算计狄多，让埃涅阿斯滞留迦太基；卷七中，她挑起战争；卷十中，她差遣女仙朱图尔娜破坏和约。所以，朱诺是整部史诗中罗马最大的敌人。如果埃涅阿斯代表罗马光明的未来，则朱诺代表毁灭的黑暗力量。

就在埃涅阿斯和图尔努斯鏖战之际，朱庇特发现朱诺躲在云端，悄悄观察下界的战事。朱庇特于是发话：

> "我妻，何日是完结？你还有何企图？
> 你深知埃涅阿斯要被封神，你说你已知道
> 他命定要升到高天，被高举至星辰。
> 你还有何图谋？你滞留冰冷的云端，有何指望？
> ……
> 请你最终收手，听从我的恳求，
> 不要让悲伤啃噬静默中的你，也不要让
> 从你甜美嘴唇中发出的焦虑再惹我心烦。
> 最后时刻已到。你已在陆地和海洋
> 折磨特洛伊人，你曾点燃遭天谴的战争，
> 你曾毁坏家园，以悲伤搅乱婚姻：
> 我严令你止步于此。"

'Quae iam finis erit, coniunx? Quid denique restat?
indigetem Aenean scis ipsa et scire fateris
deberi caelo fatisque ad sidera tolli.
quid struis? aut qua spe gelidis in nibibus haeres?
...
desine iam tandem precibusque inflectere nostris,
ne te tantus edit tacitam dolor et mihi curae
saepe tuo dulci tristes ex ore recursent.
uentum ad supremum est. terris agitare uel undis
Troianos potuisti, infandum accendere bellum,
deformare domum et luctu miscere hymenaeos:
ulterius temptare ueto.' (12.793-796, 800-806)

这是朱庇特向朱诺发出的最后通牒。这一段最前面4行中，朱庇特用一连串问句质疑朱诺为何顽固地与特洛伊人为敌——"何日完结""还有何企图""有何图谋""有何指望"，已显示他的不耐烦和恼怒。让朱庇特气恼的是，朱诺应该了解命运不可更改的安排，那就是埃涅阿斯要被罗马人后世供奉为神灵，这也是卷一中朱庇特已对维纳斯宣告的预言（措辞也高度相似）："宽仁的埃涅阿斯，你将举起，带他升至 / 群星环绕的天穹"（sublimemque feres ad sidera caeli / magnanimum Aenean 1.259-260）。此后，朱庇特又简要列举了朱诺在他背后所施的诡计，意在说明朱诺对命运的抵抗没有逃过朱庇特的眼睛。这一段中，朱庇特的语气该如何界定？有人认为，他的语气略带怒气，但主要还是理性的声音。他对于朱诺此前所作所为,没有直接谴责,而是用"坚定的理性的声音"陈述事实。① 但这样的解释未免过于轻巧了。朱庇特虽有怨怒,但他对朱诺发出的禁令,似乎颇为顾及自己妻子的身份,措辞相当婉转。"听从我的恳求"(precibusque inflectere nostris 12.800)一句,直译就是"请你被我的恳求所触动",或者"让我的恳求打动你"。更有甚者,第 801—802 两行中朱庇特如同爱情诗中的男子在对他心烦意乱的意中人说话。"不要让悲伤啃噬你",这是爱情诗中常见的套语,此处朱庇特将朱诺当作默默忍受痛苦的恋人,与这位女神在全诗中嚣张跋扈的形象反差极大。这里或者朱庇特略有讽刺之意,或者他将自己装扮为贴心的情人。② 第 802 行也是在巧妙地谋求与妻子和解。这一行诗的真实意思是不愿再听到朱诺在他面前反复唠叨,但诗中写成:不要让从你甜美嘴唇中发出的焦虑再惹我心烦。③

后面 4 行(12.803-806)中,朱庇特的语气更加严厉。他以高度概括的方式总结了朱诺迄今为止所施的阴谋诡计,其中"遭天谴的战争"(infandum...bellum 804)一语非常致命,显示朱诺所挑起的战争乃是人神共愤的不义之战。最后一句"我严令你止步于此"已比"请你最终收手"更加严厉,字面意思是:"超出现有范围的进一步行动,我都严令禁止。"在以上 10 余行中,朱庇特完成了三件工作:(一)重申命运的安排,暗示朱诺一切的努力都是徒劳;(二)提醒朱诺注意,她的一切伎俩都没有逃脱朱庇

---

① Johnson, *Darkness Visible*, p. 125.
② Tarrant, *Aeneid: Book XII*, p. 294.
③ Williams, *The Aeneid of Virgil, Books 7-12*, p. 495.

特的眼睛；（三）以和缓、迂回、顾及朱诺颜面的方式发出禁令，不让她继续与命运作对，而是与朱庇特达成和解。最后半行的语气已渐趋严厉。

朱诺慑于朱庇特的威力，承认自己的失败，也许诺不再让朱图尔娜帮助图尔努斯。但是她随即开出自己的条件：

"当他们幸福地完婚、缔结和约，
当双方合并法律、组成联盟，
请勿更改本土拉丁人之旧名，
不要让他们称作特洛伊人或透克罗斯人，
也不要变更语言或改易服饰。
保留拉提乌姆，让阿尔巴诸王世代为君，
让罗马后裔因意大利之悍勇而强大：
特洛伊已亡，让它的名也消亡。"

'cum iam conubiis pacem felicibus (esto)
component, cum iam leges et foedera iungent,
ne uetus indigenas nomen mutare Latinos
neu Troas fieri iubeas Teucrosque uocari
aut uocem mutare uiros aut uertere uestem.
sit Latium, sint Albani per saecula reges.
sit Romana potens Itala uirtute propago:
occidit, occideritque sinas cum nomine Troia.' (12.821-828)

朱诺既已许诺不再帮助图尔努斯，则图尔努斯之死已成必然。她进而谈到战争结束之后，埃涅阿斯会娶拉丁公主拉维尼娅为妻，然后两族人将会结成一体，形成新的政治群体。所以朱诺所提的谈判条件，乃是史诗结束之后的政治远景，特别是两族混融的具体安排。她提出拉丁人保留本名，作为新族的名字，并着重强调特洛伊人必须去除他们的族名。第 824 行中，透克罗斯（希腊文为 Teukros，拉丁文为 Teucer）乃是神话中斯卡曼德河（Scamander）河神与某位女仙之子，他的女儿嫁给了达尔达诺斯，所以透克罗斯就是特洛伊人的先祖。朱诺进一步提出要求，拉丁民族在两族合并之后仍将保留自己的语言与服饰，言外之意，特洛伊人不仅要放弃自己的族名，还将放弃自己的语言和衣冠。这是朱诺在全诗最后一次发话，而这番话最后一字正落在"特洛伊"（Troia）上。朱诺希望她的死敌在两族融合之后失去原有的所有文化特征，让特洛伊族在实体上、精神上彻底消亡。

听到这样不合理的条件，朱庇特对朱诺露出神秘的微笑："人类与万物的主宰向她微微一笑"（olli subridens hominum rerumque repertor 12.829），然后竟然接受了这样的请求：

> "你所愿，我恩准；我甘心让步，为你所败。
> 奥索尼人将保留父辈的语言和习俗，
> 他们的名字依旧；两族仅肉身相混融，
> 透克罗斯人沉落。圣事的习俗和祭仪
> 我来添加，我要让所有拉丁人说同一种语言。
> 你将看到，与意大利血脉混融之后，有一族出现，

胜过所有人，忠义胜过众神，
他们崇奉你的祭祀，超过所有民族。"

'do quod uis, et me uictusque uolensque remitto.
sermonem Ausonii patrium moresque tenebunt,
utque est nomen erit; commixti corpore tantum
subsident Teucri. morem ritusque sacrorum
adiciam faciamque omnis uno ore Latinos.
hinc genus Ausonio mixtum quod sanguine surget
supra homines, supra ire deos pietate uidebis,
nec gens ulla tuos aeque celebrabit honores.' (12.833-840)

朱诺提出的要求，朱庇特没有讨价还价，基本上照单全收。朱诺在为战败的拉丁人奋力争取最大的文化权利，但她也仅仅提到语言和服饰，而朱庇特更加慷慨。他不仅应允"奥索尼人将保留父辈的语言"，而且还扩大到更广泛的"习俗"（moresque tenebunt），相当于最大程度保留了意大利的生活方式。"透克罗斯人沉落"（subsident Teucri 12.836），意思是两族仅仅在身体意义上混融，但在新的联盟中，特洛伊人其实将逐渐消隐，特洛伊元素将彻底让位于拉丁元素。按照这个最终解决方案，两族仅仅在名义上进行表层的联合，而在实质上，战败的拉丁文化将成为主导，吞没战胜一方的特洛伊文化。[①] 在朱庇特对未来的构想中，

[①] Tarrant 卷十二注释对理解这一段最有帮助：Tarrant, *Aeneid: Book XII*, pp.303-304。

从意大利血脉中诞生出的新民族（也就是未来的罗马人）将会成为世界主宰，而且他们在未来会对曾经迫害他们的朱诺也顶礼膜拜。这也是第 840 行的意思，字面意思是"没有任何一族人会以同等程度崇奉你的祭祀"。

朱庇特和朱诺的谈判，为两族日后在混融而成的新民族中各自的地位和贡献，都做了规定。在朱诺的安排中，埃涅阿斯一族的特洛伊特征将被清除干净，连名字都不得保留。而朱庇特提出的动议甚至还远超朱诺所要求的范围。让人困惑的是，朱庇特最后的预言，与他卷一对罗马的预言有明显冲突。莱恩就指出，卷十二中，朱庇特宣称宗教方面的习俗和祭祀制度（morem ritusque sacrorum 12.836），由他一手来加入（adiciam）。但是我们前面已经看到，卷二赫克托耳托梦时，已将家神的神像和祭器托付给埃涅阿斯（2.293），卷一中叙述者明言埃涅阿斯将会把特洛伊神灵带至拉提乌姆（inferretque deos Latio 1.6），甚至晚至卷十二前半部，埃涅阿斯在与拉丁人缔结和约时也说过"我将带来祭器和神灵"（sacra deosque dabo 12.192）。而且在卷一朱庇特的预言中，特洛伊人要将文明和习俗加在野蛮好战的意大利人身上（1.264）。莱恩指出，按照原定计划，特洛伊人在两族融合中，要贡献的是最为关键的文明和宗教。[①] 为何朱庇特改变心意，提出自己负责文化和宗教部分，而特洛伊人反倒要被意大利文化吞并？莱恩认为此处再度暴露朱庇特言不由衷。为了迎合朱诺，朱庇特对于命运的安排做了特殊处理。特洛伊人原本将会对未来的罗马民族

---

① Lyne, *Further Voices*, p. 82.

贡献最重要的宗教和文明，但为了麻痹、取悦朱诺，朱庇特故意抛出不实的谎言。① 莱恩认为，这是表现朱庇特狡猾、有心计的好例子，正像他卷一对维纳斯一样，此处的朱庇特如同圆滑的政客，为了达到特殊目的（取悦朱诺），故意闪烁其词、编织谎言。

要理解朱庇特最后的表现，还需讨论朱诺最后的让步是否真诚。当她宣称停止策划所有针对特洛伊人的阴谋，当朱庇特满足她提出的苛刻条件后，朱诺立即欢天喜地地离去："朱诺同意，她改变了心意，满心欢喜"（adnuit his Iuno et mentem laetata retorsit 12.841）。有些学者认为朱诺没有丝毫悔改，也并没有与朱庇特达成真正的和解。从狄多的预言中、从朱诺对迦太基命运的担忧中，史诗泄露了有关未来的秘密：朱诺与罗马真正的和解，乃在公元前3世纪的布匿战争之后。这是《埃涅阿斯纪》开向未来的一扇窗口。卷十中朱庇特也说：该打的仗，终有一日要到来（adveniet iustum pugnae...tempus 10.11），暗指的就是未来罗马与迦太基的血战。所以，如果我们将后世历史纳入讨论，就会发现朱诺此时可能只是佯装和解，以逃脱朱庇特的责罚。② 照此分析，朱诺最后的屈服，不过是为朱庇特上演一场戏，那么朱诺仍将继续实施她的颠覆计划，因为她对迦太基在将来可能战胜罗马仍抱有幻想。那么朱庇特的微笑，有可能是看穿朱诺最新的伎俩，然后假意答应她的请求。如此一来，朱庇特最后的预言也就没有丝毫权威性，因为他只是在与朱诺虚与委蛇而已。

---

① Lyne, *Further Voices*, p. 83.

② Johnson, *Darkness Visible*, p. 127.

这样看来，我们对朱庇特的分析势必陷入困境。如果我们相信朱诺是真诚悔改，则朱庇特同意降低，乃至取消特洛伊文化的主导地位，就与史诗其他处相矛盾。而如果我们认为朱诺只是想摆脱罪责，假意和解，那么朱庇特口中所谓的"预言"就仅仅是和朱诺继续周旋的武器而已，毫无效力。但朱诺和解一事，要比想象的更复杂。按照霍斯佛的分析，她对于特洛伊人的仇恨，分别来自神话和历史两个层面。① 从历史上讲，罗马最终毁灭了迦太基王国，而在史诗开篇，朱诺已经风闻这一历史走向（1.20），所以为了让自己所钟爱的王国免于毁灭，朱诺干脆先下手为强，阻挠罗马建国，从源头上保护未来迦太基的安全。而在神话层面，在关于金苹果的"选美比赛"中，特洛伊王子帕拉斯将金苹果交予阿佛洛狄忒，让赫拉和雅典娜丢尽颜面，这是两位女神与特洛伊有不共戴天之仇的起源。源于历史的仇怨，也就是担心迦太基日后被罗马灭亡，这是史诗卷一和卷四中狄多与埃涅阿斯故事的推动力。而卷十二主要解决的则是朱诺在神话层面上的怨恨，而与此同时，迦太基因素依然存在。② 也就是说，朱诺极力要根除特洛伊元素，让特洛伊一族及其族名彻底消失，这是出于她更加古远的、对特洛伊的仇恨。根据费尼的研究，在更早的罗马诗人恩尼乌斯的史诗中，确已出现类似的情节设计：朱庇特与朱诺达成临时的和解，朱诺允许埃涅阿斯一族在意大利定居，但作为交

---

① Nicholas Horsfall, "Dido in the Light of History", reprinted in S. J. Harrison (ed.), *Oxford Readings in Vergil's* Aeneid (Oxford UP, 1990), p. 130.

② D. C. Feeney, "The Reconciliation of Juno", *The Classical Quarterly*, new series, 34.1 (1984), p. 183.

换条件，特洛伊必须就此消失。这样的交换，解决了神话层面上的怨恨，但并没有彻底消除迦太基在未来被毁的阴影。① 所以，维吉尔此处乃是遵循一个文学先例，不是自由创作出这样的和解场面。更进一步说，朱诺的和解虽不是最终的和解，但至少是真诚的和解，但也同时是有限、有条件的和解，因为迦太基因素依然潜隐在未来的历史中。这样的理解可以避免将朱诺过度丑化，避免将她想象得过于阴险。

在我读到的研究文献中，韦斯特的论文对于两位神灵最后的谈判提供了一个合理而且妥帖的解读，避免了悲观派相对教条的分析。② 前面已述，执着于朱庇特最后的预言与他前期预言在字面上的冲突，必然会导致史诗中所有神灵的预言全面崩塌，则维吉尔笔下的神灵就只能是残忍、欺诈的神，这是悲观派学者乐于推导出的结论。但史诗对于神灵的刻画，无须如哲学论辩那样严谨、有条贯。而且对于创作十年的长篇史诗，也无须以"细节上不能有任何矛盾"来加以束缚。朱庇特卷一和卷十二中的预言虽在细节上有出入，但不能认定这位罗马主神一定满口谎言。另外，朱诺最后提出的请求，若细致分析，也不完全是无理、非分的要求。

维吉尔在史诗即将结束时所面临的政治问题是：如果罗马人的祖先是特洛伊人，为何他们的语言、服饰、习俗和神灵都没有保留任何鲜明的特洛伊特征？韦斯特认为，维吉尔此处有可能选择了一种古代传说，也有可能发明了一个办法，将保留拉丁人

---

① Feeney, "The Reconciliation of Juno", p. 187.

② David West, "The End and Meaning: Aeneid 12.791-842", in Hans-Peter Stahl (ed.), *Vergil's Aeneid: Augustan Epic and Political Context* (The Classical Press of Wales, 1998), pp. 303-318.

的族名和语言，当作神界的授权。朱诺先提出这样的建议，然后朱庇特再给予更权威的确认，充分说明罗马的族名和官方语言乃是神赐，不是战胜者所施的恩惠。① 约 100 行之后，埃涅阿斯马上就要杀死图尔努斯，拉丁人即将失去主将，与外来的特洛伊人结成联盟。而对于维吉尔的罗马读者而言，拉丁民族的族名以及语言已是既定事实，一个在神话时代战败的民族为何能保有对新建国族的冠名权？此时，由神灵出面来认定这一事实，无疑是一种便捷、有效的文学处理方式。纠结于特洛伊人是否丧失了民族特质、朱庇特是否口是心非，似乎都未能理解此处的文学解决方案。

　　朱诺提出的动议，看似偏袒拉丁人（"保留拉提乌姆"），但后一句的"让阿尔巴诸王世代为君"（sint Albani reges per saecula reges 12.826）却与恺撒的尤里乌斯家族大有关系。因为卷一朱庇特的预言中，阿尔巴诸王（传说中埃涅阿斯之后罗马早期的统治者）第一位就是埃涅阿斯之子阿斯卡尼乌斯（Ascanius），他很快更名为尤卢斯，即恺撒和奥古斯都家族的祖先。可以说，提到阿尔巴王族，相当于暗中称赞奥古斯都的血胤，读者会视其为神灵对于奥古斯都的祝福。② 这至少说明，在朱诺看似对特洛伊人极端不公平的提议中，罗马读者也能听到积极、"正面"的信息。我们能看到的不是两族和两种传统之对立，而是特洛伊传统暗中转化为拉丁传统。朱诺虽然是全诗中最邪恶的神灵，但对她无限制

---

① West, "The End and Meaning", p. 305.

② Ibid., p. 306.

的妖魔化也不够妥当。

最后,朱庇特与朱诺这一番交谈,是不是两个神灵在勾心斗角、相互欺骗、相互利用?有人认为朱诺骗过了朱庇特,她假意屈服,但内心对特洛伊人刻骨铭心的仇恨还要在未来的布匿战争中爆发。也有人觉得朱庇特看穿了朱诺的心思,姑且让她自以为得计。韦斯特的解读更加看重这一段的文学特征,特别是与《伊利亚特》第15卷中宙斯与赫拉达成和解一段的关系。朱庇特在宣布自己的决定之时,和宙斯一样,语气中也带有丈夫的温柔和些许揶揄:"众神之王发话,他像一位充满爱意的丈夫那样发话,巧妙,但坚定地将权威加在一位暴躁、爱争吵、嫉妒、有心计的妻子身上。"① 朱庇特需要遏制朱诺,不让她继续制造麻烦,但又需考虑妻子的体面和尊严,不能一味指责、呵斥,也不能颐指气使地发号施令。他要重申命运的安排,所以自然有语气果断的时刻("请你最终收手""我严令你止步于此"),但又同时以委婉的方式表达对朱诺的不满("听从我的恳求")。他更像一个宠爱、纵容妻子的丈夫,对其无可奈何,有时又觉滑稽可笑。韦斯特将两位神灵谈判的这一幕称作"神界喜剧"(divine comedy)②,这要比悲观派批评家将朱庇特解释为毫无威信、满口谎言的骗子,将夫妇之间的和解理解为利益交换或者尔虞我诈,更加妥帖、通达。

莱恩努力揭露朱庇特的虚伪和欺诳,奥哈拉想推翻史诗中所有预言的真实性,这些努力自有其不废的学术价值,但某些方

---

① West, "The End and Meaning", p. 309.
② Ibid., p. 315.

面也会显得过于教条。我认为对于已经非常"道德化"的罗马主神，再作进一步道德批判，对于准确理解全诗不会有太大帮助。相反，韦斯特的分析非常类似另一位英国学者古尔德对卷六象牙门的分析（见第一章第四节）。二人的解读不拔高、不凿之过深、不违常识，充分尊重文学传统和先例，他们得出的结论远胜过高调门、高度政治化、故作深刻的解读。我想引用一句韦斯特的评论，放在这一章结尾："学术研究的一个缺陷，就是刻意搜寻深奥的道理，反而忽视了显明的意思。解释这一段而不去关注其中的政治和幽默，这可是重大的损失。"[①]

[①] West, "The End and Meaning", p. 316.

结　语

没有结论，只有结语。研究任何复杂文本，都如此。我最后想就三个问题再稍作引申。

第一个问题就是奥古斯都与维吉尔的关系。如本书开始两章所述，对二人关系的不同理解，会导致对《埃涅阿斯纪》全然相反的解读。奥古斯都对待维吉尔，不同于中国古代的养士。维吉尔不是奥古斯都的门客或者幕僚。[①] 执政者对诗人有馈赠，但并不是发工资，不是以付费方式来定制作品。我们需要考虑罗马贵族与文士之间更微妙的关系。奥古斯都当然期待维吉尔为自己发声，他对诗人有足够的恩惠、帮助和善意，暗中当然也希求某种回报。在他们的交往中，奥古斯都既是身居高位的政治领袖，也是诗人的恩主（patron），同时又是私人朋友。而维吉尔于公而言，很可能认同、支持奥古斯都的事业；于私而言，又是奥古斯都比较亲近的朋友，所以他主动创作《埃涅阿斯纪》的可能性要高于他被胁迫而创作"遵命文学"。二人之间的微妙关系，再说得明确一些，似乎是执政者期待，甚至暗示诗人为自己作文学上的鼓吹，但一切行事都在礼仪和友谊的规范之内，不至于使用胁迫

[①] 此段的分析以及措辞，颇得益于2021年2月初与王丁、刘铮、郑国栋、胡文辉、艾俊川等几位朋友的讨论，在此表示感谢。

手段。而在诗人一方,维吉尔不像有些罗马诗人那样被"征召",所以或许能在与执政者的交往中保持一定的尊严和个人独立。所以,奥古斯都可以用调侃的方式"催稿",而维吉尔也可以委婉地拒绝。执政者对诗人以礼相待,诗人也可能心存感激,但不能做廉价的政治宣传,而是以相当的真诚创作一流水准的诗歌。

这样的理解,可以避免以下两种简单化的倾向。17世纪末和18世纪均有学者认为维吉尔是标准的宫廷诗人,在执政者的授意之下完成一部诵圣的史诗。此种意见的代表人物是法国学者勒·博绪（Réne Le Bossu, 1631—1680年）,在他眼中,维吉尔完全沦为执政者的宣传工具和枪手。[1] 与之相反,20世纪很多悲观派学者认为维吉尔受到政治压力,违心创作了一部宣传作品,但他与奥古斯都虚与委蛇,表面写成一部讴歌奥古斯都先祖的史诗,实则诗中埋下各种机关,将文本表层的意思暗中瓦解。这样一来,维吉尔就变成潜伏在奥古斯都身边的异见诗人。这里只想提1935年的一篇论文,该文早于"哈佛派"30年就已提出激烈的怀疑派观点。[2] 作者斯佛扎（Francesco Sforza）,生平不详,从名姓判断,当是意大利人,而论文最后的落款是塞浦路斯。作者在文章第一页劈头就问:"奇怪的是,过去两千年中成千上万的维吉尔学者,从来没有人问过:'维吉尔赞美奥古斯都和罗马永恒之城,是真心实意吗?'……在《埃涅阿斯纪》表面意义之外,是

---

[1] 彼得·怀特对于勒·博绪有精彩的分析,见 Peter White, *Promised Verse* (Harvard UP, 1993), chapter 4, pp. 95-109.

[2] Francesco Sforza, "The Problem of Virgil", *The Classical Review* 49 (1935), pp. 97-108.

否有第二重、敌对的意义？"① 随后，作者考察维吉尔的生平，结果发现维吉尔深深憎恶奥古斯都这个独裁者。比如，维吉尔长期生活在乡间，过去人们都以为这是因为他性格恬退，喜欢田园生活，但在斯佛扎看来，维吉尔是要远离暴君（第99页）。根据斯佛扎的解读，奥古斯都强迫维吉尔创作史诗，诗人不得不从命。但他只是假意服从："当暴君命令铁匠打造一件兵器，想用来残害无辜又无助的人民，铁匠可以故意打造出无法达成杀人目的的兵器，也不会招来责备。这就是维吉尔为了不违背自己的良心而想出的办法。他用机巧来抵抗暴力。除此之外，他没有其他办法来伸张自己的原则，为祖国被践踏的自由复仇。"（第101页）这些戏剧化的猜测，听上去确实激动人心，开启了"哈佛派"的先河。

但这两种观点都未考虑君主与诗人之间更复杂的关系，这样的关系可能同时包含友谊、默契、博弈，乃至分歧。但维吉尔对奥古斯都的整体态度，若考之维吉尔的诗作和古代传略，应该主要是认同和支持。霍斯佛就认为维吉尔不可能是一个古代持不同政见者。他认为："维吉尔对屋大维的支持不是奴颜婢膝、趋炎附势（servile toadying），而是出于现实的考虑所做出的真心、明智的决定。"② 这样的结论可能会让有些现代学者感到失望，但支持这个结论的历史证据和文本证据要远多于支持相反观点的证据。明乎此点，则我们对于"哈佛派"的基本结论，就需要谨慎对待了。

第二个问题关乎如何解读多重含义的文本。对"哈佛派"的

---

① Sforza, "The Problem of Virgil", p. 97. 这一段中引用这篇论文，只随文注出页码。

② Nicholas Horsfall, *A Companion to the Study of Virgil* (Brill, 1995), p. 94: "Virgil's support for Octavian is therefore not servile toadying, but a real, realistic, sensible decision".

批评，在第一章已经谈到。这里我引用一下英国学者菲利普·哈迪（Philip Hardie）的意见。他曾指出，"哈佛派"用新批评方法做的文本细读，其危险在于将文本之多义、含混，向政治方向过度引申，推向对于奥古斯都政权的怀疑和敌视。① 这其中既有批评方法的缺陷，也有批评态度的任意。复杂文本中一定有多重声音，但如果认为文本细节的歧义必定意味作者对某种政治立场的否定，这就是对复杂问题的过度简化处理了。文本的多义（ambiguity）是否一定等同于政治或道德立场的含混（ambivalence）？这个问题是需要斟酌的。

  以史诗结尾为例。我们在第五章中已见，"哈佛派"以及广义的悲观派认为，为朋友复仇是私仇，埃涅阿斯杀死求饶的敌手，就是完成私人的复仇行为，而漠视更高远的道德理想。他们认为埃涅阿斯已再度野蛮化，已退化为荷马史诗中嗜血、好杀的武士，全然忘却了卷六中他父亲的嘱托以及对罗马文化理想的期许。但是，我们必须考虑决定史诗结局的多重因素，而不应只看到埃涅阿斯俯视匍匐于地的图尔努斯这幅孤立的画面。比如，《伊利亚特》作为维吉尔模仿的范本，其基本情节设置对于《埃涅阿斯纪》的情节和读者期待都具有规约作用。阿喀琉斯杀死了赫克托耳，而且《伊利亚特》中所有在战场上的求饶者都无一例外被当场杀死，那么维吉尔有无可能突破这一情节的定式，让特洛伊的阿喀琉斯在史诗结尾饶恕意大利的赫克托耳呢？意大利学者巴

---

① Philip Hardie, "Foreword", in Alessandro Barchiesi, *The Homeric Effects in Vergil's Narrative* (Princeton UP, 2015), p. xi.

齐埃斯（Alessandro Barchiesi）认为："《伊利亚特》乃是唯一的、宏伟的文学范例，带着限制力量，帮助读者挑选维吉尔文本中的相关意义，甚至决定角色自身的命运。"① 就是说，维吉尔并没有随意创作的自由，而必须戴着荷马史诗的镣铐。所以，在战场上饶恕图尔努斯，仅从维吉尔所遵循的文学先例而言，并不在读者的文学期待范围之内。更何况我们还需考虑更多其他因素。赛维乌斯对"他迟疑，话语渐渐开始打动他"一句（cunctantem flectere sermo coeperat 12.940）的注释，已经明确了埃涅阿斯的困境：

因他有饶恕敌人的念头，这展现其忠义；而因他杀死敌人，其行事也正彰显其忠义：因他顾念埃万德，为帕拉斯之死复仇。

Nam et ex eo quod hosti cogitat parcere, pius ostenditur, et ex eo quod eum interimit, pietatis gestat insigne: nam Euandri intuitu Pallantis ulciscitur mortem.②

按照赛维乌斯的解读，埃涅阿斯一度为图尔努斯打动，产生片刻迟疑，这固然表现了他的"忠义"精神。而他想到被托付给自己，但被图尔努斯残忍杀害的帕拉斯，又决定痛下杀手，这也是按照"忠义"的原则行事。所以，从人物的道德选择上考虑，我们面临的是比帕特南所分析的史复杂的局面，因为实际上埃涅阿斯要权衡两种忠义。杀死敌手，并不代表主人公道德上的破产，并不

---

① Barchiesi, *The Homeric Effects in Vergil's Narrative*, p. 20.
② 《诂训传》Thilo-Hagen 版，第二卷，第 649 页。

代表他主动放弃了自己的"忠义",而是一种忠义战胜了另一种忠义。① 同样,埃涅阿斯在卷十杀死劳苏斯时,也面临类似的选择(见第四章第三节)。劳苏斯展现了对父亲、暴君梅赞提乌斯真挚的爱,而埃涅阿斯对帕拉斯的道义和责任同样是他"忠义"的一部分。② 当二者冲突时,"忠义"的埃涅阿斯就不得不杀死"忠孝"的劳苏斯。当分析这些段落时,究竟是埃涅阿斯丧尽天良、十恶不赦,抛弃了忠义和仁慈,堕落成凶残的杀手,还是说在两种忠义之间他最终选择了更高、更符合当下困境的那种忠义?我个人赞成后面这种解读。

第三个问题,就是如何评价维吉尔史诗中那些描写死亡、悲伤、绝望的段落。这些"黑暗"的时刻,是否足以颠覆史诗"光明"的主题?对维吉尔史诗帝国主义、沙文主义的传统解读,当然是非常粗疏的。依照这种过时的观点,史诗中所有悲剧人物都是罗马实现自己神圣使命的绊脚石,必须被无情清除。但读过这部史诗的读者会发现,这并不是维吉尔的意图。维吉尔在史诗中,对于罗马的"敌对势力"、对于被埃涅阿斯杀死或者因他而死的悲剧英雄,虽然描写了他们的失败和失意,但也同时寄予了深厚的同情,因而诗中时有悲天悯人的情感。我们可以想一想他对狄多的哀悼,想想狄多临死之前凄厉的呼喊和复仇的决心。我们还可以回想图尔努斯临死之前被埃涅阿斯追击时,突然如坠梦境,无法驱动四肢,完全是瘫软无力和深陷困境中不可自拔(12.908-912)。

---

① S. J. Harrison, "The Sword-Belt of Pallas", in Hans-Peter Stahl (ed.), *Vergil's Aeneid: Augustan Epic and Political Context* (The Classical Press of Wales, 1998), p. 230.

② Anton Powell, *Virgil the Partisan* (The Classical Press of Wales, 2008), p. 50.

这些对敌对一方感人的描写，绝对不是一个宣传机器所能写出的诗句。但是，此种悲天悯人，是否一定代表维吉尔对于奥古斯都和罗马未来的失望？以"哈佛派"为代表的悲观解读，认为史诗中所有表达怀疑和绝望、意思含混不清的段落，如同一条暗线，汇聚起来，最终替代了史诗表面情节的主线。但是，将这些诗句的意义无限放大，乃至认为史诗的主题是在讴歌战败者、贬斥胜利者，这里的逻辑就相当勉强了。

我们能否想象一种可能：维吉尔在基本接受历史现实（内战结束）之后，还能同时对那些死难的同胞，甚至敌人一掬同情之泪。在传统解读和"哈佛派"这两种针锋相对的意见中间，应该至少还有一种更加体贴的解读。19世纪的传统解读丝毫不掩饰一种高调的帝国情怀，认为史诗表达了对奥古斯都政权无条件的赞美和认同。而悲观派则反其道而行之，夸大史诗中的含混和矛盾之处，认为史诗其实是对奥古斯都的抵制和批判。此时，重温欧提斯略显老派的意见，我认为会让悲观派的追随者稍稍冷静一些。欧提斯坚持《埃涅阿斯纪》是歌颂罗马和奥古斯都功业的史诗，但也不忘说明，史诗对于牺牲者也非常关注。谈到卷四以及最后三卷中所有死去的古代豪杰（狄多、图尔努斯等），他说："这些死亡肯定没有被赋予单纯的凯旋胜利的色彩，而几乎都带有悲情，带有对于战败的英雄主义的悲悼。"史诗以图尔努斯结束，而没有终结于埃涅阿斯的凯旋，正是要说明在明显的道德评价之外，还有一种悲悯（humanitas）的情怀。维吉尔展现了"'坏人'身上值得敬佩的侧面，以及'好人'身上值得责备之处"；与此同时，他又不至于摧毁正方与反方、胜利者与失败者、善与恶之间的终极区分。①

英国学者格里芬下面一番话，我认为写得真挚而贴切，是欧提斯半个世纪之前提出的观点的升级版。

> 《埃涅阿斯纪》最终需要创造一种新型史诗。荷马史诗的框架和格调必须容纳非常不同的风格和材料。含纳一切，无一遗漏，史诗的气势要恢宏，必须满足当时最为精致的诗歌趣味。罗马的昭昭天命和旧式的奥林匹亚权力政治；布匿战争和柏拉图哲学；卢克莱修和阿波罗尼乌斯（Apollonius）；意大利各个部落和宗教祭拜；恩尼乌斯（Ennius）、欧里庇德斯和尤弗里翁（Euphorion）：所有这一切都要在诗中占据一席之地。史诗应当将对共和国的怀念和对元首制（Principate）的热情协调起来。史诗应当赞同帝国主张最充分的表达，但也应同情失败和丧痛的悲情。语言魔力的光辉应当吸引固执的人，让保守者目眩神迷。史诗应当赞颂奥古斯都，但又需要曲折婉转。史诗应当哀悼狄多，但又支持道德重建。②

---

① Otis, *Virgil: A Study in Civilized Poetry* (Clarendon Press, 1963), p. 391.

② Jasper Griffin, "Augustan Poetry and Augustanism", in Karl Galinsky (ed.), *The Cambridge Companion to the Age of Augustus* (Cambridge UP, 2005), pp. 318-319. 格里芬这段话高度概括，其中一部分内容我稍加解释。所谓"旧式的奥林匹亚权力政治"，指荷马史诗中屡现的诸神争斗。卢克莱修的《物性论》以及伊壁鸠鲁派思想，对维吉尔影响很大。阿波罗尼乌斯，指公元前3世纪著名诗人 Apollonius Rhodius, 他创作了著名史诗《阿尔戈英雄纪》（*Argonautica*），对维吉尔史诗的影响仅次于荷马史诗。恩尼乌斯（Quintus Ennius, 公元前239—前169年）是罗马诗人，曾作史诗《编年纪》（*Annales*），是罗马史诗传统中的先行者。尤弗里翁是公元前3世纪希腊化时代著名学者和诗人，主要著作都已散佚，喜欢以神话题材入诗，诗歌以博学著称。欧里庇德斯的很多悲剧描写特洛伊城陷落之后特洛伊女性的悲惨命运，《埃涅阿斯纪》卷二和卷三受他影响很深。

格里芬之意，在于强调《埃涅阿斯纪》乃是多种影响和多重因素并存、多声部、多重含义的综合文本，可以兼容互相冲突的意见和情感。我觉得以欧提斯和格里芬为代表的学者，没有致力于消解史诗中最基本的对立，而又能给诗中那些沉痛的片段以足够的重视和尊严，所以能得出更贴合史诗整体、更贴合历史情势的解读。

对"哈佛派"最顽固、最凶狠的批评者施塔尔，批评了上世纪60年代在北美兴起的批评潮流。他认为新潮学者出于对帝国思想的不满，结果造就了"反对帝国思想的维吉尔，[维吉尔]自己消解了自己的主张"，而史诗的重心，则"从胜利的（尤里乌斯家族的）埃涅阿斯转向失败的（意大利的）图尔努斯"，"从忠义的埃涅阿斯转向无情杀手埃涅阿斯，从被惩罚的图尔努斯转向被无情屠杀的图尔努斯"。① 这一系列措辞都非常准确。现代反战、反帝国的思潮，制造出一个反战、反帝国的维吉尔形象，只是这样的形象，就我们所掌握的历史材料以及对史诗宏观的解读来看，与公元前1世纪的情形相去甚远。持某种特定意识形态而作教条式、强制的解读，可能会让维吉尔显得更加"时尚"，却不会让对史诗的解读变得更为妥帖和合理。

---

① Hans-Peter Stahl, "Aeneas—An 'Unheroic' Hero?", *Arethusa* 14 (1981), p. 157.

参考文献

（一）西文文献

《埃涅阿斯纪》注释本

R. G. Austin. *P. Vergili Maronis Aeneidos Liber Quartus*. Oxford: Clarendon Press, 1955. Paperback, 1982.

——. *P. Vergili Maronis Aeneidos Liber Secundus*. Oxford: Clarendon Press, 1964. Paperback, 1980.

——. *P. Vergili Maronis Aeneidos Liber Primus*. Oxford: Clarendon Press, 1971. Paperback, 1984.

——. *P. Vergili Maronis Aeneidos Liber Sextus*. Oxford: Clarendon Press, 1977. Paperback, 1986.

Conington, John and Henry Nettleship. *The Works of Virgil, with A Commentary*. 3 volumes. London: Whittaker & Co., 1858-1883.

Harrison, S. J. *Aeneid 10*. Oxford: Clarendon Press, 1991.

Horsfall, Nicholas. *Aeneid 3: A Commentary*. Leiden: Brill, 2006.

——. *Aeneid 2: A Commentary*. Leiden: Brill, 2008.

——. *Aeneid 6: A Commentary*. Berlin: De Gruyter, 2013.

Pease, Arthur Stanley. *Publi Vergili Maronis Aeneidos Liber Quartus*. Cambridge, Mass.: Harvard University Press, 1935.

Tarrant, Richard. *Aeneid. Book XII*. Cambridge University Press, 2012.

Thilo, Georg and Hermann Hagen (eds). *Servii Grammatici Qui Feruntur in*

Vergilii Carmina Commentarii. Lipsiae: in aedibus B. G. Tevbneri, 1881-1902.

Williams, R. D. *The* Aeneid *of Vergil*. 2 volumes. London: MacMillan, 1972-1973.

西文研究文献

Alexander, William Hardy. "War in the *Aeneid*". *The Classical Journal* 40.5 (1945): 261-273.

Alonso-Núñez, J. M. "An Augustan World History: the *Historiae Philippicae* of Pompeius Trogus". *Greece and Rome* 34 (1987): 56-72.

Annas, Julia. "Epicurean Emotions". *Greek, Roman and Byzantine Studies* 30.2 (1989): 145-164.

Apian. *Apian's Roman History*, vol. 4. Loeb Classical Library. Cambridge, Mass.: Harvard University Press, 1913.

Aristotle. *Art of Rhetoric*. Loeb Classical Library. Trans. J. H. Freese. Cambridge, Mass.: Harvard University Press, 1926.

——. *Nicomachean Ethics*. Loeb Classical Library. Trans. H. Rackham. Cambridge, Mass.: Harvard University Press, 1926.

Armstrong, David, Jeffrey Fish, Patricia A. Johnston, and Marilyn B. Skinner (eds.) *Vergil, Philodemus, and the Augustans*. Austin: University of Texas Press, 2004.

Armstrong, David, and Michael McOsker. *Philodemus, On Anger*. SBL Press, 2020.

Asmis, Elizabeth. "Philodemus' Epicureanism". *Aufstieg und Niedergang der römischen Welt: Geschichte und Kultur Roms im Spiegel der neueren Forschung*, 2.36.4 (1990): 2369-2406.

——. "The Necessity of Anger in Philodemus' *On Anger*", in Fish and Sanders (eds.) *Epicurus and the Epicurean Tradition* 152-182.

Avery, William T. "Augustus and the *Aeneid*". *The Classical Journal* 52.5 (1957): 225-229.

———. "The Reluctant Golden Bough". *The Classical Journal* 61.6 (1966): 269-272.

Bacon, J. R. "Aeneas in Wonderland. A Study of Aeneid VIII". *The Classical Review* 53.3 (1939): 97-104.

Bailey, Cyril. *Religion in Virgil*. Oxford: at the Clarendon Press, 1935.

Barchiesi, Alessandro. *Homeric Effects in Vergil's Narrative*. Translated by Ilaria Marchesi and Matt Fox. Princeton, New Jersey: Princeton University Press, 2015.

Beard, Mary. *The Roman Triumph*. Cambridge, Mass.: The Belknap Press of Harvard University Press, 2007.

Benario, J. M. "Dido and Cleopatra". *Vergilius* 16 (1970): 2-6.

Bellessort, Andre. *Virgile: son œuvre et son temps*. Paris: Perrin, 1920.

Bernard, John D. (ed.) *Vergil at 2000: Commemorative Essays on the Poet and his Influence*. New York: AMS Press, 1986.

Bickerman, Elias J. "Origines Gentium". *Classical Philology* 47 (1952): 65-81.

Bowra, C. M. "Aeneas and the Stoic Ideal". *Greece and Rome* 3.7 (1933): 8-21.

———. *From Virgil to Milton*. London: MacMillan, 1945.

Boyle, A. J. "The Meaning of the Aeneid: A Critical Inquiry". Part I. *Ramus* 1.1 (1972): 63-90; Part 2. *Ramus* 1.2 (1972): 113-151.

Braund, Susanna, and Glenn W. Most (eds.) *Ancient Anger: Perspectives from Homer to Galen*. Cambridge: Cambridge University Press, 2004.

Braund, Susanna Morton, and Christopher Gill (eds.) *The Passions in Roman Thought and Literature*. Cambridge: Cambridge University Press, 1997.

Bremmer, Jan. "Romulus, Remus and the Foundation of Rome", in Bremmer and Horsfall (eds.) *Roman Myth and Mythography* 25-48.

Bremmer, J. N. and N. M. Horsfall (eds.) *Roman Myth and Mythography*. London: Institute of Classical Studies, 1987.

Briggs, Ward W. "What the Harvard School Has Taught Me". *Classical World* 111.1 (2017): 53-55.

Brooks, Robert A. "*Discolor Aura*. Reflections on the Golden Bough". *The American Journal of Philology* 74 (1953): 260-280.

Brunt, P. A. and J. M. Moore (eds.) *Res Gestae Divi Augusti: The Achievements of the Divine Augustus*. Oxford: Oxford University Press, 1967.

Burnell, Peter. "The Death of Turnus and Roman Morality". *Greece and Rome*, 2nd series, 34.2 (1987): 186-200.

Burnett, Andrew. "Early Roman Coinage and Its Italian Context", in Metcalf (ed.) *The Oxford Handbook of Greek and Roman Coinage* 297-314.

Cairns, Francis. *Virgil's Augustan Epic*. Cambridge: Cambridge University Press, 1989.

Callu, Jean-Pierre. "'Impius Aeneas'? Échos virgiliens du bas-empire", in Chevallier (ed.) *Présence de Virgile* 161-174.

Camps, W. A. *An Introduction to Homer*. Oxford: Clarendon Press, 1980.

Chevallier, R. (ed.) *Présence de Virgile*. Paris: Société d'Édition "Les Belles Lettres", 1978.

Clausen, Wendell. "An Interpretation of the *Aeneid*". *Harvard Studies in Classical Philology* 68 (1964): 139-147.

——. "Appendix", in Nicholas Horsfall (ed.) *A Companion to the Study of Virgil* 313-314.

Coleman, Robert. "The Gods in the *Aeneid*". *Greece and Rome* 29.2 (1982): 143-168.

Colish, Marcia L. *The Stoic Tradition from Antiquity to the Early Middle Age*, vol. 1. *Stoicism in Classical Latin Literature*, 2nd ed., Leiden: Brill, 1990.

Commager, Steele. "Horace, 'Carmina' 1.37". *Phoenix* 12.2 (1958): 47-57.

Commager, Henry Steele (ed.) *Virgil: A Collection of Critical Essays*. Englewood Cliffs, N. J.: Prentice-Hall, 1966.

Conway, Robert Seymour. *Harvard Lectures on the Vergilian Age*. Cambridge: Harvard University Press, 1928.

——. "The Place of Dido in History", in *New Studies of A Great Inheritance*, 2nd ed. London: John Murray, 1930. 140-164.

Cooley, Alison E. *Res Gestae Divi Augusti: Text, Translation, and Commentary*. Cambridge: Cambridge University Press, 2009.

Cornell, T. J. "Aeneas and the Twins". *Proceedings of the Cambridge Philological Society* 21 (1975): 1-32.

D'Arms, John H. "Vergil's *Cunctantem (Ramum)*: *Aeneid* 6. 211". *The Classical Journal* 59.6 (1964): 265-268.

De Focara, Gianfranco Stroppini. "Didon amante et reine", in Martin (ed.) *Énée et Didon* 23-31.

Desmond, Marilynn. *Reading Dido: Gender, Textuality, and the Medieval Aeneid*. Minneapolis: University of Minnesota Press, 1994.

Dio, Cassius. *Dio's Roman History*, vol. V. Loeb Classical Library. Cambridge, Mass.: Harvard University Press, 1917.

Dionysius of Halicarnassus. *The Roman Antiquities of Dionysius of Halicarnassus*, vol. 1. Loeb Classical Library. Cambridge, Mass.: Harvard University Press, 1935.

Dowling, Melissa Dowling. *Clemency and Cruelty in the Roman World*. Ann Arbor: University of Michigan Press, 2006.

Drew, D. L. *The Allegory of the Aeneid*. Oxford: Basil Blackwell, 1927.

Dunlop, John. *History of Roman Literature*, vol. 3. London: Longman, Rees, Orme, Brown, and Green, 1828.

Dyson, Julia T. *King of the Wood: The Sacrificial Victor in Virgil's* Aeneid. Norman: University of Oklahoma Press, 2001.

Dyson, M. "Vergil, *Aeneid* 4.543". *The Classical Quarterly*, new series, 40.1 (1990): 214-217.

Edwards, Mark W. "The Expression of Stoic Ideas in the *Aeneid*". *Phoenix* 14.3 (1960): 151-165.

——. *The Iliad: A Commentary. Volume V: Books 17-20*. Cambridge: Cambridge University Press, 1991.

Eliot, T. S. *On Poetry and Poets*. New York: Farrar, Strauss & Giroux, 1957.

Erskine, Andrew. *Troy between Greece and Rome: Local Tradition and Imperial Power*. Oxford: Oxford University Press, 2001.

Everett, Anthony. *Augustus: The Life of Rome's First Emperor*. New York: Random House, 2006.

Everett, William. "Upon Virgil, *Aeneid* VI., Vss. 893-898". *The Classical Review* 14.3 (1900): 153-154.

Farrell, Joseph. "The Harvard School(s) and Latin Poetry, 1977-91: A Bildunserinnerung". *Classical World* 111.1 (2017): 62-73.

Farrell, Joseph and Michael C. J. Putnam (eds.) *A Companion to Vergil's* Aeneid *and Its Tradition*. Wiley-Blackwell, 2010.

Farron, Steven. "The Abruptness of the End of the Aeneid". *Acta Classica* 25 (1982): 136-141.

——. "Aeneas' Human Sacrifice". *Acta Classica* 28 (1985): 21-33.

Fasciano, Domenico and Kesner Castor. *La trifonction indo-européenne dans l'Énéide*. Montréal: Les Éditons Musae. 1996.

——. *Jeu et amitié dans l'Énéide*. Montréal: Les Éditions Musae, 1997.

Faulkner, Andrew. *The Homeric Hymn to Aphrodite: Introduction, Text, and Commentary*. Oxford: Oxford University Press, 2008.

Feeney, D. C. "The Reconciliations of Juno". *The Classical Quarterly*, new series, 34.1 (1984): 179-194.

——. *The Gods in Epic: Poets and Critics of the Classical Tradition*. Oxford:

Clarendon Press, 1991.

———. *Literature and Religion at Rome*. Cambridge: Cambridge University Press, 1998.

Fenik, Bernard. *Typical Battle Scenes in the* Iliad. Wiesbaden: Franz Steiner, 1968.

Fenno, Jonathan. "The Wrath and Vengeance of Swift-Footed Aeneas in Iliad 13". *Phoenix* 62 (2008): 145-161.

Fish, Jeffrey. 'Anger, Philodemus' Good King, and the Helen Episode of Aeneid 2.567-589: A New Proof of Authenticity from Herculaneum', in Armstrong, Fish, Johnston, and Skinner (eds.) *Vergil, Philodemus, and the Augustans* 111-138.

Fish, Jeffrey, and Kirk R. Sanders (eds.) *Epicurus and the Epicurean Tradition*. Cambridge: Cambridge University Press, 2011.

Fratantuono, Lee. *Madness Unchained: A Reading of Virgil's* Aeneid. Lexington Books, 2007.

Galinsky, Karl. *Aeneas, Sicily, and Rome*. Princeton, New Jersey: Princeton University Press, 1969.

———. "The Anger of Aeneas". *The American Journal of Philology* 109.3 (1988): 321-348.

———. "How to be Philosophical about the End of the Aeneid?" *Illinois Classical Studies* 19 (1994): 191-201.

———. "Reflections of an Infidel". *Classical World* 111.1 (2017): 73-76.

Galinsky, Karl (ed.) *The Cambridge Companion to the Age of Augustus*. Cambridge: Cambridge University Press, 2005.

Gardner, Percy. "On an Inscribed Greek Vase with Subjects from Homer and Hesiod". *The Journal of Philology* 7.13 (1877): 215-226.

Garrison, Irene Peirano. "Between Biography and Commentary: The Ancient Horizon of Expectation of *VSD*", in Powell and Hardie (eds.) *The Ancient*

Lives of Virgil 1-28.

Garstang, J. B. "The Tragedy of Turnus". *Phoenix* 4.2 (1950): 47-58.

Gharbi, Brahim. "Infelix Dido: thématique de Didon dans le chant IV de l'*Énéide*", in Martin (ed.) *Énée et Didon* 11-22.

Gigante, Marcello. "Vergil in the Shadow of Vesuvius", in Armstrong, Fish, Johnston and Skinner (eds.) *Vergil, Philodemus, and the Augustans* 85-99.

Gill, Christopher. "Reactive and Objective Attitude: Anger in Virgil's *Aeneid* and Hellenistic Philosophy", in Braund and Most (eds.) *Ancient Anger* 208-228.

Glei, Reinhold F. "*Aeneid* 6.860-86", in Stahl (ed.) *Vergil's* Aeneid*: Augustan Epic and Political Context* 119-134.

Glover, T. R. *Virgil*. 2nd edition. London: Methuen, 1912.

Goold, G. P. "The Voice of Virgil: The Pageant of Rome in *Aeneid* 6", in Woodman and Powell (eds.) *Author and Audience in Latin Literature* 110-123.

Gransden, K.W. *Virgil's Iliad: An Essay on Epic Narrative*. Cambridge: Cambridge University Press, 1984.

Grant, Michael. *Cleopatra*. New York: Simon and Schuster, 1972.

Griffin, Jasper. "Augustus and the Poets: 'Caesar Qui Cogere Posset' ", in Millar and Segal (eds.) *Augustus Caesar: Seven Aspects* 189-218.

——. "Augustan Poetry and Augustanism", in Karl Galinsky (ed.) *The Cambridge Companion to the Age of Augustus* 306-320.

Griffin, Nathaniel Edward. *Dares and Dictys: An Introduction to the Study of Medieval Version of the Story of Troy*. Baltimore: J. H. Furst Company, 1907.

Grimal, Pierre. *Pius Aeneas*. London: Virgil Society, 1960.

Gruen, Erich S. *Culture and National Identity in Republican Rome*. Ithaca, New York: Cornell University Press, 1992.

Haecker, Theodor. *Virgil: Father of the West*. Translated by A. W. Wheen.

London: Sheed & Ward, 1934.

Hahn, E. Adelaide. "The 'Piety' of the Gods". *The Classical Weekly* 19.4 (1925): 34.

Hardie, Collin (ed.) *Vitae Vergilianae Antiquae*. 2nd edition. Oxford: Clarendon Press, 1964.

Hardie, Philip. "Foreword", in Alessandro Barchiesi, *The Homeric Effects in Vergil's Narrative* vii-xiii.

Hardie, Philip and Helen Moore (eds.) *Classical Literary Careers and Their Reception*. Cambridge: Cambridge University Press, 2010.

Harrison, E. L. "The *Aeneid* and Carthage", in Woodman and West (eds.) *Poetry and Politics in the Age of Augustus* 95-115.

——. "Aeneas at Carthage: The Opening Scenes of the *Aeneid*", in Wilhelm and Jones (eds.) *The Two Worlds of the Poet* 109-128.

——. "Divine Action in *Aeneid* Book Two", in Harrison (ed.) *Oxford Readings in Vergil's* Aeneid 46-59.

Harrison, S. J. "Some Views of the *Aeneid* in the Twentieth Century", in Harrison (ed.) *Oxford Readings in Vergil's* Aeneid 1-20.

——. "The Sword-Belt of Pallas: Moral Symbolism and Political Ideology (*Aen.* 10.495-505)", in Stahl (ed.) *Vergil's* Aeneid*: Augustan Epic and Political Context* 223-242.

——. "A Voyage Around the Harvard School". *Classical World* 111.1 (2017): 76-79.

Harrison, S. J. (ed.) *Oxford Readings in Vergil's* Aeneid. Oxford: Oxford University Press, 1990.

Havelock, E. A. "In Memoriam Adam and Anne Parry", in Donald Kagan (ed.) *Yale Classical Studies,* vol. XXIV. Cambridge: Cambridge University Press, 1975, ix-xv.

Heinze, Richard. *Virgil's Epic Technique*. Translated by Hazel and David

Harvey and Fred Roberton. Berkeley: The University of California Press, 1993.

Hejduk, Julia Dyson. "Introduction: Reading Civil War". *Classical World* 111.1 (2017): 1-5.

Hexter, Ralph. "Sidonian Dido", in Hexter and Selden (eds.) *Innovations of Antiquity* 332-384.

Hexter, Ralph and Daniel Seldon (eds.) *Innovations of Antiquity*. New York: Routledge, 1992.

Highet, Gilbert. *The Speeches in Vergil's* Aeneid. Princeton, New Jersey: Princeton University Press, 1972.

Hollander, David B. *Money in the Late Roman Republic*. Leiden: Brill, 2007.

Honeyman, A. J. "Varia Punica". *American Journal of Philology* 68 (1947): 77-82.

Horsfall, Nicholas. "Some Problems in the Aeneas Legend". *The Classical Quarterly*, new series, 29.2 (1979): 372-390.

——. "The Aeneas-Legend and the *Aeneid*". *Vergilius* 32 (1986): 8-17.

——. "The Aeneas Legend from Homer to Virgil", in Bremmer and Horsfall (eds.) *Roman Myth and Mythography* 12-24.

——. "Dido in the Light of History", in Harrison (ed.) *Oxford Readings in Vergil's* Aeneid 127-144.

——. *A Companion to the Study of Virgil*. Leiden: Brill, 1995.

Hreczkowski, Ladislaus. *De Vergilii in Augustum Animo*. 1903.

Hunt, Gailard. *The History of the Seal of the United States*. Washington, D. C.: Department of State, 1909.

Indelli, Giovanni. "The Vocabulary of Anger in Philodemus' *De ira* and Vergil's *Aeneid*", in Armstrong, Fish, Johnston and Skinner (eds.) *Vergil, Philodemus, and the Augustans* 103-110.

Jackson Knight, W. F. *Roman Vergil*. London: Faber and Faber, 1944.

Jackson, Peter. "A New Order of the Ages: Eschatological Vision in Virgil and Beyond". *Numen* 59 (2012): 533-544.

Jenkyns, Richard. "The Conversation of Gentlemen". *Classical World* 111.1 (2017): 79-83.

Johnson, W. R. "A Queen, a Great Queen? Cleopatra and the Politics of Misrepresentation". *Arion* 6.3 (1967): 387-402.

——. *Darkness Visible: A Study of Virgil's* Aeneid. Berkeley: University of Californian Press, 1976.

Justinus, Marcus Junianus. *Epitome of the Philippic History of Pompeius Trogus*. Translated by J. C. Yardley. Atlanta, GA: Scholars Press, 1994.

Kallendorf, Craig. "The Harvard School and the Problem of History". *Classical World* 111.1 (2017): 84-88.

Kaster, Robert A. (ed.) *Macrobii Ambrosii Theodosii Saturnalia*. Oxford: Oxford University Press, 2011.

Keller, Otto (ed.) *Pseudacronis Scholia in Horatium Vetustiora*, vol. 1. Teubner, 1902.

Kenyon, Frederick G. *Books and Readers in Ancient Greece and Rome*, 2nd edition. Oxford: Clarendon Press, 1951.

Kermode, Frank. *The Classic*. Cambridge, Mass.: Harvard University Press, 1983.

Kirk, G. S. and J. E. Raven (eds.) *The Presocratic Philosophers*. Cambridge: Cambridge University Press, 1969.

Kirk, G. S. "Adam Parry and Anne Amory Parry". *Gnomon* 44.4 (1972): 426-428.

——. *The Iliad: A Commentary. Volume II: Books 5-8*. Cambridge: Cambridge University Press, 1990.

Konstan, David. "Aristotle on Anger and the Emotions: The Strategies of Status", in Braund and Most (eds.) *Ancient Anger* 99-120.

Krevans, Nita. "Bookburning and the Poetic Deathbed: The Legacy of Virgil", in Hardie and Moore (eds.) *Classical Literary Careers* 197-208.

Lloyd, Robert B. "Penatibus et Magnis Dis". *The American Journal of Philology* 77.1 (1956): 38-46.

——. "*Superbus* in the *Aeneid*". *The American Journal of Philology* 93.1 (1972): 125-132.

Lord, Mary Louise. "Dido as an Example of Chastity: The Influence of Example Literature". *Harvard Library Bulletin* 17 (1969): 22-44; 216-232.

Lyne, R. O. A. M. *Further Voices in Vergil's* Aeneid. Oxford: Clarendon Press, 1987.

MacInnes, John. "The Concept of *Fata* in the *Aeneid*". *The Classical Review* 24 (1910): 169-174.

Mackail, T. W. *Virgil and His Meaning to the World of Today*. New York: Cooper Square Publishers, 1963.

Martin, René (ed.) *Énée et Didon: Naissance, fonctionnement et suivie d'un mythe*. Paris: Éditions du Centre National de la Recherche Scientifique, 1990.

Matthaei, Louise E. "The Fates, the Gods and the Freedom of Man's Will in the *Aeneid*". *Classical Quarterly* 11 (1917): 11-26.

Meister, Ferdinand (ed.) *Dictys Cretensis Ephemeridos Belli Troiani Libri Sex*. Leipzig: Teubner, 1872.

Meister, Ferdinand (ed.) *Daretis Phrygii de Excidio Troiae Historia*. Leipzig: Teubner, 1873.

Mellinghoff-Bourgerie, Viviane. *Les incertitudes de Virgile: contributions épicuriennes à la théologie de* l'Énéide. Bruxelles: Latomus, 1990.

Miles, Gary B. and Archibald W. Allen. "Virgil and the Augustan Experience", in Bernard (ed.) *Vergil at 2000* 13-41.

Millar, Fergus and Erich Segal (eds.) *Caesar Augustus: Seven Aspects*. Oxford:

Clarendon Press, 1984.

Momigliano, Arnaldo. *On Pagans, Jews, and Christians*. Middletown, Connecticut: Wesleyan University Press, 1987.

Moseley, Nicholas. "Pius Aeneas". *The Classical Journal* 20.7 (1925): 387-400.

Murgia, Charles E. "Critical Notes on the Text of Servius' Commentary on *Aeneid* III-V". *Harvard Studies in Classical Philology* 72 (1968): 311-350.

Nagy, Gregory. The *Best of the Achaeans: Concepts of the Hero in Archaic Greek Poetry*. Revised edition. Baltimore: The Johns Hopkins University Press,1999.

Nethercut, William R. "Invasion in the *Aeneid*", *Greece and Rome*, 2nd series, 15.1 (1968): 82-95.

——. "American Scholarship on Vergil in the Twentieth Century", in Bernard (ed.) *Vergil at 2000* 303-330.

Nettleship, H. *Lectures and Essays on Subjects Connected with Latin Literature and Scholarship*. Oxford: Clarendon Press, 1885.

Newton, Francis L. "Recurrent Imagery in *Aeneid* IV". *Transactions and Proceedings of the American Philological Association* 88 (1967): 31-43.

Nisbet, R. G. M. "*Aeneas Imperator*: Roman Generalship in an Epic Context", in Harrison (ed.) *Oxford Readings in Vergil's* Aeneid 378-389.

O'Hara, James J. *Death and the Optimistic Prophecy in Virgil's* Aeneid. Princeton: Princeton University Press, 1990.

——. "The Unfinished *Aeneid*?" in Farrell and Putnam (eds.) *A Companion to Vergil's* Aeneid *and Its Tradition* 96-106.

Östenberg, Ida. *Staging the World: Spoils, Captives, and Representations in the Roman Triumphal Procession*. Oxford: Oxford University Press, 2009.

Otis, Brooks. "The Three Problems of *Aeneid* 6". *Transactions and Proceedings of the American Philological Association* 90 (1959): 165-179.

——. *Virgil: A Study in Civilized Poetry*. Oxford: Clarendon Press, 1963.

———. "Virgilian Narrative in the Light of Its Precursors and Successors". *Studies in Philology* 73.1 (1976): 1-28.

Pandey, Nandidi B. "Sowing the Seeds of War: The *Aeneid*'s Prehistory of Interpretive Contestation and Appropriation". *Classical World* 111.1 (2017): 7-25.

Panoussi, Vassiliki. *Greek Tragedy in Vergil's* Aeneid*: Ritual, Empire, and Intertext*. Cambridge: Cambridge University Press, 2009.

Parry, Adam. "The Two Voices of Virgil's *Aeneid*". *Arion* 2.4 (1963): 66-80.

Pausanias. *Description of Greece*, vol. 1. Loeb Classical Library. Cambridge, Mass.: Harvard University Press, 1918.

Perkell, Christine (ed.) *Reading Vergil's* Aeneid*: An Interpretive Guide*. Norman: University of Oklahoma Press, 1999.

———. "*Aeneid* 1: An Epic Programme", in Perkell (ed.) *Reading Vergil's* Aeneid 29-49.

Perret, Jacques. *Les origines de la légende troyenne de Rome*. Paris: Les Belles Lettres, 1942.

Phillips, E. D. "Odysseus in Italy". *The Journal of Hellenistic Studies* 73 (1953): 53-67.

Plutarch. *Plutarch's Lives*, vol. 1. Loeb Classical Library. Cambridge: Mass.: Harvard University Press, 1914.

Poinsotte, Jean-Michel. "L'image de Didon dans l'antiquité tardive", in Martin (ed.) *Énée et Didon* 43-54.

Pöschl, Victor. *The Art of Vergil: Image and Symbol in the* Aeneid. Translated by Gerda Seligson. Ann Arbor: The University of Michigan Press, 1962.

Pound, Ezra. *ABC of Reading*. London: Faber and Faber, 1951.

Powell, Anton. "'An Island amid the Flame': The Strategy and Imagery of Sextus Pompeius, 43-36 BC", in Powell and Welch (eds.) *Sextus Pompeius* 103-133.

——. *Virgil the Partisan: A Study in the Re-Interpretation of Classics*. Swansea: The Classical Press of Wales, 2008.

——. "Sinning against Philology? Method and the Suetonian-Donatan Life of Virgil", in Powell and Hardie (eds.) *The Ancient Lives of Virgil* 173-198.

——. "The Harvard School, Virgil, and Political History: Pure Innocence or Pure in No Sense". *Classical World* 111.1 (2017): 96-101.

Powell, Anton (ed.) *Roman Poetry and Propaganda in the Age of Augustus*. Bristol Classical Press, 1992.

Powell, Anton and Kathryn Welch (eds.) *Sextus Pompeius*. Swansea: The Classical Press of Wales, 2002.

Powell, Anton and Philip Hardie (eds.) *The Ancient Lives of Virgil: Literary and Historical Studies*. Swansea: The Classical Press of Wales, 2017.

Procopé, John. "Epicureans on Anger", in Juha Sihvola and Troels Engberg-Pedersen (eds.) *The Emotions in Hellenistic Philosophy*. Springer, 1998, 171-196. Reprinted from G. W. Most, H. Petersmann and A.M. Ritter (eds.) *Philanthropia kai Eusebeia. Festschrift für Albert Dihle zum 70. Geburstag*. Göttingen: Vandenhoeck and Ruprecht, 1993, 363-386.

Putnam, Michael C. J. *The Poetry of the* Aeneid. Cambridge, Mass.: Harvard University Press, 1965.

——. "*Aeneid* VII and the *Aeneid*". *The American Journal of Philology* 91.4 (1970): 408-430.

——. "The Virgilian Achievement". *Arethusa* 5 (1972): 53-70.

——. "*Pius* Aeneas and the Metamorphosis of Lausus". *Arethusa* 14 (1981): 139-156.

——. "The Hesitation of Aeneas", in Putnam, *Virgil's Aeneid: Interpretation and Influence* 152-171.

——. "Daedalus, Virgil and the End of Art". *The American Journal of Philology* 108.2 (1987): 173-198.

———. "Anger, Blindness and Insight in Virgil's *Aeneid*". *Apeiron* 23.4 (1990): 7-40.

———. *Virgil's* Aeneid*: Interpretation and Influence*. Chapel Hill: The University of North Carolina Press, 1995.

———. *The Humanness of Heroes: Studies in the Conclusion of Virgil's* Aeneid. Amsterdam University Press, 2011.

Putnam, Michael, and Jan Ziolkowski (eds.) *The Vergilian Tradition*. New Haven: Yale University Press, 2008.

Raaflaub, Kurt A. and Mark Toher (eds.) *Between Republic and Empire: Interpretations of Augustus and His Principate*. Berkeley: University of California Press, 1999.

Rand, Edward Kennard. *The Magical Art of Virgil*. Cambridge, Mass.: Harvard University Press, 1931.

Reed, J. D. *Virgil's Gaze: Nation and Poetry in the* Aeneid. Princeton: Princeton University Press, 2007.

Reeves, Gareth. *T. S. Eliot: A Virgilian Poet*. New York: St. Martin's Press, 1989.

Richmond, J. A. "Symbolism in Virgil: Skeleton Key or Will-o'-the-Wisps?" *Greece and Rome* 23.2 (1976): 142-158.

Roller, Duane W. *Cleopatra: A Biography*. New York: Oxford University Press, 2010.

Rossi, Andreola. *Contexts of War: Manipulation of Genre in Virgilian Battle Narrative*. Ann Arbor: The University of Michigan Press, 2004.

Ruehl, Francis (ed.) *M. Iuniani Iustini Epitoma Historiarum Philippicarum Pompei Trogi*. Leipzig: Teubner, 1886.

Sainte-Beuve, A.-C. *Étude sur Virgile*, 2nd ed. Paris: Michel Lévy Frères, 1870.

Sandys, John Edwin. *A History of Classical Scholarship*, 3rd ed., vol. 1. Cambridge: at the University Press, 1921.

Schmidt, Ernst A. "The Meaning of Vergil's *Aeneid*: American and German Approaches". *Classical World* 94.2 (2001): 145-171.

Schmitz, Alfred. *Infelix Dido: Étude esthétique et psychologique du livre IV de l'Énéide de Virgile*. Gembloux: J. Duculot, 1960.

Schrijvers, P.-H. "La valeur de la pitié chez Virgile (dans l'*Eléide*) et chez quelques-uns de ses interprètes", in Chevallier (ed.) *Présence de Virgile* 483-495.

Segal, Charles Paul. "*Aeternum per Saecula Nomen*. The Golden Bough and the Tragedy of History: Part I". *Arion* 4.4 (1965): 617-657.

——. "The Hesitation of the Golden Bough: A Reexamination". *Hermes* 96.1 (1968): 74-79.

Sellar, W. Y. *The Roman Poets of the Augustan Age: Virgil*. Oxford: Clarendon Press, 1877.

Sider, David. *The Epigrams of Philodemos. Introduction, Text, and Commentary*. New York: Oxford University Press, 1997.

Sihvola, Juha, and Troels Engberg-Pedersen (eds.) *The Emotions in Hellenistic Philosophy*. Dordrecht: Springer Netherlands, 1998.

Smith, Peter M. "Aineiadai as Patrons of *Iliad* XX and the Homeric *Hymn to Aphrodite*". *Harvard Studies in Classical Philology* 85 (1981): 17-58.

Smolenaars, Hans. "The Historical Truth of Vergil's Recitation of the *Georgics* at Atella (*VSD* 27)", in Powell and Hardie (eds.) *The Ancient Lives of Virgil* 153-172

Solmsen, Friedrich. "'Aeneas Founded Rome with Odysseus'". *Harvard Studies in Classical Philology* 90 (1986): 93-110.

Spence, Sarah. "*Varium et Mutabile*: Voices of Authority in *Aeneid* 4", in Perkell (ed.) *Reading Vergil's* Aeneid: *An Interpretive Guide* 80-95.

Stahl, Hans-Peter. "Aeneas—An 'Unheroic' Hero?" *Arethusa* 14 (1981): 157-177.

——. "The Death of Turnus: Augustan Vergil and the Political Rival", in

Raaflaub and Toher (eds.) *Between Republic and Empire* 174-211.

——. *Poetry Underpinning Power. Vergil's* Aeneid: *The Epic for Emperor Augustus. A Recovery Study*. Swansea:The Classical Press of Wales, 2015.

——. "The Harvard Vergil: Memoir of the Black Sheep". *Classical World* 111.1 (2017): 108-115.

Stahl, Hans-Peter (ed.) *Vergil's* Aeneid: *Augustan Epic and Political Context*. London: Duckworth, 1998.

Steiner, George and Robert Fagles (eds.) *Homer: A Collection of Critical Essays*. Englewood Cliffs, N. J.: Prentice-Hall, 1962.

Stok, Fabio. "The Life of Vergil before Donatus", in Farrell and Putnam (eds.) *A Companion to Vergil's* Aeneid *and Its Tradition* 107-120.

Strabo. *The Geography of Strabo*, vol. 1. Loeb Classical Library. Cambridge, Mass.: Harvard University Press, 1929.

Syed, Yasmin. *Vergil's* Aeneid *and the Roman Self: Subject and Nation in Literary Discourse*. Ann Arbor: The University of Michigan Press, 2005.

Syme, Ronald. *The Roman Revolution*. Oxford: Oxford University Press, 1960.

Sforza, Francesco. "The Problem of Virgil". *The Classical Review* 49 (1936): 97-108.

Tarn, W. W. and M. P. Charlesworth. *Octavian, Antony and Cleopatra*. Cambridge: Cambridge University Press, 1965.

Thomas, Richard F. *Georgics, vol. 1: Books I-II*. Cambridge: Cambridge University Press, 1988.

——. "The Isolation of Turnus", in Stahl (ed.) *Vergil's* Aeneid: *Augustan Epic and Political Context* 271-302.

——. *Virgil and the Augustan Reception*. Cambridge: Cambridge University Press, 2001.

Tracy, H. L. "*Fata Deum* and the Action of the *Aeneid*". *Greece and Rome*, 2nd series, 11 (1964): 188-195.

Tracy, Stephen V. "The Marcellus Passage (*Aeneid* 6.860-886) and *Aeneid* 9-12". *The Classical Journal* 70.4 (1975): 37-42.

Verboven, Koenraad. "Currency, Bullion and Accounts. Monetary Modes in the Roman World". *Revue Belge de Numismatique et de Sigillographie* 155 (2009): 91-124.

Wardle, D. *Suetonius: Life of Augustus*. Oxford: Oxford University Press, 2014.

Wagenvoort, H. *Pietas: Selected Studies in Roman Religion*. Leiden: Brill, 1980.

Warde Fowler, W. *The Religious Experience of the Roman People*. London: MacMillan, 1911.

——. *The Death of Turnus: Observations on the Twelfth Book of the* Aeneid. Oxford: Blackwell, 1919.

Warwick, H. *A Vergil Concordance*. University of Minnesota Press, 1975.

Weber, Clifford. "The Allegory of the Golden Bough". *Vergilius* 41 (1995): 3-34.

Weinstock, Stefan. "Two Archaic Inscriptions from Latium". *The Journal of Roman Studies* 50 (1960): 112-118.

——. *Divus Julius*. Oxford: Clarendon Press, 1971.

West, D. A. "The Bough and the Gate", in S. J. Harrison (ed.) *Oxford Reading in Vergil's* Aeneid 224-238.

——. "The Deaths of Hector and Turnus". *Greece & Rome*, 2nd series, 21.1 (1974): 21-31.

——. "The End and the Meaning: *Aeneid* 12.791-842", in Stahl (ed.) *Vergil's* Aeneid: *Augustan Epic and Political Context* 303-318.

White, Peter. *Promised Verse: Poets in the Society of Augustan Rome*. Cambridge, Mass.: Harvard University Press, 1991.

Wilhelm, Robert M., and Howard Jones (eds.) *The Two Worlds of the Poet: New Perspectives on Vergil*. Detroit: Wayne State University Press, 1992.

Willcock, M. M. "Battle Scenes in the Aeneid". *Proceedings of the Cambridge Philological Society*, New Series, 29 (209) (1983): 87-99.

Williams, Gordon. *Tradition and Originality in Roman Poetry*. Oxford: Oxford University Press, 1968.

Williams, R. D. *Virgil: The Eclogues and Georgics*. London: St. Martin's Press, 1986.

Wilson, C. H. "Jupiter and the Fates in the *Aeneid*". *The Classical Quarterly*, New Series, 29 (1979): 361-371.

Woodman, Tony and David West (eds.) *Poetry and Politics in the Age of Augustus*. Cambridge: Cambridge University Press, 1984.

Woodman, Tony and Jonathan Powell (eds.) *Author and Audience in Latin Literature*. Cambridge: Cambridge University Press, 1992.

Wyke, Maria. "Augustan Cleopatras: Female Power and Poetic Authority", in Powell (ed.) *Roman Poetry and Propaganda in the Age of Augustus* 98-104.

Zetzel, James. "The 'Harvard School': A Historical Note by an Alumnus". *Classical World* 111.1 (2017): 125-128.

Ziolkowski, Jan M. and Michael C. J. Putnam (eds.) *The Virgilian Tradition: The First Fifteen Hundred Years*. New Haven: Yale University Press, 2008.

Ziolkowski, Theodore. *Virgil and the Moderns*. Princeton, N. J.: Princeton University Press, 1993.

Ziogas, Ioannis. "Singing for Octavia: Vergil's 'Life' and Marcellus' Death". *Harvard Studies in Classical Philology* 109 (2017): 429-481.

（二）中文文献

阿德里安·戈兹沃西：《奥古斯都：从革命者到皇帝》，陆大鹏译，社会科学文献出版社，2016年。

荷马：《伊利亚特》，罗念生、王焕生译，人民文学出版社，2003 年。

荷马：《奥德赛》，王焕生译，人民文学出版社，2003 年。

W. A. 坎普：《维吉尔〈埃涅阿斯纪〉导论》，高峰枫译，北京大学出版社，2020 年。

刘皓明：《贺拉斯〈赞歌集〉会笺义证》，华东师范大学出版社，2021 年。

柏拉图：《游叙弗伦·苏格拉底的申辩·克力同》，严群译，商务印书馆，1999 年。